Cindy Jäger
Das Vermächtnis der Gräfin

Das Buch

Ein altes Erbe, ein gut gehütetes Familiengeheimnis und zwei Freundinnen, die alles daran setzen, Licht ins Dunkel zu bringen

Die Familie von Barthow hat ihre glanzvolle Zeit schon lange hinter sich. Denn sie verdankte ihren Reichtum einem Edelstein, der seit Generationen verschwunden ist. Als die Familienälteste stirbt, droht ein lang gehütetes Geheimnis ans Licht zukommen. Durch Zufall geraten die Freundinnen Freya und Sevim mitten in die Suche nach dem Familienerbstück. Aber nicht alle Familienmitglieder sind glücklich über ihre Einmischung. Können Freya und Sevim die Rätsel der Vergangenheit lösen und so die Zukunft lenken?

Die Autorin

Cindy Jäger wurde 1980 geboren und schreibt sich die Welt, wie sie ihr gefällt. Dafür plündert sie die Detektivgeschichten ihrer Kindheit, Popsongs und ihre Zeitgenossen. Sie lebt derzeit in der Nähe von Stuttgart, dort überprüft sie die Qualität von Schleim, Schaltkreisen und Spielfiguren und beschert möglichst vielen Katzen ein sorgloses Leben.

Cindy Jäger

Das Vermächtnis der Gräfin

Zwei Freundinnen ermitteln

Kriminalroman

Midnight by Ullstein
midnight.ullstein.de

Originalausgabe bei Midnight
Midnight ist ein Verlag
der Ullstein Buchverlage GmbH, Berlin
September 2019 (1)

© Ullstein Buchverlage GmbH, Berlin 2019
Umschlaggestaltung:
zero-media.net, München
Titelabbildung: © FinePic®
Gesetzt aus der Quadraat Pro powered by pepyrus.com
Druck- und Bindearbeiten: CPI books GmbH, Leck

ISBN 978-3-95819-249-2

Prolog

1970

»Meine sehr geehrten Damen und Herren, wir haben uns aus dem traurigen Grund des Ablebens der Gräfin Sybille Louise von Barthow hier zusammengefunden und als ihr Testamentsverwalter habe ich nun die ehrenvolle Aufgabe, ihren letzten Willen auszuführen.«

Er legte pietätvoll eine Pause ein, so wie er es nach diesem salbungsvollen ersten Satz immer tat, und blickte in die Runde der Hinterbliebenen. Die verstorbene Gräfin hatte es so gewollt, dass sich alle im Kaminzimmer des Ostflügels versammelten, welches von den insgesamt sechsunddreißig Zimmern des Schlosses ihr liebstes gewesen war.

Nur gut, dass nicht mehr viele Leute Anspruch auf das Erbe der von Barthows erheben können, dachte er sich.

Seitens der Gräfin gab es nur zwei Cousinen, die bereits zu gebrechlich waren, um den weiten Weg auf sich zu nehmen, und die außerdem ihre Katzen nicht alleine lassen wollten. Die Zwei- und Vierbeiner würden bis an ihr Lebensende versorgt sein.

Alle Anwesenden entstammten ausschließlich der Familie von Barthow selbst und hatten bereits nach dem Tod des letzten Grafen auf einen Teil vom Familienvermögen gehofft. Dieser hatte jedoch alles seiner Frau hinterlassen, was dazu geführt hatte, dass in den vergangenen sieben Jahren jeder Einzelne um die Gunst der Gräfin gebuhlt hatte.

Da waren Carl Konstantin, der jüngere Bruder des verstorbenen Grafen, und seine Frau Ingrid sowie deren bereits erwachsene Kinder. Carl Alexander, der Älteste, seine Schwester Theresa und Philipp, der Jüngste. Sie hatten es sich auf den Clubsofas gleich neben dem Kamin, nun, vielleicht nicht gerade gemütlich gemacht, aber sie saßen da, als wüssten sie, dass sie dort hingehörten.

Anders ihre weitläufige Verwandtschaft. Eine Cousine des verstorbenen Grafen hatte sich bereits vor Jahrzehnten von der Familie abgewandt und den klangvollen und geschichtsträchtigen Namen von Barthow bei ihrer Heirat eingetauscht. Ihr Sohn hieß jetzt schlicht und einfach Michael Frank und er hätte alles dafür gegeben, die Entscheidung seiner Mutter rückgängig zu machen. Was ihm jedoch an standesgemäßer Erziehung fehlte, machte er durch seine Anpassungsfähigkeit wett und es war ihm gelungen, dass der verstorbene Graf ihn samt Frau und Kindern dazu einlud, auf Schloss Barthow zu wohnen. Jetzt kauerte er jedenfalls mit seiner Frau auf dem Sofa, das am weitesten vom Kamin entfernt stand.

Schließlich gab es noch Magdalena von Barthow. Sie war die jüngere Schwester des Grafen und blickte, an eine Fensterbank gelehnt, in die Ferne, als würde sie das alles nichts angehen.

Trauer konnte der Testamentsverwalter bei keiner einzigen Person entdecken. Einige rutschten nervös auf ihren gepolsterten Sitzmöbeln herum, andere blickten betont gleichgültig in die Runde.

Er seufzte leise. Seine Erfahrung ließ ihn bereits erahnen, welche der Hinterbliebenen das Testament verärgert aufnehmen und versuchen würden, ihm das Leben schwerzumachen.

Er räusperte sich vernehmlich, blickte den Anwesenden fest in die Augen und begann laut vorzulesen:

Meine lieben Verwandten! Oder sollte ich besser sagen, meine lieben Faulenzer, Schmarotzer und Tagediebe?

Nichts für ungut – Ihr seid nun alle hier zusammengekommen und denkt, Ihr hättet es fast geschafft, nicht wahr? Ein jeder von Euch hat sich in den vergangenen Jahren furchtbar angestrengt, sich darin würdig zu erweisen, die Geschäfte der Familie auf Schloss Barthow fortzuführen.

Ihr habt aufs Stichwort mit Eurem Wissen zur Familiengeschichte geglänzt und eifrig meine kleinen Rätsel gelöst, was wirklich amüsant war.

Nun – Ihr habt Euch umsonst bemüht und ich möchte Euch freundlicherweise jetzt schon warnen: Mit mehr als einem Taschengeld werdet Ihr nicht nach Hause gehen.

Erstens: Den Familienschmuck gibt es schon lange nicht mehr, ich habe die Diamanten, die Saphire und Smaragde und das reine Gold veräußern müssen, aus Gründen, die Ihr mit Sicherheit nicht versteht. Die Colliers und Armbänder, die Taschenuhren und Manschettenknöpfe, mit denen Ihr euch schmückt, sind nur buntes Glas und billiges Metall. Ich habe sie anfertigen lassen, damit der Anschein von Glanz und Überfluss gewahrt bleibt, und das ist doch das Wichtigste, meint Ihr nicht auch?

Keiner der Anwesenden hörte mehr zu.

»Das ist eine bodenlose Unverschämtheit«, empörte sich Carl Constantin von Barthow, ein distinguierter Herr in seinen Sechzigern.

»Sie hat die Schmuckstücke versteckt und uns versprochen, der Finder darf sie behalten«, brauste Ingrid von Barthow, seine Ehefrau, auf.

»Und wir haben ihre Spielchen mitgespielt, über ihren Wortspielen gegrübelt und wie Idioten das Haus und den Garten abgesucht, und jetzt ist alles gar nichts wert? Das alles war umsonst?«

Sie befingerte ungläubig den enormen tropfenförmigen grünen Stein, der an einer Goldkette um ihren gut gepflegten Hals hing.

Jutta Frank nahm ihre Ohrringe ab und ihr Ehemann betrachtete kritisch seine Manschettenknöpfe.

»Es lässt sich ganz einfach herausfinden, ob die Steine echt sind«, ließ sich Magdalena vernehmen. Sie trug gar keinen Schmuck und war auf eine schlichte, zweckmäßige Art gekleidet, die darauf schließen ließ, dass sie sich regelmäßig die Finger schmutzig machte.

»Ach ja?«, erwiderte Carl Constantin. »Interessierst du dich auf einmal doch für etwas anderes als die Gäule, die uns nur die Haare vom Kopf fressen?«

»Die equine Tradition gibt es in unserer Familie seit 1681 ...«

»Was Tante Magdalena meint«, fuhr Philipp dazwischen, »ist sicher, dass wir versuchen könnten, einen der Steine zu zerstören. Wenn er bricht, ist es eindeutig Glas und Tantchen hat uns alle an der Nase herumgeführt.« Der Gedanke schien ihn zu amüsieren – im Gegensatz zu seinen Verwandten.

»Nimm deine Kette ab, Ingrid«, befahl ihr Mann.

»Warum denn ich?«, erwiderte diese und krallte ihre Faust um das tropfenförmige Schmuckstück.

»Dieses ganze Theater ist unserer Familie unwürdig«, fuhr eine junge Frau dazwischen. Sie löste ihr Armband, an dem sich vermeintlich Saphire aneinanderreihten, und gab es ihrem Vater.

»Vielen Dank, Theresa. Sehr vernünftig von dir.«

Ihr Bruder sah sich derweil im Raum um, bis sein Blick auf einen marmornen Briefbeschwerer fiel, der auf dem kleinen Schreibkabinett ruhte. Er brachte ihn seinem Vater.

»Nun denn, Zeit der Wahrheit ins Gesicht zu blicken.« Er hob bereits an, als seine Frau seinen Arm umklammerte.

»Nicht auf dem Tisch, Carl, das ist ein echter Georges Jacob! Wenn uns schon der Schmuck nicht bleibt, dann wenigstens das Mobiliar. Aber vielleicht hat sie ja auch das nachmachen lassen«, schloss sie grimmig.

Also trug Carl Constantin alles zu einem der massiven Fenstergesimse, breitete das Armband darauf aus und ließ den Briefbeschwerer beherzt niedersausen.

Seine Fassungslosigkeit musste wohl im gesamten Raum spürbar gewesen sein, denn plötzlich sprangen alle auf und drängten sich vor dem Fenster zusammen. Niemand sagte etwas und wer weiß, wie lange die Stille angehalten hätte, wenn nicht zwei Dinge zugleich geschehen wären.

Seine Frau Ingrid brach in Tränen und sein Sohn Philipp in Gelächter aus.

Theresa sah ihren jüngeren Bruder scharf an und führte ihre Mutter zurück zum Sofa.

»Sie wird uns auf die Straße setzen«, jammerte diese matt.

»Vielleicht hören wir uns erst einmal an, was sie uns sonst noch zu

sagen hat.« Carl Alexander, der Älteste der Kinder, war auf dem Sofa sitzen geblieben und schaute drein, als würde er über allem stehen.
Nachdem sich auch die entfernten Verwandten wieder gesetzt hatten, fuhr der Testamentsverwalter fort. »Wo war ich stehen geblieben? Ach ja, hier ...«

Ihr denkt jetzt sicher, ich wäre eine alte, abscheuliche, gehässige Frau, aber ich bilde mir gerne ein, im Allgemeinen ganz umgänglich zu sein, diese Ehre wird also nur Euch zu teil. Nun, weiter.

Zweitens: Ihr seid es gewohnt, hier im Schloss zu wohnen, entweder seit Eurer Geburt, oder weil Ihr es geschafft habt, Euch bei meinem verstorbenen Mann, Alexander Graf von Barthow, unentbehrlich zu machen. Nur Ihr wisst, was Ihr dafür auf Euch genommen habt, aber ich bin mir sicher, es war ein für Euch profitables Geschäft. Auch mir hat der Familienstammsitz sehr viel bedeutet und ich wage zu behaupten, jeden Tag, den ich hier verbringen durfte, geschätzt und genossen zu haben. Gleichwohl ist mir bewusst, dass einige, wenn nicht alle von Euch, der Meinung sind, eine wie ich hätte nie hierhergehört. Ich kann Euch nur sagen, gewöhnt Euch daran, denn ich vermache das Schloss und das angrenzende Anwesen der Stadt, zum größtmöglichen Nutzen und zur Erbauung der Bevölkerung ...

»Sie wagt es«, brauste Carl Constantin auf, »mein Bruder hat sie aus der Gosse in unsere Familie geholt und sie wagt es ...«

»Darf sie das denn so einfach?«, ereiferte sich nun auch Michael Frank. »Unsere Familie wohnt seit zweihundertachtundvierzig Jahren hier auf Schloss Barthow und jetzt soll jeder Hinz und Kunz ein- und ausgehen dürfen?«

»Das hätte der Graf nie zulassen dürfen, warum hat er alles ihr vermacht?«, meldete sich nun Jutta Frank, seine Frau, zum ersten Mal zu Wort. »Hat er denn gar nicht an die Familie gedacht? Was soll jetzt bloß aus uns werden ...«

»Mein Bruder war schon immer viel zu großherzig und zu modern«,

fuhr Carl Constantin dazwischen, »das Schloss war ihm doch völlig egal, wenn er sich nur in der Weltgeschichte herumtreiben konnte!«
»Bitte, Vater«, erwiderte Carl Alexander eisig, »wir wollen es doch hinter uns bringen.« Er nickte dem Testamentsverwalter barsch zu.

... zum größtmöglichen Nutzen und zur Erbauung der Bevölkerung. Und ich möchte an Dich, liebe Theresa, die Aufgabe herantragen, Dich als zukünftige Verwalterin um den Familiensitz zu kümmern. Der Stadt lasse ich eine entsprechende Anordnung zukommen. Du bist eine kluge junge Frau und hast sogar studiert, aber durch Deinen Standesdünkel und die vererbte Wichtigkeit hast Du es nicht für nötig gehalten, Dich in der Welt zu beweisen. In dieser Stadt gibt es nicht viel, worauf die Leute stolz sein können. Strenge Deine Kräfte an, den Familiensitz zu erhalten und den einfachen Leuten seine Kostbarkeiten ans Herz wachsen zu lassen.

Aber keine Sorge, so kaltherzig, dass ich Euch einfach auf die Straße setze, von der mich mein Mann einst aufgelesen hat, bin ich nicht. Ihr sollt natürlich weiterhin hier wohnen. Genau wie die guten Geister, die hier im Schloss ihren Dienst tun. Der Ostflügel ist nur der Familie vorbehalten, auch das habe ich festgelegt.

Als Verwalterin für das Gestüt und die Pferde setze ich Dich ein, Magdalena. Du hast Dich über fünf Jahrzehnte um die Pferde hier gekümmert und sie wie Kinder geliebt. Nun liegt es an Dir zu entscheiden, ob diese Familientradition mit Deinem Leben endet, oder ob Du eine würdige Nachfolge findest.

Michael und Jutta, Ihr lagt meinem verstorbenen Mann sehr am Herzen. In seinem Sinne habe ich für jedes Eurer Kinder ein Treuhandkonto einrichten lassen, mit dem Geld sollen sie einmal studieren – oder aber sie werfen alles in kurzer Zeit aus dem Fenster. Es liegt an Euch, die nächste Generation der von Barthows angemessen auf das Leben vorzubereiten.

Zusätzlich zu Eurem lebenslangen Wohnrecht, vermache ich jedem von Euch fünfunddreißigtausend Mark. Das scheint für Euch nicht viel zu sein, aber es ist mehr als andere Menschen jemals in ihrem Leben auf einmal zu sehen bekommen. Ihr könnt das Geld investieren, versuchen etwas damit

aufzubauen und Euch einmal anzustrengen.
Zu guter Letzt: Das Feuer des Nordens. Ihr fragt euch sicher, was daraus werden soll, und hier ist meine Antwort. Ich habe die Familie von seinem Fluch befreit, macht Euch also keine Gedanken mehr darum. Es wird mit seinem Finder vereint sein, bis in alle Ewigkeit, und keiner von Euch wird es jemals wieder in den Händen halten. Ich rate Euch, vergesst es einfach und macht Euch daran, Euer eigenes Feuer zu finden, genau wie Eure Vorfahren.

Der Testamentsverwalter senkte das Blatt und hoffte, dass der Sturm der Entrüstung nicht allzu heftig über ihn hereinbrechen würde.

»Das ist alles? Über sechshundert Jahre Familiengeschichte und das war es jetzt?« Ingrid von Barthow sah plötzlich um Jahre gealtert aus und fühlte sich auch so.

Jutta Frank erwiderte: »Aber damit kann man doch etwas anfangen, oder? Es ist doch besser als nichts?«

»Besser als nichts?«, erwiderte Carl Alexander mühsam beherrscht. »Das ist unsere Familie, unser Familiensitz, unsere Geschichte – es ist in unserem Blut und sie wirft einfach alles weg, obwohl es ihr gar nicht gehört! Besser als nichts? Sie hat es sich hier gut gehen lassen mit ihren Partys und Gesellschaften und hat sich wichtig gemacht und dafür unser Erbe versetzt. Und jetzt sollen wir mit einem Almosen auskommen und uns durch ihre Gnade alle im Ostflügel zusammenpferchen? Besser als nichts – was weißt du denn schon? Du bist doch nicht besser als diese alte Hexe, deren einzige Großtat es gewesen ist, meinen Onkel dazu zu bringen, sie zu heiraten.«

»Carl Alexander, bitte«, ermahnte ihn seine Mutter schniefend. »Wir wollen auch in einer Situation wie dieser unsere guten Manieren nicht vergessen ...«

»Aber das *Feuer des Nordens*«, erwiderte Philipp, »wo kann es nur sein? Lesen Sie die betreffende Stelle noch einmal vor«, befahl er dem Testamentsverwalter.

»*Das Feuer des Nordens. Ihr fragt Euch sicher, was daraus werden soll, und hier ist meine Antwort. Ich habe die Familie von seinem Fluch befreit, macht Euch* also keine Gedanken mehr darum. *Es wird mit seinem Finder vereint sein, bis in alle Ewigkeit ...«*

»Ja, ja, schon gut«, winkte er ungeduldig ab.

»Aber unser Onkel hat es gefunden und der ist seit sieben Jahren tot«, meinte Theresa ratlos.

»Vielleicht ist das ihr letztes Rätsel«, erwiderte Ingrid hoffnungsvoll. »Und wer das *Feuer des Nordens* findet, darf es behalten? Wir sollen uns ja schließlich anstrengen.«

Carl Alexander beobachtete seine Familie, einige sahen aus dem Fenster, sie würden vermutlich im Garten oder den Stallungen suchen. Andere vielleicht im ehemaligen Arbeitszimmer, oder sie würden im Gemälde des Grafen, das den Treppenaufgang im Westflügel zierte, nach Hinweisen forschen.

»Vielleicht hat sie es unter seinen alten Sachen versteckt«, mutmaßte Carl Constantin. »Ihr bleibt hier, ich werde in seinen ehemaligen Räumen nachsehen.«

»Kommt nicht infrage«, entgegnete Michael Frank, »wir suchen alle danach.«

»Vielleicht ist es bei seinen Überresten in der Familiengruft«, flüsterte seine Frau.

Sie sprangen auf und zerstreuten sich in alle Richtungen.

»Ich sehe nach den Pferden«, erklärte Magdalena tonlos und ging gemessen hinaus.

Nur Carl Alexander blieb. Er klammerte sich an die Hoffnung, dass der rote Beryll doch noch auftauchte. Aber insgeheim wusste er, das *Feuer des Nordens* war längst fort.

• • •

Carl Alexander wartete ungeduldig darauf, dass der Testamentsverwalter die letzten Worte der Gräfin an ihre Bediensteten überbrachte. Lange musste er nicht in der Vorhalle ausharren, denn bereits nach zwanzig Minuten öffnete sich die Tür und die guten Geister traten wieder aus dem Kaminzimmer, wo sie unbehaglich auf den Sofas und Sesseln gehockt hatten, was bisher in vielen Jahren oder sogar Jahrzehnten undenkbar gewesen war. Einige tupften sich die Augen, andere hielten den Blick gesenkt oder gingen stoisch wieder an ihren Arbeitsplatz. Das Leben musste ja weitergehen.

Einfalt kann doch ein Segen sein, dachte Carl Alexander ohne Hohn. Der um sein Erbe Gebrachte wusste genau, wen aus der Dienerschar er sich herauspicken musste.

»Georg, auf ein Wort«, wies er den Gärtner an, der seit 1945 in Diensten von Graf und Gräfin gestanden hatte.

Dieser betrachtete ihn gleichgültig und sagte kein Wort.

»Von allen Bediensteten hatten Sie in den letzten Wochen am häufigsten mit meiner Tante zu tun.«

Der Gärtner ließ keine Regung erkennen.

»Die Gräfin hat Sie zu sich ans Bett rufen lassen und Sie haben Botengänge und andere Dinge für sie erledigt.«

Sein Gegenüber nickte kurz und Carl Alexander wurde ungeduldig. Noch war er schließlich wer, hier im Schloss.

»Ich bin mir sicher, sie hat Ihnen bestimmte Dinge anvertraut, Dinge, von denen keiner sonst weiß.«

»Ach ja?«

Carl Alexander ließ ihm die Respektlosigkeit durchgehen und antwortete nur: »Ja. Dinge, die für die Familie von Bedeutung sind.«

»Davon weiß ich nichts.«

Carl Alexander zwang sich zur Ruhe. »Sie stehen seit fünfundzwanzig Jahren im Dienste unserer Familie und waren immer ein treuer und zuverlässiger Teil des Haushalts. Bestimmt liegt Ihnen das Fortkommen der von Barthows nicht fern?«

»Nun, so wie ich es verstanden habe, unterscheiden sich die von Barthows nicht mehr sehr vom Rest der Bevölkerung.«

»Immer noch genug!« Carl Alexander baute sich vor ihm auf. »Und du willst doch bestimmt keinen Ärger mit uns. Was hat die Alte dir aufgetragen und wo ist der Stein? Raus mit der Sprache, sonst ...«

»Was sonst?« Der Gärtner war zwar einen halben Kopf kleiner als er, aber ziemlich drahtig und seine Miene war undurchdringlich. Mit der rechten Hand fuhr er sich über die Narbe, die er sich im Zweiten Weltkrieg zugezogen hatte, und die sich von seinem Kinn bis zum Ohr zog. Carl Alexander sah ein, dass keine seiner Drohungen an das heranreichen würde, was Georg nicht schon erlebt, wenn nicht sogar überlebt hatte. Zu wissen, wann einem seine Abstammung weiterhalf und wann nicht, gehörte zu seinen Strategien, das Leben zu meistern.

»Ich behalte dich im Auge. Und jetzt wieder an die Arbeit, aber plötzlich.«

Der Kerl wagte es noch, unverschämt zu grinsen, und ging davon.

Carl Alexander bebte. Das war das Ende. Graf Alexander von Barthow hatte keine Nachkommen, der Titel war erloschen, das Schloss verloren. Die Geschichte der Familie endete hier und jetzt im Jahre 1970.

Kapitel 1

2018

Das erste Mal seit Jahren freute sich Freya so richtig auf ihren Geburtstag.

Sie freute sich sogar so sehr, dass sie sich den Tag freigenommen und nicht nur alle eingeladen hatte, die ihr am Herzen lagen, sondern aus Versehen auch Sevims Schwester Seyhan.

Freya fragte sich, wie das passieren konnte. Sevim war seit der Grundschule ihre beste Freundin und Freya war bei ihrer Familie, den Caners, ein- und ausgegangen. Und die Einzige, die sie nicht mochte, war Sevims jüngere Schwester. Diese hatte schon immer ein einnehmendes Wesen gehabt, den Hang, sich immer und überall die Rosinen herauszupicken und alle anderen dabei herumzukommandieren. In der Wohnung, die sich Freya und Sevim seit Studentenzeiten teilten, war Seyhan dann auch ein sehr seltener Gast gewesen.

Jetzt malträtierte sie aber auf ihre forsche Art die Türklingel und Freya war sich unschlüssig. *Was, wenn ich einfach nicht aufmache?*, dachte sie sich und schaute sehnsüchtig ins Wohnzimmer. Dort saßen ihre Gäste schon am eingedeckten Tisch, schlürften Milchkaffee und unterhielten sich angeregt. Doch Sevim drückte gleichzeitig Summer und Klinke und sie hörten Seyhan nach oben stapfen.

»Hallo, alle miteinander, schön, dass ihr da seid«, rief Sevims Schwester durch die offene Wohnzimmertür, als hätten sich alle ihretwegen versammelt. »Ich sag's aber gleich, ich hab' wirklich nicht viel Zeit!«

»Ja, toll!«, entgegnete Freya begeistert. Und als Seyhan sie ungläubig anblickte, fügte sie hinzu: »Äh ... toll, dass du trotzdem da bist. Wie lange bleibst du denn?«

»Äh ...«

»Warum gehen wir nicht erst mal ins Wohnzimmer?«, meinte Sevim. Ihre Schwester rümpfte die Nase. »Wollt ihr euch nicht mal eine andere Bleibe suchen, oder wenigstens neue Möbel? Ihr wohnt ja immer noch wie Studentinnen. Dabei hast du jetzt deine eigene Agentur, wo du Leute berätst, und Freya hat auch endlich einen richtigen Job ...«

»Ich berate die Leute am Telefon, sie werden unsere Wohnung nie zu Gesicht bekommen, und du hörst dich an wie unsere Mutter«, versuchte Sevim sie abzuwürgen.

»Gar nicht«, erwiderte ihre Schwester, »ich meine nur, wenn man es endlich zu etwas bringt, muss man es auch zeigen. Wozu sonst das Ganze? Und ihr seid ja sogar ein bisschen berühmt in der Stadt, nachdem ihr letztes Jahr das Bild wiedergefunden habt ...«

Freya sog hörbar die Luft ein. Die Sache mit dem Bild war immer noch ein wunder Punkt. Sie arbeitete nämlich in einer Galerie, in der die Privatsammlung der Ackermanns, einer wohlhabenden und einflussreichen Familie, öffentlich ausgestellt wurde. Und vor gut einem Jahr, gerade als Freya dort angefangen hatte zu arbeiten, war in ihrem Beisein ein Gemälde entwendet worden. Mit Sevims Hilfe hatte sie es nach Monaten schließlich wiedergefunden und Sonja Ackermann, ihre Chefin, hielt es ihr auch gar nicht vor. Aber trotzdem wollte Freya lieber nicht an diese Zeit zurückdenken.

Seyhan bemerkte Freyas Unbehagen natürlich nicht. »Also jetzt schreibt natürlich keiner mehr über euch«, fuhr sie munter fort. »Wollt ihr nicht bald mal wieder ein Verbrechen aufklären?«

»Oder wir schneiden die Torte an«, erwiderte Freya grimmig, denn das war der Plan gewesen, bevor Seyhan zu ihrer Klingelarie angesetzt hatte.

»Oh ja, ich hab' in meinem Bauch extra Platz für die Torte freigehalten!«, meinte Freyas gute Bekannte Suzette, die im selben Haus wohnte und im Erdgeschoss außerdem einen Second-Hand-Laden betrieb. Sie betrachtete lüstern das dreistöckige Kunstwerk, das Freya zwei Wochen lang geplant, und dann selbst gebacken und dekoriert hatte.

Nach der Torte waren die Geschenke dran, Freya hatte sie auf einer Kabelrolle aus Holz, die nun als Sofatischchen diente, gestapelt.

Sie griff nach einem goldgelben Köfferchen, das ihre Chefin ihr gestern Abend in die Hand gedrückt hatte. Freya löste die Verschlüsse und der Koffer teilte sich in zwei Hälften, sodass auf jeder Seite zwei versetzte Schübe zu erkennen waren. In jedem steckten zehn Glasbehälter mit andersfarbigem Inhalt. »Zuckerstreusel in vierzig verschiedenen Farben, Wahnsinn«, flüsterte Freya gerührt.

Von Suzette bekam sie einen schwarzen Ledergürtel, der nicht zu lang und nicht zu kurz war, nicht zu schmal und nicht zu breit, nicht zu glänzend, aber auch nicht zu matt, nicht zu braun oder blau, sondern einfach nur perfekt. Freya konnte es nicht fassen, seit Jahren hatte sie nach so etwas gesucht und immer wieder etwas auszusetzen gehabt und jetzt hielt sie den perfekten schwarzen Ledergürtel in der Hand.

Von ihrer besten Freundin bekam Freya eine winzige Tube mit Ölfarbe – das schwärzeste Schwarz, das Sevim nur im Ausland bestellen konnte und auf dessen Lieferung sie monatelang gewartet hatte.

»Ich werde mir genau überlegen, was ich damit male«, versicherte Freya.

Nadja und Yun, die Sevim und Freya noch von der Uni kannten, schenkten ihr ein Vakuumiergerät. Damit waren alle ihre Hobbys bedacht, und Freya höchst zufrieden.

»Du hast mein Geschenk noch gar nicht aufgemacht«, meinte Seyhan.

Also widmete sich Freya dem grob in Packpapier eingeschlagenen und scheinbar hundertfach mit Tesa gesicherten Paket.

Sie selber packte jedes Geschenk akribisch ein, Papier, Schleifenband, Anhänger alles passend zum Geschenk und zur beschenkten Person, und dies war ein persönlicher Affront. *Ich hätte es zuerst auspacken sol-*

len, *dann wäre alles nur noch besser geworden*, dachte sie sich, während sie danach suchte, wo das Klebeband seinen Anfang nahm.

»Meine neuen Kollegen haben mich gefragt, ob ich mit zum Flohmarkt komme. Die stehen total auf Shabby Chic.« Sie sah sich missbilligend in Freyas und Sevims Wohnzimmer um. »Aber sonst sind sie ganz nett. Und ich dachte mir, na ja, vielleicht erzählen sie ja etwas über die Arbeit, wovon man wissen sollte.«

Das sah Seyhan ähnlich, dass sie in einer Situation nur auf ihren Vorteil bedacht war.

»Ich selber würde mir ja nichts kaufen, das andere Leute schon benutzt haben, aber wenigstens habe ich dort etwas für dich gefunden«, fuhr Seyhan fort. »Du magst doch sinnlose Sachen. Als ich das Ding gesehen habe, musste ich jedenfalls sofort an dich denken.«

Nur völlig fantasielose Menschen wie Sevims Schwester konnten auf die Idee kommen, liebevoll aus Resten zusammengebastelte Möbel und Alltagshelfer als sinnlos zu bezeichnen.

Sevim seufzte, egal was ihre Schwester da besorgt hatte – Freya würde es schon aus Prinzip nicht mögen. Diese hatte sich jetzt durch das Klebeband gekämpft und wickelte mehrere Lagen Packpapier auf den Boden.

Zum Vorschein kam eine schwarz lackierte Holzschatulle, ungefähr halb so groß wie ein Schuhkarton. Der untere Teil war wie ein Sockel geformt, über dem sich einzelne Holzleisten rundherum wie ein Zaun aneinanderreihten und oben von einem filigran geschnitzten Deckel abgeschlossen wurden.

Freya versuchte, das Kistchen zu öffnen, aber ganz gleich, von welcher Seite sie den Deckel anheben wollte, er ließ sich nicht bewegen. Wie sie das Kistchen auch drehte und wendete – es blieb verschlossen. Freya war wider Willen fasziniert!

Seyhan hielt sich schließlich an ihr Versprechen bald wieder zu gehen, und stürzte noch schnell ein Glas Sekt hinunter, bevor sie sich auch schon verabschiedete. Freya atmete auf und konnte den Tag in Ruhe ausklingen lassen.

»Es kann doch nicht sein, dass man das Ding nicht aufbekommt«, meinte Yun und reichte die Schatulle an Suzette weiter.

Das Kästchen hatte bereits mehrmals die Runde gemacht. Sie hatten versucht, den Deckel zu heben, oder zu verschieben, hatten es auf den Kopf gestellt und geschüttelt – aber nichts war passiert. Schließlich hatte Freya ihren Werkzeugkoffer geholt und fuhr mit einer Specksteinfeile vorsichtig an den Stellen entlang, an denen die Holzteile aufeinandertrafen, auch das vergebens.

»Ich will es nicht kaputt machen, aber ich will auch wissen, was darin ist ...«

»Es hat nicht mal ein Schloss, dann könnte man es zu einem Schlüsseldienst bringen«, meinte Nadja.

»Hm ... da wüsste ich jemanden«, meinte Suzette und sah Sevim vielsagend an.

»Ja, klar!« Sevim nickte. »Bernd.«

»Wenn jemand das Kästchen öffnen kann, dann er. Als mir mein Schlüsselbund in den Gulli gefallen ist, hat Bernd sowohl meine Laden- und die Wohnungstür als auch die Tür von meinem Micra geknackt«, erklärte Suzette. »Und meine Ladenkasse, nicht zu vergessen, und irgendwann den Gullideckel!«

»Ich melde uns gleich für morgen in seiner Werkstatt an«, antwortete Sevim und dachte nach. Bernd kannte Freya ja noch nicht und er mochte es gar nicht, wenn Fremde in seiner Werkstatt ein- und ausgingen. Ob er neue Leute immer noch einem Kennenlerntest unterzog? Und war es noch der gleiche, den sie selbst damals gemacht hatte?

Sie musste Freya auf jeden Fall auf das Treffen vorbereiten. Ihre Freundin schreckte ja auch immer davor zurück, neue Leute kennenzulernen, und Bernd war da noch einmal eine ganz andere Hausnummer als der durchschnittliche Fremde. Sevim kicherte. Das Aufeinandertreffen würde interessant werden.

...

Bernd war ein Mensch, der im Chaos aufblühte.

In seiner Fahrradwerkstatt wuselten jede Menge Leute herum, von denen Sevim nie wusste, ob es andere Kunden waren, oder Typen, die gerade keine Bleibe hatten. Manchmal fand sie Bernd auch gar nicht im Gewimmel, dann war er unterwegs, um jemandem billig das Auto zu reparieren – so hatte Suzette ihn kennengelernt – oder er brachte den Kaffeeautomaten im Café gegenüber wieder zum Laufen oder er betätigte sich als »Schlüsseldienst«, was auch immer das gerade hieß.

Sevim hatte seine Bekanntschaft gemacht, nachdem sie gerade als Lehrerin angefangen hatte. Wie immer wollte sie in aller Herrgottsfrühe mit dem Rad in die Schule aufbrechen, als ihr beim Aufsteigen die Kette riss.

»Mist«, entfuhr es ihr, »warum gerade heute?!«

»Was ist denn los, Kleine?« Der Zufall wollte es, dass auf dem Balkon im ersten Stock Suzette gerade ihren Morgenkaffee genoss, bevor sie unten im Laden alles für den Tag herrichten würde.

Suzette hatte sie schließlich mit ihrem Nissan Micra zur Schule gebracht und sie für den Nachmittag in Bernds Fahrradwerkstatt angemeldet, wo sich Sevim erst einmal Bernds Eingangsfragen hatte stellen müssen.

Und nun war Freya an der Reihe, Bernd Rede und Antwort zu stehen. Sevim hatte sie den halben Abend darauf vorbereitet und konnte nur hoffen, dass ihre Freundin mit der Situation fertig wurde.

»Weltfrieden oder Heilmittel gegen Krebs?«, fragte Sevim probehalber, während sie Bernds Werkstatt betraten.

»Weltfrieden«, antwortete Freya brav, »dann gibt es automatisch mehr Ressourcen für die medizinische Forschung.«

»Ich glaube, die Begründung will er gar nicht hören.« Sie schlängelten sich an ein paar Leuten vorbei, die Sevim schon vom letzten Mal kannte, überstiegen zwei Hunde und entdeckten Bernd schließlich an einer Werkbank.

»Und ihr kennt euch seit der Schulzeit«, begrüßte er Sevim, während er Freya eingehend musterte.

Sevim nickte. »Seit der dritten Klasse. Wir haben da ein Problem mit ...«

»Moment. Ich hab' da erst ein paar Fragen ...«

Freya wappnete sich.

»Lieber fluchen oder lieber tratschen?«

»Ähhhh ... fluchen?«

»Das frag' ich dich!«

»Ja, dann ... fluchen ...«

Freya verfluchte sich gerade selbst, bestimmt war sie viel zu langsam und schon jetzt durchgefallen.

»Was ist schlimmer: Rauchen oder Ruhestörung?«

Nachdem Freya die persönlichen, gesellschaftlichen, wirtschaftlichen und sozialen Aspekte gegeneinander abgewogen hatte, fiel ihr auf, dass es in der Werkstatt nicht nach Rauch roch und an jeder Wand mindestens ein Schild mit durchgestrichener Zigarette hing. »Rauchen«, sagte sie endlich.

»Letzte Frage. Was kann man eher verzeihen, Diebstahl oder Fahrerflucht?«

Da musste Freya nicht lange überlegen: »Diebstahl.«

Bernd musterte sie eine Weile schweigend und schloss dann die Augen.

Hilfe suchend blickte Freya zu ihrer Freundin, aber diese zuckte nur mit den Schultern. Sevim hatte keine Ahnung, wie seine Entscheidung ausfallen würde, oder was Bernd mit seinen Fragen bezweckte. Sie hegte allerdings einen Verdacht, nämlich dass er es einfach mochte, wenn ihn ein Geheimnis umgab und ihn seine Mitmenschen nicht einschätzen konnten.

»Super!«, rief Bernd schließlich und riss die Augen auf. »Wir gehen besser nach hinten.«

Freya fragte sich, ob schon einmal jemand den Test nicht bestanden hatte und von Bernd als Bekanntschaft abgelehnt worden war.

»Oh, Moment noch«, hielt Bernd sie davon ab, die Werkbank zu umrunden. Er wickelte sich eine dicke Wollschlange vom Hals, die sich als

Hose entpuppte, und schlüpfte hinein. Danach winkte er sie durch die Tür, die in sein Hinterzimmer führte.

»Wie findet ihr meinen neuen Kaftan?«, fragte er, als er es sich in einem abgewetzten Sessel in seinem Hinterzimmer gemütlich machte.

»Ein Kaftan geht für gewöhnlich bis zu den Kniekehlen, das da ist eher eine Tunika«, entgegnete Freya, wie aus der Pistole geschossen.

»Kaftan oder Tunika?«, erwiderte Bernd.

»Äh ...«

»Kleiner Scherz. Also, was habt ihr für mich?«

Freya holte die Schatulle aus ihrer Umhängetasche und stellte sie zögerlich vor Bernd auf das kleine Campingtischchen, auf dem unzählige Kaffeeringe bereits ein psychedelisches Muster bildeten.

Bernd drehte sie mit schmutzigen Fingern mal in die eine, mal in die andere Richtung, stellte sie auf die Seite und auf den Kopf und betrachtete das Objekt jedes Mal schweigend. Jetzt hatte er die Augen geschlossen, die Hände in seinem Schoß.

Sevim sah sich interessiert um und Freya tat es ihr gleich. Aber neben Reifen, Sätteln, Lenkern verschiedener Formate und viel Staub und Dreck gab es nichts Besonderes zu entdecken. Freya versuchte die staubbedeckten Fensterbänke und den ungekehrten Boden nicht allzu eingehend zu betrachten. Auch wenn es in ihrer Wohnung ähnlich chaotisch aussah, war doch alles immer porentief rein.

»Wie spät ist es?«, fuhr Bernd plötzlich aus seiner meditativen Haltung auf.

»Kurz vor acht«, meinte Sevim nach einem Blick auf die Wanduhr hinter ihm.

»Dann muss ich euch jetzt leider rausschmeißen, die Werkstatt schließt gleich.«

Freya griff nach der Schatulle, aber Bernd war schneller. »Lass' das Ding besser hier, ich werde eine Weile brauchen, es zu knacken.«

Freya traute sich nicht zu widersprechen.

»Und, wie findest du Bernd?«, wollte Sevim wissen, als sie auf dem Heimweg im *Pizza Palazzo* Halt machten.

Freya war immer noch ein bisschen mitgenommen.
»Er ist schon irgendwie komisch.«
Sevim schwieg darauf. Die Ironie wollte es, dass etliche Menschen auch Freya für komisch hielten.
»Hat er eigentlich deine Handynummer?«
Sevim schüttelte den Kopf.
»Und meine wollte er auch nicht haben. Meine Schatulle sehe ich bestimmt nie wieder.«
Das war nicht das einzige Mal, dass sich Freya in Bernd täuschen sollte.

...

Vier Wochen hörten Freya und Sevim nichts von Bernd. Als die fünfte Woche dem Ende zuging, fing Suzette sie im Treppenhaus ab. Sie sollten morgen am frühen Vormittag in die Werkstatt kommen und ihre Fahrräder mitbringen.

Bernd hatte kein Telefon und kein Handy, weil ihm das zu unsicher war, und seiner Meinung nach heutzutage jeder abgehört wurde. Stattdessen benutzte er ein Netzwerk von Personen, denen er bedingungslos vertraute, um Nachrichten zu überbringen. Suzette war eine davon. Bernd hatte sie außerdem über Freya und Sevim ausgehorcht. Zögerlich hatte Suzette ihm das ein oder andere preisgegeben. Nicht so sehr, weil sie es gut fand zu tratschen, sondern vielmehr, weil sie wusste, wie misstrauisch Bernd war und sie nicht wollte, dass er sich die Informationen über ihre Nachbarinnen vielleicht anderweitig besorgte. Bernd schien auf jeden Fall zufrieden mit dem gewesen zu sein, was ihm Suzette zu berichten hatte.

»Früher Vormittag – wann soll das denn bitte sein?«, meinte Freya jetzt. »Erst lässt er einen fünf Wochen warten und dann kann er sich nicht mal auf eine Uhrzeit festlegen?« Sie war nicht gut auf Bernd zu sprechen.

Zehn Minuten nach zehn zierte sie sich dann auch, an der Werkstatttür zu klopfen, denn das Schild, das von innen an der Scheibe hing, sagte deutlich: GESCHLOSSEN.

Sevim klopfte mehrmals dezent, aber minutenlang rührte sich nichts. Sie wollten schon ins Café gegenüber gehen, als vorsichtig die Tür aufgezogen wurde.

»Wieso kommt ihr denn nicht rein? Es ist doch immer offen«, meinte Bernd noch im Nachthemd.

Freya wollte protestieren, aber Sevim schob schon ihr Rad hinein.

»Die könnt ihr gleich hier abstellen, aber schön leise, ich hab' ein paar Leute da, die ... na ja ihr wisst schon ... hiervon nichts mitbekommen müssen.«

Tatsächlich war ein Schnarchen zu hören, aber Sevim konnte nicht ausmachen, woher es kam.

Bernd führte sie ins Hinterzimmer und sie wollten gerade, wie beim ersten Mal, auf dem speckigen Zweisitzer Platz nehmen, als Bernd am Regal mit den Fahrradlenkern zog und ein Durchgang sichtbar wurde.

Er winkte sie hinein. Freya musste sich leicht ducken, während es eine schmale Wendeltreppe ungefähr dreißig Stufen nach unten ging.

»Das ist mein Hinter-Hinterzimmer«, meinte Bernd ins Dunkel hinein.

»Das ist unheimlich«, flüsterte Freya Sevim zu. »Warum nimmt er uns mit hierher?«

»Willkommen im Allerheiligsten.« Bernd hatte das Licht angemacht. Von den Möbeln her sah es hier viel wohnlicher und ein bisschen sauberer aus als oben. Ein runder, mit grünem Filz bezogener Tisch beherrschte den Raum und in einer Ecke stand ein nicht völlig abgenutztes Ledersofa. Sogar eine Küchenzeile mit Kaffeeautomaten gab es.

»Ich brauch jetzt erst mal einen Kaffee. Wollt ihr auch einen? Ist Fair Trade.«

Bernd schöpfte Kaffeebohnen aus einem Umzugskarton und machte sich an der Maschine zu schaffen. Freya fiel das enorme Einmachgurkenglas auf, das danebenstand. Etwas darin bewegte sich. Waren das Käfer?

»Wenn ihr kurz mal die Augen zumachen würdet. Ist besser für euch.«

»Äh ...« Das war eindeutig zu viel verlangt, fand Freya. Unruhig wand sie sich auf dem Sofa hin und her und blickte zur Wendeltreppe, die ins Licht und die Freiheit führte oder zumindest in einen Raum, in dem es Fenster gab. Was hatte sich Sevim nur dabei gedacht? Freya hatte bisher keinen Grund gehabt, an Sevims Menschenkenntnis zu zweifeln, aber jetzt musste sie sich fragen, ob sie diesem Bernd da nicht ein bisschen zu viel vertraute.

Sevim ergriff jetzt Freyas Hand und bedeutete ihr einfach mitzumachen. Freya achtete auf Schritte oder sonst irgendwelche Anzeichen, dass Bernd sie gleich in Stücke hacken würde oder etwas ähnlich Unangenehmes. Aber sie hörte nur, wie einer der Küchenschränke geöffnet und einige Sachen herausgenommen wurden und dann ein metallisches Klicken und das Öffnen einer schweren Tür. Hatte er darin vielleicht einen Tresor? Das fand Freya ziemlich spannend und sie überlegte, wo sie auch in ihrer Wohnung unauffällig einen Safe unterbringen konnte.

Währenddessen wurde der bisher vorherrschende Geruch, den Sevim noch von einer Weiterbildung zur Drogenprävention kannte, vom frischen Kaffee überdeckt. Sie hörten, wie erst die schwere Tür und dann die Schranktür wieder geschlossen wurden und Bernd etwas vor sie hinstellte.

Die beiden nahmen das als Zeichen, die Augen wieder aufzumachen. Ihr Blick fiel auf zwei Kaffeetassen und das schwarze Kistchen. Es war noch verschlossen, so wie sie es Bernd übergeben hatten.

»Das war mal eine Herausforderung, hab' mir fast die Zähne daran ausgebissen«, meinte er und tätschelte den Deckel. »Ich hoffe, ich hab' mir die Reihenfolge gemerkt ...«

Er hielt die Schatulle an sein Ohr, kippte sie leicht nach links und es gelang ihm dadurch, den Boden zu verschieben, und zwar in die andere Richtung. Auf diese Weise war eine der Eckleisten nicht mehr zwischen Deckel und Boden eingeklemmt. Bernd schob sie nach unten und in einem Hohlraum wurde ein Schlüssel sichtbar. Er schob die Leiste und den Boden wieder in die Ausgangsposition und hielt triumphierend den Schlüssel in die Höhe.

Sevim klatschte begeistert.

Wieder hielt Bernd die Schatulle an sein Ohr und kippte sie leicht nach rechts. Nun konnte er den Deckel von sich wegschieben und die einzelnen Holzleisten, die die Front der Schatulle bildeten, hatten Bewegungsspielraum. Eine ließ sich gänzlich herausschieben und ein Schlüsselloch wurde sichtbar. Bernd schob den Deckel zurück in die Ausgangsposition und den Schlüssel ins Schloss. Mit einem leisen Knacken sprang schließlich der Deckel auf und Bernd platzierte die geöffnete Schatulle in der Mitte des Tisches.

Freya und Sevim waren aufgesprungen, um deren Inhalt in Augenschein zu nehmen. Zunächst sahen sie jedoch nur weißen Stoff und hier und da etwas zarte, aber vergilbte Spitze.

»Sieht so aus, als wäre etwas darin eingewickelt«, meinte Freya zu Bernd.

Dieser rieb sich die Hände und es schien ihn kaum auf dem Sofa zu halten. »Pack' schon aus ...«

Nachdem er den verborgenen Mechanismus zum ersten Mal bezwungen und das Kästchen einen Blick auf sein Inneres preisgegeben hatte, da juckte es ihn schon in den Fingern, sich alles genauer anzusehen. Für gewöhnlich hatte er auch keine Probleme damit, in den Sachen anderer Leute herumzuschnüffeln. Aber hier verhielt es sich anders. Das Kästchen sah alt aus. Nach Bernds Schätzung war es sicher Jahre, wenn nicht sogar Jahrzehnte verschlossen gewesen.

Lange saß er vor der geöffneten Schatulle, brachte es aber einfach nicht über sich, ihren Inhalt als Erster zu lüften. Freya und Sevim sollten dabei sein, wenn er nach solch einer langen Zeit wieder zum Vorschein kam. Außerdem würde es mehr Eindruck machen, wenn er die Prozedur des Öffnens noch einmal vor ihren Augen vollzog. Also drückte er den Deckel wieder zu, verbarg den Schlüssel im Holz und beschloss, sich noch ein paar Tage zu gedulden.

Jetzt nahm Freya eines der Stoffpäckchen und wickelte es aus.
»Eine Muschel!? Hm.« Freya hielt sie gegen die Glühbirne, die nicht eben viel Helligkeit spendete. Die Muschel war schön und mutete exotisch an, aber warum machte sich jemand die Mühe, sie in ein Geheimkästchen zu packen?
Reihum packten sie ein Tüchlein nach dem anderen aus und bald lagen auf dem Tisch:
die Muschel
ein Kieselstein in der Form eines Herzens
ein Schweizer Taschenmesser
eine Walnuss
eine gepresste Blume
ein graublauer Stein
ein Schneckenhaus
eine Schnur mit Knoten darin

»Da ist noch ein Brief«, meinte Freya. Vorsichtig öffnete sie den Umschlag mit dem Taschenmesser aus der Schatulle, entfaltete den Briefbogen und las laut vor:

Mein Liebster,
wenn ich mich in diesem letzten Brief an Dich sehr vage ausdrücke, dann geschieht dies aus Vorsicht und zu Deinem Besten. Ich kann niemandem in meiner Familie trauen und die Bediensteten, die mich über Jahrzehnte treu begleitet haben, werden immer weniger. Wenn Du diesen Brief nun in Deinen Händen hältst, habe ich die richtige Entscheidung getroffen, wen ich mit der Ausführung meines letzten Wunsches betraue ...

Freya hielt betroffen inne: »Oh ...«
»Steht da vielleicht ein Datum?«, wollte Bernd wissen.
Freya schüttelte den Kopf.
»Lies doch erst mal weiter«, meinte Sevim sanft.

... Ich nehme unser Geheimnis mit ins Grab, auch wenn ich es die ganze Welt wissen lassen möchte. Du bist immer ein guter Mensch gewesen. Tapfer, von Grund auf anständig, so wie andere nur vorgeben es zu sein, und von ansteckender Begeisterung für Deine Profession. Jetzt wo ich zu alt bin und zu krank, um noch etwas zu ändern, macht es mich froh, dass Du all das mit mir geteilt hast, wenn auch nur für viel zu kurze Zeit. Zusammen mit diesem Brief findest Du die Überbleibsel unseres gemeinsamen Lebens. Du kannst Dir gar nicht vorstellen, wie viel mir deren Besitz bedeutet – mehr als alles andere. Nur Du wirst diese Dinge zu deuten wissen und Deine Schlüsse daraus ziehen.

Man hat Dir Unrecht getan und Deine pragmatische Art und Dein Edelmut haben es mir verboten, es wieder geradezurücken. Aber alle, die die Wahrheit treffen könnte, sind jetzt tot. Ich habe Deine Briefe aufbewahrt, sie werden deine Ansprüche stützen. Sie befinden sich dort, wo es nur uns beide gab, in den wenigen Stunden, in denen uns dies vergönnt war.

Mit meinem letzten Atemzug werde ich denken: Du warst mein größtes Glück.

In Liebe

Statt eines Namens war da nur ein Symbol abgebildet, das der Muschel in dem Kistchen zu entsprechen schien.

»Wie schön«, flüsterte Bernd und wischte sich die Augen.

Gut, dass ich es nicht geschafft habe, die Schatulle selber aufzumachen, dachte Freya, *dann wäre es mit der Stimmung auf meinem Geburtstag definitiv bergab gegangen.*

»Aber wer hat das geschrieben? Und an wen ist der Brief gerichtet?«, fragte Sevim.

»Und was ist das für ein Unrecht?«, ergänzte Bernd. »Wir müssen herausfinden, was da passiert ist. Vielleicht kann man ja noch irgendwas machen ...«

Bernd las den Brief noch einmal still, während Sevim den Inhalt der Schatulle eingehender betrachtete. Falls dieser aber einen Hinweis enthielt, dann konnte sie ihn nicht entschlüsseln. Als Nächstes nahm sie sich die Stoffquadrate vor, in die alles einzeln eingewickelt gewesen war. Sie sahen aus wie altmodische Taschentücher. Vielleicht besaß ja eines davon, wie hieß das gleich, ein Monogramm? Aber nichts da.

Mittlerweile hatte Bernd den Brief wieder in die Schatulle gelegt.

»Die Person, die den Brief geschrieben hat, muss auf jeden Fall ziemlich reich gewesen sein«, meinte er, »wenn sie schreibt, sie kann ihren Bediensteten nicht mehr trauen. Komisch. Das Unrecht geht ja meistens von den Reichen selbst aus und sie beklagen sich nicht darüber. Schon gar nicht schriftlich.«

»Vielleicht war es ein anderer Reicher, den sie beide kannten?«

»Oder vielleicht war der Empfänger des Briefes ja nicht reich! Die Muschel, der Kieselstein und so weiter – das könnten doch Dinge sein, die man im Urlaub sammelt und als Andenken mitbringt.«

Sie dachten nach, bis Sevim schließlich sagte: »Warum fangen wir nicht beim Naheliegenden an und ich frage Seyhan, von wem genau sie die Kiste hat.« Sie zückte ihr Smartphone.

»Mir wäre es lieber, du benutzt das hier drinnen nicht«, meinte Bernd.

Sevim blickte ihn verständnislos an, ließ sich vom Telefonieren aber nicht abhalten. Nach dem dritten Klingeln wurde sie ohnehin weggedrückt. Bestimmt war Seyhan gerade wieder mit unheimlich wichtigen Leuten unterwegs.

Als Bernd sie durch die Werkstatt zurückführte, rieb sich sein Übernachtungsgast gerade den Schlafsand aus den Augen. »Ignoriert ihn einfach, ist besser für euch«, meinte Bernd lapidar.

»Warum sollten wir eigentlich unsere Fahrräder mitbringen?«, wollte Freya wissen, als Bernd ihnen die Eingangstür aufhielt.

»Ach das, oh nichts«, erwiderte er. »Es ist nur nicht so gut, wenn zu viele Menschen in meiner Werkstatt ein- und ausgehen, die gar kein Fahrrad dabeihaben. Versteht ihr?«

»Nein, warum ...«

»Danke jedenfalls, Bernd«, schnitt Sevim ihrer Freundin schnell das

Wort ab. »Wir sagen dir Bescheid, wenn wir etwas herausgefunden haben.«

»Ja, macht das. Vielleicht geht es ja um Leben oder Tod?«

So ganz unrecht hatte Bernd damit gar nicht.

Kapitel 2

Eine Woche später musste Suzette ein ernstes Wörtchen mit Freya und Sevim reden. Suzette mochte Bernd ehrlich gern und hatte nichts dagegen, dann und wann den Abend mit ihm zu verbringen. Aber jetzt tauchte er jeden Nachmittag bei ihr im Laden auf, um nach Sevim und Freya zu fragen, und das ging zu weit.

Nach oben in ihre Wohnung traute er sich nicht mehr, seit er herausgefunden hatte, dass Suzettes Nachbarn von gegenüber Informatiker waren. Also quartierte er sich unten in ihrem Laden ein, wo er optisch durchaus gut hineinpasste. Sein Plan war es, Sevim und Freya abzupassen, wenn sie von der Arbeit nach Hause kamen, denn er brannte darauf zu erfahren, was sie herausgefunden hatten.

Zu dumm, dass Sevim von zu Hause aus arbeitete und gerade so viel zu tun hatte, dass sie das Haus nicht mal zum Joggen verließ. Und seitdem Freya Bernd am Montag zufällig in Suzettes Laden entdeckt hatte, ging sie einen großen Bogen, um nicht mehr am Schaufenster vorbeizumüssen und unbehelligt ins Haus zu kommen. Bernd hatte einfach etwas Chaotisches an sich, das Freya gegen den Strich ging. Er würde Unruhe in ihr Leben bringen, das konnte sie spüren, unnötige Aufregung, die man nicht kontrollieren konnte.

Aber nicht nur Freya wollte vor Bernd ihre Ruhe haben, sondern auch Suzette. Mit der Belagerung ihres kleinen Geschäfts war jetzt Schluss. Suzette drängte Bernd, er solle sich endlich ein Telefon zulegen, und versicherte ihm, dass es bestenfalls seltsam war und man sich schlimmstenfalls Ärger mit der Polizei einhandeln konnte, wenn man jungen Frauen mehrere Tage hintereinander auflauerte.

Sevim und Freya flehte sie an, sie sollten sich etwas einfallen lassen, damit Bernd endlich Ruhe fand. Mehr als einmal hatte er die Konsumkultur der modernen Gesellschaft im Beisein ihrer Kunden hinterfragt. So konnte das nicht weitergehen.

Seyhan hatte am Montagabend endlich zurückgerufen, und das auch nur, weil Sevim damit gedroht hatte, ihre Mutter zu fragen, ob mit Seyhan alles in Ordnung sei. Aber Sevims Schwester meinte nur, sie wisse nicht mal mehr, wo der Flohmarkt stattgefunden, geschweige denn, an welchem Stand sie die dumme Kiste gekauft habe. Normalerweise hätte Sevim gleich daran gedacht, Bernd eine Nachricht zukommen zu lassen, aber sie steckte gerade bis über beide Ohren in Arbeit.

Vor anderthalb Jahren hatte sie einen Weckdienst gegründet und ihr Tag begann, wenn die meisten anderen Menschen noch schliefen. Bis zum frühen Vormittag klingelte sie erst einmal bei ihren Kunden durch, um diese zu wecken. Das war aber längst nicht alles. Die meisten Leute, die sie anrief, waren ja nicht einfach Langschläfer, sondern sie kamen schwer aus dem Bett, weil sie mit ihrem Alltag nur mäßig zurechtkamen. Also ging Sevim mit ihnen den bevorstehenden Tag durch, gab ihnen Tipps, für die Konfrontation mit dem Chef oder der Ex-Frau, zeigte ihnen auf, wie sie sich besser organisieren konnten, machte ihnen ihre Stärken bewusst und hörte einfach zu. Viele ihrer Kunden konnten sich inzwischen nicht mehr vorstellen, den Tag ohne Sevim zu beginnen. Hatten sie anfangs für zehn Minuten Weck- und Gesprächszeit bezahlt, waren die meisten jetzt bei fünfzehn oder sogar zwanzig.

Nachmittags wertete Sevim dann die Notizen aus, die sie sich während ihrer Weckanrufe gemacht hatte, und sie bereitete sich auf den nächsten Tag vor. Dabei nahm das Interesse an ihrem Beratungsservice stetig zu. Allein in den letzten Tagen hatten sich drei neue Interessenten gemeldet. Also hatte Sevim das einstündige Eingangsgespräch durchgeführt und ein Probewecken vereinbart. Die Woche war wie im Flug vergangen.

Am Samstag hielt sie es in der Wohnung dann nicht mehr aus, drehte eine Runde auf ihrem Rennrad und stattete Bernd auf dem Rückweg einen Besuch ab.

Bevor Sevim ihren Weckdienst gegründet hatte, war sie Lehrerin für Mathe und Chemie gewesen und Bernd wusste das. Also schlug er ihr vor, sie könne doch den Brief und den Inhalt der Kiste im Chemiekabinett ihrer ehemaligen Schule genauer untersuchen. Sevim wusste zwar noch nicht, wie sie das anstellen sollte, aber sie versprach es ihm.

Nachdem sie alle ihre Kunden geweckt und auf den Tag vorbereitet hatte, stand sie nun vor der 37. Gesamtschule und ging mit einem flauen Gefühl im Magen hinein.

Sevim wartete im Vorbereitungsraum des Chemiekabinetts darauf, dass die fünfte Stunde zu Ende ging und belauschte ihre ehemalige Kollegin, die gerade versuchte, der 9b das chemische Gleichgewicht nahezubringen. Sevim wusste nicht, ob sie froh sein sollte, dass sie nicht mehr in die Schule musste, oder ob sie den ganzen Trubel nicht doch ein bisschen vermisste. Die 9b hatte es jedenfalls immer noch faustdick hinter den Ohren.

Endlich war die Stunde aus und Sevim half beim Aufräumen, wobei sie den neuesten Klatsch und Tratsch erfuhr.

Sevim hatte sich immer gut mit ihrer ehemaligen Kollegin verstanden und diese hatte nun nichts dagegen, ihr das Chemiekabinett für eine Weile zu überlassen. Als es zur sechsten Stunde klingelte, war Sevim schließlich allein und konnte sich der Schatulle beziehungsweise deren Inhalt widmen.

Sie nahm sich ein paar Fläschchen mit Salzsäure, Phenolphthaleinlösung sowie Eisensulfit aus dem Chemikalienschrank und machte sich an die Arbeit. Das Experimentieren hatte sie tatsächlich ein bisschen vermisst. Es war ja fast wie Detektiv spielen, wenn man einen Stoff suchte, oder ein bestimmtes Element und dabei verschiedene Methoden anwendete. Auch wenn man schon wusste, was man vorfinden würde, war es trotzdem irgendwie spannend. Jetzt wusste sie natürlich nicht, was beim Experimentieren herauskam und ihr Herz schlug vor Aufregung schneller.

Sevim wollte zwei Dinge untersuchen: ob der sehr vage gehaltene Brief vielleicht eine unsichtbare Schrift enthielt (Bernds Idee) und was das für ein blaues Mineral war, das da eingewickelt in der Kiste lag.

Freya hatte die Möglichkeiten schon eingegrenzt und Bilder im Internet verglichen. Als mögliche Kandidaten blieben Sodalith und Blauquarz übrig.

Sevim bedauerte, dass einer ihrer Lieblingskollegen, Herr Murnau, frühzeitig in Pension gegangen und aktuell auf Weltreise war. Er hatte Geografie und Biologie unterrichtet und hätte das Mineral sofort bestimmen können und auch die getrocknete Pflanze hätte er sofort erkannt. Aber so einfach sollte es wohl nicht werden.

Sie legte den Stein in eine Petrischale, nahm mit der Pipette etwas Salzsäure auf und träufelte ein wenig davon auf die äußerste Ecke. Nichts geschah. Sie wiederholte das Ganze dreimal, aber das Mineral blieb intakt. Also handelte es sich nicht um Sodalith, denn dieser hätte sich in der Säure aufgelöst. Aller Wahrscheinlichkeit nach war es nun Blauquarz, was auch immer das bedeutete. Vielleicht hatte Bernd eine Idee. Um ganz sicherzugehen, hätte sie Fluorwasserstoffsäure sowie voll umfassende Schutzkleidung benötigt, was die Schule natürlich nicht hergab.

Sie neutralisierte den Stein, träufelte ein wenig Salzsäure in ein Reagenzglas und fügte Eisensulfit hinzu. Jetzt war der Brief an der Reihe. Zu Hause hatte sie ihn schon über den Toaster gehalten, denn viele Geheimschriften offenbarten sich bei Hitze, aber es war nichts zu sehen gewesen. Bei ihrem nächsten Versuch wollte sie den Brief testen, ohne ihn direkt mit einer Chemikalie in Berührung zu bringen. Dazu musste sie ihn nur über das Reagenzglas halten und der entstehende Schwefelwasserstoff würde zum Beispiel eine Tinte, die Blei enthielt, sichtbar machen. Als nächstes würde sie das Papier an ausgewählten Stellen mit einprozentiger Phenolphthaleinlösung bestreichen, dann mit der nächsten Chemikalie und so weiter.

Sevim drehte das Papier im Dampf hin und her, aber es wurde keine zusätzliche Schrift sichtbar. Doch etwas anderes fiel ihr im grellen Licht des Chemiekabinetts auf. Sie hielt den Brief gegen die Deckenbeleuchtung und betrachtete die Ränder. Eine Art Wasserzeichen war links und rechts entlang des Randes zu erahnen.

Sie steckte den Brief zurück in die Klarsichthülle, entsorgte die Chemikalien und stellte alles wieder an seinen Platz. Dann lieh sie sich aus dem Fach mit den Etiketten einen wasserfesten Stift, drückte den Brief gegen die Fensterscheibe und zog die Linien des Wasserzeichens auf der Klarsichthülle nach. Heraus kam etwas, das aussah wie die zwei Hälften eines mittelalterlichen Wappens. Das war ja mal interessant!

Ein Blick auf die Uhr sagte ihr, dass die sechste Stunde bald vorbei war, also griff sie hastig nach ihren Sachen, um ungesehen wieder zu verschwinden.

Als sie am Lehrerzimmer für die geisteswissenschaftlichen Fächer vorbeikam, hielt sie inne. Warum nicht einen Geschichtslehrer fragen, ob der ihr vielleicht einen Hinweis zu dem Wappen geben konnte? Wenn es tatsächlich eins war.

Vielleicht war Marco Herfurth da, dem sie als Referendar immer Tipps gegeben hatte. Oder Herr Knop, den sie auf Wandertage begleitet hatte, weil ihn die Schüler in freier Wildbahn noch mehr überforderten.

Nach einem zaghaften Klopfen schlüpfte sie endlich hinein und hielt entgeistert inne.

Oder sie fragte Dora Bozehl danach, die gerade als Einzige an einem der Tische saß, die für die Geschichtslehrer reserviert waren.

»Guten Tag«, meinte Sevim schnell, denn ihre ehemalige Kollegin legte äußersten Wert auf gute Umgangsformen. Außerdem galt sie als strengste Lehrerin der Schule.

»Guten Tag, Frau Caner.« Dora Bozehl schaffte es, die Begrüßung wie einen Vorwurf klingen zu lassen.

Sevim überlegte, an einem anderen Tag wiederzukommen, aber im Grunde hatte sie heute schon keine Zeit für ihren Abstecher in die Schule gehabt und, Sevim mochte sie zwar persönlich nicht, aber fachlich war Dora Bozehl unschlagbar. Was sie nicht wusste, das wussten auch die anderen Geschichtslehrer nicht. Also fasste sie sich ein Herz.

»Ähm, Frau Bozehl, hätten Sie vielleicht etwas Zeit für mich?«

Die Lehrerin blickte auf die Uhr über der Tür. »Nun, genau sechs Minuten, würde ich sagen.«

»Ich würde Sie nämlich gern etwas fragen ...«

»Und warum tun Sie es dann nicht?«

Eine halbe Minute mit Frau Bozehl und Sevim kam sich selber wieder wie eine Schülerin vor. Da wäre sie ja lieber ihrem ehemaligen Schulleiter über den Weg gelaufen, und der war gar nicht gut auf sie zu sprechen.

»Ich habe hier so eine Art Wappen, und ...«, meinte Sevim.

»So eine Art? Ist es denn ein Wappen oder nicht?«

»Ähm, das weiß ich nicht genau, aber ich hatte gedacht ...«

»Am besten, Sie zeigen mir, worum es sich handelt.«

Sevim nahm den Brief in der Klarsichthülle aus ihrer Tasche und reichte ihn ihr.

Frau Bozehl schaute kurz darauf: »Aber das ist doch das Wappen der Familie von Barthow.«

Die Geschichtslehrerin blickte sie bedeutsam an. Sevims Gehirn ratterte, aber der Name sagte ihr nichts. Als sie sich schon unangenehm an ihre mündliche Prüfung erinnert fühlte, erbarmte sich Dora Bozehl endlich und füllte ihre Wissenslücken.

»Die von Barthows sind eine Adelsfamilie, die seit dem achtzehnten Jahrhundert das Schloss hier in der Stadt bewohnt. Ich verbringe dort jedes Jahr einen Wandertag mit der achten Klasse, damit sich die Schüler mit der Stadtgeschichte auseinandersetzen und sich bilden.«

Sevim war sich des Seitenhiebs wohl bewusst. Sie selbst hatte ihre Wandertage lieber im Spaßbad oder im Klettergarten verbracht, und Spaß sollte man nach Ansicht einiger Kollegen in der Schule nicht haben. Dass es in der Stadt ein Schloss gab, wusste sie aber immerhin.

»Sie hätten sich wirklich eingehender mit der Geschichte Ihrer Stadt beschäftigen sollen, als Sie noch ein Vorbild für junge Menschen waren.

Aber es ist erfreulich zu sehen, dass Sie dies nun immerhin nachholen. Darf ich fragen, woher Ihr spätes Interesse an den von Barthows kommt?«

Sevim hatte keine Lust, sich Frau Bozehls Urteil in Bezug auf Freya, oder die Schatulle, oder Bernd zu unterziehen und murmelte etwas davon, dass sie eine Freundin, die in einer Galerie arbeitete, um einen Gefallen gebeten habe.

Frau Bozehl blickte skeptisch. »Wenn diese Galerie tatsächlich ein neues Dokument entdeckt hat, das für die Geschichte der Familie von Barthow bedeutsam ist, wäre es vielleicht besser, einen Experten damit zu beauftragen. Wie kommt es, dass Sie hier in der Schule damit auftauchen?«

»Ich habe nur einen kleinen Test daran vorgenommen ... im Chemiekabinett ... so ging es schneller, als wenn man den Brief in ein Labor geschickt hätte. Diese von Barthows sind heute aber nicht mehr bedeutend, oder?«, versuchte Sevim abzulenken.

Dora Bozehl sah über ihren Brillenrand auf Sevim herab. »Das kann man betrachten, wie man möchte. Aber ihre Jahrhunderte umspannende Geschichte, die Eroberungen und Entdeckungen sowie die herausragenden Persönlichkeiten, die diese Familie hervorgebracht hat, wirken auch in unserer Zeit fort. Allein das letzte Oberhaupt der Familie, Alexander Graf von Barthow, hat die Geschicke unserer Stadt bedeutend beeinflusst ...«

An der Lehrerzimmertür klopfte es und ein groß gewachsener Teenager, den Sevim noch aus dem letzten Schuljahr kannte, trat ein. »Guten Tag, Frau Bozehl, ich sollte doch ...«

»Du kommst bitte erst herein, wenn du dazu aufgefordert wirst, warte bitte draußen und Mütze ab«, unterbrach ihn die Geschichtslehrerin.

Der Junge tat wie ihm geheißen. *Man kann von ihr halten, was man will, dachte sich Sevim, aber die Schüler hat sie im Griff.* Und das war an einer Gesamtschule mit fast eintausenddreihundert Schülern eine Menge wert.

Jetzt nickte sie dem Schüler zu und dieser hob erneut an: »Guten

Tag, Frau Bozehl, ich sollte doch am Ende der Freistunde die Arbeitsblätter holen und schon mal verteilen ... oh hallo, Frau Caner, sind Sie jetzt wieder da?«

»Die Arbeitsblätter, ja richtig, jetzt habe ich sie noch gar nicht kopiert.« Sevim erntete wieder einen vorwurfsvollen Blick. »Warte bitte vor der Tür, ich hole das nach.«

Während Frau Bozehl im Nebenraum kopierte, bildete sich um Sevim eine Schülertraube. Gerührt bemerkte sie, dass sich alle freuten, sie wiederzusehen und dass auch sie ihre Schüler ein bisschen vermisst hatte.

»Jetzt entschuldigen Sie mich«, unterbrach sie Frau Bozehl. »Und ihr geht bitte in euren Klassenraum, packt aus und du verteilst die hier. Und das war ja Ihrer.« Sie gab Sevim den Brief zurück, ging zackig davon und die Schüler folgten ihr. Einige winkten Sevim zum Abschied zu.

Auf dem Heimweg hielt sie an der Fahrradwerkstatt, aber dieses Mal war sie wirklich geschlossen und von Bernd fehlte auch die folgenden drei Tage jede Spur.

...

Sevim hatte den Inhalt der Schatulle vor sich ausgebreitet, während Freya aus dem Wikipedia-Eintrag über die Familie von Barthow vorlas.

Die Adelsfamilie, von der die Geschichtslehrerin gesprochen hatte, gab es seit dem fünfzehnten Jahrhundert, in welchem sie sich als Nebenlinie der von Greifenstein-Piezza herausbildete. Im Gegensatz zur Hauptlinie hatten die von Barthows zwar keine eigene Grafengewalt, jedoch wurde ihnen die Gerichtsbarkeit über die Gegend von Obergreifenstein zugesprochen, für die sie auch die Lehnsrechte besaßen. Seit Mitte des achtzehnten Jahrhunderts lebte die Familie auf Schloss Barthow. Dieses war Anfang der 1970er auf die Stadt übergegangen, aber einige Mitglieder der Familie lebten auch heute noch dort.

Der bedeutendste Spross der Familie aus neuerer Zeit war tatsächlich Alexander Graf von Barthow, geboren 1892, gestorben 1963. Er galt als Modernisierer, der die Familie ins zwanzigste Jahrhundert führte, nachdem diese im Laufe der Jahrhunderte stetig an Bedeutung und 1919 mit dem Gleichstellungsgesetz vollends alle Privilegien des Adels verloren hatte.

So wie es aussah, hatte er sich als Förderer der Wissenschaften hervorgetan und Geologen des hiesigen Instituts auf verschiedene Expeditionen begleitet. Während einer Expedition nach Grönland im Jahre 1929 hatte er dann eine bedeutende Entdeckung gemacht: Unter gefährlichen Umständen barg er einen roten Beryll aus mineralischem Gestein, obwohl dieser Edelstein in Grönland sonst nirgends vorkommt. Dies löste im gesamten deutschen Raum ein neuartiges Interesse an geologischer Forschung aus und der rote Beryll, auch *Feuer des Nordens* genannt, blieb im Besitz der Familie von Barthow und im öffentlichen Interesse, bis er in den 1960er Jahren auf mysteriöse Weise verschwand. Auch heute noch gab es dann und wann Bemühungen, den Stein wiederzufinden, bisher aber vergebens.

»Hm, das verrät uns jetzt auch nicht, wer den Brief geschrieben haben könnte, und wer der Empfänger war«, fasste Freya zusammen.

»Steht da auch etwas über die Frauen in der Familie?«

Freya scrollte sich eine Weile durch das Dokument. »1650 wurde Charlotte Adele von Barthow mit dem Erzherzog von Kattenbach verheiratet, was den räumlichen Einfluss der Familie erweiterte. Felicitas von Barthow war im achtzehnten Jahrhundert berühmt für ihre Förderung des regionalen Kunsthandwerks, das sie sogar im Britischen Königreich bekannt machte. Und 1823 ...«

»Wann wurde eigentlich das Schweizer Taschenmesser erfunden?«, fragte Sevim.

»Häh?«

»In der Schatulle war doch ein Schweizer Taschenmesser, und das wird ja nicht aus dem siebzehnten Jahrhundert stammen.«

»Hm ... lass mich nachschauen ... 1888. Hilft dir das?«

»Das grenzt den Zeitrahmen schon mal ein. Vielleicht bekommen wir ja heraus, aus welchem Jahr das Modell stammt? Steht da irgendwo eine Nummer?«

Sie klappten die Werkzeuge aus und betrachteten das Messer aus allen Winkeln. Freya rief Bilder von Vintage-Taschenmessern auf den Bildschirm. Aber keine Chance, am Ende sah eines aus wie das andere.

»Also, was haben wir?«, fragte Sevim.

»Jemand, der zur Familie von Barthow gehört, hat zwischen 1888 und 2018 einen Brief geschrieben, aber wir wissen nicht an wen.«

»Oh«, Sevim sank zurück ins Sofa, »ich dachte irgendwie, wir hätten mehr.«

»Sie konnte den Brief beziehungsweise die Kiste nicht mit der Post schicken und die Person, die sie übergeben sollte, hat geschlampt.«

»Aber die Unbekannte hat nicht nur den Brief in die Kiste gelegt, sondern auch jede Menge Andenken. Kann man daraus nicht bestimmte Rückschlüsse ziehen?«

Freya stand auf und ging in ihr Zimmer. Sie kam mit einem Samtbeutelchen zurück und schüttete es auf dem Sofa aus.

»Das sind meine Muscheln von der Reise mit meinen Eltern nach Korfu, hier das Hufeisen, das wir gefunden haben, als wir zusammen Ferien auf dem Ponyhof gemacht haben, hier ein Kieselstein aus der Themse von der Englandfahrt und die ganzen anderen Sachen, die ich irgendwo aufgelesen habe. Jeder hat solche Andenken zu Hause.«

Sevim nickte. Was die Sachen dieser Person bedeutet hatten, wusste nur sie allein. Man brauchte einen Ansatzpunkt, aber wo einen finden? Die beiden waren ratlos.

Freya und Sevim waren eben einfach im falschen Jahrhundert unterwegs. Noch Mitte des zwanzigsten Jahrhunderts kannte in der Stadt jeder den Namen von Barthow. Die Presse berichtete regelmäßig über die Feiern von Gräfin Sybille Louise im Schloss, die Expeditionen des Grafen Alexander in die ganze Welt und die Erfolge seiner Schwestern Marianne und Magdalena, die begnadete Reiterinnen gewesen waren.

Was nicht in den Magazinen stand, wäre natürlich noch interessanter gewesen. Die Briefe zum Beispiel, die Marianne und Magdalena an ihre Vertraute nach England schickten, und die vom Familienleben – den kleinen Machtkämpfen und Schicksalsschlägen – berichteten und die ganz allgemein Zeugnis von der letzten großen Blütezeit der von Barthows ablegten. Wie der folgende Brief zum Beispiel.

Schloss Barthow, Mai 1923
Allerliebste Josephine,
die aufregendsten Dinge sind in den vergangenen Wochen passiert, und Du wirst nie erraten, was. Nun, zwei vielleicht schon: Osterglocke hat ein Fohlen bekommen und es ist ganz schwarz. Magdalena will es Gletscherglanz nennen, weil es mal ein Schimmel wird, aber ich denke, Edelweiß ist viel passender wegen der Namenstradition. Was meinst Du dazu? Das ist die erste Neuigkeit.
Mama und Papa haben unseren neuen Reitlehrer entlassen müssen, weil er im Stall heimlich getrunken hat. Und wieder einer weg. Das ist die zweite Neuigkeit. Bist Du sicher, dass Du niemals zurückkommen willst? Warum musstest Du nur einen Engländer heiraten und mit ihm fortgehen? Aber wir verzeihen Dir!!!
Die dritte Sache errätst Du jedenfalls nie. Stell Dir vor, unsere Linie muss nun doch nicht aussterben! Alexander hat endlich eine Frau gefunden, die er heiraten wird. Mama weiß aber nicht, ob sie glücklich sein soll, dass es nach unserem Bruder doch noch einen weiteren Grafen geben wird, oder ob sie sich grämen soll, welche Frau Alexander da in unsere Familie holt. Magdalena und ich, wir sind noch unentschieden, wie wir sie finden sollen. Sie ist sehr hübsch. A. himmelt sie an und tut alles, was ihr in den Kopf kommt. Du glaubst nicht, was sie für ihre Hochzeit planen: einen Ball, und zwar drei Tage lang wie in ganz alten Zeiten. Man hat eigens jemanden kommen lassen, der den Saal herrichtet, und jemand anderen, der unsere alte Kutsche repariert und auf Hochglanz bringt. Und Albert muss Pferde zum Ziehen dafür abrichten, weil seit einem Jahrzehnt keines von ihnen mehr vor eine Kutsche gespannt worden ist, seit Papa das Automobil angeschafft hat. Außerdem soll der Schlosspark umgestaltet werden und und und ...

Dabei ist seine Braut selbst arm wie eine Kirchenmaus, weshalb Mama auch nicht erfreut ist über sie. Sie hatte natürlich gehofft, A. würde jemanden finden, der eine große Mitgift in unsere Familie bringt. Sie sagt es nicht so, aber das ist es, woran sie denkt. Vielleicht nicht gerade eine von den reichen Amerikanerinnen, die sich überall in Europa tummeln, weil sie einen Adelstitel wollen. Aber doch jemand, der Papa unter die Arme greifen kann. Die Zeiten sehen nicht rosig aus, meinte er, aber die Pferde dürfen wir auf jeden Fall behalten! Da kannst Du ganz beruhigt sein.

A.s Angebetete heißt jedenfalls Sybille, aber hier nennen sie alle bei ihrem zweiten Vornamen, Louise, weil er besser in unsere Familie passt. Sie kommt aus einer guten Familie, die ursprünglich in Russland gewohnt hat. (Das ist genauso schlimm, wie wenn sie Amerikanerin wäre, meint Mama.) Ihre Eltern hatten viel Land und ein großes Haus, das behauptet sie zumindest, aber dann kam die Revolution und sie mussten alle fliehen. Wir glauben, darum gefällt sie unserem Bruder so gut, weil er Abenteuer liebt und sie schon ein wirkliches erlebt hat. Deutsch spricht sie jedenfalls sehr gut, weil ihre Großeltern mütterlicherseits aus Deutschland sind, aber eigene Familie, außer ihrer Mutter, hat sie hier nicht mehr, nur Tante und Cousinen, die ebenfalls fliehen mussten und nach Amerika gegangen sind.

Mit uns unterhält sie sich sehr nett, aber stell Dir vor: Sie kann NICHT reiten!!! Deshalb haben wir auch Zweifel, ob ihre Familie wirklich so untadelig ist, wie sie erzählt. Einen Vater gibt es nicht mehr und ihre Mutter, die jetzt auch mit im Schloss wohnt, ist eine stille, graue, kleine Maus.

A. hat ihnen beiden natürlich eine neue Garderobe machen lassen, nur das Neueste und Beste, sogar bei einem Hutmacher aus Paris ist er mit ihr gewesen. Mama meint, er gibt Geld aus, das die Familie gar nicht hat, und was soll nur aus uns werden? Wenn sie es Louise sanft in Erinnerung ruft, dass wir zwar einen Titel haben, aber trotzdem haushalten müssen, lachen sie nur zusammen. Man muss das Leben leben und die Feste feiern, sagt sie immer. Carl Constantin kann sie übrigens nicht ausstehen und er weigert sich, sie seine Schwägerin zu nennen. Er hatte gehofft, dass sich sein älterer Bruder nie verheiraten würde, dann wäre das Schloss auf ihn und seine Kinder übergegangen, wenn auch nicht der Titel. Aber das ist jetzt passé!

Die Hochzeit ist in zwei Monaten im Sommer und Louise hat uns allen schöne Kleider versprochen, obwohl wir darum eigentlich nichts geben – also Magdalena nicht, ich schon ein kleines bisschen. Wir versuchen A. zu überreden, euch einzuladen, aber es kommen schon furchtbar viele Gäste, die ganze Stadt, so will es scheinen. Also sei uns bitte nicht böse, wenn wir es nicht schaffen. So oder so sehen wir uns beim Oktoberspringen, nicht wahr? Dann kannst Du auch Gletscherglanz oder Edelweiß bewundern, wie wir ihn auch nennen.

Wir umarmen Dich ganz fest!!!
Deine Magdalena und Marianne

Kapitel 3

Bernd war wiederaufgetaucht und Sevim und Freya begleiteten ihn zurück zu seiner Werkstatt, die Schatulle im Gepäck. In seinem geheimen Hinterzimmer machte er sich an einem Waffeleisen zu schaffen, während Sevim und Freya abwechselnd erzählten, was sie herausgefunden hatten. Da das nicht viel war, saßen sie schließlich schweigend da, während Bernd Waffel um Waffel produzierte und schließlich einen Stapel vor sie hinstellte.

»Ich musste drei Nächte durchmachen und brauche erst mal ein paar Waffeln. Greift zu.«

»Nein danke«, entgegnete Freya barsch, denn sie war immer noch ein bisschen angefressen. Da war er tagelang nicht zu erreichen und dann klingelte er sie um fünf Uhr morgens aus dem Bett, und das an einem Sonntag.

»Freya ist nicht gerade eine Frühaufsteherin«, meinte Sevim in Bernds Richtung und griff zu.

»Das kann man an einem Sonntag auch nicht erwarten. Und wo sind eigentlich die Käfer?« Freya sah sich unbehaglich um.

»Äh, Käfer ...«, murmelte Bernd mit vollem Mund.

»Die in dem Gurkenglas. Sie standen neben der Kaffeemaschine.«

»Äh ... die haben hier nur kurz Station gemacht«, meinte Bernd und steckte sich schnell eine neue Waffel in den Mund. »Kann ich das Taschenmesser noch mal sehen?«

Freya öffnete die Kiste und holte es heraus.

»Sieht mir nach Zwanzigerjahren aus«, erklärte er kauend.

Freya blickte überrascht auf. »Die sehen doch alle gleich aus!«

Bernd schüttelte den Kopf. »Schaut euch mal die Messer an. Die Schneiden hier sind aus rostfreiem Stahl, der wurde Anfang der Zwanziger erfunden. Aber einige Klingen sind nicht ganz glatt, also wurden sie noch von Hand gefertigt und sind nicht standardisiert. Das wurde erst Anfang der Dreißigerjahre eingeführt. Ein Messer mit diesen beiden Merkmalen muss aus den Zwanzigerjahren stammen. Junge, ich kenne Leute, die würden sich den Arm abschneiden, um so was für ihre Sammlung zu bekommen.«

Freya war gegen ihren Willen beeindruckt. Zaghaft nahm sie sich eine Waffel.

Sevim begann zu rechnen. »Nehmen wir mal an, die Person hat sich das Messer selbst zugelegt, und hat es nicht, zum Beispiel als Kind, geschenkt bekommen. Dann war sie vielleicht zwanzig Jahre alt, wurde also um 1900 geboren. Jetzt legt sie das Messer kurz vor ihrem Tod zu dem Brief und den anderen Sachen in die Kiste. Geht man von einer durchschnittlichen Lebenserwartung von fünfundsiebzig Jahren aus, dann suchen wir nach einem Mitglied der Familie von Barthow, das Mitte der Siebziger gestorben ist, plus, minus vielleicht zehn Jahre, also von 1965 bis 1985.«

»Wisst ihr, was ich denke?«

Freya grunzte. Das war wirklich zu viel verlangt, zu wissen, was ein Typ wie Bernd dachte.

»Ihr habt mir doch erzählt, dass die Familie einen Edelstein besessen hat, der dann verschwunden ist?«

»Das *Feuer des Nordens*.«

»Ich glaube, ich habe diesen Namen in letzter Zeit irgendwo gehört oder gelesen ... wartet kurz!« Er lief die Treppe hinauf und sie hörten ihn in seinem offiziellen Hinterzimmer rumoren. Nach ein paar Minuten kam er mit einer Zeitschrift in der Hand zurück.

»Im Stadtmagazin steht etwas darüber.« Er hielt Sevim und Freya die aufgeschlagene Seite hin und sie lasen.

STEINE, STORYS & STRAPAZEN
100 JAHRE GEOLOGIE AN DER FREIEN UNIVERSITÄT – DIE GROSSE AUSSTELLUNG

von Holger Brack

Verglichen mit anderen Universitäten ist die Geschichte der Geologie an der Freien Universität unserer Stadt noch recht jung. Sie braucht sich aber keinesfalls hinter anderen Instituten zu verstecken, denn in dieser Zeit haben Forscher und ihre Förderer zahlreiche Erkenntnisse, Fundstücke und spannende Geschichten zusammengetragen. Von den Anfängen, als man noch auf der Suche nach dem sagenhaften Atlantis war, über das berühmt-berüchtigte *Feuer des Nordens*, das zahlreiche Opfer gefordert haben soll, bis hin zu den modernsten Technologien, mit denen Edelsteinen und Mineralien ihre letzten Geheimnisse entlockt werden.

Werden Sie Zeuge ...

»Ich wette jedenfalls der Brief und die Kiste haben etwas mit diesem *Feuer des Nordens* zu tun!«, rief Bernd aus, noch bevor sie fertig gelesen hatten. »Der Stein ist doch in den Siebzigerjahren verschwunden, stimmt's?«

Freya und Sevim nickten.

»Das passt in den Zeitraum, den Sevim für den Brief ausgerechnet hat. Wozu sonst die Geheimniskrämerei? Dass die Kiste von jemandem überbracht werden muss, dem die Person vertraut? Und die Andeutungen und der ganze Kram, der noch in der Kiste ist. Das sind vielleicht Hinweise darauf, wo der Stein geblieben ist. Und vielleicht hat das Unrecht etwas mit dem Stein zu tun?« Bernd tigerte hin und her.

Sevim fand die Idee etwas weit hergeholt. Wenn andererseits jemand Geheimniskrämerei zu deuten wusste, dann Bernd mit seinem

Hinter-Hinterzimmer, dem Tresor, den komischen Typen, über die er nie sprach, und einfach seiner ganzen Art.

»Darf ich?«, meinte Sevim und zeigt auf ihr Smartphone.

Bernd überlegte. »Was hast du denn vor?«

»Nun, man könnte erst einmal versuchen, herauszufinden, was alles schon unternommen wurde, um den Stein wiederzufinden. Wir können auch zu uns gehen, wenn dir das lieber ist.«

Wieder überlegte Bernd.

Schließlich gingen sie ins Bistro gegenüber. Freya und Sevim saßen über ihre Smartphones gebeugt, während sich Bernd an der Theke mit der Bedienung unterhielt.

»Und, habt ihr schon etwas herausgefunden?«, meinte er und stellte Gläser mit Orangensaft vor sie hin.

Freya fasste zusammen: »Es steht gar nicht wirklich fest, dass der Stein beziehungsweise das Collier, in das er eingearbeitet worden war, verschwunden ist. Es ist nur seit Ende der Sechziger nicht mehr in der Öffentlichkeit aufgetaucht, obwohl es vorher verschiedene Angehörige der Familie regelmäßig bei Veranstaltungen präsentiert haben. Das allein machte viele Leute über die Jahre misstrauisch. Als der Herrensitz der Familie von Barthow im Januar 1972 an die Stadt übergeben wurde, waren darüber hinaus der Garten und die Räumlichkeiten in schlechtem Zustand. Erde war großflächig umgegraben, Wände aufgebrochen, Bilderrahmen aufgeschlitzt worden oder Ähnliches, gerade so, als hätte man dort etwas gesucht.

Einige meinen, dass irgendjemand aus der Familie das Collier versteckt hätte, damit es nicht an die Stadt übergeht. Andere denken, dass der Stein schon lange vorher ausgetauscht worden ist, weil die von Barthows Geld brauchten, und dass die Familie dies vertuschen will. Eine Theorie besagt, dass die Frau des letzten Grafen von Barthow ihm den Stein mit ins Grab gelegt hat, damit er und sein Finder für immer vereint sind. Zu guter Letzt sind manche Leute der Ansicht, der Stein wäre wieder in Grönland, wo er gefunden worden ist. Aber für keine dieser Theorien gibt es einen schlagkräftigen Beweis.

Im Laufe der Jahre haben immer wieder Schatzsucher illegal auf dem Gelände des Herrensitzes gegraben, oder haben sich über Nacht dort einschließen lassen, um das Geheimnis des *Feuers des Nordens* zu ergründen, weshalb man den Herrensitz und das Gelände heute nur noch im Rahmen von Führungen und nur unter Aufsicht betreten darf.«

»Es haben also schon ziemlich viele Leute danach gesucht und wenn es die Familie nicht gefunden hat ...«, meinte Sevim ernüchtert.

»Vielleicht hat es ja jemand gefunden, aber die Person kann es nicht zugeben, weil sie es dann nicht behalten kann«, warf Freya ein.

»Auch möglich.«

»Aber wenn nicht, dann sind die Sachen in der Schatulle vielleicht Hinweise, die noch keiner sonst kennt«, fiel Bernd ein. »Wir brauchen nur eine Art Schlüssel. Kriegt ihr denn irgendwie heraus, wer aus der Familie zwischen fünfundsechzig und fünfundachtzig gestorben ist?«

»Der Blog hier ist ziemlich gut«, meldete sich Freya. »Alles der Reihe nach aufgelistet, was bei den von Barthows passiert ist.«

Nach fünf Minuten hatte Bernd folgende Liste mit Namen und Sterbejahr auf einer Serviette festgehalten:

1962 Anne Cathérine von Barthow
1967 Christina Maria Frank
1970 Sybille Louise Gräfin von Barthow
1983 Magdalena Ottilie von Barthow

Erstere war eine Großtante des Grafen, hatte in Italien gelebt und war auch dort gestorben. Sie konnte man ausschließen. Über Christina Maria Frank fanden sie keine weiteren Informationen, nachdem diese den Namen der Familie abgelegt hatte. Sie schien mit den von Barthows nichts weiter zu tun gehabt zu haben, also konnte man auch sie vorerst ausschließen. Dann hatte es da noch eine Ingrid von Barthow gegeben. Sie war über neunzig Jahre alt gewesen, als sie 2003 starb. Das überstieg den Zeitrahmen, den Sevim und Freya festgelegt hatten, bei Weitem und sie würden sie vorerst nicht weiter berücksichtigen.

Sybille Louise war die Frau des letzten Grafen und Magdalena war dessen Schwester. Auf diese Personen wollten sie sich konzentrieren.

»Wir sollten auch nicht völlig ausschließen, dass der Brief von einem Mann stammen könnte«, murmelte Bernd. Er hatte den Kopf aufgestützt und schien gleich einzuschlafen.

Sevim nickte. »Stimmt. Aber das würde unsere Möglichkeiten wieder erweitern. Dem können wir ja nachgehen, wenn wir bei Sybille und Magdalena nicht weiterkommen.«

»Was steht denn da über die beiden?«

»Nicht viel«, musste Sevim zugeben. »Die Frau des Grafen, Sybille Louise, war bekannt dafür, das Geld der Familie auf den Kopf zu hauen. Ihre Blütezeit hatte sie in den Zwanzigern und Dreißigern, wo sie als Muse verschiedener Modeschöpfer galt und ihre berühmt-berüchtigten Partys gegeben hat, während ihr Mann auf Expedition war. Sie ist nach Ende des Zweiten Weltkrieges in Ungnade gefallen, weil sie Partys für Mitglieder der NSDAP und hochrangige Offiziere der SS ausgerichtet hat und nur, weil ihr Mann so beliebt war, hat sie wieder einen Fuß auf den Boden bekommen.«

»Klingt nicht wie jemand, der aus Sentimentalität Muscheln aufhebt und traurige Briefe schreibt«, kommentierte Freya und unterdrückte ein Gähnen. Bernds Müdigkeit war ansteckend.

»Dann hätten wir noch Magdalena, die Schwester des Grafen«, fuhr Sevim putzmunter fort. »Sie war nie verheiratet und hat sich bis zu ihrem Tod um die Stallungen der Familie gekümmert. Sie hatte eine Zwillingsschwester, die aber 1935 starb, und in der Familiengruft im Schloss beigesetzt wurde. Magdalena soll daraufhin den Herrensitz nie länger als einen Tag verlassen haben, weil sie ihre tote Schwester nicht alleine lassen wollte. Viel mehr steht da nicht über sie.« Sevim überlegte, ob man den Schreiber des Blogs eventuell kontaktieren sollte. Es war bestimmt von Vorteil, jemanden zur Hand zu haben, der sich so gut mit den von Barthows auskannte.

»Das ist ja gruselig«, meinte Freya. »Das mit der toten Schwester, meine ich ...«

»Ja, sehr mysteriös«, frohlockte Bernd und setzte sich gerade hin.

»Hol' die Schatulle noch mal raus.«

Freya tat, wie ihr geheißen und sie gingen den Inhalt noch einmal durch. Bernd drehte die getrocknete Blüte in seinen Händen hin und her. »Hoffentlich hat man das Collier nicht in einem Blumenbeet vergraben.«

»Dann hätten es die anderen aus der Familie bestimmt schon gefunden, oder?«

»Das Schneckenhaus hier könnte doch symbolisch für ein Gebäude stehen.«

»Hm. Und die Schnur mit den Knoten hier könnte auf eine Entfernung hinweisen. Vier Knoten – vielleicht vier Kilometer entfernt von einem bestimmten Gebäude oder etwas in der Art?«

»Der Blauquarz könnte auch ein guter Hinweis sein«, meinte Freya und hielt das Mineral gegen das Licht. »Vielleicht steht das Gebäude dort, wo es welche davon gibt? Kannst du mal nachschauen, wo man das findet?«

Sevim tippte *Blauquarz* und *Vorkommen* in die Suchmaschine ein und rief den ersten Eintrag auf: »In den USA, Russland, Skandinavien und das von uns aus gesehen nächste Vorkommen wäre in Österreich.«

»Oh, das grenzt das Ganze nicht wirklich ein. Aber vielleicht gibt es in dem Versteck irgendetwas aus diesem Mineral und dort befindet sich ein weiterer Hinweis.«

»Das klingt gut!« Bernd gähnte.

»Vielleicht ist es aber auch nur ein Erinnerungsstück«, wandte Sevim ein, den Blick auf ihr Smartphone geheftet. »Hier steht, dass der Stein wirksam ist bei Schwermut und helfen soll, dass man seine Ziele erreicht. Klingt wie etwas, das man jemandem schenkt, den man sehr mag und der vielleicht traurig ist.«

»Hm. Dann machen wir doch erst mal bei der Walnuss weiter. Ich schätze mal, die sind ziemlich weit verbreitet?«

Sevim klickte sich durch die Einträge und fasste zusammen: »Im Volksglauben steht die Walnuss zusammen mit anderen Nüssen für

Liebe und Fruchtbarkeit. Also irgendwie kommen wir immer wieder dahin zurück, dass die beiden ein Liebespaar waren.«

»Dazu passt auch der herzförmige Kiesel. Die Muschel ist vielleicht eine Erinnerung an eine gemeinsame Reise und die Blume hat er ihr vielleicht geschenkt und sie hat sie aufgehoben.«

Freya packte alles wieder ein und verstaute die Schatulle in ihrer Umhängetasche.

»Machen wir doch erst einmal bei dieser Magdalena weiter, die die Pferde versorgt hat. Und hast du nicht gemeint, man kann eine Führung durch das Schloss machen?« Bernd gähnte wieder herzhaft.

»Ich hole uns Kaffee«, beschloss Freya, während Sevim die Homepage des Museums auf ihrem Smartphone aufrief.

Als ihre Freundin zurückkam, lag Bernd mit ausgestrecktem Oberkörper auf dem Tisch und atmete tief. Freya drehte sich zur Theke: »Ich glaube, wir brauchen nur noch zwei Kaffee.«

»Hm, lecker«, meinte sie, nachdem die Bedienung zwei Milchkaffee vor sie hingestellt hatte. »Wir sollten öfter hierherkommen.«

»Das werden wir wohl müssen, wenn Bernd das Geheimnis unbedingt lösen will«, entgegnete Sevim. »Man muss sich übrigens im Schloss anmelden. Führungen immer mittwochs, freitags, samstags und sonntags. Was meinst du, soll ich uns für nächsten Sonntag anmelden, es sind noch Plätze frei?« Freya zuckte unentschlossen mit den Schultern.

»Bernd?« Sevim stupste ihn erst vorsichtig und dann mit mehr Nachdruck an, aber da war nichts zu machen. Drei schlaflose Nächte forderten ihren Tribut.

»Lasst ihn einfach dort liegen«, meinte die Bedienung von der Theke her. »Stört um diese Zeit ja keinen.«

»Also, ich melde uns jetzt für den nächsten Sonntag an«, entschied Sevim. »Schaden kann es auf keinen Fall, sich das Schloss mal anzuschauen.«

...

Nach dem Besuch auf Schloss Barthow sollte es für Sevim und Freya kein Zurück mehr geben. Und wenn sie gewusst hätten, welche Ereignisse der rote Beryll im Laufe der Jahrzehnte ausgelöst hatte, dann hätten sie ihren Sonntagnachmittag vielleicht lieber anderswo verbracht ...

DER FLUCH DES FEUERS
MYSTERIÖSER TODESFALL VOR INSTITUT FÜR GEOLOGIE – POLIZEI SUCHT ZEUGEN

26. Februar 1971 – Der Tod eines Wissenschaftlers und ehemaligen Mitarbeiters des Instituts für Geologie in der Nacht zum Donnerstag gibt der Polizei Rätsel auf. Die Leiche wurde am Morgen auf der Grünfläche vor dem Eingang zum Institut vom Hausmeister der Einrichtung gefunden. Bei dem Toten handelt es sich um Wolff Frey, ehemals Mitarbeiter des Institutes aus dessen Gründungsphase und als solcher an der Expedition beteiligt, die den berühmten Edelstein *Feuer des Nordens* zutage gefördert hat.
Hat der Stein nun ein neues Opfer gefordert?
Im Laufe der Jahre hat er über seine Besitzer, die Familie von Barthow, sowohl Glanz als auch Elend gebracht. Mehr als einmal geriet sein Entdecker, Alexander Graf von Barthow, auf seinen Expeditionen in Lebensgefahr und das Familienleben war nach dem Fund des Steins von Tragödien überschattet.
mehr dazu auf S. 9

Kapitel 4

Neunzig Jahre war es nun bald her. Wenn Carl Alexander von Barthow Glück hatte, würde er selbst noch dieses stolze Alter erreichen. Nun, lange war es ja nicht mehr hin, und wer hätte das gedacht?
Er hatte im Leben nichts ausgelassen und stets Glück gehabt. Und irgendwann, relativ spät in einem Alter, in dem andere Menschen sich schon etwas aufgebaut und niedergelassen hatten, da kam bei ihm zum Glück auch noch die Tüchtigkeit hinzu. Er hörte auf, seine Tage auf der Rennbahn oder bei unnützen Wohltätigkeitsveranstaltungen zu verbringen, die für die Gutbetuchten nur eine Möglichkeit waren, die Zeit totzuschlagen, und widmete sich der Dokumentation der Familiengeschichte. Auch wenn er nichts hinzufügte, so trug er doch immerhin seinen Teil dazu bei sie zu bewahren. Statt sich nur an seiner Familie zu bereichern, hatte er ihr Erbe voll und ganz angenommen. Nicht das seiner Tante, der letzten Gräfin, möge sie für immer in der Hölle schmoren, nein, das geistige Erbe seiner Familie. Sein Onkel wäre sicher stolz auf ihn.
Carl Alexander von Barthow zog seine Krawatte fest und richtete sein Einstecktuch.
Stolz – so etwas kannte die jüngste Generation der von Barthows nicht mehr. Für sie war der Familienname nicht besser als der ihrer Freunde und Bekannten, die Familiengeschichte war für sie so öde, als hätten sie in irgendeinem Buch darüber gelesen, und der Herrensitz war nicht mehr als eine kostenlose Übernachtungsmöglichkeit.
Er ging zur Tür, die zum Patio führte, ließ frische Luft herein und

beobachtete, wie sich eine Besuchergruppe vor dem Eingang zum Besuchertrakt sammelte. Früher hatte ihm dieser Anblick, wie Fremde ganz selbstverständlich den Weg beschritten, der hunderte Jahre lang allein der Familie vorbehalten war, fast körperliche Schmerzen bereitet. Aber mittlerweile hatte er sich daran gewöhnt.

Ja, es erfüllte ihn sogar mit Genugtuung, wie sie die Erhabenheit um sich herum aufnahmen und interessiert die ausgestellten Artefakte betrachteten, die er selbst einmal benutzt hatte.

Wenn abends alle Besucher gegangen waren, schritt er manchmal durch die Ausstellungsräume, wo viele Dinge, die er noch aus seiner Kindheit kannte, durch ihre exponierte Stellung in den Vitrinen zusätzliche Bedeutung erhielten. Er vermisste sie nicht in seinem privaten Haushalt. Er trug die Geschichte seiner Familie in sich. Nur dann und wann schloss er eine der Vitrinen auf und entnahm ihr einen Gegenstand, etwa das Etui mit dem Rasiermesser, das sein Onkel auf Expeditionen immer mit sich geführt hatte, und benutzte diesen ehrfürchtig.

Er schloss die Tür und begab sich ins Speisezimmer, in dem sich die Mitglieder der Familie versammelten, die gerade anwesend waren. Meistens waren das nur Carl Alexander und seine Schwester. Theresa von Barthow verwaltete den Teil des Schlosses, der nun der Öffentlichkeit zugänglich war. So hatte es ihre Tante, die letzte Gräfin von Barthow, in ihrem Testament bestimmt.

»Oh nein, Carl«, begrüßte sie ihn, »du hast es schon wieder getan!«

Er bot ihr seinen Arm an und geleitete sie zum eingedeckten Tisch.

»Nur heute und nur ausnahmsweise. Den Besuchern wird es gar nicht auffallen, dass ein paar Stücke fehlen.«

»Das sagst du immer. Und was ist heute der Grund, dass wir mit dem Familiengeschirr frühstücken, das unsere Vorfahren einst König Louis vorgesetzt haben?«

»Nun, zum Beispiel werden deine Kinder in den nächsten Tagen eintreffen. Ist das kein Grund?«

Theresa lachte. »Hast du ihnen das letzte Mal nicht vorgeworfen, sie wären undankbar und ihr Verhalten nicht standesgemäß?«

»Du hast mich durchschaut, meine Liebe. Ich trinke meinen Morgenkaffee einfach gern aus zweihundert Jahre alten Tassen. So ist das nun mal.«

»Ach Carl, du bist einfach unverbesserlich.«

»Deine Kinder sind so undankbar, dass ich daran denke, die Bastarde einzuladen, die uns Großgroßcousine Christina eingebrockt hat.«

»Nenn' sie nicht so. Sie heißen Wilhelmina und Amadeus. Und wenn du ihre Großeltern damals nicht aus dem Herrenhaus geekelt hättest, dann hätten wir ihrem Vater eine angemessene Erziehung zukommen lassen können. Es ist nicht die Schuld der jungen Leute, dass sie jetzt nicht hierher passen.«

Carl Alexander seufzte theatralisch. Ein Teil seiner entfernten Verwandten suchte hartnäckig den Kontakt zu den von Barthows. Und er selbst und seine Schwester würden nicht ewig weiterleben. Wer sollte ihr Werk einmal fortführen? Diana und Kilian, Theresas Kinder, zeigten nicht das geringste Interesse und er selbst hatte keine Nachkommen. Dann war da noch Philipp, sein jüngerer Bruder. Dieser hatte zwar einen Sohn, aber genau wie sein Vater schien sich dieser für seine adlige Herkunft zu schämen. Was waren das nur für Zeiten? Manchmal verstand Carl Alexander die Welt nicht mehr.

»Erinnerst du dich noch an Onkel Alexanders letzten Geburtstag?«, fragte Theresa unvermittelt.

Carl Alexander nickte. »Er wollte noch ein letztes Mal auf eine Expedition gehen, nachdem er sich erholt hatte. Aber die Gräfin hat darauf bestanden, ein großes Fest für ihn auszurichten und alle dazu einzuladen. Himmel, sogar der Bürgermeister war da und dieser amerikanische Diplomat und die ganzen Schauspieler, das gesamte Theater hatte sie eingeladen.«

»Und es war die Party des Jahrzehnts, das musst du zugeben.«

»Tja, wenn die Gräfin etwas konnte, dann war es feiern ...«

»Ach komm schon, wir hatten alle eine gute Zeit«, wand Theresa ein. »Einschließlich der Bastarde, wie du sie nennst. Onkel Alexander hat sie jedenfalls alle immer sehr gemocht und viel Spaß mit ihnen gehabt.«

»Und jetzt ist er schon über fünfzig Jahre tot und wir folgen ihm bald nach, und keiner wird sich mehr daran erinnern«, resümierte Carl Alexander trocken.

Theresa lachte. »Da tust du Diana und Kilian aber Unrecht. Die beiden wollen natürlich noch etwas von der Welt sehen, genau wie Onkel und wie du damals. Irgendwann kommen sie schon zurück und treten das Erbe an, das wir für sie bewahrt haben.«

»Aber wir konnten nicht alles für sie bewahren, nicht wahr?«

Seine Schwester nickte. »Ich würde das Collier zu gern noch einmal sehen. Wo es wohl ist?«

»Das werden wir nie erfahren, glaube ich. Und es ist ein bisschen armselig, sein neunzigjähriges Jubiläum ohne seine Anwesenheit zu feiern. Aber so ist es nun einmal.« Carl Alexander hob seine antike Tasse: »Auf das *Feuer des Nordens* – wo auch immer es abgeblieben ist.«

Insgeheim hoffte er, dass der Stein nach fast fünfzig Jahren für immer verschwunden blieb. Sein Mythos war in der Geschichte eingeschlossen. Carl Alexander selbst hatte dazu beigetragen. Wozu jetzt seine Ruhe stören? Das Leben war gut, so wie es gerade war!

...

Sevim und Freya hatten sich um fünfzehn Minuten vor drei vor dem Besuchereingang von Schloss Barthow mit Bernd verabredet.

»Habt ihr euch gar nicht vorbereitet?«, begrüßte der sie. »Ihr seht ja aus wie immer!«

Das konnte man von Bernd nicht behaupten und Freya betrachtete irritiert die schwarze Gestalt, die mit Bernds Stimme sprach.

Statt seiner Wollhosen trug er eine schwarze Jeans und darüber ein schwarzes T-Shirt. Seine mausbraunen Haare hatte er schwarz gefärbt und in die Stirn gekämmt, sodass sie ihm stellenweise bis über die Nase hingen. Trotzdem sah Sevim, dass er sich die Augen schwarz umrandet hatte. *Bernd steckt voller ungeahnter Talente*, dachte sie. *Den Lidstrich hat er sich bestimmt nicht zum ersten Mal gezogen.*

»Äh, warum hätten wir uns denn verkleiden sollen?«

»Aber Freya, wir sind doch nicht zum Spaß hier«, mahnte Bernd. »Wir wollen doch im Verborgenen recherchieren. Was ist, wenn wir nochmal hierherkommen müssen, man euch wiedererkennt und jemand misstrauisch wird?«

»Aber wer sollte das denn sein?« Freya fand den ganzen Ausflug schon reichlich kompliziert und sie hatten das Schloss noch nicht einmal betreten.

»Das weiß man immer erst, wenn es zu spät ist, das ist ja das Dumme«, erwiderte Bernd weise. »Ihr solltet jetzt wenigstens ein prägnantes Merkmal haben, das man wieder entfernen kann. Dann erinnern sich die Leute später nur noch daran.« Er griff in seine Hosentasche und zückte seinen Eyeliner. Damit verpasste er Sevim zwei Muttermale, eines über der Oberlippe und das andere über der rechten Augenbraue. Aber als er sich Freya näherte, um ihr enorme Augenbrauen anzumalen, wich sie zurück und strich sich die Haare zu einem akkuraten Mittelscheitel, der sie immer wie ein Mondgesicht aussehen ließ. Das musste reichen.

Ihnen blieben noch ein paar Minuten bis zum Beginn der Führung und sie schauten sich ein bisschen im Museumsshop um. Sachbücher, Memoiren und Bildbände zur Familiengeschichte der von Barthows nahmen über drei Regalreihen ein. Freya zog wahllos einen Band hervor und blätterte darin. Hauptsächlich beinhaltete das Buch Fotos von den Expeditionen Alexander Graf von Barthows. Fasziniert betrachtet Freya die Abzüge vergilbter Schwarz-Weiß-Fotos. Als sie den Kopf hob, fiel ihr Blick auf Sevim, die entgeistert auf einen Stapel weißes Papier blickte.

Freya ging zu ihr und Sevim hielt ihr die Blätter hin.

»Nicht im Ernst!«, entfuhr es Freya so laut, dass sich alle im Laden nach ihr umblickten.

»Nicht im Ernst«, wiederholte sie leise.

»Briefpapier mit dem Familienwappen als Wasserzeichen für fünfundzwanzig Euro neunundneunzig.« Sevim sah ganz geknickt aus. »Jeder hätte es hier kaufen und dann darauf schreiben können. Jetzt komme ich mir ziemlich doof vor.«

»Aber warum denn, das muss doch gar nichts bedeuten«, meinte Freya. »Die Führung geht gleich los. Und wo ist eigentlich Bernd?«

Sie fanden ihn in der Vorhalle, wo er einen Grundriss des Schlosses studierte. »Immer zuerst über die Fluchtwege informieren«, flüsterte er Sevim zu. Diese nickte. Zusammen studierten sie den Schlossplan und zählten vier Wege, die sich als Fluchtmöglichkeit anboten, da meldete sich hinter ihnen eine junge Frau zu Wort.

»Willkommen auf Schloss Barthow«, begrüßte sie die Frau. »Mein Name ist Charlotte Papp und ich werde Sie heute auf Ihrer Tour begleiten. Zunächst gehen wir in den Ballsaal, wo die Familie über Jahrhunderte ihre Feste gefeiert hat. Bitte folgen Sie mir.«

Neben Sevim, Freya und Bernd hatten sich noch zwei Studenten, eine Familie mit drei Kindern im Grundschulalter und zwei ältere Paare in der Vorhalle eingefunden. Alle setzten sich in Bewegung und marschierten hinter Frau Papp in den Ballsaal.

»Heute beinhaltet der Ballsaal die Porträts der Grafen und Gräfinnen von Barthow, soweit erhalten«, erklärte ihre Führerin. »Hier ein Bildnis von ...«

Die drei hörten mit halbem Ohr hin und ließen die Blicke schweifen auf der Suche nach Hinweisen, irgendetwas, das den Inhalt der Kiste in ein neues Licht rücken könnte. Aber der Ballsaal offenbarte keine Überraschungen, lediglich den reduzierten Prunk, wie man ihn aus vielen Schlössern kannte. Schließlich stand die Gruppe vor dem Doppelporträt des letzten Grafen und seiner Frau.

»Dieses Porträt stammt aus den frühen Dreißigerjahren. Sybille Louise Gräfin von Barthow trägt darauf das Collier, in das der berühmte rote Beryll der Familie eingearbeitet ist. Graf Alexander, den Sie zu Ihrer Rechten sehen, hat diesen auf seiner ersten Expedition, die ihn nach Grönland führte, gefunden. Auf dem Bild sehen wir ihn in feiner Abendgarderobe, aber im Hintergrund des Gemäldes sehen Sie auch einige der Ausrüstungsgegenstände, die er auf Reisen stets bei sich trug und die wir später noch im Original bewundern können ...«

Sevim betrachtete die Figur im Gemälde eingehend. Der Graf sah aus, als fühle er sich unbehaglich, gerade so, als könne er es nicht erwarten, aus seinem feinen Zwirn heraus in praktischere Kleidung zu schlüpfen, die Ausrüstungsgegenstände in seinen Rucksack zu packen und zu einer Expedition aufzubrechen. Seine Lippen umspielte ein leicht spöttisches Lächeln, als wolle er den Betrachtern sagen, sie sollten ihre Zeit nicht damit verschwenden, ihn anzustarren.

Die Gräfin hingegen blickte distanziert aus dem Bild herab. Sie trug eine delikat gearbeitete rote Abendrobe, deren Farbe der des Steines an ihrem Hals glich. Obwohl ihre Augen von einem warmen Braunton waren, blickten sie scheinbar hart und entschlossen. Sevim konnte sich gut vorstellen, wie diese Frau die Geschicke der Familie in der Hand gehalten und ihnen am Ende ihres Lebens schließlich das Schloss und den Großteil ihres Besitzes weggenommen hatte.

»Stimmt es, dass der Stein verflucht gewesen ist?«, fragte Bernd in die Runde, obwohl ihm Freya bereits alles darüber erzählt hatte. Bei ihren Recherchen waren sie auf einige Internetseiten und Blogs von Leuten gestoßen, die sich mit den von Barthows beschäftigten und auch über das *Feuer des Nordens* berichteten. Sie hatten Kontakt zu einigen aufgenommen, hatten dann aber entweder gar keine Antwort erhalten oder einen Vortrag zur Familiengeschichte vom Urschleim an. Mit einer Person hatten sie sich sogar persönlich getroffen, waren von dieser aber derart unangenehm ausgefragt worden, ohne dabei etwas Neues zu erfahren, dass sie es schließlich aufgaben.

»Nun, der Familie mag es oft so vorgekommen sein«, antwortete Charlotte Papp auf Bernds Frage. »Zum Beispiel wurde der Graf am Ende seiner Grönland-Expedition fast von einem Felsbrocken erschlagen und auch auf den folgenden Expeditionen entkam er manchmal nur knapp dem Tod, was andere Teilnehmer der Expeditionen leider nicht von sich behaupten konnten. Und auch das glanzvolle Leben der Gräfin hatte eine traurige Seite, denn sie blieb Zeit ihres Lebens kinderlos.

Nicht zu vergessen das traurige Schicksal von Marianne von Barthow, einer Schwester des letzten Grafen. Ihr Tod wird mit dem *Feuer des Nordens* in Zusammenhang gebracht und danach weigerte sich ihre Zwillingsschwester Magdalena fortan, den Stein auch nur anzusehen und sie blieb allen Anlässen fern, bei denen er von der Gräfin getragen wurde. Sie soll ihren Bruder angefleht haben, die Familie vom Fluch des Steines zu befreien und ihn zu verkaufen, aber das wollte Graf Alexander natürlich nicht. Bitte hier entlang.«

Sie verließen den Ballsaal und betraten einen schmalen Flur.

»Diese Türen führen in den Ostflügel, wo einige Mitglieder der Familie heute noch leben.«

»Oh, es gibt noch echte von Barthows?«, meinte Bernd mit gespieltem Erstaunen. »Das wusste ich ja gar nicht!«

»Ja, natürlich. Da wären Carl Alexander und Theresa von Barthow, Neffe und Nichte des letzten Grafen. Diese bewohnen dauerhaft die Räumlichkeiten. Hinzu kommen zahlreiche Verwandte, die temporär hier unterkommen.«

Es war, als hätte Bernd mit seinem Aussehen auch seine Persönlichkeit verändert. Aus dem verträumten, leicht abwesend wirkenden Lebenskünstler war ein gewitzter Fragensteller geworden, der wusste, wie man den Leuten Informationen entlockte. Sevim zog innerlich den Hut.

»Ist bestimmt komisch«, meinte Freya, »in einem Museum zu wohnen, besonders wenn einem mal alles selbst gehört hat. Und jetzt kann einfach jeder kommen, der möchte.«

»Hm.« Darüber hatte sich Sevim noch keine Gedanken gemacht. »Allerdings kommen ja seit den frühen Siebzigern Besucher ins Schloss«, gab Sevim zu bedenken. »Das sind fast fünfzig Jahre, um sich daran zu gewöhnen.«

Freya war da anderer Ansicht. Sie hatte es immer noch nicht verwunden, dass es plötzlich ihr Lieblingsshampoo, Wildkräuter-Mandarine, nicht mehr zu kaufen gab. Anscheinend war es einem Imagewechsel der Shampoo-Marke zum Opfer gefallen. Das war während ihrer Zeit in der Oberstufe gewesen, aber noch heute stand sie in der Drogerie ewig vor dem Regal mit der Haarpflege, in der Hoffnung, es vielleicht doch irgendwo zu entdecken. Bisher allerdings vergeblich und einen anständigen Ersatz hatte sie auch nicht gefunden.

So ein Gefühl kannte Sevim aber nicht. Ihr war es ganz recht, dass es immer etwas Neues gab, mit dem sie sich beschäftigen konnte.

Die Besuchergruppe bog in einen abgedunkelten Ausstellungsraum ab. Nur die Vitrinen wurden von Lichtkegeln erhellt.

»Und hier sehen wir einige Alltagsgegenstände, die der Graf auf seinen Reisen stets bei sich führte, sowie einige Originalaufnahmen. Der Graf konnte von sich behaupten, jeden Kontinent mindestens einmal im Leben bereist zu haben. Manchmal hat ihn die Gräfin begleitet, hier sehen wir zum Beispiel ihr Reiseboudoir. Um Ihnen ein Beispiel für die Mühen damaliger Reisen zu geben, allein die Zugfahrt zum Hafen von Marseille, von wo aus die Schiffe nach Afrika ausliefen, dauerte ...«, berichtete die Museumsangestellte weiter.

Freya sah sich die Fotos der Expeditionsteilnehmer genau an. Der Graf ließ sich leicht identifizieren, er saß meist lachend in der Mitte der Gruppe, scheinbar voll in seinem Element. Die Gräfin war ebenfalls leicht auszumachen, denn sie war oft die einzige Frau. Sie blickte auf den Bildern genauso distanziert wie auf dem Porträt im Ballsaal.

Sie besichtigten die Bibliothek, weitere Ausstellungsräume mit Alltagsgegenständen und Möbeln aus drei Jahrhunderten und gelangten schließlich auf eine Terrasse, von der aus man den Garten überblicken konnte.

»Der Schlossgarten der von Barthows war bis in die Siebzigerjahre sehr berühmt, vor allem weil dort Pflanzen wuchsen, die der Graf von seinen Expeditionen mitgebracht hatte. Als das Schloss und die Ländereien 1972 auf die Stadt übergingen, musste der Garten leider neu gestaltet werden. Nach dem Tod der letzten Gräfin wurde er komplett verwüstet, da die Menschen dort den verschwundenen roten Beryll vermuteten. Erhalten geblieben sind aber die beiden Walnussbäume, welche die Gräfin anlässlich ihrer Hochzeit mit dem Grafen pflanzen ließ. Sie befinden sich zur Linken.«

Freya und Sevim blickten sich an und Bernd sog hörbar die Luft ein.

»Die Walnussbäume, das ist es!«, frohlockte er, als sie das Schloss wieder verließen. »Und die Entfernung vom Schloss beträgt doch locker vierzig Meter, meint ihr nicht? Wir müssen unbedingt noch mal hierherkommen. Am besten nachts.«

Freya wollte protestieren, aber Bernd hatte sich offenbar schon einen Plan zurechtgelegt und Sevim und sie selbst spielten darin eine Rolle.

»Oder wir machen es, wenn hier viel los ist. Eine von euch muss mich begleiten und die andere sorgt für Ablenkung. Vielleicht kann man den Feueralarm auslösen, oder eine Ohnmacht vortäuschen, oder eines der Ausstellungsstücke verstecken und sagen, es wäre gestohlen worden, so was in der Art, oder ein gemäßigter Drohbrief vielleicht, zu schwach um ...«

»Also Bernd, heute schreibt doch keiner mehr Briefe. Ich habe eine bessere Idee«, meinte Sevim schließlich und Freya sah sie entsetzt an.

»Wir müssen ihn im Auge behalten«, flüsterte Sevim.

»Das ist, als hätten wir die Büchse der Pandora geöffnet«, entgegnete Freya. »Und ich glaube, so schnell kriecht Bernd nicht wieder hinein.«

...

Carl Alexander schlich durch die Ausstellungsräume. Vor der Vitrine mit dem Familiengeschirr blieb er schließlich stehen und entnahm ihr eine Tasse samt Untertasse sowie einen vergoldeten Teelöffel, in dessen Ende das Familienwappen eingearbeitet war. Dieses Mal jedoch nicht für sich selbst. Seine Hand zitterte und ließ den Löffel unheilvoll auf dem Porzellan klirren.

Jemand wusste Bescheid. Über alles. Er hatte den schlimmen Brief, der heute Morgen in der silbernen Schale gelegen hatte, in die seine Schwester die private Korrespondenz zu legen pflegte, entsetzt in Stücke gerissen, damit ihn Theresa nicht aus Versehen zu Gesicht bekam.

Er dachte zuerst, jemand wolle Geld, und war zunächst sogar erleichtert, dass nur ein Teil vom Porzellanservice der Familie verlangt wurde. Aber trotzdem war ihm unbehaglich. Und je mehr Zeit verstrich, desto ängstlicher wurde er. Sollte er den Brief und seine Forderung einfach ignorieren? Das Schreiben war vage gewesen, aber in einem Ton verfasst, der große Sicherheit erahnen ließ. Nach all dieser Zeit, wer konnte denn etwas wissen?

Schließlich gab er sich einen Ruck und tat, wie ihm der Brief geheißen. Er ging mit dem Geschirr zur Westmauer, die einst von einem massiven Eisentor unterbrochen war, durch das die Kutschen Schloss Barthow verlassen hatten. Heute wurde es von dichtem Efeu überwuchert. Er wartete, bis Onkel Alexanders Taschenuhr zwanzig Minuten nach acht anzeigte und streckte dann die Hand mit Tasse, Untertasse und Löffel durch eine Lücke im dichten Gestrüpp nach draußen. Rasch wurden diese aus seiner Hand genommen und er hörte, wie sich Schritte entfernten. Vergeblich versuchte er durch den dichten Efeu nach draußen zu spähen.

Mit hängenden Schultern machte er sich auf den Weg zurück zum Schloss, seine Schwester fragte sich bestimmt schon, wo er um diese Zeit steckte.

Die plötzliche Forderung, etwas vom Familiengeschirr abzugeben, hatte Carl Alexander am Morgen kalt überrascht. In der über fünfhundertjährigen Geschichte der von Barthows hatte es jedoch dutzende Besitzstreitigkeiten gegeben, oft sogar innerhalb der Familie selbst.

Carl Alexander hatte seinen Vorfahren bisher in nichts nachgestanden, wenn es darum ging, seinen Besitz – oder was davon übrig war – zu verteidigen. So hatte er nach dem Tod der Gräfin seine entfernten Verwandten, die Familie Frank, nach über einem Jahrzehnt des gemeinsamen Lebens im Schloss daraus vertrieben. Dabei bedeutete den Franks die Familiengeschichte genau so viel wie ihm. Sie gaben in den darauffolgenden Jahrzehnten nie auf, Wege zu finden, wie sie sich ihren Platz im Schloss zurückerobern konnten ...

August, 1978
Mein allerliebster Goldfisch,
ich habe mich riesig gefreut, dass Du mir gleich geschrieben hast, nachdem Du angekommen bist.
Natürlich bin ich traurig, dass wir nicht zusammen fliegen konnten, weil ich Dich so vermisse. Am meisten freue ich mich, dass Dich Deine Verwandten eingeladen haben. Ja, ich weiß, Ihr seid gar nicht richtig verwandt, aber der Zusammengehörigkeitsgedanke zählt. (Oh Mann, was für ein langes Wort!) Vielleicht können wir ja bald zusammen nach Amerika. Das ist toll, dass Dir die Leute dort helfen wollen, alles über Deine Familie herauszubekommen. Nur zu dumm, dass die ganzen Sachen auf Russisch sind. Aber ein Gutes hat es doch. Wenn Du die Briefe sowieso nicht lesen kannst, dann musst Du Dich auch noch nicht damit herumschlagen und kannst die Zeit in Amerika genießen. Zu Hause an der Uni findest Du bestimmt jemanden, der sie übersetzt. Oder ich habe eine viel bessere Idee. In der Nähe vom Odeon-Kino gibt's doch diesen Laden, wo man russische Spezialitäten kaufen kann. Soll ich vielleicht schon mal einen Aushang machen, ob jemand Interesse am Übersetzen hat? Das wird natürlich Geld kosten, aber es wäre eine nützliche Investition.
Ich kann es gar nicht glauben, dass wir vielleicht bald in einem Schloss wohnen!
Könntest Du eigentlich wieder den Namen deiner Vorfahren annehmen? Wenn wir in einem Schloss wohnen, können wir ja nicht einfach Frank heißen. Das passt ja gar nicht, oder? Und Inga von Barthow hört sich so toll an! Weißt Du übrigens, was ich herausgefunden habe? Man kann auf dem Schloss auch heiraten! Das ist natürlich mordsteuer, aber wenn man sowieso dort wohnt, ist es sicher umsonst. Mir schwirren da so einige Gedanken im Kopf herum. Ich wünschte, wir wären jetzt zusammen, dann könnten wir Pläne schmieden.
Ich wünsche Dir noch eine ganz tolle Zeit. Und vergiss nicht, mir in New York etwas zu kaufen, wenn Du zurückfliegst. Ich hab' Dich lieb!!!
Deine Prinzessin

Kapitel 5

Sevim stand in der Garderobe von Schloss Barthow, wo eine Horde aufgekratzter Schüler gerade ihre Bälle und Skateboards verstaute. Die Lautstärke hatte bereits bewirkt, dass alle anderen Besucher blitzschnell ihre Taschen verräumt hatten und in die Ausstellung geflüchtet waren, um diese wenigstens anfangs noch in Ruhe genießen zu können. *War es in der Schule immer so laut?*, fragte sich Sevim. *Wie habe ich das früher nur ausgehalten? Und warum habe ich das hier überhaupt für eine gute Idee gehalten?*

Sie hatte sich ziemlich beeilen müssen, um pünktlich im Schloss zu sein. Ihren letzten Kunden für heute – ein von Komplexen durchsetzter Geschäftsführer, dem sie in der Mittagspause dabei half, den Vortag zu verarbeiten – hatte sie von der Straßenbahn aus angerufen. Glücklicherweise war er heute relativ gut drauf und Sevim musste sich nicht allzu viele Gedanken machen. Am Morgen jedoch hatte überraschend ein potenzieller Kunde für ihren Weckdienst abgesagt und Sevim hatte angesichts des Einnahmeverlusts schwer geschluckt.

Sie kam jedoch nicht zum Nachdenken, denn mehrere Schüler hatten entdeckt, dass sich die Türchen der Taschenspinde hervorragend dazu eigneten, den Lärmpegel noch ein bisschen in die Höhe zu treiben, während ein anderes Grüppchen draußen in der Vorhalle eine Büste von Otto Christian von Barthow ins Visier nahm. Der ehrwürdige Erbauer des Schlosses trug schon ein Beanie, wurde von zwei Mädels umarmt und ein rothaariger Schüler mit Zahnspange leckte ihm sogar die Wange ab, während er ein Selfie schoss. Außerdem hörte Sevim, dass irgendwo mehrere Flummis gegen die Wände und auf den Boden platschten, aber sie konnte nicht ausmachen, woher die Geräusche kamen. Von Herrn Knop, dem Klassenlehrer, fehlte jede Spur.

Normalerweise hätte Sevim natürlich versucht, für Ordnung zu sorgen. Aber die Klasse 7b tat genau das, was von ihr erwartet wurde. Die Schüler stifteten Chaos und lenkten die Aufmerksamkeit aller Museumswärter auf sich, besser als es Bernds gemäßigter Drohbrief gekonnt hätte. Sevim hoffte, dass Bernd und Freya so ausreichend Zeit hatten, sich unbemerkt im Schlossgarten aufzuhalten und die Walnussbäume genauer zu untersuchen. Sie blickte auf die Zeitanzeige ihres Smartphones. Kurz vor eins. Bernd und Freya standen bestimmt schon in den Startlöchern.

Sevim wandte ihre Aufmerksamkeit wieder den Schülern zu. Sie hielt die Jungs davon ab, sich für ein Arschbild aufzustellen, und nahm auch Frieder Knop in die Pflicht. Er ermahnte die Schüler, aber zu zaghaft, als dass es jetzt noch etwas nützte. *Sehr gut*, dachte sich Sevim, *immer noch ganz der Alte*.

Sie hatte ihren ehemaligen Kollegen gleich nach dem ersten Besuch auf Schloss Barthow angerufen. Wie erwartet dauerte es nicht lange, bis er darauf zu sprechen kam, wie sehr ihm die Schüler und der Schulleiter zusetzten. Und seine Kollegen. Und die Eltern. Nur mit dem Hausmeister verstand er sich gut, aber der konnte leider auch nichts machen ...

»Ach Sevim, ich bin ja so froh, dass du mich auf einen Ausflug begleitest«, meinte er jetzt. »Die Klasse hatte dieses Jahr noch gar keinen Wandertag. Aber keiner der Kollegen hatte Zeit, mitzukommen ...«

Das muss man erst einmal schaffen, dass sich keiner mehr erbarmt und mit dir zum Wandertag kommt, nicht einmal die Referendare, dachte sich Sevim.

»Und wir hatten doch immer so viel Spaß zusammen!«, fuhr er fort. »Ich hätte allerdings gedacht, wir gehen irgendwohin, wo die Schüler ihre überschüssige Energie besser kanalisieren können.«

Sevim verkniff sich zu sagen, dass man überschüssige Energie auch ganz gut in den Griff bekam, wenn man auf die Einhaltung von ein paar Regeln bestand.

»Oh, Frau Bozehl hat mir letztens erzählt, wie schön es hier im Schloss ist«, entgegnete sie stattdessen, »und da hab' ich mich geärgert, dass ich nie mit Schülern hier war. Aber das holen wir ja jetzt nach.«

»Oh, wo hast du denn Frau Bozehl getroffen?«

Sevim druckste herum und lief schließlich zu einer Gruppe Schüler, die anscheinend ausprobieren wollten, ob sich das marmorne Treppengeländer als Rutsche eignete.

Die arme Frau Papp, die wieder die Führung übernahm, beäugte die Siebtklässler mit gemischten Gefühlen.

»Es ist nett, dass du dich um eine Führung gekümmert hast, aber meinst du nicht, ein freies Erkunden würde meiner Klasse mehr liegen? Dann können alle ihre Zeit im Schloss eigenverantwortlich gestalten und nach ihren eigenen Interessen die Objekte erforschen.« Frieder Knops Hauptanliegen schien zu sein, die Schüler schnellstmöglich loszuwerden, aber Otto Christians Büste in der Eingangshalle hatte bereits erfahren, worauf es hinauslief, wenn man einunddreißig Siebtklässler einfach machen ließ.

»Die Besichtigung von Schloss Barthow ist leider nur im Rahmen einer Führung möglich«, wandte ihre Tourleiterin sachte ein. »Das ist eine Vorschrift, die seit den Siebzigerjahren strengstens befolgt wird, nachdem Teile des Schlosses der Öffentlichkeit zugänglich gemacht wurden.« Sie hob entschuldigend die Arme.

Davon lässt sich die 7b garantiert nicht abhalten, dachte Sevim zuversichtlich. Charlotte Papp schien sie jedenfalls nicht wiederzuerkennen, was daran liegen mochte, dass sie ihre dichten schwarzen Locken geglättet und zu einem strengen Dutt gebunden hatte, was Sevim zehn Jahre älter erscheinen ließ. Ein unvorteilhaftes Wangenrot und eine furchtbare Kette aus Filzkugeln taten ihr Übriges.

Auch Freya war dieses Mal Bernds Aufforderung gefolgt, die Aufmerksamkeit ihres Gegenübers auf ein einprägsames Detail ihrer Erscheinung zu lenken.

Es war eine schwere Geburt gewesen. Freya hatte alle ihre Mützen und Tücher durchprobiert und schließlich wieder weggeräumt, weil sie keines davon wegwerfen wollte.

Sevim hatte sie fragend angeblickt.

»Also wenn uns die Polizei auf die Schliche kommt, unsere Wohnung durchsucht und dann genau die Mütze findet, an die sich die Zeugen erinnern, dann nützt uns die ganze Verkleidung ja nichts!«, hatte Freya erklärt. Sie wühlte daraufhin in einem Beutel mit Werbegeschenken, die sie vor ein paar Jahren für die Firma ihres Vaters gestaltet hatte, und zog schließlich eine Schildmütze hervor.

»Ich kann mir nicht vorstellen, dass Bernd jedes Mal seine Klamotten wegwirft«, hatte Sevim versucht ihre Freundin zu beruhigen.

»Der hat bestimmt einen geheimen Kleiderschrank!«, war es aus dem Bad gekommen, wo Freya sich mit der Schildmütze im Spiegel betrachtete. »Im Gegensatz zu uns. Leider.«

»Willst du wirklich eine Kappe tragen, auf der *Geländer Firma Wolfgang Maier* steht?«, hatte Sevim bei Freyas Anblick zu bedenken gegeben. »Das kann man doch ganz leicht googeln. Gib ihnen doch gleich die Adresse von deinen Eltern!«

»Na ja, es wäre jedenfalls nicht so schlimm, die Kappe hinterher wegzuwerfen, weil mein Vater noch jede Menge davon hat.«

»Wie wär's, wenn wir runter zu Suzette in den Laden gehen? Sie leiht uns bestimmt ein paar Accessoires«, hatte Sevim vorgeschlagen.

»Aber die muss sie dann auch wegwerfen. Dort sucht die Polizei doch gleich als Nächstes …«, hatte Freya eingewandt.

»Wir könnten doch einen Mann aus dir machen! Wir binden dir den Oberkörper ab und du ziehst das weite T-Shirt an, das du sonst immer zum Malen trägst.«

»Aber …«

»Und das musst du auch nicht wegwerfen, denn ein schwarzes T-Shirt hat ja wirklich jeder im Schrank.«

Freya hatte eine halbe Stunde versucht, wie ein Mann zu laufen, und Sevim gab den Plan schließlich auf.

Stattdessen hatte sie Freya die Haare toupiert, ihr pflaumenfarbenen Lidschatten und ziegelroten Lippenstift verpasst, was sich bei ihrem Hautton fürchterlich biss, Sevim konnte kaum hinsehen, und noch Nase und Kinn konturiert.

Freya hatte sich staunend im Spiegel betrachtet. »Also, ich würde mich selber nicht wiedererkennen. Den Lippenstift musst du aber ...«

»Kommt gar nicht infrage, den hat mir Seyhan aus San Francisco mitgebracht!«

Die Führung war mittlerweile im Ballsaal angelangt und die 7b brachte Frau Papp ganz schön ins Schwitzen.

Sevim schickte ein Grüppchen von fünf Schülern, die angeblich alle gemeinsam dringend aufs Klo mussten, zu Herrn Knop, wohl wissend, dass dieser sie alleine losziehen lassen würde. Sevim konnte nur hoffen, dass sie zwar das Aufsichtspersonal auf Trab hielten, ansonsten aber alles heil blieb. Sie verrenkte sich den Hals an einem der bodenlangen Fenster, um den Weg, der in Richtung Walnussbäume führte, im Auge zu behalten. Der Schlosspark erstreckte sich in beruhigender Symmetrie vor ihren Augen. Man konnte sich direkt vorstellen, wie Herren in Gehröcken und Zylindern und Damen in ausufernden Kleidern darin wandelten oder ritten.

Der Einzige, der jetzt gerade durch den Park schritt, war jedoch Bernd.

Und Bühne frei. Er stiefelte zielgerichtet über den Rasen, zeigte mal da und mal dort hin und man konnte den Eindruck gewinnen, dass er wusste, was er da tat. Wäre da nicht Freya gewesen, die jede aufgeworfene Grassode und jeden Maulwurfshügel in Schlangenlinien umrundete und ab und zu einen Fuß hochnahm und ihre Sohle betrachtete. Außerdem trug sie eine Sonnenbrille, die Bernd ihr gegeben haben musste, und Sevim fragte sich, warum sie ihrer Freundin die Augen geschminkt hatte, bis diese anderthalbmal so groß wirkten und grünlich statt braun.

Bernd begann den ersten Walnussbaum mit seinem Metalldetektor spiralförmig zu umrunden, während Freya eine Messlatte und ein Klemmbrett hielt und stur auf den Boden blickte.

»Wann können wir endlich Fußball spielen?«, fragte ein keckes Mädchen mit braunem Pferdeschwanz. »Herr Knop hat gesagt, bei schönem Wetter können wir raus.« Der Rest der Klasse erwärmte sich schnell für die Idee.

»Und warum sollten wir eigentlich unsere Skateboards mitbringen?« Sevim warf noch einen kurzen Blick aus dem Fenster. Dort sah sie, wie Freya Bernd beflissen zunickte und etwas auf ihrem Klemmbrett notierte. Anscheinend hatte sie sich in ihre Rolle als Außendienstmitarbeiterin der Städtischen Energiebetriebe eingefunden.

Doch als Bernd den zweiten Baum zu umkreisen begann, sah Sevim vom anderen Ende des Schlossgartens her eine Gestalt auftauchen. Sie war in den Farben der Museumswärter gekleidet und sprach in ein Funkgerät. Auch Freya hatte sie bemerkt und erstarrte in ihrer Schreibbewegung.

Dann hörte Sevim einen Flummi auf dem Boden aufschlagen, der schließlich knapp das hundertdreiundneunzig Jahre alte gemalte Gesicht von Maximilian von Barthow verfehlte, ein paar Schüler kreischten auf und gingen in Deckung und dann war natürlich die Hölle los.

...

Als sie noch jünger war, hatte Freya einmal ein Buch über die Entstehung des Universums gelesen und bei der schier unvorstellbaren räumlichen und zeitlichen Dimension war ihr so schwindlig geworden, dass sie das Buch immer wieder weglegen musste. Darin gab es auch eine doppelseitige Abbildung, wo im Universum sich die Erde befand und wie weit die anderen Himmelskörper davon entfernt waren. Am nächsten war der Mond, dann vierzig Millionen Kilometer entfernt die Venus und die anderen Planeten, hundertfünfzigtausend Lichtjahre weiter dann das Zentrum des Milchstraßensystems und ganz am Rand der Seite befanden sich die Magellanschen Wolken, welche die nächste Galaxie darstellten, und das war noch nicht einmal der am weitesten entfernte Punkt.

Ungefähr so weit war Freya jetzt jedenfalls von ihrer Komfortzone entfernt. Und was bei ihr Unbehagen auslöste, war nicht nur das Unbekannte, sondern auch das Illegale. Ihr war speiübel.

Sich hier im Schlossgarten umzusehen, war zwar nicht so schlimm, wie in ein Haus einzubrechen, oder etwas aus dem Museum zu stehlen, aber erlaubt war es trotzdem nicht. Und dass Bernd sie beide anführte, machte es nicht besser. Freya wünschte sich, Sevim wäre hier, aber diese befand sich gerade auf der anderen Seite der Schlossmauer und hatte hoffentlich die Gesamtsituation im Blick, so wie meistens.

Sie traten durch das Tor und bogen von dem Weg, der ins Schloss führte, links auf den Rasen ab, wo sich die Walnussbäume befanden. Während Freya bei dem Versuch, möglichst keine Fußabdrücke zu hinterlassen, kaum mehr ein Bein vernünftig vor das andere setzen konnte, schlenderte Bernd zielgerichtet, aber gelassen, vor ihr her.

»Konzentrier' dich ganz auf unser Ziel. Tagsüber gibt es im Garten zwar kein Sicherheitspersonal, aber die Wärter in den Ausstellungsräumen haben die Order, von den Fenstern aus auch den Garten im Auge zu behalten. Schau' also nicht nach oben.«

Das hätte er Freya nicht sagen sollen. Sie heftete den Blick stur auf den Boden, während Bernd den ersten Baum abging. Und überhaupt, woher wusste er das schon wieder?

Obwohl Bernd das Gras sorgfältig Zentimeter für Zentimeter abging und sogar den Baumstamm abtastete, gab sein Metalldetektor keinen Laut von sich. Das konnte entweder bedeuten, dass sich der Beryll nicht mehr im Collier befand, oder dass es hier einfach nichts zu finden gab und sie einer falschen Fährte gefolgt waren. Freya gefiel der Gedanke, denn dann konnte man schnell und hoffentlich unauffällig wieder verschwinden.

Er nahm gerade den Rasen um den zweiten Baum in Angriff, als Freya im Augenwinkel eine Gestalt wahrnahm. Sie lief energisch in ihre Richtung und sprach in ein Funkgerät. *Plan B, Plan B*, rief Freyas Gehirn panisch, aber ihre Zunge schien in ihrem Mund wie festgeklebt. Automatisch kritzelte sie weiter Fantasiezahlen in die Liste auf ihrem Klemmbrett.

»Was machen Sie hier?«, bellte ein bulliger Mann, der das Wappen der von Barthow auf seinem weinroten Sakko trug, »der Zutritt ist strengstens untersagt. Kann ich Ihre Genehmigung sehen?«

»Hey, Kumpel«, entgegnete Bernd unbeeindruckt. »Ich bin Boris Horn und das ist meine Kollegin Frieda Magnussen.« Er zauberte eine Visitenkarte aus seinem Overall. »Wir sind von den Stadtwerken hier zur Kartierung stillgelegter Gasleitungen. Wenn Sie wollen, können Sie meinen Vorgesetzten anrufen.«

»Gasleitungen gibt's hier seit den Sechzigern keine mehr und ich will Ihre Berechtigung sehen, oder Sie verschwinden auf der Stelle!«

»Nur keinen Stress«, erwiderte Bernd und versuchte noch eine Weile, sich mit ihm gut zu stellen, aber der Museumswärter ließ nicht mit sich reden.

Er zückte sein Funkgerät und bellte hinein: »Hier Jöran, ich brauche noch jemanden im Schlossgarten gegenüber der ...«

Weiter kam er nicht, denn aus dem Haupteingang kamen lauthals ein paar Halbwüchsige gestürmt und kaum hatte eine Kleine mit Pferdeschwanz ihren Fußball zum ersten Mal in die Luft befördert, landete er auch schon im Blumenbeet. Und das war nicht der einzige Ball, der den Schlossgarten zu verschandeln drohte. Zwei andere Schüler lieferten sich eine Verfolgungsjagd, erst über das steinerne Treppengeländer und dann querfeldein. Die Nachhut bildete eine Handvoll Schüler, die auf Skateboards aus dem Eingang geschossen kamen. Die breite Treppe war natürlich ideal, um mit den Brettern ein bisschen anzugeben.

»Was ist denn da los?!«, schrie Jöran und stürmte in die andere Richtung davon. Nach und nach ergoss sich auch der Rest der 7b auf den Vorplatz. Ein paar Mädels, die betont gelangweilt dreinblickten, zündeten sich bereits Zigaretten an.

»Jetzt aber schnell«, rief Bernd und ließ seinen Detektor über das Gras und den Stamm flitzen, bevor er mit Freya im Schlepptau in Richtung Ausgang verschwand. Sie hörten Jöran weiter in sein Walkie-Talkie brüllen und gleichzeitig die Schüler zur Räson zu bringen. Es lag aber nicht in der Natur der 7b, Autoritätsfiguren ernst zu nehmen.

»Nein, Marvin! Du machst mit deinem Skateboard keinen Triple Flip auf der Brüstung. Und die Zigaretten aus, aber ganz schnell«, hörten Bernd und Freya Sevim brüllen.

»Brüste höhöhö«, wieherten Marvin und seine Kumpels.

Sevim ist viel schlimmer dran als ich, dachte sich Freya. Auch wenn sie auf der legalen Seite an ihrem Plan mitwirkte, würde sie jetzt nicht mit ihrer Freundin tauschen wollen. Der schnellste Weg vom Schlossgelände nach draußen führte durch den Haupteingang, also eilten Freya und Bernd in diese Richtung. *Nur noch ein paar Meter, dann bin ich zurück in der Legalität.* Freya atmete innerlich auf.

...

In ihrer Wohnung kämmte sich Freya in Windeseile die Haare aus, entfernte die Schminke und wusch sich das Gesicht. Eine Weile überlegte sie, sich einfach auf dem Sofa zusammenzurollen und das Leben zu ignorieren. Aber dann dachte sie an Sevim, die noch irgendwo da draußen war, und sich auch nicht einfach verstecken konnte.

Sie musste sich überwinden, wieder auf die Straße zu treten, und fühlte sich seltsam nackt und verletzlich. Auf dem Weg zum Bistro gegenüber von Bernds Werkstatt spürte sie die Augen sämtlicher Passanten auf sich ruhen. Zweimal versuchte sie Sevim anzurufen, aber jedes Mal ertönte nur das Besetztzeichen.

Im Bistro ärgerte sie sich über Bernd, der entspannt ein Champignon-Omelette aß, als wäre dies ein Tag wie jeder andere. Ihr Magen hatte jedoch keine Einwände, sich ihm anzuschließen. Sie überlegte, ob sie sich einen Schokomuffin und heiße Schokolade bestellen sollte, und versuchte noch einmal, Sevim zu erreichen.

Diese kam ein paar Minuten später ins Café gehetzt, das Handy am Ohr.

»Es tut mir wirklich sehr, sehr leid«, beteuerte sie. »Vielleicht kann ich ja ... nein, in Ordnung ...«

Sie hörten eine ungehaltene weibliche Stimme am anderen Ende und dann Stille.

»Auch gut«, meinte Sevim erschöpft und ließ ihr Handy in die Tasche gleiten. Sie löste ihren Dutt und schüttelte die Haare.

»War das jemand vom Schloss?«, flüsterte Freya atemlos. »Ist unsere Tarnung aufgeflogen? Hat man dich festgehalten?«

»Schön wär's«, entgegnete Sevim. Eine ruhige Gefängniszelle hätte sie der Fahrt mit der 7b erst im Bus und dann in der Straßenbahn zurück zur Schule durchaus vorgezogen.

»Das Gesicht von irgendeinem von Barthow wurde von einem Flummi attackiert, der Alarm an den Vitrinen und am Notausgang ist ein paar Mal losgegangen, Blumen und Bodendecker wurden niedergetrampelt und eine Schülerin ist fast vom Baum gefallen, weil sich ihr Fußball in den Ästen verfangen hat. Und die 37. Gesamtschule hat jetzt Hausverbot in Schloss Barthow. Aber uns droht keine Gefahr.«

Außer vielleicht von Dora Bozehl, die Sevim gerade am Telefon die Leviten gelesen hatte, und ihr sicher das Fell über die Ohren ziehen würde, sollte sie ihr jemals wieder unter die Augen treten. Sie hatte Sevim gelöchert, welches Benehmen sie den Schülern da im Schloss erlaubt hatte, warum sie sich in die Schulausflüge einmischte und was es im Allgemeinen mit ihrem plötzlichen Interesse für die von Barthows auf sich hatte. Sevim war immer noch ganz durch den Wind.

»Und ist dir jemand gefolgt?«, wollte Freya wissen. Sie wusste nicht, woher das Gefühl plötzlich kam. Es war nicht so, als würden die Augen aller auf ihr ruhen, sondern mehr als säße ihr jemand im Nacken. Das war wohl der Preis, wenn man ganz bewusst etwas Verbotenes tat. So wie vor ein paar Jahren, als ihr in der Straßenbahn plötzlich eingefallen war, dass es gar keinen einunddreißigsten Juni gab, der neue Monat schon begonnen haben musste und dass ihr Monatsticket nicht mehr galt. Die Minuten bis zur nächsten Haltestelle, wo sie ein gültiges Ticket am Automaten zog, waren die längsten ihres Lebens gewesen.

»Ich denke nicht, dir etwa?«

Freya schaute aus dem Fenster, aber draußen war nichts zu sehen.

»Was ist eigentlich Sevims Pseudonym?«, meinte sie an Bernd gewandt.

Bernd war in Gedanken versunken gewesen und schaute Freya verständnislos an.

»Wenn wir einen Tarnnamen haben, brauchen wir auch einen für Sevim!« Sie senkte die Stimme. »Die können wir auch verwenden, wenn wir uns geheime Nachrichten schicken müssen.«

Bernd grinste. »Erwärmst du dich doch langsam für Bernds Welt alternativer Ansätze?« Bei dem Gedanken musste Sevim schmunzeln.

»Überhaupt nicht!«, entgegnete Freya entrüstet. »Ich mache mir nur Sorgen. Das ist alles.«

»Ich denke, wir müssen nur an deiner Hemmschwelle arbeiten und Sevim ist sowieso ein Naturtalent.« Bernd nahm sein zweites Omelette in Empfang und ließ es sich schmecken.

»Aber es hat ja gar nichts genützt. Wir haben absolut nichts Neues herausgefunden. Tja, das war's dann wohl«, meinte Sevim.

Freya sank in ihrem Stuhl zurück und genoss, jetzt wo alles vorbei war, ihre heiße Schokolade. »Ich könnte die Kiste für meine fertigen Specksteinanhänger verwenden ...«

Sevim stärkte sich an einem Milchkaffee und nutzte aus, dass Freya und Bernd ihren Gedanken nachhingen. Auf dem Smartphone ging sie ein paar E-Mails für ihren Weckdienst durch und ihre Stimmung sank. Erst das Gespräch mit Frau Bozehl und jetzt das.

»Du musst nicht traurig sein, dass wir heute nichts gefunden haben«, meldete sich Bernd.

»Nein, das ist es nicht«, Sevim seufzte, »es hat schon wieder jemand für meinen Weckdienst abgesagt.«

»Das ist bestimmt der Fluch des Berylls«, flüsterte Freya. »Ich fühle mich schon die ganze Zeit so komisch, seit wir in den Schlossgarten gegangen sind. Am besten wir vergessen den Stein ganz schnell.«

»Das ging mir nach meinem ersten Einsatz im ... also abseits des völlig Legalen genauso«, erklärte Bernd munter. »Und jetzt, wo wir den Fluch einmal auf uns geladen haben, können wir genauso gut weitermachen!«

»Klingt logisch!«, meinte Sevim. »Und du weißt auch schon wo?«

»Ja, du hast es selbst schon gesagt!«

Freya sah missmutig von ihrer Tasse auf.

»Wir machen es wie deine Schülerin«, fuhr Bernd fort.

»Fußball spielen?«

»Nein, fast vom Baum fallen natürlich!«

»Ich klettere auf keine Bäume«, wehrte Freya ab. »Und außerdem können wir gar nicht dorthin zurück, wir haben ja Hausverbot.«

»Eigentlich nicht, denn wir gehen ja nicht in die 37. Schule!«

Freya gefiel es nicht, wie Bernd die Tatsachen auslegte und immer einen Schleichweg fand.

»Und selbst wenn, wir gehen dieses Mal sowieso außerhalb der Öffnungszeiten hin, und da spielt es keine Rolle, ob du Hausverbot hast oder nicht.«

»Wir sollen einbrechen?«, platzte Freya heraus.

»Geht's nicht noch lauter?«, flüsterte Sevim. »Gestalte uns doch T-Shirts und häng' Poster auf, dass es auch wirklich alle erfahren.«

Im Bistro war es ziemlich voll geworden, aber die Klientel dort schien ein Einbruch nicht vom Tagesgeschäft abzuhalten und die Bedienung blickte Bernd nur kopfschüttelnd an.

»Wir machen es nachts, wie ich es ursprünglich geplant habe. Wenn das Museum schließt, geht ein Sicherheitsdienst einmal die Stunde das Gelände ab, und es gibt Videokameras, aber ich weiß nicht genau wo. Man müsste das Gelände ein paar Tage beobachten, aber ich fürchte, das ist letztlich auffälliger, als einfach nur kurz einzusteigen ...«

»Woher weißt du das denn alles?«

Bernd grinste. »Charlotte ist sehr nett. Und sie findet mich düster und geheimnisvoll. Das machen die schwarzen Haare.«

»Charlotte?«

»Na, Frau ..., wie heißt sie denn gleich mit Nachnamen? Unsere

Führerin im Museum. Ich hab' sie mal getroffen und sie zum Kaffee eingeladen.«

»Du hast sie getroffen, einfach so?«

Bernd nickte nonchalant.

»Und da erzählt sie dir gleich alles?«, fragte Sevim ungläubig.

»Du musst nur wissen, wie du fragst! Sie ist eine, die es den Leuten gern recht macht ...«

»Aber wieso sollen wir noch einmal zurück zum Schloss?«, hakte Freya nach, bevor sie zu viele Einzelheiten erfuhr.

»Wir haben ja nicht die ganzen Bäume untersucht, nur den Boden und den Stamm«, erklärte Bernd. »Was ist, wenn jemand etwas in den Baumkronen versteckt hat? Erinnert ihr euch an die Schnur mit den Knoten, die in der Kiste lag? Die könnte doch bedeuten, dass man irgendwo hochklettern soll.«

Freya sah, dass Sevim nachdachte, und machte sich auf das Schlimmste gefasst. Ihr Körper hatte am heutigen Tag mehr Adrenalin ausgestoßen, als im ganzen vergangenen Jahr zusammen, und es war alles in allem ein aufregendes Jahr gewesen. Jetzt konnte sie einfach nicht mehr reagieren. Ihrem Kopf war es nicht egal, nachts irgendwo einzubrechen, aber ihr Körper konnte nur noch dasitzen, sich alles anhören und stumm nicken, während Bernd Anweisungen erteilte. Das einzig Gute daran war, dass man sich das Verkleiden dieses Mal sparen konnte.

...

Von den drei Geschwistern war Theresa von Barthow immer die Vernünftige gewesen. So vernünftig, wie man es mit einem Schloss als Zuhause und zu viel Taschengeld nur sein konnte. Mit über siebzig genoss sie sowohl die Früchte der Vernunft als auch der Unvernunft. Schloss Barthow blühte als Touristenattraktion, Diana und Kilian, ihre Kinder, waren erfolgreich in ihren Berufen, und Theresa selbst begegneten überall Ansehen und Anerkennung.

Aber da war auch etwas in ihr, das schon immer von der beiläufigen Dekadenz des Adels fasziniert war, von Ausschweifungen und Verschwendung. Dann und wann ärgerte sie sich über die Gleichförmigkeit und Routine ihres vernünftigen Lebens und dann wartete sie darauf, dass etwas Unvorhergesehenes passierte. Und wenn gar nichts passierte, dann half sie nach.

Als junges Mädchen hatte sie ihre Tante, Gräfin Sybille Louise, einerseits verachtet wie alle anderen, insgeheim aber auch bewundert für deren Lebenslust und schamlose Vergnügungssucht. Und dann war da ihr Bruder, Carl Alexander, der einfach nicht erwachsen werden wollte und für den jeder noch so banale Moment ein Grund zum Feiern war. Schließlich ihr erster und einziger Ehemann – eine höchst unkonventionelle und überhaupt nicht standesgemäße Wahl, sehr zum Verdruss ihrer Eltern. Das war der Höhepunkt von Theresas Unvernunft gewesen.

Als sie das Schloss und den Großteil des Vermögens dann mit einem Schlag verloren hatte, gewann die Vernunft endgültig die Oberhand, was selbst auf Carl abzufärben schien. Theresa verhandelte mit der Stadt die Feinheiten des Testaments und holte für die Familie das Beste heraus. Auch ihr Bruder war Jahr um Jahr ruhiger geworden und hatte angefangen, die Familiengeschichte zu dokumentieren. Nun konnte er auf zahlreiche Bücher, Bildbände und Dokumentationen zurückblicken.

Der Preis dafür war die Gleichförmigkeit, vor allem, seit ihre Kinder dem Schloss den Rücken gekehrt hatten. Dass eine Firma für eine dreitägige Veranstaltung Räume im Schloss belegt und dann die Saalmiete zu spät entrichtet hatte, war so ziemlich das Aufregendste, das im vergangenen Vierteljahr passiert war. Bis zum heutigen Nachmittag jedenfalls.

Heute war jedoch ein ganz besonderer Tag und Theresa voll in ihrem Element. Fast alle noch lebenden von Barthows sowie deren entfernte Verwandte bevölkerten den zentralen Salon im Ostflügel. Einige von ihnen waren noch nie zuvor im Schloss gewesen und Theresa hoffte, dass ihre neu gewonnenen Verwandten wieder Leben hineinbringen würden. Bisher enttäuschten sie jedoch eher mit ihrem guten Benehmen und ihrer Zurückhaltung.

Man sollte eine richtige Party schmeißen, dachte sie, so wie es sie vor fünfzig Jahren mit schöner Regelmäßigkeit gegeben hatte. *Der letzte richtige Ball, wann war der? Zu meiner Hochzeit vielleicht?*

Selbst Philipp war heute gekommen, was für eine Freude. Ihr jüngerer Bruder, der nur äußerst widerwillig das Zuhause ihrer Kindheit besuchte und der das *von* aus seinem Namen gestrichen hatte, unterhielt sich gerade angeregt mit Sebastian und Inga Frank, die zur weitläufigen Verwandtschaft gehörten.

Carlo, sein Sohn, hatte sich in eine Unterhaltung mit deren Kindern vertieft, die zum ersten Mal zu Besuch auf Schloss Barthow waren und langsam auftauten. Theresa bedauerte, dass sie sich nie darum bemüht hatte, den Kontakt zu diesem Teil der Familie aufrecht zu erhalten, nachdem ihre Großeltern und ihr Vater Mitte der Siebziger ausgezogen waren. Auch ihre eigenen Kinder, Diana und Kilian, hatten sich bereits für die Neuzugänge erwärmt. Fast verschwörerisch steckten sie jetzt die Köpfe zusammen und oft perlte Gelächter auf. Alle schienen sich prächtig zu amüsieren.

Nur Carl Alexander saß brütend in seinem Ohrensessel und verzog keine Miene. Was war nur los mit ihm? So miesepetrig war er nicht mehr gewesen, seit Tante Sybille das Schloss aus den Händen der Familie gerissen hatte. Sicher, er legte keinen Wert darauf, mit den Franks zu verkehren, und er hatte vor der Jubiläumsfeier zum neunzigsten Jahrestag, an dem ihr Onkel den roten Beryll gefunden hatte, jede Menge zu tun, aber er wirkte in den vergangenen Tagen regelrecht eingefallen und nicht wie er selbst.

»Aber Carl, geht es dir denn gut?«

Carl Alexander hatte nicht gemerkt, dass sich seine Schwester genähert hatte, und fuhr in seinem Ohrensessel zusammen. Theresa runzelte die Stirn.

»Aber ja doch, meine Liebe. Ich bin nur etwas müde.«

»Du überanstrengst dich, Carl. Ich weiß, du willst die Vorbereitungen für das Jubiläum niemandem sonst überlassen, aber wenn du vor Erschöpfung zusammenbrichst, nützt es ja auch niemandem etwas.«

Er drückte ihre Hand und lächelte milde. »Du gönnst dir ja auch keine Pause, wenn es um die Angelegenheiten der Familie geht.«

Sie hockte sich neben ihn und sagte mit gedämpfter Stimme: »Wie wäre es denn, wenn du die jungen Leute fragst? Ich bin mir sicher, Wilhelmina und Amadeus würden sich darüber freuen. Inga hat mir erzählt, dass sich die beiden schon lange mit der Familiengeschichte beschäftigen ...«

Er verzog verächtlich die Miene und ließ ihre Hand los. »Sie sind gerade einmal zwei Stunden hier, da überlasse ich ihnen bestimmt nicht das Lebenswerk unseres Onkels. Da kann ihr Vater noch so viele Namen aus unserer Familiengeschichte ausgraben und an seine Kinder verteilen, wie er will.«

»Von überlassen kann doch gar keine Rede sein. Und dass sie sich nicht schon früher eingebracht haben, ist ja wohl kaum ihre Schuld.« Sie erhob sich umständlich und ihre Knie knackten.

»Benimm' dich, Carl. Wir werden nicht ewig leben.« Mit diesen Worten wand sich Theresa von ihrem Bruder ab und begab sich zu ihren anderen Verwandten.

»Du siehst aus, als hätte dich ein Auto überrollt«, meinte Inga Frank, als sich Theresa ihr gegenüber niederließ und mit den Handflächen über ihre Knie strich.

»Inga, ich bitte dich!«, entrüstete sich ihr Mann.

»Ja, was denn? War doch nicht böse gemeint. Brauchst du was, Theresa?«

Sebastians Frau war ja schon ziemlich derb, aber nun lachte Theresa herzlich. Wie erfrischend, mit jemandem zu tun zu haben, der einfach geradeheraus war und nicht ewig um den heißen Brei herum schwatzte.

»Nein, vielen Dank, Inga. Es war viel schlimmer als nur ein Auto.«

Alle blickten sie erstaunt an und Theresa beschloss, ein bisschen auszuholen.

»Ihr habt vielleicht schon davon gehört, wie einmal die Elsässer gegen Schloss Barthow vorgerückt sind?«

»Unter dem Herzog von Nieforet«, antwortete Wilhelmina wie aus der Pistole geschossen.

»Und wie Sigismund von Barthow mit gedungenen Söldnern den Grund und Boden für sich beanspruchen wollte, als sein jüngerer Bruder im Testament bevorzugt worden war.«

»Das war 1821«, ergänzte Amadeus.

»Ja, richtig. Aber ich bin mir sicher, dass es damals keinen so großen Aufruhr gegeben hat, wie heute nach der Führung.« Theresa hob ratlos die Arme. »Kinder! Wir haben ja oft Schulklassen hier, aber so etwas wie heute habe ich noch nie erlebt!«

»Nicht mal an Dianas achtzehnten Geburtstag, als sie ihren ganzen Jahrgang eingeladen und säckeweise Glitzerkonfetti hier im Wohnzimmer verteilt hat?«, neckte Kilian.

Theresa lachte. »Nicht einmal damals. Wir haben noch Monate später Konfetti in den Sofaritzen gefunden. Ihre Großtante Sybille Louise wäre mit der Feier bestimmt höchst zufrieden gewesen.«

»Das Schloss hält sicher einiges an Feiern aus. So groß und so massiv! Wilhelminas und Amadeus' ganzer Jahrgang hätte nie in unserer Vierzimmerwohnung Platz gehabt und es gab immer nur gewöhnliches Konfetti, wenn wir gefeiert haben«, Sebastian Frank hob entschuldigend die Arme.

Noch so ein versteckter Vorwurf, dachte Carl Alexander, der dem Gespräch aufmerksamer gefolgt war, als es den Anschein hatte, und schloss die Augen. Eine Dreiviertelstunde würde er noch ausharren, um die Form zu wahren, und sich dann in seine privaten Räumlichkeiten zurückziehen. *Diese schrecklichen Leute!* Was für ein Glück, dass nur noch Sebastian Frank versuchte, in den Schoß der Familie von Barthow zurückzukehren. Er war allerdings so hartnäckig, dass es für ein ganzes Heer an Eindringlingen ausgereicht hätte. Die meisten ihrer entfernten Verwandten waren glücklicherweise bereits tot, im Pflegeheim oder wollten von sich aus nichts mehr mit der Familie von Barthow zu tun haben. *Recht so*, freute sich Carl Alexander nun, nur weil sich seine Vorfahren dann und wann ein klein wenig an anderen bereichert hatten, musste man den Pöbel ja nicht mit offenen Armen empfangen.

»Ich weiß jedenfalls nicht, wo wir überall Kaugummi abgekratzt haben«, nahm Theresa den Faden wieder auf, »und einer von ihnen ist sogar mit dem Skateboard durch die Ausstellung gedüst! Von den Beeten im Garten mal ganz abgesehen. Ich musste ihnen leider Hausverbot erteilen, denn wenn wir einmal jemandem erlauben, sich im Schlosspark herumzutummeln ...« Sie hob fast entschuldigend die Arme.

»Du denkst, dann geht irgendwann die Schatzsuche wieder los?«, meinte Diana.

»Irgendwann? Erst heute sind da noch diese zwei Gestalten im Garten herumgeschlichen, angeblich von den Stadtwerken, und sie scheinen nach etwas gesucht zu haben.«

»Wie sahen sie denn aus?«, wollte Inga wissen, nur um sich gleich darauf an ihre Kinder zu wenden. »Vielleicht kennt ihr diese Leute ja?«

Ihre Kinder sahen sie vielsagend an. »Also wir kennen garantiert niemanden, der irgendwo herumschleicht. Wir forschen nur aus Interesse!« Wilhelmina fühlte sich genötigt, diesen Umstand noch einmal extra zu betonen.

»Aber da waren doch diese beiden, die Videos gemacht haben und im Internet ...«

»Möchtest du wirklich keinen Kaffee, Inga?«, unterbrach sie ihr Mann.

»Nein, wieso? So spät trinke ich doch nie Kaffee!«

»Und was erforscht ihr denn genau?«, versuchte Theresa das Gespräch in ruhigere Bahnen zu lenken.

»Ähm, na ja, die Familiengeschichte natürlich«, erwiderte Amadeus.

»Aber ihr sucht doch auch nach dem Schatz! Das *Feuer des Nordens*, stimmt's?«, drängte ihre Mutter. »Nach dem verschwundenen Stein. Auch wenn ich euch immer sage, nehmt euch vor dem Fluch in Acht, so was brauchen wir nicht auch noch. Euer Vater hatte schon mehr als genug Pech.« Sie tätschelte ihrem Ehemann den Unterarm.

»Wir von Barthows vertrauen auf unsere Geisteskraft, Inga, dann kann einem auch ein Fluch nichts anhaben«, erwiderte Carl Alexander würdevoll. Er hatte sich entschlossen, dem unsäglichen Gespräch nicht weiter nur still zu lauschen.

»Also der Stein kann mir jedenfalls gestohlen bleiben«, fuhr Inga unbeirrt fort, »aber ich würde furchtbar gerne mal eine Krone tragen, ihr habt doch bestimmt eine da, oder?« Ihre Augen glänzten vor Verzückung bei dem Gedanken daran, ein echtes Erbstück der von Barthows in die Hände zu bekommen.

»Aber Mama, das Grafenamt ging doch noch nie mit einer Krone einher.« Amadeus merkte wieder einmal, dass seine Mutter nie genau zuhörte, wenn es um historische Fakten und die Feinheiten der Familiengeschichte ging. Sie hörte nur Schloss, Krone oder Graf und spann sich dann irgendwelche Fantasien zusammen. Und jetzt stellte sie ihr Unwissen freimütig zur Schau. Die von Barthows hielten die Familie Frank bestimmt für Bauerntölpel.

»Ach so? Und ich dachte, jeder von und zu hat auch eine Krone.« Inga Frank merkte nichts vom Unbehagen ihres Sohnes oder vom Rest der Familie. »Das hast du mir früher immer versprochen, stimmt's, Sebastian?«

Sebastian Frank blickte bloß verdrießlich drein und ging nicht darauf ein.

Inga Frank schien daran gewöhnt zu sein, dass ihr Mann nichts erwiderte und plapperte einfach weiter ohne auf eine Antwort zu warten. »Aber wenn ihr den Stein unbedingt finden wollt, dann können euch Theresa und Carl beim Suchen helfen!«, schlug sie ihren Kindern jetzt vor.

»Du verfügst recht freigiebig über unsere Zeit, das muss ich schon sagen«, murmelte Carl Alexander und blickte sehnsüchtig zur Tür. War es nicht endlich Zeit sich zurückzuziehen? Lange würde er die Gesellschaft seiner Verwandten nicht mehr ertragen, da war er sich sicher.

Ingas Kinder sahen derweil betreten zu Boden. »Das musst du doch nicht alles herausposaunen«, raunzte Wilhelmina ihre Mutter leise an.

»Solange ihr nicht den Schlossgarten komplett umgrabt und die Wände im Schloss heil bleiben, dürft ihr gerne vor Ort forschen. Carl Alexander würde sich sehr darüber freuen, nicht wahr?«, lenkte Theresa ein.

Er nickte ergeben und besann sich dann. »Erzählt mir doch morgen erst einmal, was ihr schon herausgefunden habt! Dann kann ich euch eine Auswahl an Familiendokumenten zukommen lassen. Aber ich würde mir keine allzu große Hoffnung machen. Meine ... unsere Vorfahren haben bereits vor Jahrzehnten jeden Stein dreimal umgedreht und nichts gefunden. Und jetzt entschuldigt mich bitte, es war ein langer Tag und ich ziehe mich zurück.«

Wilhelmina und Amadeus bedankten sich artig und Theresa drückte kurz Carls Hand, als er auf dem Weg nach draußen an ihrem Sessel vorbeikam. »Siehst du, nun kannst du dein Wissen doch noch an die nächste Generation weitergeben.«

Den Teufel würde er tun. Schadensbegrenzung, das war es. Die Bastarde davon abhalten, ihre Nasen allzu tief in die Familiengeschichte zu stecken. Als hätte es die letzten Tage nicht schon genug Aufregung gegeben! Was würde er noch alles tun müssen? Vielleicht war dies der eigentliche Fluch des Berylls, dass er einen dazu brachte, sein wahres, besseres Selbst zu verleugnen, und einen lügen und betrügen ließ oder Schlimmeres. Schwerfällig erklomm er die marmorne Treppe, die zu seinen Räumlichkeiten führte.

• • •

Manche Leute brachte die Aussicht auf das *Feuer des Nordens* auch dazu, ihre schwarze Kleidung im Hinblick auf ihre Tauglichkeit für einen Einbruch zu mustern oder spätabends eine Leiter im Kofferraum eines Nissan Micra zu verstauen. Nur um anschließend darauf zu warten, dass auf Schloss Barthow alle schlafen gingen. Aber das wusste Carl Alexander natürlich nicht.

...

Alle Fenster auf Schloss Barthow waren bereits dunkel, nur in den Büroräumen brannte noch Licht.

Theresa fand, wie so oft, wenn sie einen besonders ereignisreichen Tag hinter sich hatte, keinen Schlaf. Deshalb war sie nicht ins Bett, sondern in ihr Büro gegangen. Dort heftete sie Formulare ab, ordnete die Sachen auf ihrem Schreibtisch und widerstand der Versuchung, zu dieser späten Stunde ihre E-Mails zu lesen.

Stattdessen ging sie in den Nebenraum, in dem sich das Archiv der von Barthows befand. Zahlreiche Dokumente, Urkunden und Briefe, die im Laufe der Jahrhunderte von einem von Barthow verfasst oder empfangen worden waren, wurden dort aufbewahrt. Wenn sie keinen Schlaf fand, zog Theresa gerne eine der Dokumentenschubladen heraus und schmökerte in den schriftlichen Hinterlassenschaften ihrer Vorfahren. Darin fand sie immer Ruhe. Am liebsten waren ihr Briefe von den Frauen der Familie von Barthow. Theresa erkannte sich in ihren Worten wieder, fühlte sich ihren Vorfahren verbunden und fand dadurch neue Kraft, die Geschäfte auf Schloss Barthow zu bewältigen.

Sie hatte nun mehrere Briefe ihrer Tante, Magdalena von Barthow, und deren Zwillingsschwester Marianne aus dem Aktenschrank und mit auf ihr Schlafzimmer genommen. Dort entfaltete sie die Blätter und breitete sie vor sich auf der Bettdecke aus. Marianne von Barthow hatte sie nie kennengelernt, sie war vor Theresas Geburt gestorben. Aber Tante Magdalena war immer da gewesen, während Theresa im Schloss aufwuchs. Sie selbst hatte viel von der unaufgeregten, pragmatischen Art ihrer Tante übernommen und ihren trockenen Humor geschätzt.

Theresa nahm sich einen Brief aus Magdalenas Jugend vor, als deren Zwillingsschwester noch lebte, und begann zu lesen.

Schloss Barthow, November 1935

Liebe Josephine,

vielen, vielen, vielen Dank für Deine Glückwünsche! Obwohl sie von allen Seiten kamen, waren uns Deine am liebsten! Ist es nicht unvorstellbar, dass wir tatsächlich an der Olympiade teilnehmen? Deshalb hat sich jedenfalls im Haus wieder einmal versammelt, was Rang und Namen hat, und dieses Mal allein unseretwegen!

Wir sind aber geflüchtet und sitzen bei Walhalla und Donnergott im Stroh. Wenn man es ernsthaft angegangen wäre, so hätte man auch sie einladen müssen, schließlich gebührt ihnen die Hälfte der Ehre. Da hätten aber alle Augen gemacht, wenn wir in den Ballsaal eingeritten wären! Alexander und Louise hätte es sicher amüsiert, denn sie lassen sich keinen Spaß entgehen. Oh, ein klein wenig waren sie doch dabei, meint Magdalena gerade, denn L. hat Eisskulpturen nach ihrem Vorbild anfertigen lassen, nicht so groß wie die Originale, aber sehr beeindruckend! Ein junger Herr, der dem Champagner wohl etwas zu sehr zuspricht, hat versucht, Walhalla zu besteigen und die umstehenden Gäste haben ihn angefeuert! Seine Hose war bereits fast völlig durchnässt. Mama hat ganz verkniffen geschaut, dabei müsste sie Unanständigkeiten wirklich gewohnt sein, wenn L. zu einem Ball einlädt.

Wie es ausgegangen ist, können wir Dir leider nicht berichten, denn wir haben uns in der allgemeinen Aufregung davongeschlichen. Stattdessen sitzen wir hier bei unseren Rappen und berichten Dir alles umgehend.

Vermissen wird uns oben niemand. Zwar steht auf den Einladungen

    Festlichkeit
    anlässlich der Teilnahme
    von Marianne und Magdalena von Barthow
    an der XI. Olympiade in Berlin

etc. In Wahrheit ist L. aber jeder Grund recht, sich ein neues Kleid machen zu lassen und mit den Herren zu tanzen und zu schäkern. Mama nennt sie deswegen schamlos, aber A. meint dazu nur, dass er eben eine moderne Frau geheiratet habe. Aber trotzdem sollte sich ein Mann so etwas nicht gefallen lassen, nicht wahr? Schon gar nicht, wenn er ein Graf ist und ihn viele

Leute auch für ein Vorbild halten. Stattdessen lässt sich A. von ihr auf der Nase herumtanzen und ist immer noch furchtbar vernarrt in sie.

Immerhin hat er sie überredet, an diesem Abend mit dem Saphirhalsband unserer Urgroßmutter Vorlieb zu nehmen und einer von uns die Ehre zu überlassen, das Feuer des Nordens während des Balls zu tragen. Die Wahl fiel auf mich, aber Magdalena nimmt es mir nicht krumm. Sie meint, wenn sie es tragen müsste, dann hätten sie alle der Anwesenden nur noch genauer in Augenschein genommen und das wäre kaum zu ertragen gewesen. Bevor der Tanz losging, haben alle Gäste eine lange Reihe gebildet und uns gratuliert, darunter Obersturmbannführer Benn in seiner feschen Uniform, der auch ein sehr guter Reiter ist, und Markus Mihaly, der Dramaturg und Regisseur an der Kleinen Komödie ist. Für L. hat er eigens ein Stück verfasst, in dem sie auftreten soll. Mama meint, allein die Aussicht sei skandalös, denn es ist ja nicht einmal ein richtiges Theater und die Darsteller und Zuschauer kann man bestenfalls halbseiden nennen. Aber das stört die Gäste hier im Allgemeinen ja nicht. Am aufregendsten für uns war noch Ignaz Bubik, der mehrere Jahre an der Hofreitschule in Wien gewesen ist und sich jetzt die Reitszenen bei der Ufa ausdenkt. Er war wenigstens einer, mit dem man sich unterhalten konnte und seine Wiener Aussprache ist auch sehr charmant. Leider war er nicht sehr gesprächig, weil er Partys eigentlich nicht mag. Gott weiß, wie L. ihn dazu gebracht hat herzukommen. Wenn sie uns einen Gefallen hätte tun wollen, dann hätte sie nur ihn zum Abendessen eingeladen und es wäre für uns drei ein angenehmer Abend geworden. Aber es waren unzählige Menschen da, mit denen wir vorher nichts zu tun hatten, und wenn wir alle aufzählen wollten, dann würde dieser Brief kein Ende nehmen, also lassen wir es bei den Genannten.

A. hat eine ernsthafte Rede für uns gehalten und am Ende hatte Mama Tränen in den Augen. Er hat zum Beispiel gemeint, das Feuer des Nordens würde verblassen, wenn erst einmal die Goldmedaillen an unseren Hälsen baumelten. Dabei ist es sehr unwahrscheinlich, dass wir beide exakt gleich gut abschneiden. Jedenfalls will er seine nächste Expedition im Sommer absagen, damit er dabei sein kann, wenn es für uns ernst wird. Damit hätten wir nie gerechnet und es auch gar nicht von ihm erwartet. Schließlich weiß jeder, dass er sich nur auf seinen Expeditionen richtig zu Hause fühlt. Und wenn L. nicht darauf bestehen würde, dass er sich dann und wann auf dem Schloss vor der Öffentlichkeit zeigt, würden wir ihn wohl nie mehr wiedersehen. Also sind wir ihr durchaus dankbar und machen ihr die Freude, auf unserer Feier zu erscheinen.

Das einzig traurige an der ganzen Angelegenheit ist, dass wir uns bis zum Sommer nicht mehr sehen, weil wir ja trainieren müssen. Aber bis dahin denken wir an Dich und Du an uns und Du drückst uns die Daumen, nicht wahr?

Fühl' dich umarmt von uns beiden!

Deine Magdalena und Marianne

Kapitel 6

Sevim saß rittlings auf der Feldsteinmauer, welche die Ländereien von Schloss Barthow seit dem achtzehnten Jahrhundert umgab, und fühlte sich lebendig. Bei einer klaren Nacht hatte sich der Mond fast vollständig gefüllt, der Park war in samtige Grautöne gehüllt und mehrere hundert Meter entfernt erstrahlte die Silhouette des Schlosses im Scheinwerferlicht.

Fast geräuschlos zog sie die Teleskopleiter auf die andere Seite der Mauer und kletterte hinunter.

»Du machst das wie eine Hauskatze, die endlich wieder nach draußen darf«, lobte Bernd und fuhr die Leiter zusammen. »Bravo!«

Das ist in einer Situation wie dieser schon ein Kompliment, beschloss Sevim, zumal es von jemandem kam, der jedes Schloss knacken konnte und der in weniger als zehn Minuten das Equipment für einen Einbruch zusammen hatte.

Bernd hatte beschlossen, weiter entfernt vom Schloss in den Park einzusteigen, zum einen, weil man dort vor den Parkmauern unauffälliger Suzettes Nissan Micra abstellen konnte. Dessen Grundfarbe war froschgrün und das Auto allein deswegen schon ziemlich ungewöhnlich und leicht wiederzuerkennen. Bernd hatte ihn darüber hinaus noch so oft preisgünstig repariert, dass der verbeulte Kotflügel unterschiedliche Farben hatte, alles in allem also nicht gerade das ideale Fluchtauto. Aber Suzette war die einzige Person, die er kannte, die sowohl Verständnis für Bernds Lebenswandel, als auch ein Auto hatte, also konnte er nicht wählerisch sein. Er nahm sich allerdings vor, ein paar Gefallen einzufordern, um den Wagen neu lackieren zu lassen.

Außerdem hatte Bernd die Stelle gewählt, weil sich der Sicherheitsdienst vermutlich nicht in diesen Teil des Parks verirrte.

Entlang der Mauer machten sich Bernd und Sevim im Schutz der Büsche und Bäume zu den Walnussbäumen auf. Währenddessen wartete Freya im Auto und hielt sich in Bereitschaft, sie gegebenenfalls an anderer Stelle wieder einzusammeln. Man wusste ja nie, wem man noch begegnen würde und ob einem der Sicherheitsdienst nicht vielleicht den Rückweg abschnitt. Bernd hatte an alles gedacht.

Jetzt legte er ein beachtliches Tempo vor und Sevim fühlte sich bald gar nicht mehr wie eine Katze, wenn sie über Wurzeln stolperte und ihr Zweige ins Gesicht schlugen.

Aber Bernd hatte recht! Sie hatte viel zu lange hinter ihrem Schreibtisch gesessen und jetzt war sie völlig aus der Übung. Doch langsam gewöhnten sich ihre Füße an den Boden und sie schloss wieder zu ihm auf. Sie hatten die Walnussbäume fast erreicht. Da blieb er abrupt stehen, zog Sevim am Arm zurück zur Mauer und hielt den Finger an die Lippen. Sie duckten sich hinter die Büsche und da sah Sevim die schwachen Lichtkegel zweier Smartphones, die sich den Walnussbäumen von der Schlossseite her näherten. Bernd hatte wirklich Augen wie ein Luchs.

»Und jetzt?«, hörten sie eine männliche Stimme.

»Woher soll ich das wissen?«, antwortete eine weibliche.

»Du wolltest doch unbedingt nachts im Park herumschleichen!«

»Wir haben schon an abwegigeren Stellen gesucht, das musst du zugeben.«

»Und nichts gefunden …«

»Aber das Institut für Geologie war so eine gute Spur!«

Die zwei Gestalten waren bei den Walnussbäumen angekommen.

»Vielleicht sollten wir da einfach weitermachen, noch tiefer graben. Und endlich die Stiftung für …«, meldete sich die männliche Stimme wieder zu Wort.

»Nicht quatschen, suchen!«, wurde er unsanft unterbrochen. Eine Weile hörten Sevim und Bernd nichts, sondern sahen nur die Lichter der Smartphones um die Baumstämme herum und hoch und runter tanzen. *Sie scheinen nicht geplant zu haben, heute Nacht hierherzukommen,* dachte sich Bernd. *Sonst hätten sie sich eine bessere Ausrüstung besorgt, oder zumindest Taschenlampen.*

Wenn Bernd der modernen Kommunikationstechnik gegenüber nicht so ablehnend gewesen wäre, dann hätte er gewusst, dass es heutzutage kein Problem war, sich eine Taschenlampen-App aufs Handy zu laden, sogar mit stufenlos einstellbarem Licht.

»Das kann doch kein Zufall sein, dass sie gerade hier gesucht haben.« Wieder die weibliche Stimme. Klang recht jung, fand Sevim. Sie reckte den Hals und wollte sich aus ihrer hockenden Position erheben, um einen Blick auf die zwei Gestalten zu erhaschen, aber Bernd zog sie sanft zurück und schüttelte den Kopf. Er hatte gehofft, man würde sein und Freyas Eindringen am Nachmittag als einen der üblichen Versuche abtun, den Schatzsucher dann und wann unternehmen. Lästig, aber im Grunde nicht ungewöhnlich. Jetzt hatten Bernd und Freya wohl doch mehr Aufmerksamkeit erregt als gedacht, das musste man im Hinterkopf behalten. Bernd bemerkte, dass sich nur der Schein eines Smartphones noch bewegte.

»Aber warum kommen wir nicht tagsüber her?«, quengelte die männliche Stimme. »Wir sind schließlich eingeladen und können uns im Schloss und im Park frei bewegen.«

»Hast du den Alten nicht gesehen?«, wiegelte die weibliche Stimme ab. »Wie der uns angestarrt hat. Ich wette, der weiß was, aber er sagt es uns nicht, weil wir für ihn nicht zur Familie gehören. Alter Sack! Also hier ist jedenfalls die Stelle, wo die beiden Typen erwischt wurden, hat Tante Theresa gemeint.«

»Nenn' sie doch nicht so!«, protestierte ihr Begleiter. »Sie ist doch gar nicht unsere Tante. Eher unsere Großgroßgroß…«

»Aber sie hat es uns doch angeboten und Papa war ganz aus dem

Häuschen deswegen. Und jetzt Ruhe! Mach' das Licht wieder an oder soll ich vielleicht alleine suchen und du stehst daneben?«

Sevim und Bernd sahen beide Lichter wieder über den Boden und die Stämme huschen. Nach einer gefühlten Ewigkeit zogen sich die Gestalten wieder zurück, scheinbar ohne etwas gefunden zu haben. Sevim fragte sich, wer das wohl war und beschloss, das Institut für Geologie unter die Lupe zu nehmen. In dem Bericht im Stadtmagazin, den Bernd ihnen in seinem versteckten Hinterzimmer gezeigt hatte, war es auch in Zusammenhang mit dem *Feuer des Nordens* erwähnt worden. Und sie musste herausfinden, was das für eine Stiftung war, über welche die beiden gesprochen hatten.

Als die Lichter verschwunden waren, wollte sie aufstehen, aber Bernd hielt sie zurück. »Wir warten noch zehn Minuten, nur für den Fall.«

Es war nicht kalt und der Boden trocken, also setzten sie sich an die Mauer gelehnt ins Gras und Sevim genoss den Augenblick. Sie dachte an all die Mystery-Hörspiele, die sie abends unter der Bettdecke mit Seyhan zusammen angehört hatte, und in denen die Jugendlichen nachts alte Ruinen und verlassene Häuser durchstreiften. Oder an die Zeit im Ferienlager, wo sie zum ersten Mal an einer Nachtwanderung teilgenommen hatte und sich nichts Aufregenderes vorstellen konnte. Oder als sie mit der fünften Klasse in der Schule übernachtet und die Theatergruppe gebeten hatte, für gruselige Stimmung zu sorgen und alle zu erschrecken. Und die Jungen und Mädchen war so gut gewesen, selbst Sevim hatte sich fast in die Hose gemacht, obwohl sie Bescheid wusste.

»Was hat es eigentlich mit deinem Kennenlerntest auf sich?«, flüsterte sie nun.

Im Mondlicht sah sie, wie sich Bernds Stirn kräuselte.

»Die Fragen, die man beantworten muss, bevor du dich mit einem abgibst?«, half sie ihm auf die Sprünge. »Helfen die dir irgendwie, dein Gegenüber sofort zu durchschauen?«

Sie sah Bernds Zähne aufblitzen. »Überhaupt nicht, das wäre ja langweilig!«

Jetzt war es an Sevim, die Stirn zu runzeln.

Bernd öffnete seinen Rucksack und wühlte darin herum, während er zu einer Erklärung ausholte. »Schau mal, ich bin ja öfter unterwegs und rede dann nicht viel darüber, aber manche Leute wollen natürlich trotzdem wissen, was ich da so mache. Das kann ich aber nicht jedem erzählen. Man muss vorsichtig sein.«

Sevim nickte und wechselte in den Schneidersitz. Sie war gespannt darauf, was jetzt kommen würde.

»Es gibt eigentlich nur zwei Gruppen von Leuten auf der Welt«, fuhr Bernd fort. »Diejenigen, die anderen nach dem Mund reden – dafür kann es mehrere Gründe geben und die wenigsten davon sind sympathisch – und diejenigen, die für sich sprechen. Bei Letzteren kann man sich dann aussuchen, ob einem gefällt, was sie sagen, oder nicht, aber man weiß zumindest, woran man ist. Aber wie soll man gleich wissen, wer in welche Kategorie gehört?« Er machte sich an etwas zu schaffen, das wie ein Stück schwarzer Stoff aussah. Würden sie sich jetzt maskieren? Sevim wartete, ob Bernd seine Erklärungen noch weiter ausführen würde. Als nichts kam, fragte sie: »Und die Antworten helfen dir, das herauszufinden? Wer in welche Kategorie gehört, meine ich.«

Bernd blickte sie überrascht an. »Meistens nicht, erzählen können einem die Leute ja viel.« Er zupfte das schwarze Material zurecht.

»Aber wie ...«

»Ich schaue mir einfach an, wie sich die Leute beim Antworten verhalten. Ob sie nachdenken oder sich schnell eine Antwort aussuchen. Oder ob sie originell sein wollen oder eine Diskussion anfangen, oder mir erzählen, was sie denken, was ich hören möchte. Und man bekommt natürlich auch mit, was sie von einem halten.«

»Und hast du schon mal jemanden abgelehnt?«

»Klar. Die meisten Leute sind mir suspekt.«

»Das hast du mit Freya gemeinsam, hätte ich gar nicht gedacht.«

»Ja, deine Freundin hab' ich gleich gemocht!«

»Hm.« Sevim war sich sicher, dass dies nicht auf Gegenseitigkeit beruhte und überlegte, was man da machen konnte.

Bernd erhob sich und schulterte die Leiter. »Los geht's. Du musst klettern, ich halte Wache. Und ich hab' hier noch was für dich.« Er streifte Sevim etwas über die linke Hand – das schwarze Material entpuppte sich als Handschuh, an dem die Fingerspitzen fehlten. Bernd ließ sie eine Faust machen. Mehrere LEDs nahmen auf dem Handschuhrücken den Betrieb auf und erleuchteten den Bereich unmittelbar vor ihr.

»Bernd, du bist genial!«

»Not macht erfinderisch, na ja, vielleicht nicht gerade die Not. Eine Stirnlampe hat mich jedenfalls einmal in ziemliche Schwierigkeiten gebracht! Auf geht's.«

Die Leiter reichte einen Großteil des Stamms hinauf, aber den letzten Rest bis zur Krone musste Sevim sich hochziehen. Danach nahm sie sich fest vor, wieder regelmäßig zu trainieren.

Sie beleuchtete methodisch die dicken Äste, kletterte noch ein wenig höher, konnte die Krone auf diesem Wege aber nicht vollständig umrunden. Also stieg sie ab und Bernd lehnte die Leiter an die gegenüberliegende Seite vom Stamm und sie kletterte wieder hinauf. Schließlich stand sie wieder auf dem Boden, ohne etwas gefunden zu haben.

Der zweite Walnussbaum schien im Laufe der Jahrzehnte etwas gelitten zu haben. Er war nicht so dicht belaubt und als sie in der Krone saß, bemerkte Sevim einen toten Ast, den man von unten gar nicht sah. Sie betastete ihn und stieß auf etwas Weiches. Im Laufe der Jahre mussten sich hier alte Blätter gesammelt und zersetzt haben. Sie fuhr mit der rechten Hand hinein und entfernte die humusartige Erde. Schließlich berührten ihre Finger etwas, das sich anfühlte wie das Material eines Regenmantels. Sevim hielt inne. *Kann das tatsächlich sein?* Sie fuhr wieder in den hohlen Ast, bis ihr halber Unterarm darin verschwunden war und zog Stück für Stück das stabile Gewebe heraus. Es war nicht zugebunden, also klappte sie die Plane auseinander und hielt den Atem an.

»Alles in Ordnung?«, rief Bernd schließlich in gedämpftem Ton.

Mit zitternden Händen stopfte Sevim alles in die Bauchtasche ihres schwarzen Kapuzenpullis, der viel zu warm war für die Jahreszeit. Sie leuchtete rasch über alle übrigen Äste, fand aber nichts weiter.

Was hätte diesen Fund auch übertreffen können? Das war noch besser als alles, was die Figuren in ihren Mystery-Geschichten jemals gefunden hatten. Der Graf selbst konnte sich nicht besser gefühlt haben, nachdem seine Augen den Beryll erblickt hatten.

...

Wann habe ich eigentlich die Kontrolle über mein Leben verloren?, fragte sich Freya.

Es war Nacht und stockdunkel, wenn der Mond sich hinter den Wolken verbarg. Sie saß zusammengequetscht auf dem Fahrersitz von Suzettes Nissan Micra, musste dringend aufs Klo und auf der anderen Seite der Mauer beging ihre beste Freundin gerade ein Verbrechen.

Freya schlug die Wartezeit tot, indem sie sich Ausreden ausdachte, für den unwahrscheinlichen Fall, dass jemand fragte, was sie hier zu suchen hatte. Nicht dass sie aussteigen oder auch nur das Fenster herunterkurbeln würde, sollte plötzlich jemand an die Scheibe klopfen. Vor ein paar Minuten war ein Moped mit kaputtem Auspuff und ohne Licht an ihr vorbeigefahren, *sehr leichtsinnig*, dachte sie sich, auch wenn sonst keiner unterwegs war. Nachdem es knatternd hinter der nächsten Kurve verschwunden war, wurde es auf der Straße wieder totenstill.

Freya zog sich noch mehr in den Sitz zurück und wagte es kaum, nach draußen zu blicken. Stur heftete sie den Blick auf die Stelle, wo Sevim und Bernd wieder über die Mauer steigen würden. Wenn der Einbruch gut ausging.

Freya holte tief Luft, zählte bis fünf und atmete langsam aus.

Das war alles Bernds Schuld. Nur weil er es mit Recht und Ordnung nicht so genau nahm, musste er andere doch nicht in so etwas hineinziehen. Dabei waren es noch nicht einmal seine Kiste und sein Brief, von denen er sich jetzt zu immer neuen Schandtaten getrieben fühlte. Und nie gab er Ruhe.

Freya hegte den Verdacht, dass Sevim die ganze Sache gefiel. Ihre Freundin liebte es, Rätsel zu lösen und Geheimnisse zu lüften und war schon in der Schule vor nichts zurückgeschreckt. Meistens machte Freya einfach Sevim zuliebe mit, aber jetzt hatte sie große Lust, einfach den Motor anzulassen und nach Hause zu fahren.

Wo blieben sie nur? Ihr Smartphone zeigte 04:13 an. Schon über eine Stunde waren die beiden fort und bald würde es hell werden.

Da! In hundert Metern Entfernung tat sich plötzlich etwas. Bernds hagere Gestalt erschien auf der Mauer und bald standen er und Sevim wieder auf erlaubtem Boden. Freya atmete auf.

Gerade als Bernd die Leiter zusammenklappen wollte, tauchten aus dem Nichts zwei Menschen auf. Der eine stürzte sich auf Bernd und verpasste ihm einen Faustschlag in die Magengrube, und als er sich aufrichten wollte, gleich noch einen ins Gesicht, sodass er zu Boden ging. Der andere nahm Sevim von hinten in den Würgegriff und machte sich an der aufgewölbten Bauchtasche ihres Pullis zu schaffen.

Freya blickte fassungslos auf die Szene vor ihr und hätte sich am liebsten unter dem Sitz versteckt. Das war rein körperlich natürlich keine Option und sie überlegte, ob sie einfach losfahren, oder die Polizei zu Hilfe rufen sollte. Stattdessen drückte sie endlich auf die Hupe, was nicht nur die Angreifer erschreckte, sondern auch sie selber aufrüttelte. Sie drehte den Schlüssel im Zündschloss um und legte die hundert Meter, die sie von Bernd und Sevim trennten, kreischend in Höchstgeschwindigkeit im ersten Gang zurück.

»Hinterher«, rief Bernd und schniefte, als er nach Sevim in den Wagen hechtete.

Aber Freya war nun doch etwas neben der Spur, sie brauchte zehn Züge, um zu wenden, und danach war von den Angreifern natürlich nichts mehr zu sehen. Besorgt betrachtete Freya ihre Freundin, während sie in wenig mehr als Schritttempo den Weg nach Hause antraten.

»Nichts passiert!«, versicherte Sevim. »Ich war bloß so überrascht.« Sie dachte an das zweite Halbjahr in der elften Klasse, als es ihr gar nicht gut ging und sie im Sportunterricht meistens am Rand sitzen musste. Ihre Klassenkameraden hatten jedenfalls ein halbes Jahr die Grundlagen des Judo kennengelernt und Sevim hatte ihnen sehnsüchtig dabei zugesehen, wie sie die Würfe und Festhalten übten. *Das Training wäre jetzt echt nützlich gewesen*, bedauerte sie.

»Hat eine von euch vielleicht ein Taschentuch?«, näselte Bernd. »Ich will möglichst keine Blutspuren in Suzettes Auto zurücklassen.«

Sevim zog ein Päckchen aus der Ablage in der Beifahrertür und entfaltete mehrere Taschentücher für Bernd. Er sah verheerend aus.

»Soll Freya dich nicht doch ins Krankenhaus fahren?«

»Ach was, da hab' ich Schlimmeres erlebt. Das waren nur zwei einfach gestrickte kleine Gauner.«

»Aber du blutest im ganzen Gesicht!«

»Das ist nicht schlimmer als die Wunden, die der Kapitalismus täglich schlägt!«

»Hm«, machte Freya. Wenn Bernd noch eine Grundsatzdiskussion anfangen konnte, dann ging es ihm vermutlich wirklich nicht allzu schlecht. Sie hatte keine Ahnung, wie sie mit dem Auto zum Krankenhaus kommen sollte, und hielt sich schnurgerade auf direktem Weg zu ihrer Wohnung, wobei sie die ganz frühen Berufspendler mit ihrem Schneckentempo irritierte. Sevim weckte derweil am Handy gut gelaunt ihren ersten Kunden und ging seine täglichen Aufgaben mit ihm durch.

Schließlich hielt Freya in Bernds Hinterhof und Sevim trug ihm die Leiter in die Werkstatt.

»Tja«, sagte Bernd. »Von Rückschlägen darf man sich nicht aufhalten lassen ...«

Freya wollte ihm die Meinung sagen, und dass er mal eine Pause machen und Sevim in Ruhe lassen sollte, sonst würde sie ihm höchstpersönlich eine zweite Portion Nasenblut servieren. Aber da Freya noch nie jemandem eine verpasst hatte und für gewöhnlich Menschen, mit denen sie nicht zurechtkam, einfach mied, statt die Auseinandersetzung zu suchen, fehlte ihr dafür natürlich die Übung.

»Das war der Fluch«, meinte sie stattdessen.

»Kann sein«, erwiderte Sevim schelmisch. »Aber dieses Mal hat es nicht uns erwischt. Irgendwo sitzen jetzt zwei Räuber mit einem Stück Plastikplane.«

Sie griff in den Kragen ihres Pullis und zog eine schwere gewundene Goldkette hervor, an der ein roter Stein hing.

»Sevim, du bist einfach genial!«, näselte Bernd und hob sie trotz seiner blutigen Nase mit einem Ruck in die Luft. Sevim kreischte überrascht auf und lachte laut in den frühen Morgen hinein. Das war die aufregendste Nacht ihres Lebens gewesen.

Bernd war viel kräftiger als es seine hagere Gestalt vermuten ließ. Er wirbelte mit Sevim einmal um die eigene Achse und setzte sie schließlich vorsichtig ab. Schnell hielt er sich wieder das Taschentuch unter die Nase.

Freya starrte sie nur ungläubig an. »Ist das ... hast du ... ist es jetzt vorbei?«

»Nein, natürlich nicht«, frohlockte Sevim und strahlte über das ganze Gesicht. Sie blickte auf den roten Beryll herab, der an ihrem Hals baumelte. »Jetzt geht's erst richtig los!«

...

Freyas Oberkörper steckte im Kühlschrank.

»Willst du dich nicht ein bisschen hinlegen, bevor du in die Galerie musst?«, fragte Sevim zwischen zwei Weckanrufen.

»Wir haben keine Eier mehr und die Geschäfte machen erst in zwei Stunden auf! Verdammt!«, antwortete Freya.

»Lass' uns doch Käsetoast machen«, schlug Sevim vor, deren Magen nach der ganzen Aufregung und dem Schlafentzug sein Recht forderte.

»Ich brauch' sie doch nicht fürs Frühstück, sondern wegen der Kette! Ich hab' mal gelesen, dass jemand einen Kuchen gebacken hat, um Schmuck darin zu verstecken. Aber Käsetoast klingt gut!« Freya hatte seit vorgestern außer der heißen Schokolade und dem Muffin nichts zu sich genommen.

»Wir hätten sie in Bernds Tresor lassen sollen«, meinte Sevim.

Freya erwiderte nichts. Einerseits wünschte sie sich, das Ding aus der Wohnung zu haben, aber andererseits traute sie Bernd auch nicht und wer wusste schon, was er sich wieder ausdachte, wenn man ihn mit dem Collier alleine ließ.

Sevim hängte das Collier schließlich an den Halter für ihren Modeschmuck, den Freya aus alten Drahtbügeln gebastelt hatte. Und wenn man die ganzen pompösen Ketten betrachtete, die Seyhan ihr geschenkt hatte, *damit sie mehr aus ihrem Typ herausholte*, dann fiel es dort gar nicht weiter auf.

...

Theresa von Barthow fand wieder einmal keine Ruhe. Dafür gab es eigentlich keinen Grund. Es war Montag und das Schloss für Besucher geschlossen. Sie hatte sich den ganzen Tag eher langweiligen Verwaltungstätigkeiten gewidmet und danach ein entspanntes Abendessen im Kreise ihrer Familie eingenommen.

Doch jetzt wälzte sie sich rastlos hin und her. Schließlich richtete sie sich im Bett auf, machte ihr Nachttischlämpchen an, das unaufdringlich bernsteinfarbenes Licht spendete, und nahm den Stapel Briefe zur Hand, der danebenlag.

Sie entschied sich für einen Brief aus dem Jahre 1936 und widmete sich den Zeilen.

Eastbourne, Juli 1936

Liebe Mama,

es geht mir besser. Josephine und Harold sind mehr als gut zu mir. Die vielen Aufgaben, die sie mir geben, hätten sie mit Leichtigkeit selbst bewerkstelligen können, das merke ich jetzt. Doch mir haben sie geholfen, den Tag nicht nutzlos im Bett verstreichen zu lassen und etwas anderes zu tun als nur zu weinen.

Ich habe Dich in Deinem Schmerz allein gelassen, auch das merke ich jetzt, und es tut mir leid. Bald werde ich nach Schloss Barthow zurückkehren und

Dir bis dahin öfter schreiben. Da ist nur eine Sache. Du wirst es Dir sicher denken können und ich will nicht viele Worte darum machen. Der Stein muss aus Schloss Barthow verschwinden. A. muss es einsehen, er ist ohnehin die meiste Zeit fort. Und er muss es seiner Ehefrau beibringen und einmal ein Machtwort sprechen. Der heutige Ruhm der Familie beruht allein auf ihm und nun vernichtet sein Fund die Familie. Auch L. muss das begreifen. Wir warten noch immer darauf, dass eine neue Generation der von Barthow das Licht der Welt erblickt. Die Gesundheit unseres Vaters hat sich seit dem Vorfall verschlechtert und wir müssen vielleicht bald um ihn bangen. Sind das alles keine Gründe? Ist das alles nicht genug? Geht es nicht um die Familie?

-

Ich musste den Stift weglegen, so sehr hat meine Hand gezittert. Und Du musst die Art und Weise entschuldigen, wie ich mit Dir rede. Es liegt mir fern, Dein Herz schwerer zu machen als es ist. Aber es muss gesagt werden. Und es muss etwas unternommen werden. Alexander muss etwas tun!
So, jetzt ist es gut. Josephine wartet sicher schon mit dem Longieren auf mich. Richte Papa schöne Grüße aus.
Bald bin ich wieder da und an Deiner Seite.
Deine Magdalena

Als sie zu Ende gelesen hatte, hielt Theresa inne. Warum hatte sie sich gerade für solch einen traurigen Brief entschieden? Der Inhalt hatte ihr das Einschlafen nicht gerade erleichtert. Vielleicht weil ihre Kinder bald nach New York aufbrechen würden und sich die Familie wieder in alle Winde zerstreute? Theresa würde sie natürlich furchtbar vermissen und sich Sorgen machen.

Wenigstens wohnten Diana und Kilian in derselben Stadt und konnten sich gegenseitig unterstützen. So wie einst ihre Tanten, von denen Theresa eine nie kennengelernt hatte …

Da war aber noch etwas anderes, das sie nicht schlafen ließ. Theresa konnte es nicht in Worte fassen. Es war nur das vage Gefühl, dass irgendetwas nicht stimmte. Lag es daran, dass ihnen plötzlich so viele

Leute auf Schloss Barthow Gesellschaft leisteten, nachdem sie und Carl jahrelang allein dort gewohnt hatten, von den Besuchen ihrer Kinder einmal abgesehen? Das musste es sein. Carl war es schwergefallen, sich an Wilhelmina und Amadeus zu gewöhnen. Und ihre eigenen Kinder wurden langsam rastlos, weil sie hier auf dem Schloss nichts zu tun hatten.

Theresa schaltete das Lämpchen aus und zog die Decke bis unters Kinn. *Schluss mit der Grübelei*, dachte sie sich, *man muss die Zeit mit der Familie einfach genießen. Wer weiß schon, wie viel uns davon noch bleibt?*

Kapitel 7

Nach ihrem nächtlichen »Ausflug« zum Schlosspark war Freya ein bisschen unleidlich. Das lag aber nicht nur an der Müdigkeit, sondern vor allem daran, dass sie nicht wusste, wie es jetzt weitergehen sollte. Sie hatten das Collier gefunden, aber für wen das Kästchen bestimmt war, das ihr Seyhan zum Geburtstag geschenkt hatte, und wer die unbekannte Briefeschreiberin war, das wussten sie immer noch nicht. Freya seufzte. Sie selbst hatte genug Aufregung gehabt und nichts dagegen, die Suche nach der Unbekannten aufzugeben.

Sevim würde davon jedoch nichts hören wollen. Freya konnte sich natürlich ab sofort aus allem heraushalten. Aber Bernd würde Sevim mit Sicherheit darin bestärken, die Suche fortzusetzen, und sie vielleicht in weitere gefährliche Situationen bringen. Das konnte Freya nicht einfach ignorieren. Sie musste sich weiterhin an der Suche beteiligen und sei es auch nur, um Sevim und Bernd im Auge zu behalten.

Deswegen dehnte Freya ihre Mittagspause aus und googelte ein bisschen in Sachen roter Beryll, wobei sie auf einen Lifestyle-Blog stieß, dessen Verfasser dem ehemals ausschweifenden gesellschaftlichen Leben der Familie von Barthow auch heute noch Kultstatus zubilligte und der es bedauerte, so etwas wohl nie mehr selbst zu erleben.

In der Galerie, in der sie arbeitete, war gerade nicht viel los, und Freya dachte einen Moment lang ernsthaft darüber nach, Stücke aus der Sammlung der Ackermanns, das waren die Besitzer der Galerie und ebenso alteingesessen wie die von Barthows, mit Artefakten aus der Sammlung im Schloss zu kombinieren. Sevim und Bernd wären bestimmt begeistert von dem Plan, sich ins Herz des Schlosses einzuschleichen. Aber wohin würde das schließlich führen?

Außerdem gab es ein grundlegendes Problem: Wenn sie sich nicht verkleidete und keinen Tarnnamen zulegte, dann gab sie ihre wahre Identität preis. Wenn sie sich allerdings eine Tarnidentität zulegte, würde sich schließlich ihre Chefin darüber wundern, was ihre Angestellte da trieb. So oder so war es also keine besonders gute Idee. *Bernd würde vermutlich einen Schleichweg finden.* Freya schüttelte den Kopf. Außerdem musste man ja erst einmal auf Schloss Barthow anrufen, oder eine E-Mail schreiben und auf keins von beiden hatte Freya Lust, geschweige denn, dass sie sich dort noch einmal blicken lassen würde.

Deshalb verwarf sie den Gedanken ein für alle Mal und konzentrierte sich auf die Informationen, die ihr das Internet lieferte.

Meistens waren das Bilder, aber sie fand in dem Blog auch einige Artikel aus den Fünfziger- und Sechzigerjahren, die aus dem Lokalblatt stammen mussten. Und auch einige überregionale Zeitschriften hatten über die Adelsfamilie berichtet. Die Artikel müsste man ja auch im elektronischen Archiv der Stadtbibliothek einsehen können, oder?

Freya war hundemüde, aber sobald das Collier mit dem Stein am Hals einer von Barthow zu sehen war, durchzuckten sie Schuldgefühle und sie war sofort wieder hellwach. Was sollten sie nur mit dem Collier anfangen, nun da sie es hatten? Es anonym an die von Barthows schicken? Oder sollte Bernd so etwas wie einen umgekehrten Einbruch versuchen und es unbemerkt ins Schloss zurückbringen? Sie musste völlig übermüdet sein, daran auch nur zu denken. Oder gehörte das Collier vielleicht der Stadt, genau wie alles andere?

In den Zeitungsartikeln war der Stein jedenfalls nur ein Vorwand, ausschweifend über den Lebenswandel aller Mitglieder der Familie von Barthow zu berichten. Die Gräfin war eine anziehende Frau gewesen und die Klatschpresse schien eine Art Hassliebe für sie zu empfinden. Wenn sie pompös in der Öffentlichkeit auftrat, wurde sie für die Zurschaustellung ihres Reichtums verachtet. Wenn sie sich zurückhielt und dem Grafen das Rampenlicht überließ, brachte sie nicht genug Glanz über die von Barthows, so wie die Fürstinnen, Prinzessinnen oder Königinnen anderer Häuser.

Auch über Theresa und Carl Alexander von Barthow, Nichte und Neffe des letzten Grafen, gab es ein paar Posts mit Ausschnitten aus Artikeln. Carl Alexander posierte meistens vor seinem Sportwagen auf der Autorennbahn, wo er mit leidlichem Erfolg Rennen bestritt, auf Motorbooten im Mittelmeer, oder vor den Ferienhäusern einer scheinbar endlosen Anzahl von Freunden und Bekannten.

Theresa erregte vor allem durch ihre Heirat mit einem stadtbekannten Hallodri Aufmerksamkeit, der keinen Stein auf dem anderen ließ und die Familie von Barthow nach Herzenslust schröpfte, bis er sein Leben schließlich spektakulär beendete, indem er mit Carl Alexanders Sportwagen gegen einen Brückenpfeiler fuhr. Von Sportwagen sowie Ehemann war danach nicht mehr viel übrig, wenn man sich die Schwarz-Weiß-Fotos anschaute.

Theresas jüngerer Bruder Philipp schien so etwas wie der verlorene Sohn der Familie zu sein. Er hatte sein Studium abgebrochen und seinen Teil des Erbes an eine Kommune abgetreten, in der er auch lebte.

Die Einzige von Barthow, an deren Hals man das *Feuer des Nordens* niemals sah, war die Schwester des letzten Grafen, Magdalena von Barthow. Damit die jüngere Generation von seinem Fluch verschont blieb, hatte sie Zeit ihres Lebens dafür plädiert, den Stein dem Institut für Geologie zu überlassen. Freya meinte sich zu erinnern, dass es damit zusammenhing, dass sie den Fluch des Steins für den Tod ihrer Zwillingsschwester verantwortlich machte. Natürlich achtete niemand auf sie, schließlich war der Stein das Aushängeschild der Familie und für viele interessanter als das Schloss.

Die Faszination des Minerals kam nicht von ungefähr. Nicht nur, dass dies der einzige Beryll seiner Art war, der je in Grönland gefunden wurde, sondern der Stein sorgte auch durch sein Leuchten für Aufsehen. War er für längere Zeit dem Licht ausgesetzt, erstrahlte er im Dunkeln für wenige Sekunden in den Farben eines Sonnenuntergangs. Freya konnte nicht verleugnen, dass sie selber gern einen solchen Stein besessen hätte. Was sie jetzt ja tat, wenn auch hoffentlich nicht für immer. Sie beschloss, später ihre Steinsammlung aus dem Keller zu holen, die natürlich wertlos war. Andererseits brachten die Schätze ihrer Kindheit aber auch niemanden in Schwierigkeiten und man konnte sie ohne schlechtes Gewissen betrachten.

Am späten Nachmittag machte sie sich schließlich auf den Heimweg und fragte sich, ob Sevim das Collier schon untersucht hatte. Mit ihren langen Beinen nahm sie zwei Treppenstufen auf einmal und stellte auf dem letzten Absatz fest, dass ihre Wohnungstür offen stand.

Suzette streckte den Kopf heraus: »Nicht erschrecken, Freya, aber ich glaube, bei euch ist eingebrochen worden.«

Freya blieb unschlüssig auf der Treppe stehen, bis Suzette sie sanft in die Wohnung zog.

»Keine Sorge, es ist niemand mehr hier, ich hab' schon nachgeschaut. Die Polizei ...«

»Nein!«, unterbrach sie Freya hastig.

»... ist schon auf dem Weg hierher, wollte ich sagen.«

»Oh.«

Die Wohnung sah aus wie ein Schlachtfeld. Jemand hatte in ihren Zimmern sowie dem gemeinsamen Wohnzimmer alle Schränke und Regale ausgeräumt und deren Inhalt auf dem Boden verteilt. Sogar das Aquarium im Wohnzimmer war völlig verwüstet, auch wenn alle Fische schon wieder ganz munter darin herumschwammen.

Freya ließ den Blick in Sevims Zimmer umherschweifen. Sie konnte das Collier nicht entdecken. Es lag nicht auf dem Haufen mit Sevims Modeschmuck und auch sonst nirgendwo.

»Wollen wir vielleicht in meinem Laden warten?«

Freya schüttelte den Kopf. »Wo ist Sevim?«

Suzette zuckte mit den Schultern. »Bestimmt ist sie gleich wieder da.«

Da bemerkte Freya, dass Sevims Laufschuhe nicht in dem Haufen vor dem Schuhregal lagen.

»Gibt's einen bestimmten Grund, dass die Polizei nicht kommen soll?«, wollte Suzette wissen.

Freya heftete den Blick auf den mit Schuhen, Werkzeugen und Nudeln übersäten Flurboden. *Glücklicherweise sind die Nudeln ungekocht, das wird das Aufräumen erleichtern. Nicht, dass es bei dem Chaos eine Rolle spielt,* dachte sie. Wo die Nudeln herkamen, war ihr ein absolutes Rätsel und zu versuchen es zu lösen, war angenehmer als der Gedanke, dass jemand Fremdes in ihrer Wohnung gewesen war.

»Warum setzen wir uns nicht so lange in die Küche, hm? Dort ist alles unversehrt.« Suzette ging voraus in den kleinen Küchenwürfel.

Eine Weile saßen sie sich schweigend gegenüber.

»Es ist wegen Bernd, oder?«, mutmaßte ihre Nachbarin.

»Ich mach' uns Kaffee«, Freya sprang auf und stand unentschlossen vor der Espressomaschine.

»Hat es etwas damit zu tun, dass ihr euch gestern Nacht mein Auto ausgeliehen habt? Den knöpf' ich mir vor. Euch in irgendwas hineinzuziehen!«

Freya zog sich endlich den Ärmelbund über die rechte Hand und überlegte, ob sie in ihrem Zimmer nach ihren Arbeitshandschuhen suchen sollte, hob dann aber einfach die Espressokanne aus ihrer Station und trug sie zur Spüle, wo sie mit den Zähnen den Ärmelbund über ihre linke Hand streifte und Wasser in die Kanne ließ.

»Also die Einbrecher werden sich wohl kaum einen Espresso gekocht und die Hände gewaschen haben«, kommentierte Suzette.

Schließlich kam die Polizei und Freya musste sich überall umsehen und sagen, was fehlte. Bewusst vermied sie es, Sevims Schmuckhalter anzusehen und musste zugeben, dass sie eigentlich keine Wertgegenstände besaßen und ihre Laptops waren noch da. Auch das schwarze Kistchen lag unversehrt auf dem Teppich in Freyas Zimmer.

Den weiteren Ablauf kannte Freya schon von dem Vorfall, als im vergangenen Jahr ein Gemälde aus der Galerie gestohlen worden war. Die Beamten sahen sich die Wohnungstür an, sie war ohne Raffinesse aufgebrochen worden, versuchten sich einen Überblick über den zeitlichen

Ablauf zu verschaffen und wollten die Nachbarn fragen, ob diese etwas bemerkt hatten.

»Und Sie kommen immer um diese Zeit nach Hause?«, wollte einer der Beamten, Freya hatte sich ihre Namen nicht gemerkt, wissen.

»Ja«, sagte Freya und blickte ihm starr in die Augen. Das war mal eine Frage, die sie guten Gewissens beantworten konnte.

»Ist Ihnen in den vergangenen Tagen etwas aufgefallen? War etwas anders als sonst?«

Freya presste die Lippen zusammen und ihre Gesichtsmuskeln schienen sich derart verkrampft zu haben, dass ihr der Beamte die Hand auf die Schulter legte und meinte, sie solle ganz in Ruhe nachdenken. Glücklicherweise wandte er sich Suzette zu.

»Der Laden unten im Haus gehört Ihnen? Von dort aus haben Sie die Straße ja ganz gut im Blick.«

»Mir ist aber auch nichts aufgefallen, leider. Alles wie immer.«

Unbemerkt von den Polizisten warf sie Freya einen vielsagenden Blick zu.

...

»Also, als ich das Polizeiauto vorm Haus gesehen hab', ist mir vielleicht das Herz in die Hose gerutscht.« Sevim war ganz weiß im Gesicht und Schweiß überströmt, als sie in ihren Laufsachen auf dem Treppenabsatz aufgetaucht war.

Als sie bemerkte, dass die Polizei gar nicht ihretwegen angerückt war, sondern weil in ihre Wohnung eingebrochen worden war, gewann sie schnell wieder an Farbe und erzählte den Beamten, wann sie das Haus verlassen hatte und dass ihr nichts Besonderes aufgefallen sei.

»Sie sollten das Schloss schnellstmöglich reparieren lassen«, meinte der Beamte noch, bevor sie sich zurückzogen.

Suzette musste wieder in ihren Laden. Freya sperrte die Tür ab und schob das Schuhregal davor.

»Sie haben doch keinen Grund noch einmal wiederzukommen«,

meinte Sevim. »Die Kette ist weg und auf die hatten sie es ja wohl abgesehen.«

»Ich hätte heute Morgen doch noch einen Rührkuchen backen sollen, darin wäre sie sicher gewesen. In der Küche waren sie nicht.« Schon am Morgen bevor sie zur Arbeit gefahren war, hatte Freya das ungute Gefühl beschlichen, dass es nicht die beste Idee gewesen war, die Kette ganz offensichtlich unter Sevims Modeschmuck zu präsentieren. Aber um die Idee mit dem Kuchen umzusetzen, hatte ihr die Zeit gefehlt und Eier waren ja auch keine mehr da gewesen.

Jetzt saßen sie in der Küche, aßen kalten Käsetoast und hatten keine Lust, den Rest der Wohnung wieder in Ordnung zu bringen.

»Massive Unordnung ist definitiv ein Nachteil, wenn man endlich ein aufregendes Leben führt«, meinte Sevim mit vollem Mund.

»Ich hasse Unordnung«, entgegnete Freya.

»Lass mich nur schnell duschen und dann räumen wir alles auf.«

»Das meine ich nicht!« Freya blickte auf ihren angeknabberten Toast.

»Ja, die letzten Tage waren ziemlich ... ereignisreich. Ab jetzt lassen wir es erst einmal ruhiger angehen.«

»Ich hab' eigentlich keine Lust irgendwas anzugehen. Ich habe mir illegal Zutritt zu einem Gelände verschafft, du bist sogar dort eingebrochen, man hat dich überfallen und jetzt ist jemand in unsere Wohnung eingebrochen, und das Einzige, das fehlt, ist unser Diebesgut.«

»Ja, das entbehrt nicht einer gewissen Ironie.«

»Nein, das meine ich damit nicht!«, wiederholte Freya frustriert. Normalerweise musste sie nicht so viele Worte machen, damit Sevim sie verstand. »Wenn der Einbrecher weiß, dass die Kette in unserer Wohnung ist, dann weiß er auch, wo wir sie herhaben. Was ist, wenn er Beweise dafür hat, dass du irgendwo eingebrochen bist? Und jemand muss das Haus beobachtet haben, um die eine Stunde am Tag abzupassen, in der heute niemand zu Hause war.«

»Das heißt doch, dass der Dieb relativ harmlos ist und die Konfrontation scheut«, versuchte Sevim sie zu beruhigen. »Schließlich hätte man mich auch in der Wohnung überfallen können, anstatt den ganzen Tag darauf zu warten, dass niemand da ist.«

»Oder es ist jemand, den wir kennen?«, stellte Freya in den Raum.

»Wer sollte das denn sein?«

Freya verschränkte die Arme und blickte Sevim vielsagend an.

»Du meinst Bernd? Also das glaube ich nicht.«

»Wieso denn nicht?«, ereiferte sich Freya. »Schließlich wollte er, dass wir das Collier in seinem Tresor lassen. Vielleicht war er es auch nicht selbst. Vielleicht war es einer dieser komischen Typen, die immer in seiner Werkstatt herumlungern. Und er ist es schließlich, der keine Ruhe gibt mit der ganzen Sache.«

»Na ja, mich interessiert auch, was hinter der Kiste und dem Brief steckt.« Sevim dachte nach. War es möglich, dass Bernd so eine Art doppeltes Spiel spielte? Sie schüttelte den Kopf. Auf ihre Menschenkenntnis konnte sich Sevim im Allgemeinen verlassen. Bernd gab sich zwar geheimnisvoll und schreckte nicht vor illegalen Aktivitäten zurück, aber den Einbruch in Freyas und ihre Wohnung traute Sevim ihm nicht zu. Das interessierte Freya allerdings im Moment offensichtlich nicht.

Sevim legte den Rest Käsetoast auf den Teller und wandte sich ihrer Freundin zu. »Hör' mal. Keine weiteren illegalen Aktivitäten mehr, versprochen. Alles, was wir jetzt vielleicht noch machen, ist recherchieren, in Ordnung?«

Aber Freya war nicht so einfach zu beschwichtigen. »Wenn es nicht Bernd ist, dann weiß irgendein Verbrecher, vielleicht die zwei Typen von heute Nacht, vielleicht sonst irgendjemand, wo wir wohnen und dass wir der Sache nachgehen. Wer weiß, was sie noch alles anstellen.« Freya knallte ihren Käsetoast auf den Teller und begann im Flur die trockenen Nudeln aufzulesen.

»Hm, wer könnte wohl dahinterstecken?« Sevim erschien eher neugierig als besorgt. »Du willst den Toast nicht mehr, nehme ich an?«

Das war klar, dachte Freya resigniert. Ihre Freundin würde den Kopf selbst jetzt nicht einziehen und einfach darauf warten, dass man sie in Ruhe ließ. Das war schon immer so gewesen. Freya seufzte. »Vielleicht die zwei Typen, die ihr im Schlosspark belauscht habt? Vielleicht haben sie euch doch irgendwie bemerkt?«

Sevim zuckte mit den Schultern.

»Es ist schon komisch, dass Bernd so viel abbekommen hat und du überhaupt nichts, obwohl du die Beute bei dir hattest. Nicht, dass ich das ungerecht finde«, fügte Freya grimmig hinzu.

»Ehre unter Verbrechern vielleicht? Man schlägt niemanden, der kleiner ist als man selbst, oder so etwas?« Sevim hatte alle Käsetoasts verputzt und leckte sich die Finger ab.

»Apropos Verbrecher, hattest du unser Diebesgut schon genauer untersucht?«

Sevim blickte ihre Freundin erstaunt an. So viel Vorwitz war sie von Freya nämlich nicht gewöhnt.

»Ich habe Fotos von dem Stein gemacht und die Kette mit Bildern aus dem Internet verglichen.« Sevim schien nicht zufrieden zu sein.

»War es nicht das Collier?«, hakte Freya nach.

»Auf den ersten Blick schon. Ich habe nur gelesen, dass der Stein eine Eigenart aufweist.«

»Einschlüsse von Phosphor bringen ihn dazu im Dunkeln zu leuchten wie ein Sonnenuntergang? Ich habe nämlich auch ein bisschen recherchiert«, meinte Freya.

Sevim sah sie erfreut an.

»Nur weil ich gehofft hatte, wir finden jemanden, dem wir das Collier übergeben können.«

»Das Problem hat sich ja jetzt in Luft aufgelöst«, stellte Sevim fest.

»Wie beruhigend.«

Sevim schmunzelte. »Der Stein in unserer Kette hat jedenfalls nicht geleuchtet. Ich habe ihn erst eine halbe Stunde auf die Fensterbank gelegt und bin dann ohne Licht anzumachen ins Bad, aber da war nicht das kleinste Funkeln. Vielleicht lag es daran, dass es bewölkt war. Dann habe ich ihn jedenfalls unter meine Schreibtischlampe gelegt, aber dasselbe. Da dachte ich, vielleicht ist es die Energiesparbirne, aber unter deiner Lampe ist auch nichts passiert. Und um zu testen, ob es ein Beryll ist, hätte ich einen Hochofen gebraucht.« Sevim war aufgestanden und half Freya beim Aufräumen.

»Vielleicht lag das Collier auch zu lange eingepackt in dem Baum?«, gab Freya zu bedenken.

»Vielleicht. Oder der Brief und die Gegenstände in der Kiste haben uns auf eine falsche Spur geführt und es war tatsächlich nicht der echte Stein.«

»Aber eine falsche Spur für wen?«

Sevim sortierte die herumliegenden Schuhe und stellte sie wieder in das Schränkchen, das Freya vom Sperrmüll mitgenommen, abgeschmirgelt und liebevoll bemalt hatte. »Erinnerst du dich an den Brief in der Kiste? Der Absender war sich nicht sicher, ob ihn auch die richtige Person bekommt. Wenn die Schatulle abgefangen worden wäre, dann hätte doch jemand, für den der Inhalte der Kiste keine persönliche Bedeutung hat, das Gleiche getan wie wir. Alles, was wir wissen, ist das, was sowieso jeder herausfinden kann. Und wir haben ja nicht einmal besonders tief gegraben. Wir hatten den Brief und die Walnuss in der Schatulle und haben eins und eins zusammengezählt.«

»Und das ist dir zu simpel.« Im Flur war alles wieder ordentlich und Freya musterte nun das scheinbar nicht enden wollende Chaos, in das ihre Schlafzimmer und das gemeinsame Wohnzimmer verwandelt worden waren. »Du willst jetzt lieber so etwas wie ... Cosinus berechnen?«

»Das ist auch nicht besonders schwierig«, winkte Sevim ab. »Es kann jedenfalls nicht schaden, noch mehr Informationen über die von Barthows und die Personen in ihrem Umkreis zu sammeln. Warte mal kurz.« Sevim ging ihr Zimmer und suchte nach ihrem Smartphone. Sie fand es schließlich unter einem Haufen von Unterlagen neben ihrem Schreibtisch und rief die Seite der Stadt auf. »Die Stadtbibliothek hat noch offen«, meinte sie an Freya gewandt, »und dort gibt es die Biografien und Bildbände, die man auch im Museumsshop kaufen kann. Wir könnten schnell hinfahren und später weiter aufräumen. Was meinst du?«

Freya war von der Aussicht, ihre Wohnung allein zu lassen, alles andere als begeistert.« »Sollen wir vielleicht deinen Bruder herholen?«, fragte sie Sevim zaghaft.

»Eren? Wieso das denn?«

»Tja, er arbeitet doch als Türsteher ...«

»Du weißt doch, dass er das nicht gern hört. Er sieht sich als DJ«, korrigierte Sevim.

»Aber damit verdient er nicht seinen Lebensunterhalt, sondern als Türsteher.«

»Trotzdem ist das nicht sein Beruf, soweit es ihn angeht zumindest.«

»Tja, einen DJ brauchen wir ja wohl kaum!«

»Einen Türsteher auch nicht. Außerdem wohnt er in Berlin und fährt bestimmt nicht vierhundert Kilometer, um unsere Eingangstür zu bewachen.«

»Dann lass uns hierbleiben, wenigstens heute Abend.«

Sevim nickte und Freya versprach ihr, morgen nach der Arbeit in der Stadtbücherei vorbeizuschauen und alles mitzubringen, das mit den von Barthows in Zusammenhang stand.

Sevim beschloss, ihre Freundin erst einmal in Ruhe zu lassen, und erzählte ihr deshalb nicht, was sie sonst noch herausgefunden hatte.

Sie glaubte, die Stiftung gefunden zu haben, von der die zwei Unbekannten im nächtlichen Schlosspark gesprochen hatten. Tatsächlich musste sie ein bisschen graben, aber schließlich fand sie eine Organisation, die Wissenschaftler bei ihrer Feldforschung finanziell unterstützte. Heute wurde die Stiftung von ehemaligen Mitarbeitern der Universität geleitet, aber sie war ursprünglich im Jahr 1952 von Alexander Graf von Barthow gegründet worden. Nach seinem Tod war sie dann auf die Universität übertragen worden.

Wie es schien, hatten die von Barthows heute nichts mehr damit zu tun. Aber was, wenn die Gräfin das Collier oder auch nur den Stein nach ihrem Tod der Stiftung überlassen hatte? Vielleicht aus Sentimentalität? Schließlich hatte die Feldforschung – etwas anderes waren die Expeditionen ja nicht – ihrem Mann zeitlebens am Herzen gelegen. Aber dann hätten Collier oder Stein irgendwo an der Uni auftauchen müssen. Entweder hätte man ihn ausgestellt und dazu benutzt, Spenden zu sammeln, oder man hätte ihn verkauft und den Erlös den Wissenschaftlern zugutekommen lassen. Für beides gab es keinerlei Anhaltspunkte. *Vielleicht hat der Verkauf ja unter Ausschluss der Öffentlichkeit stattgefunden*, dachte sich Sevim, weil der neue Besitzer des *Feuer des Nordens* nicht bekannt werden wollte. Sie verwarf den Gedanken. Die Projekte, die im Laufe der Jahrzehnte von der Stiftung unterstützt wurden, waren immer eher bescheiden und in ihrer Anzahl begrenzt gewesen. Keines machte den Eindruck, als hätte es irgendwann einen Geldsegen gegeben.

Oder man hatte den Beryll jemandem zum reinen Materialwert überlassen, und die Person ließ ihn vielleicht neu schleifen, oder machte mehrere Steine daraus. Aber was war er dann eigentlich wert ohne seine geschichtsträchtige Vergangenheit? Sevim fand widersprüchliche Angaben zum Preis von Beryllen und ihr schwirrte der Kopf von den vielen Möglichkeiten.

Also ging sie erst einmal joggen und entschied nach zwei Kilometern, dass es sich um eine tote Spur handelte. Wenn jemand das *Feuer des Nordens* besaß, dann wüsste die Öffentlichkeit entweder davon oder man würde es frühestens nach dem Tod des derzeitigen Besitzers erfahren oder nie. So oder so sah sie keine Möglichkeit, wie man über die Stiftung an das *Feuer des Nordens* herankommen sollte. Blieb noch das Institut für Geologie. Die Personen, die Sevim nachts im Schlosspark belauscht hatte, schienen es für eine gute Spur zu halten.

Jetzt räumte Sevim aber erst einmal das gemeinsame Wohnzimmer auf, dann fand Freya vielleicht schneller wieder Ruhe.

Diese sortierte gerade ihren Werkzeugkoffer, dessen Inhalt mitten im Zimmer ausgeschüttet worden war – *als ob jemand etwas Wertvolles in einem Koffer versteckt, worin ein potenzieller Dieb es unauffällig wegtragen konnte*, dachte Freya – als es an der Tür klingelte. Ihr Magen fühlte sich an, als hätte sie glühende Kohlen verschluckt, und sie erstarrte mitten in der Bewegung.

Erst als sie Sevim den Summer drücken hörte, stand sie auf, um nachzusehen.

»Bernd kommt kurz vorbei, er will unser Schloss reparieren, also wenn du lieber weiter aufräumen willst?«

Das tat Freya dann auch hinter geschlossener Tür. Nach der ganzen Aufregung hatte sie keine Lust, mit irgendjemandem zu reden, geschweige denn mit Bernd, der es ja selbst scheinbar nicht schlimm fand, irgendwo einzubrechen.

Bernd war ähnlich vermummt wie in der vergangenen Nacht. »Im Stockwerk unter euch wohnen schon komische Leute«, meinte er auf Sevims fragenden Blick hin.

Er wickelte einen grünen Batikschal von seinem Gesicht und Sevim konnte kaum hinsehen. Seine Nase sah verheerend aus und die tiefen Ringe unter seinen Augen waren nicht weniger unansehnlich.

»Wir hätten doch morgen sofort jemanden geholt, um die Tür zu reparieren«, meinte Sevim erschrocken. »Willst du dich nicht lieber hinlegen?«

»Ja, schon«, entgegnete er, »aber Suzette ist in der Werkstatt aufgetaucht und hat da so einen Aufstand gemacht, bis einer von meinen ... Übernachtungsgästen mich geweckt hat, und dann sind alle abgehauen.«

Hinter der Tür spitzte Freya die Ohren. Sie war sich immer noch nicht sicher, ob es nicht Bernd gewesen war, der ihre Wohnung aufgebrochen und durchwühlt hatte, auch wenn Sevim ihn für unschuldig hielt. *Man könnte einen von den Typen fragen, ob sich Bernd wirklich zu der Zeit in der Werkstatt aufgehalten hat, als in unsere Wohnung eingebrochen wurde*, dachte sie sich. Aber wer sollte das tun? Sie selbst bestimmt nicht und Sevim oder Suzette wollte sie natürlich auch nicht schicken. Die meisten Typen waren ja noch viel unheimlicher als Bernd. Versonnen blickte sie auf ihren Werkzeugkoffer. Da gab es etwas, das sie tun konnte, ohne dafür das Haus zu verlassen und sich der unliebsamen Konfrontation zu stellen. Dafür musste man nur in den Keller gehen und ein paar Sachen zusammensuchen.

Kapitel 8

WERTVOLLER EDELSTEIN WIEDERAUFGETAUCHT

Schloss Barthow um eine Attraktion reicher

Der bekannte rote Beryll der Familie von Barthow, auch *Feuer des Nordens* genannt, ist fast 50 Jahre nach seinem Verschwinden wiederaufgetaucht. Theresa von Barthow (69), Geschäftsführerin auf Schloss Barthow, gab bekannt, das Collier mit dem Beryll sei von weitläufigen Verwandten der Familie vergangene Woche auf dem Gelände des Schlossparks aufgefunden worden.

Die Geschwister Wilhelmina Frank (23) und Amadeus Frank (21), deren Urgroßmutter eine Cousine des letzten Grafen gewesen war, haben sich demnach ihre Kenntnisse der Familiengeschichte zunutze gemacht und während eines Besuches auf dem Schlossgelände nach dem verschollenen Collier gesucht.

Zu den genauen Umständen des Fundes gab es noch keine Stellungnahme aus dem Schloss. Die Familie selbst werde diesen in Ruhe auswerten, bevor weitere Untersuchungen veranlasst würden, so Theresa von Barthow.

Da im Testament der ursprünglichen Besitzerin des Steines, Sybille Louise Gräfin von Barthow, keine ausdrücklichen Anweisungen zu dessen Weitergabe vorhanden sind, muss nun geklärt werden, ob das Collier im Besitz der Familie verbleibt, oder wie der restliche Besitz an die Stadt übergeht.

zu den Hintergründen lesen Sie weiter auf Seite 3

Carl Alexander ließ die Tageszeitung sinken und sank ermattet in seine Kissen. Seit gestern hatte er seine Räumlichkeiten nicht verlassen und er würde es sich noch einen Tag erlauben, ganz für sich zu sein. Morgen war noch genug Zeit, sich dem Leben zu stellen und die Vorbereitungen für das neunzigjährige Jubiläum des Fundes des roten Berylls wieder aufzunehmen. Er fühlte sich alt und müde und fragte sich nicht zum ersten Mal, ob es all die Mühen und die Lügen überhaupt wert war.

Natürlich ist es das, rief er sich zur Räson. Und hatte er nicht schon Schwierigeres bewerkstelligt, das seinem Leben schließlich eine Wendung zum Positiven gegeben hatte?

Hatte er nicht seither ganz im Dienste der Familie gestanden, hatte die Großtaten dokumentiert, die ihre herausragenden Köpfe der Nachwelt hinterlassen hatten und damit dazu beigetragen, dass die von Barthows auch heute noch von allen geschätzt wurden? Ja, er hatte seinen Teil beigetragen, resümierte er trotzig. War es da zu viel verlangt, dass er seinen Lebensabend in Ruhe im Kreise der Familie genießen wollte?

Und diese Ruhe war nun durchbrochen worden. Zuerst war er entsetzt gewesen über die Briefe, die ihn in regelmäßigen Abständen erreichten. Nun war er fast froh darüber, dass noch jemand die Wahrheit kannte und dass ihm dieser Jemand sogar unter die Arme greifen wollte. Dass jemand, der jünger und stärker war als er, gewillt war, die Familie von Barthow zu schützen. Es war nicht leicht, vor sich selber einzugestehen, dass man nicht mehr jung war und dass die Kräfte einen verließen. Aber so war es nun einmal.

Er hob die Zeitung an und sein Blick viel auf das Titelbild. Die Aufnahme zeigte Theresa, die stolz das Collier mit dem Beryll trug, rechts neben ihr ihre Kinder Diana und Kilian, ganz ein Abbild vornehmer Erziehung und Haltung.

Zu ihrer Linken, sein Magen zog sich zusammen, verharrten die Bastarde in einer unnatürlichen Pose, wobei Wilhelmina mehr Platz für sich beanspruchte, als ihr nach Carl Alexanders Meinung zustand. Aber sie würden von nun an Teil der Familie sein und er sollte wirklich das Beste daraus machen.

Es war an der Zeit, Haltung anzunehmen. Er erhob sich aus dem Bett, nahm ein Bad, kleidete sich vornehmer als es ein Abendessen mit der Familie erfordert hätte und begab sich in den Salon.

Dort hatten sich schon alle versammelt. Kilian von Barthow saß am Klavier und spielte ein Stück von Mahler. Alle klatschten, als er geendet hatte und seine Mutter wischte sich eine Träne aus dem Auge.

»Wenn wir den Kaiser-Flügel noch hätten, könnten wir mit Kilian richtig viel Geld verdienen. Stellt euch das einmal vor, ein Weltklasse-Pianist in unserem Ballsaal, wie viele Leute da kommen würden!«

»Das muss ich mir nicht vorstellen, Diana. Ich kann mich noch gut daran erinnern.«

»Da bist du ja, Carl. Geht es dir wieder besser?« Theresa blickte ihn erfreut an, aber in ihrer Stimme schwang Besorgnis.

»Aber ja. Ich bin eben nicht mehr der Jüngste.« Er warf den Bast... – Amadeus und Wilhelmina, korrigierte er sich – einen, wie er fand, wohlwollenden Blick zu, den sie zögernd erwiderten. Ihre Eltern waren wieder abgereist, was für ein Glück. Carl Alexander war sich jedoch sicher, dass sie die »Heldentat« ihrer Brut – ihrer Kinder – zum Vorwand nehmen würden, bald wieder im Schloss aufzutauchen. Er fühlte, wie die wiedergewonnene Energie aus ihm wich, und ließ sich matt in seinen Sessel fallen. *Aber ich wollte es ja so*, dachte er resignierend.

Kilian improvisierte noch ein wenig, bis sie das Glöckchen hörten, welches das Abendessen ankündigte. Carl Alexander erhob sich mühsam.

Der Tisch war reichlich gedeckt und auf der Anrichte stand bereits das Dessert. Theresa schöpfte Austernpilzsuppe auf die Teller, während Kilian das helle Brot aufschnitt. Ein Jammer, dass die Dienerschaft nach dem Tod der alten Hexe auf einen bloßen Rumpf zusammengeschrumpft war. Und die meisten waren für die Aufrechterhaltung und die Bewachung des Schlosses von der Stadt angestellt und sie mochten es gar nicht, wenn man sie als Dienerschaft bezeichnete.

Den von Barthows selbst blieb nur eine Haushaltshilfe, die an fünf Tagen in der Woche für die Mahlzeiten und etwas Ordnung sorgte, und die sich streng an ihre tägliche Arbeitszeit hielt, von der Putzhilfe, die stundenweise aushalf, ganz zu schweigen. Was waren das für Zeiten gewesen, in denen ein Dutzend Diener respektvoll und unermüdlich ihre Arbeit in Schloss und Park verrichtet hatten, ganz gleich zu welcher Stunde. Wie lange war das her, eine halbe Ewigkeit?

Mit großer Freude und zugleich Erschrecken stellte Carl Alexander fest, dass Theresa das Familienservice und das Besteck aus den Vitrinen im Ausstellungsraum in die privaten Räumlichkeiten hatte bringen lassen. Sie schien jedoch nicht bemerkt zu haben, dass neben einer Kaffeetasse samt Untertasse und Löffel auch eines der Zuckerdöschen und ein Milchkännchen sowie ein Brieföffner aus Silber und ein paar Ausgehhandschuhe der alten Gräfin fehlten.

»Und schmeckt es euch denn?«, fragte Theresa von Barthow, die wieder ganz in ihrer Rolle als Gastgeberin aufging.

»Ja, danke, Tante Theresa«, erwiderte Wilhelmina artig.

»Ich habe davor noch nie gespickten Hasenbraten gegessen«, warf ihr Bruder ein und Carl verdrehte die Augen.

»Das ist ein altes Familienrezept aus dem Beginn des neunzehnten Jahrhunderts. Unser Vorfahre, Arnulf von Barthow, war ein begeisterter Jäger.«

»Er hat die Jagd zeitlebens den Familiengeschäften vorgezogen, was fast in einer Konfrontation mit den Franzosen geendet hätte«, warf Carl Alexander ein. »Glücklicherweise ist ihm seine Leidenschaft vor der Zeit zum Verhängnis geworden und seine Frau, die von großem Verstand war, hat die Geschäfte übernommen, bis ihr Sohn volljährig war. Anders als sein Vater hat er einen festen Platz in der Familienchronik.«

»Aber an Arnulf erinnert man sich wegen seinem Hasenbraten!«, rief Amadeus begeistert.

»Ein Hasenbratenrezept als geistiges Erbe!« Carl Alexander lachte. Vielleicht war dieser Amadeus doch einfacher gestrickt als er bisher angenommen hatte. Seine Schwester allerdings, die war ein ganz anderes Kaliber, das hatte er gleich bemerkt.

»Apropos Familienerbe – was machen wir jetzt mit dem Collier und dem Stein?« Diana brachte immer alle Anliegen schonungslos auf den Tisch.

Während ihr Bruder sich der Kunst verpflichtet sah, war sie ganz Geschäftsfrau. Beide wohnten gerade in New York und waren dort äußerst erfolgreich. Aber Theresa hoffte, dass sie irgendwann zurückkommen würden und dass Diana dann die Familiengeschäfte übernahm.

»Werdet ihr es denn nicht ausstellen?«, fragte Amadeus und seine Schwester stieß ihn unter dem Tisch mit dem Fuß an.

»Aber natürlich«, erwiderte Theresa. »Ich möchte mir nur Zeit damit lassen und alles gut planen. Wir werden die Sicherheitsvorkehrungen erhöhen müssen und so weiter.«

»Das *Feuer des Nordens* gehört nicht hinter Glas! Der Stein ist doch am wertvollsten, wenn er am Hals einer von Barthow hängt. Dann interessieren sich alle dafür. Jemand sollte das Collier zum neunzigsten Jahrestag des Beryll tragen, meint ihr nicht?«

Theresa wusste natürlich, dass ihre Tochter sich selbst damit meinte, und es war auch verständlich. Schließlich musste sie sich ihr Leben lang anhören, wie das *Feuer des Nordens* die Frauen der Familie von Barthow zum Mittelpunkt aller Gesellschaften gemacht hatte.

»Wie wäre es mit dir, Mama?«

»Oh, meine Liebe, ich hatte in meiner Jugend bereits das Vergnügen und überlasse es nun gern jemand anderem. Und wer wäre besser dafür geeignet als diejenige, die es gefunden hat?« Sie nickte Wilhelmina aufmunternd zu.

»Oh, ich weiß nicht, ob ich die Richtige dafür bin ...«

»Aber du bist sozusagen eine von Barthow, auch wenn du den Namen nicht trägst.«

»Vielleicht hat sie Angst vor dem Fluch«, neckte Kilian. »So wie ihre Mutter.«

»Nein, ich habe keine Angst«, widersprach Wilhelmina.

Zu spät, dachte sich Carl Alexander. *Der Fluch hat uns alle längst eingeholt.*

Er erhob sich. »Entschuldigt mich, ich werde heute auf das Dessert verzichten.«

»Ist dir nicht wohl, soll ich einen Arzt rufen?«, fragte Theresa ihren Bruder besorgt.

»Aber nein, mach dir keine Sorgen, meine Liebe.«

»Dann bringe ich dich wenigstens auf dein Zimmer.«

Theresa ergriff seinen Arm, er stützte sich schwerfällig darauf und sie gingen hinaus.

»Gratuliere«, meinte Diana eisig und blickte Wilhelmina abschätzend an. »Meine Mutter verteilt ihre Zuneigung sonst nicht so freigiebig. Ich hoffe, dir ist bewusst, welche Verantwortung damit einhergeht, eine von Barthow zu sein. Ich biete dir gerne meine Hilfe an, wenn du dich auf deinen ersten großen Auftritt in der Öffentlichkeit vorbereiten willst.«

Wilhelmina wirkte verunsichert.

»Etwas Dessert?«, fuhr Diana fort. »Ein weiteres Familienrezept, aber dieses Mal aus dem achtzehnten Jahrhundert, als der Baron von Gáuchy seine Wettschulden bei Fritz von Barthow in Zimtstangen beglich.«

»Das ist sehr freundlich von dir«, entgegnete Wilhelmina schließlich und straffte die Schultern. *Was bildet sich die dumme Kuh denn ein?* Wenn sie Tante Theresa Glauben schenkte, dann hatten sich ihre Kinder in den letzten Jahren höchstens an Weihnachten blicken lassen. Mit dem Geld der Familie hatten sie in London, Mailand und New York studiert und sich mit ihrem Namen und untadeligen Manieren Zutritt zu exklusiven Kreisen verschafft, für die sich andere jahrelang abrackern mussten und es vielleicht trotzdem nicht schafften.

»Hm, schmeckt wie Mamas Puddingrolle, nur mit Zimt«, meinte sie schnippisch und stieß Amadeus unter dem Tisch an. Er nickte brav.

Diana sah sie irritiert an.

Gut so, dachte Wilhelmina. Sie war nämlich auch nicht auf den Kopf gefallen und nur dank ihres Ehrgeizes hatte sie im Institut für Geschichte an der Universität überhaupt einen Fuß in die Tür bekommen. Wenn alles gut ging, und davon war sie fest überzeugt, würde sie dort irgendwann an ihrer Doktorarbeit schreiben. Sie würde sich von keinem von Barthow einschüchtern lassen und musste aufpassen, vor allem auf Amadeus. Wenn sich jemand leicht über den Tisch ziehen ließ, dann er.

...

Theresa stand auf dem Flur und lauschte an Carl Alexanders Tür. Sie machte sich Sorgen. Ihr Bruder hatte sich immer seine Unbeschwertheit und einen jungenhaften Charme bewahrt, selbst im hohen Alter. Aber in den vergangenen Wochen baute er zusehends ab, nichts schien ihn mehr zu begeistern. Und das obwohl das Jubiläum bevorstand. Fast zwei Jahre hatte er es geplant und jetzt, wenige Wochen vorher, schien ihm die Puste auszugehen.

Sie wandte sich von der Tür ab, doch anstatt in den Salon zurückzugehen, nahm sie den Umweg über ihre eigenen Räumlichkeiten. Der Tresor in ihrem Ankleidezimmer beherbergte neben zahlreichen Fälschungen auch ihre wenigen echten Schmuckstücke, meistens Geschenke ihres verstorbenen Mannes. Er war chronisch knapp bei Kasse gewesen und man wusste nie, woher das Geld dafür kam, aber er hatte die Ketten, Armbänder und Broschen immer mit großer Geste überreicht. Deshalb liebte sie jedes einzelne Stück.

Nun holte sie das Kästchen mit dem Collier heraus. Ihr Herz schlug schneller, als sie den Deckel hob und das *Feuer des Nordens* zum Vorschein kam. Nichts stand für die unmittelbare Vergangenheit der von Barthows wie dieser Stein, für eine Zeit, in der jeder Tag und man selbst etwas Besonderes gewesen war.

Theresa entnahm das Collier und hielt es vor sich hin. Sie hatte schon bemerkt, dass der Stein nicht zu leuchten begann, wenn man ihn ins Dunkel des Kästchens zurücklegte. Es konnte also nicht das echte Collier sein, oder? Allerdings fühlte es sich genau so an, wie sie es in Erinnerung hatte, und einen Moment lang zweifelte sie an sich selbst.

Hatte die Gräfin den Stein vielleicht austauschen lassen, so wie sie es bei fast allen anderen Schmuckstücken getan hatte?

Ob echt oder nicht, es war wunderschön.

Theresa zuckte mit den Schultern. Selbst ein gefälschtes Collier war aufregender als gar keins. Sie hatte im Laufe ihres Lebens viele Komplimente bekommen, *weil sie für eine Adlige so normal war,* obwohl sie gerade das nie hatte sein wollen.

Wenn man den Mythos vielleicht wiederbeleben könnte, dann interessierte sich am Ende sowieso niemand mehr dafür, ob der Stein echt war oder nicht. Sie legte sich das Collier um und schloss die Augen. Sie war fünfzig Jahre jünger und gleich würde sie ein traumhaftes Kleid anziehen, ein richtiges Ballkleid, so wie es Prinzessin Margaret aus England zu ihrem einundzwanzigsten Geburtstag getragen hatte. Die Gräfin hatte eine Gesellschaft ausgerichtet zu Theresas eigenem Geburtstag und würde ihr die Ehre überlassen, das *Feuer des Nordens* zu tragen. Theresa hatte einladen dürfen, wen sie wollte, und die Gräfin hatte ihr Übriges dazu beigetragen, dass ein rauschendes Fest daraus wurde. Es war die größte Feier auf Schloss Barthow seit dem Tod des Grafen und es sollte für alle auch die letzte sein. Kurz darauf wurde die Gräfin krank und binnen weniger Monate ging es bergab mit ihr. Sie starb und fortan gehörte das Schloss nicht mehr der Familie. Die Tage vor ihrer Geburtstagsparty sollten für Theresa immer unvergesslich bleiben. Die Aufregung, selbst unter den Bediensteten, die Energie, die sich aufbaute und schließlich im Ballsaal entlud. Eine Beat-Band hatte aufgespielt und alle feierten, bis es hell wurde.

Wehmütig nahm Theresa das Collier wieder ab. Aus dem Spiegel schaute ihr kein junges Mädchen entgegen, sondern eine Frau, die Verantwortung für die Familie trug. Unten fragten sie sich bestimmt schon, wo sie blieb.

...

Sevim kam aus dem Jiu-Jitsu-Studio und war völlig fertig. Das war erst die zweite Trainingseinheit, aber sie fühlte sich schon jetzt viel zuversichtlicher, einem potenziellen Räuber entgegenzutreten. Ihre Trainerin war zwei Köpfe größer als sie und einmal Stuntdouble beim Film gewesen. Sie scheuchte alle Teilnehmer zum Aufwärmen durch einen Parcours von Seilen, Reifen und Matten und zeigte ihnen danach, auf wie viele verschiedene Weisen man fallen konnte ohne sich zu verletzen. Sevim hatte gleich einen Jahresvertrag unterzeichnet.

Der einzige Nachteil war, dass das Studio am anderen Ende der Stadt lag, zu weit, um mit dem Fahrrad hinzufahren. Deshalb saß sie nun in der Straßenbahn und sah sich auf ihrem Smartphone Kampfsport-Videos an. Von den eleganten und doch kraftvollen Bewegungen war sie so gefangen genommen, dass sie fast ihre Haltestelle verpasste und beim Aussteigen streifte ihr Blick flüchtig die Titelseite einer Zeitung, die ein anderer Fahrgast gerade über zwei Sitzlängen vor sich ausbreitete.

Verblüfft blickte sie der Straßenbahn nach. Anstatt zur Wohnung zu laufen, schlug sie den Weg zum Supermarkt ein und verließ ihn mit einem Stapel Tageszeitungen.

Da Freya nach dem Einbruch immer noch aufschreckte, wenn es klingelte oder im Korridor das kleinste Geräusch zu hören war, meldete sich Sevim mit dem vereinbarten Klingelzeichen bei ihrer Freundin an. Sevim breitete die Zeitungen auf dem Wohnzimmerboden aus und ließ Freya einen Blick darauf werfen.

»Und sind das die zwei Typen, die ihr nachts im Park beobachtet habt?« Freya zeigte auf das Titelfoto. Dort war Theresa von Barthow vor dem Schloss zu sehen, flankiert von ihren Kindern und von zwei entfernten Verwandten, die nun behaupteten, das *Feuer des Nordens* wiedergefunden zu haben.

»Wir haben ja nicht besonders viel gesehen, aber es waren zumindest eine Frau und ein Mann ...«

»Die beiden sind also doch irgendwie auf euch aufmerksam geworden und sind euch gefolgt, als ihr das gefunden habt, wonach sie gesucht haben. Und dann haben sie euch überfallen, weil sie nicht einsehen, den Familienschmuck Fremden zu überlassen.«

»Aber dann hätten sie uns zu der Stelle folgen müssen, an der wir über die Mauer sind. Und sie hätten, ohne dass wir es merken, auf die andere Straßenseite kommen müssen, um uns dort zu überfallen. Das ist viel zu umständlich. Sie hätten uns doch im Park überwältigen können, oder den Sicherheitsdienst informieren. Ich glaube nicht, dass sie es waren.«

»Aber sie haben jetzt das Collier und nicht wir«, entgegnete Freya, »es könnte natürlich immer noch sein, dass Bernd die Kette geklaut und sie ihnen gegen Lösegeld abgetreten hat.«

»Ach ja? Ich kann mir kaum vorstellen, dass es ihm aufs Geld ankommt. Ihm geht es darum, das Unrecht wiedergutzumachen, das in dem Brief erwähnt wurde.«

»Unrecht kann man auch mit Geld wiedergutmachen«, wand Freya ein. »Er könnte noch mehr Käfer oder zwielichtige Typen bei sich unterbringen oder ...«

»Ich glaube, so viel ist ein Beryll gar nicht wert.« Sevim lachte. »Aber er könnte sich bestimmt neue Hosen kaufen.«

»Für die Familie ist der Wert größer, er war ja so etwas wie ihr Wahrzeichen. Schau dir doch die Zeitungsartikel an, bei allen steht es auf der Titelseite und dann haben sie im Innenteil eine ganze Seite dafür hergegeben, obwohl es wirklich nicht viel zu berichten gibt. Und auf jedem Foto trägt irgendeine das Collier.«

Nun betrachtete Sevim aufmerksam die Bilder. »Das hier kenne ich, das war auch im Wikipedia-Eintrag zu Alexander von Barthow und seiner Frau. Und hier sind seine Schwestern, Magdalena und Marianne, Zwillingsschwestern.«

»Kurz nachdem das Bild gemacht wurde, muss Marianne gestorben sein«, bemerkte Freya. »Deswegen hat Magdalena das Collier nie getragen und wollte, dass es die Familie verkauft.«

»Sie stand auch auf unserer Liste von Frauen, die als Absender für den Brief infrage kommen. Vielleicht sollten wir uns wieder darauf konzentrieren?«

»Das ist wenigstens nicht so nervenaufreibend, und etwas stehlen muss man auch nicht dafür«, kommentierte Freya. »Ich hoffe nur, dass Bernd keine Zeitung liest, sonst will er das Collier vielleicht zurückholen und beim Recherchieren hilft er uns bestimmt nicht.« Sie blickte auf einen Stapel Bücher und Bildbände, der vom Boden fast bis zur Fensterbank reichte.

»Gutes Timing«, meinte Sevim, »jetzt wo die Familie von Barthow wieder in aller Munde ist, leihen sich bestimmt viele Leute die Bücher aus.«

Freya hatte ihr Versprechen wahr gemacht und alles ausgeliehen, was es in der Stadtbibliothek über die Familie von Barthow gab. Dafür hatte sie sogar zweimal hingehen müssen.

Dann hatten sie es aber nicht geschafft, die Wälzer auch in die Hand zu nehmen. Nach dem Überfall hatte Sevim zunächst einmal alle Kampfsportschulen abgeklappert und Probetrainings absolviert und war jeden Abend völlig erschöpft ins Bett gefallen.

Freya hingegen hatte versucht, die Kontrolle über ihr Leben beziehungsweise ihre Wohnung zurückzugewinnen, indem sie ihre alten Elektrobaukästen aus dem Keller holte. Sie hatte die Batteriekästen herausgenommen, ihren alten Wecker zerlegt, die Isolierung von einer blinkenden Lichterkette entfernt und schließlich ein bisschen herumexperimentiert. Von Suzette hatte sie noch einen ausgedienten Eierkocher bekommen, der irgendwie in ihrem Second-Hand-Laden gelandet war, nachdem jemand seine Luxustaschen-Sammlung aufgelöst hatte. Freya hatte den Boden entfernt und die Verkabelung freigelegt.

Zuletzt hatte sie ihre Krokodilklemmen sortiert und Kupferdraht von einer Rolle gewickelt, mit dem sie schließlich alle Geräte verband und die Unterseite der Tür verkabelte. Der Teppichboden vor der Tür war mit Alufolie beklebt worden und fertig war ihr selbst gebasteltes Alarmsystem, das sämtliche Zimmer miteinander verband. Wenn jemand die Wohnungstür öffnete, berührte das Drahtende die Alufolie, der Stromkreis war geschlossen und der Alarm in Form von Wecker und Lichterkette ging los. Und mit Verzögerung meldete sich dann der Eierkocher, weil er sich erst erhitzen musste. Letzterer war vielleicht ein bisschen übertrieben, aber Freya

hatte immer noch ein komisches Gefühl und der Gedanke doppelt und dreifach auf Einbrecher aufmerksam gemacht zu werden, beruhigte sie ungemein. Der einzige Nachteil war, dass die Alarmanlage immer losging, wenn jemand die Tür aufmachte.

»Lass uns im Inhaltsverzeichnis nach Magdalena von Barthow suchen«, schlug Freya nun vor.

»Und morgen damit anfangen«, ergänzte Sevim, »ich muss noch ein paar Weckanrufe vorbereiten und dann lege ich mich gleich hin.«

»Dann schaue ich mir schon mal ein paar Bilder an.« Sie kontrollierte noch einmal, ob die Wohnungstür auch wirklich abgeschlossen war, griff sich einen massiven Bildband, der die Expeditionen des letzten Grafen dokumentierte, und legte sich aufs Sofa. Bald war sie über den Fotos eingenickt.

...

Freya wäre vermutlich nicht so rasch eingeschlafen, wenn sie gewusst hätte, dass ihre Wohnung gerade beobachtet wurde. Ein junger Mann hatte die Eingangstür und ihre Fenster bereits den ganzen Tag im Blick behalten.

Jetzt zog er seine Knie zum Oberkörper und schlang die Arme darum. Abends war es noch einmal richtig kühl geworden. Fröstelnd wippte er eine weitere halbe Stunde vor und zurück. Der Treppenabsatz, auf dem er die letzten zwei Stunden verbracht hatte, war nicht der gemütlichste Beobachtungsposten. Tagsüber war es bereits so warm, dass er keine Lust darauf hatte, eine Jacke mitzunehmen und sie den ganzen Tag mit sich herumzuschleppen. Aber jetzt fror er sich natürlich den Arsch ab.

Eine Stunde würde er noch abwarten und das Haus beobachten. Im vierten Stock brannte noch Licht. Aber der Typ mit den bunten Hemden war schon ein paar Tage nicht mehr da gewesen und niemand hatte ihm einen Tipp gegeben, ob die Frauen etwas vorhatten. Eine Stunde noch und dann würde er sich aufs Ohr hauen.

Er stand auf und trat von einem Bein aufs andere. Es gab kaum eine Stelle, von wo aus man den Hauseingang unauffällig im Auge behalten konnte. Ein Döner-Imbiss hundert Meter weiter die Straße runter, wo er sich am frühen Nachmittag hinsetzte, eine Cola trank und später ein Lamacun bestellte und aufs Klo ging, war der einzige Ort, an dem es sich einigermaßen aushalten ließ. Aber ewig konnte man da auch nicht bleiben. Es gab noch einen christlichen Buchladen schräg gegenüber vom Haus, aber dort hatte man ihn schon beim ersten Mal komisch angeschaut und ihn nicht aus den Augen gelassen und er fand die Bücher, in denen er alibimäßig geblättert hatte, auch ganz furchtbar. Sonst war da nur noch eine alte Telefonzelle, wo die Leute jetzt Bücher hineinlegten und mitnahmen. Dort richtete er sich ein, wenn es regnete und der Döner-Imbiss schon geschlossen hatte.

Er hatte keine Ahnung, was er hier überhaupt machte. Er hatte doch getan, was von ihm verlangt wurde und schließlich sogar die Kette besorgt und trotzdem musste er hier herumstehen, Tag und Nacht. Was sollte er denn verdammt noch mal noch machen? Der Gedanke, dass es vielleicht wochenlang so weitergehen würde, machte ihn plötzlich wütend. Er hatte schon die zweite Woche im Großmarkt anrufen und sich krankmelden müssen. Und seit er den Job hatte, war er nie krank gewesen, oder zu spät gekommen. Er hatte es durchgezogen. Bis jetzt. Was wenn ihn zufällig einer seiner Kollegen sah oder der Chef? Und der Kleine würde bald mit seiner Lehre anfangen. Was war dann?

Es war fast Mitternacht, er hatte Hunger und war saumüde. Peinlich berührt merkte er, wie ihm die Tränen kamen. Scheiße. Er hatte große Lust, einfach loszuheulen.

»He, ich hab' dir was mitgebracht!«

Er fuhr herum und wischte sich unauffällig über den Augenwinkel. »Was machst du denn hier? Ich hab' doch gesagt, heute nicht.«

»Aber ich hab' eh nichts anderes zu tun und dann kann ich dich auch ablösen. Hier.«

Sein jüngerer Bruder hatte ihm seine Jacke mitgebracht. Hastig zog er sie an.

»Du musst das echt nicht machen. Ist doch egal, was passiert!«, sagte der Kleine jetzt.

»Nichts da!«

»Wie lange wollen wir noch warten?«

»Wir warten gar nicht. Du verschwindest jetzt und gehst nach Hause.«

Der Kleine ließ sich auf den Treppenabsatz plumpsen und machte keine Anstalten. Schweigend saßen sie eine Weile nebeneinander.

»Du kannst das echt sein lassen. Wir können ja vielleicht mit meiner Lehrstelle reden oder so ...«

»Und dann?«

Schulterzucken.

»Und Fabian gibt's ja auch noch.«

»Hm.«

Im vierten Stock ging das Licht aus. Zwanzig Minuten würden sie noch warten und dann Abmarsch. Zehn Minuten. Der Kleine gähnte schon.

Kapitel 9

Die Beschäftigung mit Magdalena von Barthows Leben hatte Freya und Sevim nicht gerade weitergebracht. In den Bänden über die Familie fand sie nur selten Erwähnung. Also wühlten sie sich eines Nachmittags im elektronischen Archiv der Stadtbibliothek durch dutzende Zeitungsartikel aus den Dreißiger- und Achtzigerjahren.

Magdalenas Leben war, im Vergleich zum Rest der Familie, ereignislos und zugleich tragisch. Sie und ihre Zwillingsschwester Marianne waren 1908 geboren worden. Bis Mitte der Dreißigerjahre gab es einige Fotos, auf denen die Zwillingsschwestern gemeinsam zu sehen waren, sie glichen sich wie ein Ei dem anderen und schienen unzertrennlich zu sein. 1935 war laut der Boulevardpresse der damaligen Zeit dann *das Schicksalsjahr der vom Glück begünstigten Schwestern* – sie waren wohlhabend, ihr älterer Bruder war durch seine Abenteuer eine der bekanntesten Persönlichkeiten im Land und die Familie der Mittelpunkt des gesellschaftlichen Lebens. Jetzt traten die Schwestern, die beide seit ihrer Kindheit begeisterte Reiterinnen gewesen waren, aus dem Schatten ihres Bruders, denn man hatte sie für die Deutsche Reitstaffel nominiert, die 1936 während der Olympischen Spiele in Berlin antreten sollte.

Das musste natürlich gefeiert werden und die Zwillinge waren der Mittelpunkt eines rauschenden Balles, zum dem wirklich alles, was Rang und Namen hatte, eingeladen worden war. Auch die lokalen Spitzen der NSDAP und Offiziere der Waffen – SS, was der letzten Gräfin nach dem Krieg auf die Füße fallen sollte. Nicht die SS-Offiziere selbst wurden angeprangert, nicht die Funktionäre der Stadt, die Mitglieder

der NSDAP gewesen waren im Gegensatz zur Gräfin, oder die Industriellen und Kleinkrämer, die von der Vertreibung und Vernichtung der jüdischen Bevölkerung profitiert hatten. Allein die Gräfin, die sie alle um sich versammelt hatte, musste auf den Titelseiten die Verantwortung schultern. Manche machten sogar Andeutungen, man solle sie aus der Stadt verjagen.

Während des Balles erteilte sie ihren Schwägerinnen jedoch eine Gunst: Eine der beiden sollte das Collier mit dem *Feuer des Nordens* auf der Feier tragen. Der Stein war zur Attraktion der Stadt geworden und begann, die Mitglieder der Familie zu überstrahlen.

Marianne wurde als Trägerin auserkoren, was laut einer der bunten Zeitschriften *ihrem Todesurteil gleichkam*. In der darauffolgenden Woche verunglückte sie jedenfalls beim Reittraining und starb wenige Tage darauf. Magdalena zog sich daraufhin aus der Öffentlichkeit zurück und tauchte nicht mehr in der Boulevardpresse auf. Ihr Leben schien sich nur noch um die Pferde zu drehen. Sie nahm ohne ihre Schwester jedoch nicht an den Olympischen Spielen teil und verließ laut Presse Schloss Barthow nie mehr. Die Hochglanzmagazine spekulierten, sie wolle nicht getrennt von ihrer Schwester sein, die man in der Familiengruft beigesetzt hatte, zumal die beiden angeblich das Los hatten entscheiden lassen, wer das Collier an diesem Abend tragen durfte.

In ihren letzten Lebensjahren tauchte Magdalenas Name dann in Fachzeitschriften für Pferdesport auf, denn sie war Beraterin der deutschen Equipe gewesen, wo man anscheinend viel auf ihre Meinung gab. Sie starb 1985 im Schloss und wurde in der Familiengruft neben ihrer Schwester beigesetzt. Die Fachzeitschriften ehrten sie mit herzlichen Nachrufen, aber die Boulevardpresse schwieg. Für die Familie von Barthow interessierte sich zu dem Zeitpunkt schon lange niemand mehr.

»Es gab bestimmt jede Menge Besucher im Schloss«, grübelte Sevim schließlich, »da musste sie nicht unbedingt rausgehen, um jemanden kennenzulernen. In fast jedem Magazin gibt es einen Artikel über irgendein Ereignis im Schloss. Ich glaube, die Gräfin war nicht sehr wählerisch, wenn es um Anlässe zum Feiern ging.«

»Hm.« Freya schien nicht überzeugt zu sein. »Aber die Presse war doch immer dabei, und es ist ja nicht so, als ob die Journalisten sonst vor Spekulationen zurückschrecken. Aber diese Magdalena war für sie vollkommen uninteressant und hat ihnen nie irgendeinen Anlass gegeben, etwas über ihr Privatleben zu schreiben.«

»Vielleicht war es jemand, der mit den Pferden zu tun hatte, oder der im Schloss angestellt war?«

»Aber warum dann die Heimlichtuerei, wenn sie die Person doch jeden Tag sah und sie ihr alles selber hätte sagen oder überreichen können?«

Sevim musste zugeben, dass es in den ganzen Artikeln keinen einzigen Hinweis gab, der Magdalena mit dem Brief und der Kiste in Verbindung brachte. Und sie konnte sie sich auch nicht als heimliche Geliebte vorstellen.

Die Gräfin hingegen gab eine vortreffliche Verdächtige ab. Sie umgab sich gerne mit attraktiven, einflussreichen Männern, und es gab unzählige Fotos, auf denen sie mit ihnen lachte, rauchte – ein Skandal für sich in der damaligen Zeit – und tanzte. Andererseits wies die Sache mit der Schatulle auf etwas Verborgenes hin, etwas, das man nicht so einfach aus ein paar oberflächlichen Zeitungsfotos schließen konnte.

Sevim musste sich vorerst geschlagen geben. Dieses Rätsel würde sich nicht so einfach an einem Nachmittag in der Bibliothek lösen lassen.

...

Theresas Kinder hatten wieder einen Ozean zwischen sich und die Familie gebracht und würden es vermutlich nicht schaffen, am Jubiläum teilzunehmen. Ihre Mutter und ihr Onkel waren untröstlich. Wilhelmina hingegen konnte aufatmen. Erstens mochte sie Klaviermusik nicht. Sich jeden Abend Kilians Konzerte anzuhören und so zu tun, als würde sie es genießen, würde sie nicht vermissen. Und Diana war am Ende auch alles andere als herzlich gewesen, vor allem, wenn ihre Mutter nicht dabei war und nachdem sie gemerkt hatte, dass Wilhelmina durchaus nicht das Mauerblümchen war, für das sie sie gehalten hatte.

Nur Theresa war so freundlich wie immer. Sie nahm Wilhelmina mit in ihr Büro, machte sie mit den Mitarbeitern auf Schloss Barthow bekannt und ließ sie hinter die Kulissen blicken. Zusammen verbrachten sie einen Tag in der Stadt, wo sie an einem Treffen des Kulturvereins teilnahmen, und verschiedene Besorgungen für die Jubiläumsfeier machten. Es war gerade so, als hätten sie sich schon immer gekannt.

Während des letzten Abendessens im Kreise der Familie hatte sie den Geschwistern dann angeboten, weiterhin im Schloss zu wohnen. Ihre eigenen Kinder reagierten verhalten, aber Diana rang sich immerhin ein Lächeln ab. Carl Alexander verzog keine Miene.

Wilhelmina war es egal, was die von Barthows von Theresas Vorschlag hielten, für sie ging ein Kindheitstraum in Erfüllung. Ihr ganzes Leben lang hatte sie voller Wonne jedes Wort aufgenommen, wenn ihr Opa oder ihr Vater davon erzählten, wie es war, im Schloss zu leben. Sie hatte die Geschichtsstunden gezählt, in denen sie erst die Steinzeit und Ägypten behandelten und dann Rom und Frankenreich, um bis zu der Epoche zu kommen, in der die von Barthows die historische Bühne betraten. Sie hatte jedes Buch zur Familiengeschichte gelesen und konnte daraus zitieren, was schließlich auch den alten Sack dazu gebracht hatte, halbwegs nett zu ihr und Amadeus zu sein. Sie hatte sich ihren Platz in der Familie verdient, im Gegensatz zu Diana und Kilian, die einfach nur durch ihre Geburt begünstigt waren.

Jetzt saß sie in Theresas Ankleidezimmer – und die Tatsache, dass es wirklich Leute gab, die ein ganzes Zimmer hatten, nur um sich anzuziehen, und dass sie jetzt in einem saß, ließ ihr fast die Tränen in die Augen steigen. Sie bewunderte die antiken Möbel und Theresas Garderobe aus der Zeit, als sie in Wilhelminas Alter war.

»Hier ist es, meine Liebe.« Theresa von Barthow war wieder ins Zimmer getreten. In den Händen hielt sie das gefütterte Kästchen, in welchem das Collier ursprünglich aufbewahrt worden war. Die von Barthows warfen wirklich nichts weg, was auch nur den kleinsten Bezug zu ihrer Geschichte hatte. Wilhelmina konnte sich nicht vorstellen, was es in der Wohnung ihrer Eltern geben könnte, das es wert wäre, aufbewahrt zu werden. Sie kam sich armselig und klein vor und die Tränen drohten ihr endgültig zu kommen.

Theresa hatte das Kästchen geöffnet und beförderte das Collier mit dem *Feuer des Nordens* zu Tage.

Ihre junge Verwandte hielt den Atem an.

»Es sieht genauso aus, wie ich es in Erinnerung hatte. Und dank dir und deinem Bruder ist es jetzt wieder bei der Familie. Möchtest du, dass ich es dir einmal umlege?«

Wilhelmina zögerte. Sollte sie sich Tante Theresa anvertrauen? Wie weit würde man das Spiel treiben können? Amadeus hatte schon mehrmals damit gedroht, sich aus dem Staub zu machen. Wo er gerade war, wusste sie nicht, aber seine Sachen befanden sich immerhin noch in seinem Zimmer im Schloss. Konnte sie sich jetzt überhaupt noch irgendwie aus der Affäre ziehen, ohne dass der neu gewonnene Kontakt zu den von Barthows sofort wieder versiegte?

»Ich verspreche dir, dass dich der Fluch nicht persönlich treffen wird«, Theresa zwinkerte ihr zu, »aber wenn du nicht möchtest ...«

»Nein, nein, unheimlich gern«, stieß Wilhelmina hervor.

Theresa trat von hinten an sie heran, führte die Arme über ihren Kopf und verschloss das Collier in ihrem Nacken.

Wilhelmina betrachtete sich im Spiegel und spürte, wie sich ihr Rücken straffte und ihr Gesicht erstrahlte. Das Schmuckstück war wunderschön, sie berührte den Stein mit den Fingerspitzen. Es war mehr als ein bloßes Accessoire, das wurde Wilhelmina jetzt klar. Es war Teil einer Geschichte und hier und jetzt, in Theresas Zimmer im Schloss mit dem scheinbar Jahrzehnte alten Schatz um den Hals, war sie ebenfalls ein Teil davon. Wilhelmina konnte sich einfach nicht überwinden, den Traum bereits jetzt schon wieder hinter sich zu lassen. So bescheiden wie möglich würde sie die falschen Ehren, die man ihr und Amadeus erwies, hinnehmen. Insgeheim schien auch Theresa zumindest zu ahnen, dass es vielleicht nicht der richtige Stein war. Aber wenn Theresa es nicht laut aussprach, dann würde auch Wilhelmina schweigen wie ein Grab. So war es am besten für alle, oder etwa nicht?

»Würdest du gerne eines meiner alten Ballkleider anprobieren?«, riss Theresa sie aus ihren Gedanken.

Wieder kamen ihrer jungen Verwandten fast die Tränen vor Rührung. Erst das Collier und jetzt ein richtiges Ballkleid. Verrückt! Sie hätte nicht glücklicher sein können.

・・・

Amadeus war froh, wieder einmal zu Hause zu sein, wo es keine Etikette gab. Und nur vier Zimmer, sodass keine Gefahr bestand sich zu verlaufen oder, dass man plötzlich in der Ausstellung stand, von Touristen umgeben, oder in den Büroräumen und man sich erklären lassen musste, wie man wieder in sein eigenes Zimmer kam.

Sonst war niemand da, aber der Kühlschrank war wie immer gut gefüllt. Er holte eine Cola heraus und belegte mehrere Brote nach Herzenslust mit Käse und Wurst. Endlich konnte man wieder essen, was man wollte und wann man es wollte und wo. Auf dem Schloss hatte er nicht einmal gewusst, wo sich die Küche befand, und immer wurde man pünktlich an den Tisch gerufen, wobei man entweder schon vor Hunger starb, oder gar keinen hatte. Und das endlose Gerede und die Klaviermusik. Weil er Amadeus hieß, dachten immer alle, seine Eltern hätten Wert darauf gelegt, dass er Klavierstunden erhielt. Dabei war er nach Amadeus Gottlob von Barthow benannt worden, welcher sich während der Zeit der Säkularisierung alle Bischöfe zum Feind gemacht hatte. Mit großem Erfolg für die Familie, denn er konnte den Landbesitz fast verdoppeln, das Gebiet, auf dem schließlich Schloss Barthow errichtet werden sollte.

So hatte er sich das Leben im Schloss jedenfalls nicht vorgestellt. Er fläzte sich auf die Couch und machte den Fernseher an. Dort fand ihn seine Mutter eine halbe Stunde später.

»Was machst du denn hier? Der Alte hat euch doch nicht etwa rausgeschmissen? Dem werd' ich ...«, begrüßte sie ihren Sohn.

»Nein, alles in Ordnung. Ich wollte nur mal meine Eltern besuchen oder darf man das Schloss nicht mehr verlassen, wenn man einmal eingeladen worden ist?« Amadeus fläzte sich noch tiefer in die Kissen.

»Was redest du denn da? Natürlich darfst du hingehen, wo du willst. Ich hab' mich nur gewundert. Willi ist wohl noch dort?«

Amadeus nickte. Seine Schwester würden keine zehn Pferde aus dem Schloss wegbekommen. »Haben wir noch Kekse da?«

Seine Mutter brachte ihm welche und setzte sich zu ihm auf die Couch. »Jetzt erzähl mal, warum du hier herumliegst wie ein Trauerkloß!«

Amadeus sagte eine Weile erst mal gar nichts. Da war er ganz wie sein Vater.

»Ich glaube, ich will nicht mehr Geschichte studieren ...«, meinte er schließlich.

»Was? Wieso denn das? Du hast doch so gute Noten!« Inga war entsetzt.

»Ich meine ja nur, dass Geschichte vielleicht nicht das Richtige für mich ist.«

»Woher dieser Sinneswandel? Schau doch nur, was ihr alles erreicht habt. Ihr habt den Stein wiedergefunden. Das ist doch das, was ihr immer wolltet. Und jetzt steht ihr sogar in der Zeitung.« Sie holte den ausgeschnittenen Artikel aus einem Fotoalbum hervor und hielt ihn Amadeus hin.

Er schob ihre Hand weg und schaute weiter fern. Seine Mutter seufzte und legte den Artikel wieder in das Album.

»Und was willst du stattdessen machen?«

Er zuckte mit den Schultern.

»Dein Vater hatte es auch nicht leicht an der Uni, weißt du? Er wollte viel lieber eine Ausbildung machen, als Automechaniker oder so. Aber dein Opa hat gemeint, das würde nicht genug Eindruck machen bei seinen Verwandten im Schloss, und die alte Gräfin hatte ihm und seiner

Frau ziemlich viel Geld vererbt und das hat er deinem Vater zum Studieren gegeben. Und er hat sich durchgebissen und immer versucht, alles richtig zu machen. Es ist nicht seine Schuld, dass es so schwer ist, als Architekt eine Stelle zu bekommen und dass er sich unter Wert verkaufen muss.«

Da plapperte sie seinem Vater nach, der immer eine Ausrede fand, warum dieses und jenes nicht klappte. Wenn seine Mutter ihn nicht immer wieder auf die Füße stellen und den Laden zusammenhalten würde, wer weiß ob seine Schwester und er dann überhaupt mit dem Studium angefangen hätten. Plötzlich tat es Amadeus leid, dass er einfach hergekommen und seine schlechte Laune an ihr ausgelassen hatte.

»Geschichte ist irgendwie viel besser, wenn man nur darüber liest und nicht darüber nachdenkt, ob auch tatsächlich alles stimmt, was in den Büchern steht.«

»Aber was stimmt denn nicht? War der Alte wieder gemein zu euch? Aber Theresa ist doch sehr nett, oder?«

»Ja schon, aber ...«

»Ihr dürft euch von ihm nicht einschüchtern lassen«, beharrte Inga. »Der kocht auch nur mit Wasser und wenn wir Glück haben, beißt er bald ins Gras. Ich bin sicher, er geht schon auf die neunzig zu!«

»Das ist es nicht!«

»Aber was kann denn dann so schlimm sein? Euer Vater und ich haben uns so sehr gefreut, als Theresa euch gefragt hat, ob ihr im Schloss wohnen wollt. Und wir kommen euch bald wieder besuchen. Sie haben dort doch so viele Zimmer! Theresa kennt außerdem die ganze Stadt. Bestimmt kann sie deinem Vater dabei helfen, einen besseren Job zu finden. Und das mit dem Studium überlegst du dir noch mal!«

Amadeus nickte. Es hatte keinen Zweck, mit seinen Eltern darüber zu reden. So wie sich andere Leute einen Lottogewinn wünschten, war es ihr größter Traum, dass die von Barthows sie wieder akzeptierten und davon würden sie sich nicht abbringen lassen. Sein Vater zumindest nicht. Er musste mit Wilhelmina reden. Sie wusste immer, wie es weiterging.

...

Sevim verbrachte den Sonntag im Fitnessstudio und nachdem Freya ihre Anziehsachen für die kommende Woche herausgelegt, das Keine-Werbung-Schild am Briefkasten erneuert und einen Rührkuchen in den Ofen geschoben hatte, griff sie sich aus dem Haufen Bücher über die von Barthows wahllos einen Bildband und machte es sich auf dem Balkon gemütlich.

Sie sah sich vor allem die Fotografien an, die von körnigen Schwarz-Weiß-Aufnahmen in Farbbilder übergingen. Der Band selbst fasste die Expeditionen des Adligen in Südamerika zusammen. Freya betrachtete Alexander Graf von Barthow im strömenden Regen auf Kap Hoorn, vor dem Perito-Moreno-Gletscher in Patagonien, in einem Paddelboot auf dem Amazonas oder beim mühsamen Aufstieg in den Anden.

Die Bilder machten einem direkt Lust, den Rucksack zu packen, alles hinter sich zu lassen und ins Unbekannte aufzubrechen. Allerdings nicht für lange, denn Freya dachte umgehend an Spinnen und Schlangen, nasse Füße in Wanderschuhen und ungesicherte Mahlzeiten – alles in allem genug, um ihre ohnehin kaum vorhandene Reiselust im Keim zu ersticken.

Sie hatte gerade die Einleitung und die Bildunterschriften überflogen, da klingelte der Küchenwecker. Sie holte einen Rührkuchen aus dem Ofen, zerrieb etwas Puderzucker und musste an Sevim denken. Aus keinem bestimmten Grund eigentlich. Und dann dachte sie an den Band, den sie gerade überflogen hatte, und wurde das Gefühl nicht los, dass dort irgendetwas stand, das vielleicht wichtig war und das sie übersehen hatte. Und es hatte etwas mit Sevim zu tun.

Sie ließ den Kuchen abkühlen und nahm sich das Buch noch einmal vor, aber so oft sie die Seiten durchblätterte und die Fotos studierte – sie wusste einfach nicht, wonach sie suchen sollte. Sevim würde sich das Ganze ansehen müssen, bestimmt entdeckte sie gleich, was Freya gerade entging.

Es konnte allerdings noch dauern, bis Sevim im Fitnessstudio alle

Geräte durch hatte und meistens schlürfte sie danach mit ihren Sportlerkollegen noch einen Vitamincocktail. Freya überlegte, womit sie sich beschäftigen könnte, aber die Wohnung war blitzblank geputzt und alle anderen Punkte auf ihrer Liste hatte sie bereits abgehakt. Der Filter im Aquarium war gewechselt, ihre Acrylfarben bildeten in ihrem Köfferchen wieder einen Regenbogen und sie hatte das Linsenragout zum Auftauen aus dem Kühlschrank genommen.

Ihre Gedanken ließen sie nicht in Ruhe, also holte sie die geheimnisvolle Schatulle hervor, in der Hoffnung, der Inhalt würde ihr vielleicht auf die Sprünge helfen. Der Brief blieb vage, wie immer, aber das Kieselsteinherz, die Muschel und alles andere sprach heute Freyas künstlerische Ader an. Sie legte alles zu einer Collage zusammen und studierte lange die Schnur mit den Knoten.

Während ihrer Schulzeit hatte Freya meterlange Freundschaftsbänder geknüpft, meistens für Sevim, deshalb kannte sie die meisten Knoten, welche die Schnur zierten. Sie holte den Korb mit ihren Stricksachen und fischte ein paar Wollreste heraus. Sie war ein bisschen aus der Übung, aber nach einer Weile zierten den ersten Wollfaden einige Überhand- und Achterknoten. Sie nahm einen weiteren Faden und probierte etwas Komplizierteres. Bald hatte sie jede Menge Bänder mit verschiedenen Knoten um sich herum ausgebreitet und überlegte, was sie daraus machen könnte, als Sevim endlich nach Hause kam. Erschöpft ließ diese sich mit einem Stück Kuchen aufs Sofa fallen und schaute interessiert dabei zu, wie Freya jetzt alle Schnüre nebeneinanderlegte, der Länge nach geordnet.

»Und weißt du noch, welches die Originalschnur war?«, neckte Sevim mit vollem Mund.

Freya hob sie in die Höhe. »Natürlich, aber ich werde einfach das Gefühl nicht los, dass du irgendwie weißt, wie es jetzt weitergeht.«

»Leider nicht. Wir haben uns ja gar nicht mehr mit der Kiste beschäftigt. Und ich glaube, ich habe irgendwann den Überblick verloren ...« Sie holte sich noch ein Stück Kuchen.

»Nein, ich meine nicht insgesamt ...«

»Also soll ich wissen, wie es konkret weitergeht?«

»Keine Ahnung.«

»Hm.«

Sevim sah Freya eine Weile dabei zu, wie sie die übrig gebliebenen Fäden um eine Papierrolle schlang.

»Hat es etwas mit den Schnüren zu tun?«, versuchte sie sich in die Gedanken ihrer Freundin vorzuarbeiten.

»Könnte sein.«

»Weshalb hast du denn damit angefangen?«

»Irgendetwas in dem Buch hat mich dazu gebracht, glaube ich.« Sie reichte Sevim den Bildband und diese begann ihn durchzublättern.

»Ich war noch nie in Südamerika und ich habe, denke ich, auch nicht vor, dorthin zu reisen.«

»Und du hast in deinem Leben noch kein einziges Freundschaftsarmband geknüpft.«

»Äh ... nein.«

»Ja, dann.« Freya seufzte, las alle Schnüre vom Boden auf und suchte nach einem passenden Aufbewahrungsort.

»Jetzt wo ich darüber nachdenke – ich hab' mal ein Quipu gemacht, nur so zum Spaß.«

»Das ist es!« Freya hielt inne und riss Sevim den Bildband aus der Hand. »Hier, hier ...« Sie zeigte auf eine Bildunterschrift, »... in dem Andendorf soundso stießen sie auf die Quipu-Forscher Maria und Joaquin Cortez.«

»Und du meinst, die Schnur in der Kiste ist so ein Quipu?«, entgegnete Sevim.

»Unbedingt! Wir haben uns doch schon gedacht, dass es Andenken sind. Vielleicht sind es Andenken an die Expeditionen?«, entgegnete Freya.

»Dann hat der Graf also etwas mit der Kiste zu tun ...«

»Oder seine Frau«, Freya blätterte zurück und zeigte auf ein Foto, »sie war auch dabei. Nicht immer, aber in den Anden schon.«

Sevim überlegte. »Die Theorie können wir nur überprüfen, indem wir die anderen Sachen einer Expedition zuordnen, auf der sie auch dabei gewesen ist. Zumindest ein paar davon.«

»Und wenn sie etwas in die Kiste zu dem Brief legt, dann muss es ein gemeinsames Andenken sein, nicht wahr? Also war ihr heimlicher Geliebter auch immer mit dabei.« Freya war ganz aufgeregt. Gerade hatten sie einen Durchbruch erzielt.

»Wir wissen also schon beinah, wer derjenige war«, frohlockte Sevim, »wir müssen den Bücherstapel durcharbeiten.«

Gesagt, getan. Aber so einfach war es dann doch nicht. Es gab kaum Fotos von der Gräfin in den Bildbänden, geschweige denn eines, auf dem sie sich bereitwillig mit ihrem heimlichen Herzblatt hatte abbilden lassen.

»Ist dir eigentlich aufgefallen, dass alle Bücher vom gleichen Autor stammen?« Freya hatte die Bildbände und Bücher nebeneinander ausgelegt. Carl Alexander von Barthows Name zierte jedes einzelne. »Und wenn er nicht der Autor war, dann zumindest der Herausgeber.«

»Kein Wunder, dass der letzte Graf immer im Mittelpunkt steht, obwohl er eigentlich nichts wirklich Spannendes gemacht hat. Ich glaube nicht, dass wir in den Büchern die entscheidenden Informationen finden. Sein Neffe hat doch garantiert alles bearbeitet und nur das aufgeschrieben, was die Familie gut dastehen lässt.«

Sevim blickte auf die Uhr. Es war bereits nach elf. In weniger als sechs Stunden musste sie ihren ersten Kunden wecken. »Gib mir noch mal die Schnur. Wenn es tatsächlich ein Quipu ist, dann bedeuten die Knoten irgendwas. Soweit ich mich erinnere, können es Silben sein oder Zahlen. Und die ganzen Knoten zusammengenommen ergeben dann so eine Art Brief oder aber eine Berechnung. Und da es zumindest zu der damaligen Zeit keiner geschafft hat, den Silben eine Bedeutung zuzuordnen, bleiben nur Zahlen. Das müsste eigentlich ganz einfach sein. Warte kurz.«

Sevim ging in ihr Zimmer und wühlte in ihren Unterlagen, die sie noch von der Uni hatte. Schließlich kam sie mit einem Hefter aus dem

Seminar *Antike Rechensysteme II* zurück ins Wohnzimmer. Freya legte die Knotenschnur auf den Sofatisch und zog sie glatt.

»So, die Schlaufe markiert das untere Ende und dann kommt ein Langknoten mit – sind das vier oder fünf Umschlingungen? Was meinst du?«

»Sieht eher aus wie fünf.«

»Ok fünf. Die nächsten Knoten bilden die Zehnerpotenz, drei Einfachknoten, das sind dreißig. Und darüber kommen die Einfachknoten für die Hunderter und Tausender. Das macht insgesamt eintausendneunhundertfünfunddreißig. Oder neunzehnhundertfünfunddreißig – das Jahr der Expedition.«

»1935 – das ist alles ...«, murmelte Freya und blickte auf das Bündel Bänder, die sie immer noch nicht weggeräumt hatte. »Immer wenn wir der Lösung näherkommen, gibt es noch mehr offene Enden.«

Sevim strahlte trotz ihrer Müdigkeit übers ganze Gesicht. Offene Enden bedeuteten, dass man irgendwo hingehen konnte. Es wurde Zeit, dem Institut für Geologie endlich einen Besuch abzustatten. Aber das würde sie Freya erst morgen sagen.

...

Carl Alexander fühlte bleierne Müdigkeit auf sich lasten. Endlich war sie wieder fort. Sie hatte ihn im Schloss aufgesucht. Und das, obwohl er darum gebeten hatte, sich irgendwo in der Stadt zu treffen. Glücklicherweise verbrachte Theresa den ganzen Tag gewöhnlich in dem Teil des Gebäudes, in dem die Büros untergebracht waren, und bemerkte seine Probleme vorerst nicht. Aber sie war argwöhnisch geworden. Immer wieder fragte sie ihn, ob ihm auch wohl sei und ob sie etwas für ihn tun könne.

Er überlegte, das Abendessen in seinen Räumlichkeiten einzunehmen oder ausfallen zu lassen, aber das hätte wiederum Theresa auf den Plan gerufen. Also machte er sich frisch und als er sich vorm Spiegel richtete, kam ihm ein Gedanke. *Ich kann nichts mehr tun. Die Geschichte hat ihren Lauf genommen. Ich kann nichts mehr tun.*

Das verschaffte ihm eine gewisse Erleichterung. Er hatte seinen Teil zur Geschichte der Familie beigetragen und zeigte den nachfolgenden Generationen, was bedeutende von Barthows geschaffen hatten. Über ihn würde natürlich niemand schreiben, er würde im Schatten anderer Personen und der sie umgebenden Ereignisse stehen, aber das störte ihn nicht. Er war der Geschichtsschreiber. Und hatte er sein Werk nicht schon vor Jahren erledigt? Was gab es jetzt noch aufzuschreiben? Die jüngste Generation teilte mit den von Barthows nur noch den Namen und lebte ein erfolgreiches, aber kleines Leben. Keiner von ihnen würde etwas Weltbewegendes in Gang setzen, das sich zu dokumentieren lohnte. Seine Arbeit war geschafft! Jetzt hieß es nur noch, die Vergangenheit der Familie aufrecht zu erhalten und zu verteidigen.

Mit einem winzigen Gefühl des Bedauerns dachte er an seine unbeschwerte Jugend zurück, als er sich an allem, was das Leben bot, einfach so bedient hatte. Er bekam große Lust, sich in seinen Wagen zu setzen und an die See zu fahren. Was sollte ihn davon abhalten? Man konnte ein Boot mieten und jede Menge Wasser zwischen sich und seine Probleme bringen, die salzige Meeresluft genießen und sich den Wind um die Nase wehen lassen, der schon damals alle Sorgen vertrieben hatte.

Aber das Jubiläum! Natürlich, das musste man in Würde bestreiten, die wenigen Wochen bis dahin musste man noch durchhalten und gute Miene zum bösen Spiel machen. Aber danach, danach! Er erhob sich und öffnete die Tür zum Patio. Die Abendluft war angenehm und trug die Gerüche des Schlossparks herein. Er hätte es wirklich schlechter treffen können im Leben. Sein Magen erinnerte ihn daran, dass gleich das Abendessen aufgetragen wurde. Fast wohlgemut begab er sich hinunter zu den anderen.

...

Wilhelmina saß allein in ihrem Zimmer auf Schloss Barthow und das erste Mal, seit sie im Schloss wohnte, hatte sie fast so etwas wie Heimweh.

Das Abendessen war unangenehm gewesen. Vielleicht lag es daran, dass sie nur zu dritt gewesen waren und einfach keine Stimmung aufkommen wollte. Theresas Kinder waren nicht mehr da und Amadeus verbrachte den Abend mit seinen Kumpels. Die meiste Zeit hatte sie stumm mit Theresa und Carl Alexander am Tisch gesessen. Theresa war nachdenklich gewesen und hatte nicht viel geredet. Und Wilhelmina war es langsam leid, immer wieder zu versuchen, Carl Alexander in ein Gespräch zu verwickeln. Er interessierte sich nicht für das Leben der Familie Frank oder dafür, was gerade in der Stadt los war. Wann immer sie ein geschichtliches Thema anschnitt, setzte Carl Alexander zu einer Belehrung an und danach war das Thema für ihn erledigt. Wilhelminas Meinung war ihm gleichgültig.

Wilhelmina holte ihre Reisetasche hervor und hatte große Lust, alles hineinzuwerfen und zu verschwinden. Stattdessen wühlte sie darin herum, bis sie eine mit zahlreichen Blättern gefüllte Mappe fand. Es waren Übersetzungen von Briefen, welche die letzte Gräfin einst an ihre Verwandten nach Amerika geschickt hatte. Wilhelminas Vater hatte sie bei seinen eigenen Recherchen zur Familiengeschichte in den Siebzigern in die Hände bekommen.

Wahllos griff sich Wilhelmina einen davon heraus und als sie die vertraute Anrede sah, war ihr gleich wohler.

Brasilien, 1937
Meine liebe Swetka, liebe Maschenka,
ich bin schon wieder unterwegs! Und das Beste daran ist, dass ich wieder ganz in Eurer Nähe bin, nun, so gut wie. Immerhin befinden wir uns auf benachbarten Kontinenten, und ich versuche Alexander zu überreden, dass wir nach dem Ende der Grabungen erneut über einen Umweg nach Europa zurückkehren. Ich würde Euch so gern sehen und in unserer Sprache mit Euch plaudern! Mama unterhält sich nur auf Deutsch mit mir, wenn wir in Gesellschaft sind, und das ist fast immer der Fall. Und sie nennt mich Louise,

so wie es die von Barthows angefangen haben, selbst wenn wir doch einmal unter uns sind. Dabei hat sie mich vorher nie mit meinem zweiten Namen gerufen.

Ich merke jedenfalls, dass es meinen Lippen widerstrebt, die richtigen Laute zu bilden, jetzt, wo Dr. Schrader von mir lernen möchte, Russisch zu sprechen. Könnt Ihr Euch das vorstellen? Er merkt es aber nicht und lernt sehr fleißig.

Allerdings bin ich nicht nur als Lehrerin hier. Jetzt, da ich schon erprobt darin bin, als Helferin den Wissenschaftlern zur Hand zu gehen, fühle ich mich wie ein Fisch im Wasser. Ich wage zu behaupten, niemandem mehr im Weg zu stehen, im Gegensatz zu Alexander, der diese Kunst noch immer verfeinert! Und er macht sich über mein Rosenwasser lustig und über die sauberen Taschentücher, die ich immer mit mir führe. Dabei empfinden alle Wissenschaftler, auch die Männer, die Sauberkeit als äußerst angenehm, wenn wir schon die ganze Zeit im Schmutz wühlen. Und A.s Reisegepäck nimmt mindestens doppelt so viel Platz ein wie meines und seine ganzen Werkzeuge und den Chemikalienkoffer habe ich ihn dabei noch nicht einmal benutzen sehen. Nur der Portwein wird weniger, Flasche um Flasche. Aber er hält sich dieses Mal mit dem Trinken zurück und hat noch niemanden gegen sich aufgebracht.

Stellt Euch vor, dieses Mal versuchen die Geologen Beweise dafür zu finden, dass einmal alle Kontinente miteinander verbunden waren. Ist das nicht eine märchenhafte Vorstellung? Dafür graben sie sich durch die Gesteinsschichten hier an der Küste und vergleichen sie mit denjenigen, die wir in Westafrika freigelegt haben.

W. hat erst gestern zwei Proben untersucht und sie sind denen des schwarzen Kontinents sehr ähnlich. Das hat den Geist aller beflügelt und wir graben uns durch die Erdschichten wie fleißige Ameisen.

Es ist so eine Freude, allen bei der Arbeit zuzusehen und in einem anderen Leben, wer weiß, vielleicht wäre dann auch eine Wissenschaftlerin aus mir geworden. Alle sind so unermüdlich und konzentriert, aber es sind auch Scherzbolde unter ihnen, bei denen ich mich kugeln könnte, wann immer sie den Mund aufmachen, und Dr. Schrader und Dr. Dahl sind hervorragende

Sänger und sie verwöhnen unsere Ohren oft mit musikalischen Einlagen abends im Lager, vor allem wenn A. etwas von seinem Portwein abgibt. Gestern erst haben sie ein furchtbar kitschiges, aber schönes Liebeslied dargeboten, und ich hätte dabei so gerne neben W. gesessen. Aber ich habe es natürlich nicht getan, nur einmal angesehen habe ich ihn und in seinem Blick lag etwas so Bittendes, dass ich mich kaum losreißen konnte. Doch es musste natürlich sein und für den Rest des Duettes hatte ich die Augen geschlossen und habe versucht, an etwas anderes zu denken.

Und nun bin ich melancholisch und überhaupt nicht müde, obwohl ich den ganzen Tag in der Hitze gehackt und gehauen habe. Neben mir schnarcht Alexander schon, aber aus den anderen Zelten höre ich noch Stimmen. Ich würde gerne noch einmal frische Luft schnappen gehen, aber wer weiß, worin es endet? Vielleicht stelle ich mir besser vor, wie wir uns das nächste Mal sehen, und das wird mir das Einschlafen erleichtern.

Wir sehen uns bald! Es könnte sogar sein, dass ich schon bei Euch bin, wenn dieser Brief eintrifft, hier weiß man nie.

Viele liebe Grüße an Euch alle!
Eure Szybilla

Andächtig ließ Wilhelmina das Schreiben in ihren Schoß sinken. Die Briefe von Gräfin Sybille Louise enthielten keine wichtigen historischen Informationen, die Wilhelmina fürs Studium nützlich waren, und sie hatten Amadeus und ihr auch nicht verraten, wo sie den roten Beryll finden konnten.

Aber Wilhelmina hatte sie trotzdem dutzende Male gelesen und die Gräfin erschien ihr nun vertrauter als die noch lebenden von Barthows. Sie hätte sich gern mit Theresa und Carl Alexander über die Briefe ausgetauscht, schließlich hatten sie die Gräfin persönlich gekannt und hätten bestimmt viel über sie erzählen können.

Aber erstens hatte sie ihrem Vater versprochen, nicht zu verraten, dass sich die Briefe im Besitz der Familie Frank befanden. Seine Tochter sah es zwar nicht ganz ein, aber sie hielt sich an ihr Versprechen. Zweitens war sich Wilhelmina nicht sicher, wie die von Barthows auf die Briefe reagieren würden. Über die letzte Gräfin wurde nicht oft gesprochen, und wenn doch, dann machten sich Carl Alexander und Theresa meistens nur über deren ausufernden Lebensstil lustig. Dabei hatte Sybille Louise so viel für die von Barthows getan.

Wilhelmina legte das Schreiben wieder zurück in die Mappe und überlegte, vielleicht noch einmal hinunter in den Salon zu gehen. Carl Alexander und Theresa saßen bestimmt noch dort, tranken Portwein und schwiegen sich an. Wilhelmina schüttelte den Kopf und rief stattdessen ihre Mutter an. Mit der konnte man immer über alles reden und ihre Tochter hatte sich in letzter Zeit reichlich selten bei ihr gemeldet.

Kapitel 10

Sevim schob ihr Rad in Bernds Werkstatt, zum einen weil ihre Bremsbacken schon wieder komplett abgenutzt waren, und zum anderen wollte sie nachschauen, wie es Bernds Nase so ging.

Bernd war aber gar nicht da, sondern nur ein junger Kerl, vermutlich minderjährig, der sich als Bernds Azubi vorstellte, und den Sevim noch nie gesehen hatte.

Er wusste jedenfalls nicht, wann Bernd wiederkam, oder wie lange er schon fort war und er wusste auch nicht, wie viel er für die ausgetauschten Bremsbacken berechnen musste, also bezahlte Sevim einfach, was Bernd sonst immer verlangte.

Freya und Sevim hatten den gestrigen Nachmittag im Institut für Geologie verbracht. Dort waren sie auf die Namen von Leuten gestoßen, die den Grafen auf seine Expeditionen begleitet hatten. Sie hätte Bernd gerne erzählt, was sie herausgefunden hatten, einfach um zu hören, was er davon hielt.

Sevim hatte irgendwie den Eindruck, dass mehr hinter dem Verschwinden des Steins steckte. Natürlich tat es das. Einen wertvollen Stein legte man ja nicht einfach irgendwohin, wo man ihn dann vergaß und weg war er. Sevim vermutete nur mehr als das normal Vorstellbare – es fiel ihr schwer, das Gefühl in Worte zu fassen –, irgendein düsteres Familiengeheimnis, das sich wie Gift durch das Leben aller zog, die mit dem *Feuer des Nordens* zu tun hatten. Aber vielleicht hatte sie in ihrer Jugend auch einfach zu viele Mystery-Serien geschaut. Bernd hätte bestimmt gleich eine Theorie spinnen können.

Sie wog ab zu warten, bis er wiederauftauchte, aber warum eigentlich? Es war ja nicht das erste Mal, dass sie einem Verbrechen auf der Spur waren.

Im Institut für Geologie war Freya jedenfalls bewusst geworden, dass sie beim Durchblättern von Carl Alexander von Barthows Bildbänden immer etwas gestört hatte: Und zwar gab sich der Autor größtenteils Spekulationen zum Gemütszustand und den Motiven des Grafen hin. Nur am Rande wurde erwähnt, was die Wissenschaftler eigentlich während ihrer Expeditionen machten. Die Arbeit der Geologen wurde überhaupt nie in ihrem wissenschaftlichen Zusammenhang gezeigt. Vielmehr fand der Autor blumige Worte, wie sie an der Oberfläche der Erde kratzten und in ihr Inneres vordrangen, um ihr alle Geheimnisse zu entlocken blablabla ...

Im Archiv des Instituts lagerten aber die bloßen Fakten. Die Listen aller Teilnehmer bei den Expeditionen und Berichte zu ihren Untersuchungen, die schriftlichen Hinterlassenschaften aus deren professionellen und teilweise privaten Leben und alle Fotos von den Expeditionen im Original.

Sevim und Freya bemerkten schnell, dass die Fotos in den Bildbänden zugeschnitten worden waren oder der Autor hatte aus einer Reihe von Bildern dasjenige herausgesucht, auf dem der Graf am vorteilhaftesten zur Geltung kam. Im Institut sahen sie zum Beispiel, wie er sich sonnte, während die Wissenschaftler Bodenproben nahmen. Und auch die Dynamik zwischen Graf und Wissenschaftlern verschob sich. Ihre Mienen und Körpersprache wirkten distanziert und der Graf befand sich nicht in ihrer Mitte, sondern schien sich des Öfteren von der Seite ins Bild zu drängen. Außerdem war die Gräfin bei weit mehr Expeditionen dabei gewesen und hatte eine aktivere Rolle gespielt, als die Bildbände vermuten ließen. Zum Beispiel in den Vereinigten Staaten, wo die Geologen an verschiedenen Stellen in den Fels vordrangen, um Vorkommen von Blauquarz auszuwerten, sah man sie mit Hammer und Meißel. Hatte sie am Ende einen der Gesteinssplitter mitgenommen und über dreißig Jahre später kurz vor ihrem Tod in eine Schatulle gelegt?

Es musste so sein, beschloss Sevim. Erst das Quipu, dann der Blauquarz – das konnte kein Zufall sein. Die anderen Andenken aus der Kiste – die Muschel, der Kieselstein, die getrocknete Blume – ließen sich vorerst nicht so einfach zuordnen, die Gräfin war an zu vielen exotischen Orten gewesen. Freya schrieb sich aber alle Länder auf und nahm sich vor, sich mit der dortigen Pflanzenwelt zu beschäftigen. Sevim würde es nicht wundern, wenn ihre Freundin tatsächlich etwas herausfand, so akribisch wie sie war.

Am Ende hatten sie aber trotz aller Unklarheiten schon eine Idee, wer ihr Liebster gewesen war. Sevim hatte die Teilnehmerlisten, auf denen auch die Gräfin erschien, kopiert und in eine chronologische Reihenfolge gebracht. Wenn man die Listen verglich, tauchte mit dem Namen Sybille Louise von Barthow immer auch ein weiterer auf: Wolff Frey. Und das obwohl die Besatzung an Wissenschaftlern immer gewechselt hatte. Immer wenn er dabei war, war es auch die Gräfin, wenn man von der ersten Expedition nach Grönland absah. Zufall?

Danach nahmen sie sich die Mappen mit den Fotos noch einmal vor. Auf der Rückseite mehrerer Fotos waren die Namen der darauf abgebildeten Personen handschriftlich festgehalten und sie schafften es schließlich, Wolff Frey ein Gesicht zuzuordnen. Daraufhin betrachteten sie noch einmal alle Gruppenfotos, auf denen er mit Sybille Louise zu sehen war. Die beiden standen nie zusammen, und man konnte den Eindruck gewinnen, dass sie so viel Abstand zwischen sich brachten, wie es nur ging. Nie sah man die Gräfin ihm assistieren, mit ihm reden oder lachen, wie mit den anderen Wissenschaftlern. Entweder sie konnten sich auf den Tod nicht ausstehen und gingen sich aus dem Weg, oder ...

Sevim fühlte sich an die Gesamtschule erinnert, wo einer ihrer Mathekollegen, Herr Franz, das Lehrerzimmer für die Deutschlehrer immer gemieden hatte wie Pest und Cholera zusammen und alle erstaunt gewesen waren, als er und Frau Hindrich, Leiterin der Fachkonferenz

Deutsch, schließlich bekannt gegeben hatten, sie wären jetzt verheiratet.

Es war ja nur natürlich, dass sie keine Aufmerksamkeit erregen wollten, zumal der Graf ebenfalls immer anwesend war. Hinzu kam, dass Wolff Frey selbst nie geheiratet und auch keine Kinder hatte. Das machte es natürlich umso leichter, ihm ein Verhältnis mit der Gräfin anzudichten.

In seinen Unterlagen fanden sie auch seinen Nachruf aus der Lokalzeitung von 1971. Dort wurde er als Entdecker, Freund, Ersatzvater und Opa ehrenhalber verabschiedet und man bat statt um Blumen um Spenden, die man einer Organisation zugutekommen lassen wollte, die sich für die Stärkung der Rechte der südamerikanischen Ureinwohner einsetzte.

Unter den Trauernden standen dort etliche Namen, die auch in den Teilnehmerlisten späterer Jahre auftauchten sowie eine gewisse Magda Dahl und ihr Sohn Frowin. Ein gewisser Martin Dahl hatte vor dem Zweiten Weltkrieg an mehreren Expeditionen teilgenommen, auch das war sicher kein Zufall.

Sevim hatte gleich das öffentliche Telefonbuch auf ihrem Smartphone aufgerufen und tatsächlich gab es einen Frowin Dahl in der Stadt.

»Gut, dass er nicht Peter Müller heißt«, meinte Freya und Sevim konnte nur zustimmen.

Also riefen sie bei Frowin Dahl an, und er und seine Frau hatten nichts dagegen, dass sie am Samstagnachmittag vorbeischauten.

Die Dahls wohnten in einem Acht-Parteien-Haus, das auf Senioren zugeschnitten war. Das Ehepaar selbst trotzte dem Alter und Bücher, Bilder und Outdoor-Utensilien berichteten von zahlreichen Interessen und Hobbys.

Der Kaffeetisch war bereits gedeckt, in einer Vase rankten Wildblumen umeinander und eine Kerze verströmte dezentes Vanillearoma. Sevim entspannte sich. Sie plauderten ein wenig über ihren ehemaligen

Beruf – die Dahls waren ebenfalls Lehrer gewesen –, über die Wandermöglichkeiten nahe der Stadt und die exorbitanten Mietpreise.

»Aber Sie sind ja nicht gekommen, um zu hören, wie sich ein alter Mann beschwert«, kam Herr Dahl schließlich von sich aus auf das eigentliche Thema zu sprechen.

Freya war froh. Einfach so einen Fremden über jemanden auszufragen, der ihm vielleicht am Herzen gelegen hatte und der jetzt nicht mehr lebte, überstieg ihre soziale Kompetenz bei Weitem. Unter Umständen gab es traurige Stille, man musste zusehen, wie ein Erwachsener um Fassung rang oder es flossen sogar Tränen. Damit konnte Freya nicht umgehen. Sevim würde bestimmt die passenden Worte finden, aber trotzdem war es besser, wenn es gar nicht erst zu Gefühlsausbrüchen kam.

Herr Dahl hatte jetzt jedenfalls ein Fotoalbum hervorgeholt und zeigte es seinem Besuch. »Und hier sind wir zusammen in den Dolomiten. In dem Jahr hatte ich die Schule abgeschlossen und wusste nicht, was ich mit mir anfangen sollte. Da hat Wolff mich einfach den Rucksack packen lassen, hat meiner Mutter Bücher und Pralinen gekauft und ihr gesagt, sie soll sich mal etwas Ruhe gönnen, und dann sind wir losgezogen. So war er immer.«

»Das klingt, als wäre er ein guter Mensch gewesen«, meinte Sevim sanft.

»Der Beste, abgesehen von meiner Mutter.«

»Er war so eine Art Ersatzvater für Sie?«

»Ja. Mein Vater war ein Kollege von ihm. Er ist im Zweiten Weltkrieg geblieben und als Wolff nach Hause kam und gesehen hat, dass wir gerade so zurechtkommen, hat er sich um meine Mutter und mich gekümmert. Vielleicht weil wir ihm leidgetan haben, oder weil er keine eigene Familie hatte.« Frowin Dahl betrachtete versonnen ein Schwarz-Weiß-Foto, das ihn selbst und andere Jugendliche mit Wolff Frey vor einer Wanderhütte zeigte. »Ich habe mich immer darüber gewundert, weil er uns Kinder wirklich mochte. Er ist oft mit mir und meinen Freunden wandern gegangen. Viele von ihnen hatten ja auch keinen Vater mehr ...« Er klappte das Fotoalbum zu und legte es auf die Anrichte.

»Und in seinem Leben gab es niemanden?«, hakte Sevim nach.

»Er hat sich sehr bedeckt gehalten, wenn wir ihn gefragt haben, wo er so war und was er gemacht hat. Aber ich glaube schon, dass es da jemanden gab. Der Gedanke ist mir zum ersten Mal gekommen, als ich mich für ein Mädchen aus der Parallelklasse interessiert und ihn um Rat gefragt habe. Den hat er mir auch gegeben und ich hatte wirklich den Eindruck, er weiß, wovon er spricht.« Frau Dahl stellte ein Tablett mit Gebäckstücken auf den Tisch und Herr Dahl schenkte allen Kaffee ein.

Sevim biss in ein Stück Blätterteig, das ihr Frau Dahl aufgetan hatte, und dachte darüber nach, wie sie die nächste Frage möglichst sensibel formulieren konnte. »Ist es möglich«, meinte sie schließlich, »dass er ein Verhältnis mit einer Person des öffentlichen Lebens hatte, die außerdem verheiratet war?«

Herr Dahl nahm einen Schluck aus seiner Tasse. »Schon möglich. Es musste ja einen Grund dafür geben, dass er nie darüber geredet hat. Manchmal glaube ich auch, er wollte uns einfach schonen. Meine Mutter hätte bestimmt nichts dagegen gehabt, wenn er bei uns gelebt und ich einen richtigen Vater gehabt hätte ...«

Freya musste schlucken. Geschichten über den Zweiten Weltkrieg kannte sie von ihrer Oma. Ihr Mann war damals schwer verwundet aus dem Krieg zurückgekommen und war schließlich in den Fünfzigerjahren gestorben. Freya hatte ihren Opa väterlicherseits nie kennengelernt. Berichte über den Krieg machten sie immer ganz sprachlos und sie bewunderte Sevim, wie diese Frowin Dahl dazu brachte, aus seinem Leben zu erzählen.

»Ist es möglich, dass er mit jemandem aus der Familie von Barthow liiert war?«, fragte ihre Freundin nun.

»Den Namen habe ich ja schon ewig nicht mehr gehört.« Frowin Dahl dachte nach. »Jetzt schadet es ja sicher niemandem mehr, darüber zu spekulieren.« Erneut brach er ab und eine Weile hörten sie nur das Geschirr klappern. »Wolff hatte, glaube ich, ein gespaltenes Verhältnis zu der Familie oder zu wohlhabenden Leuten im Allgemeinen«, hob er schließlich an. »Das hatte mit der Art und Weise zu tun, wie er aufgewachsen ist. Er selber hatte ja auch keinen Vater, müssen Sie wissen, und seine Mutter hat den Lebensunterhalt verdient, indem sie bei den gut Betuchten sauber gemacht hat. Wolff hat Glück gehabt, weil er zu jung war, um in den Ersten Weltkrieg zu müssen, aber sein Vater und sein älterer Bruder sind dortgeblieben. Und viele von den Familien, bei denen seine Mutter geputzt hat, hatten auch keine Söhne mehr. Und irgendwie ist es wohl so gekommen, dass eine Familie für seine Ausbildung gezahlt und ihn aufgenommen hat. Dafür war er natürlich dankbar, denn sonst hätte er nie studieren können, aber es war auch schwer, weil er quasi zur Familie gehörte und seine Mutter aber weiterhin nur die Putzfrau war.« Er hielt inne und wirkte gedankenverloren. Bestimmt hatte er lange nicht mehr über seinen Ersatzvater geredet.

»Möchtet ihr noch einen Kaffee?«, fragte Frau Dahl sanft und Sevim und Freya nickten.

Nach einer Weile fuhr Herr Dahl fort: »Mit der Familie von Barthow war es ähnlich. Einerseits wollte er mit ihnen nicht allzu viel zu tun haben, aber andererseits finanzierten sie auch alle Expeditionen seines Instituts und er kam zwangsläufig immer wieder mit ihnen in Kontakt.« Er lachte leise. »Wolff hatte in seinem Erwachsenenleben nur einen Anzug besessen und den trug er jedes Mal, wenn er die Familie von Barthow besuchte. Sie richteten ja viele Wohltätigkeitsveranstaltungen aus und gaben Partys und so weiter und da wurde von den Mitarbeitern des Instituts natürlich erwartet, dass sie Präsenz zeigten. Hinterher suchte er immer das einfache Leben, hat er gescherzt. Aber er wirkte auch melancholisch, wenn er von so einer Veranstaltung kam, und es kann schon sein, dass er dort jemanden getroffen hat, der ihm mehr bedeutete. Er hat sich auch gern Bilder der von Barthows angeschaut, in den bunten Zeitschriften, die meine Mutter manchmal dahatte. Das fand ich seltsam, weil er ja stets erleichtert schien, wenn er von ihnen kam.«

»Haben Sie die von Barthow mal persönlich kennengelernt?«, wollte Sevim wissen.

»Nein. Das war eine Welt, die Wolff nie geteilt hat. Meine Mutter hätte sicher nichts dagegen gehabt, einmal aufs Schloss eingeladen zu werden, aber mich hat das nie interessiert. Er hat mich oft ins Institut mitgenommen, das fand ich viel spannender.«

Sevim nickte. »Er hat viel von seiner Arbeit erzählt?«

»Von seinen Forschungen, ja, und manchmal von den Expeditionen. Er hat ja jede Menge erlebt.«

»Er war auch dabei, als der rote Beryll gefunden wurde, nicht wahr?«, meldete sich schließlich Freya zu Wort. Jetzt wo sie über etwas Berufliches redeten, fiel es ihr leichter, Herrn Dahl zu befragen

»In Grönland, ja. Das war seine erste Expedition. Aber ...« Er sah Hilfe suchend zu seiner Frau.

»Erzähle es ihnen doch, ohne Beweise ist es nur eine Meinung, und wenn an den Vermutungen doch etwas dran ist, nimmst du die Information wenigstens nicht mit ins Grab!«

Frowin Dahls Mundwinkel zuckten und er sah sie zärtlich an.

»Sie sollten aber wissen, bevor ich irgendetwas erzähle, dass Wolff selbst nie darüber gesprochen hat. Er hat nichts verneint oder bestätigt, er hat nur abgewunken und das Thema gewechselt.«

Freya nickte und Sevim ließ ihr angebissenes Teilchen auf den Teller sinken und beugte sich vor.

»Nun gut«, fuhr Herr Dahl fort. »Während des Studiums hat mir Wolff in den Semesterferien Arbeit am Institut verschafft, meistens musste ich Experimente protokollieren, Kopien anfertigen oder Unterlagen aus dem Archiv besorgen, relativ einfache Tätigkeiten. Aber es hat mir Spaß gemacht und ich habe seine Kollegen, die auch Teilnehmer der Expeditionen waren, kennengelernt, und die hatten natürlich jede Menge Anekdoten zu erzählen. Und in meinem letzten Studienjahr, als mich alle schon gut kannten ... ehrlich gesagt weiß ich gar nicht mehr genau, wie es dazu kam, aber ich glaube, es war, weil wieder ein Foto vom Graf und der Gräfin auf der Titelseite der Lokalzeitung abgebildet war. Und die Gräfin trug natürlich den Beryll, den kannte in der Zeit jeder in der Stadt und darüber hinaus. Jedenfalls meinte der Kollege, dass

Wolff fein heraus wäre, wenn er von Anfang an jedem erzählt hätte, dass er in Wahrheit den Beryll gefunden hat und nicht der Graf. Wolff hat gar nichts gesagt – das hat er nie – und ich habe ihn daraufhin oft danach gefragt. Und am Ende tat es mir leid, weil ...«

Seine Frau berührte sanft seine Hand und er sammelte sich.

»Er ist ja unter ungeklärten Umständen ums Leben gekommen und ich habe mir oft gedacht, dass ihn der Fluch des Steins am Ende vielleicht doch eingeholt hat. So haben auch die Zeitungen darüber geschrieben.«

»Der Fluch«, flüsterte Freya.

»Nun, ich bin nicht abergläubisch, aber es war alles so seltsam und gar nicht seine Art. Er ist erfroren, müssen Sie wissen.« Er schluckte. »Es war alles einfach unerklärlich. Am Tag vorher war er gerade aus Südamerika zurückgekommen.«

»Hat die Polizei den Fall untersucht?«, hakte Sevim nach.

Herr Dahl nickte. »Sie haben absolut nichts herausgefunden. Niemand weiß, was er in den Stunden vorher gemacht hat oder was er am Institut wollte – dort hat ihn frühmorgens der Hausmeister gefunden. Die Polizei meinte, man hat Alkohol in seinem Blut gefunden und er muss dort auf einer Bank im Innenhof eingeschlafen sein.« Er schüttelte den Kopf.

»Hat er denn sonst nicht getrunken?«

»Doch schon, aber nie über die Maßen.«

»Und Sie haben sich doch bestimmt Ihre Gedanken gemacht, oder?«

»Nun, meine arme Mutter hat erst zwei Tage später aus der Zeitung davon erfahren. Wir waren ja nicht verwandt und die Polizei hat uns nicht informiert. Sie hat mich jedenfalls gleich angerufen und wir sind zur Polizei gegangen. Aber die haben uns nichts erzählt und wir selber wussten auch nicht viel. Er hatte meine Mutter von seiner Wohnung aus angerufen, dass er wieder gut angekommen ist und dass er am Wochenende vorbeischauen wollte. Er hat ihr nicht gesagt, was er vorhat oder ob er irgendwo hinwollte. Nur dass er sich richtig ausschlafen wollte. Ich habe Kontakt mit der Stiftung aufgenommen, für die er ehrenamtlich in Südamerika unterwegs war, um herauszufinden, ob dort vielleicht irgendetwas passiert ist. Aber die meinten, er habe freundlich und offen gewirkt, wie immer.«

»Sie haben eine Ahnung, wo er am Tag seiner Ankunft gewesen sein könnte, oder?« Sevim konnte geradezu spüren, dass sie gleich etwas erfahren würden, das dem Fall eine ganz neue Richtung gab.

Frowin Dahl verzog das Gesicht und schien mit sich zu ringen. Schließlich meinte er vage: »Ich weiß nicht mehr als jeder andere, es ist nur so ... wir haben uns um die Beerdigung gekümmert und meine Mutter hat in seiner Wohnung nach seinem Anzug gesucht und er war nicht da. Über einem Stuhl in seinem Schlafzimmer hingen die Sachen, die er normalerweise trug. Eine braune Cordhose, ein Hemd und ein Pullover, den ihm meine Mutter gestrickt hatte. Es sah also so aus, als hätte er sich umgezogen, bevor er das Haus verließ. Deshalb bin ich noch mal zur Polizei und habe gefragt, ob er seinen Anzug vielleicht anhatte, als er ... aber sie wollten mir nichts sagen und nach Südamerika hatte er ihn bestimmt nicht mitgenommen. Ich habe ihnen gesagt, falls er seinen Anzug anhatte, dann war er vor seinem Tod vielleicht im Schloss und sie meinten, sie würden dem nachgehen. Aber als ich ein paar Tage später noch einmal nachgefragt habe, meinten sie, es wäre ein Unfall gewesen, dass er wohl zu viel getrunken hätte und dass man dann nicht merkt, wie kalt es wirklich ist und man sich einfach hinlegt und schläft. Meine Mutter war nur froh, dass er nicht gelitten hat, aber ... er hat es trotzdem nicht verdient ...« Seine Stimme hatte einen rauen Unterton angenommen und seine Hand zitterte, als er die Kaffeetasse an den Mund führte.

»Wir hätten der Polizei vielleicht mehr auf den Wecker fallen sollen, aber unser Stefan war damals zwei Jahre alt und ich war hochschwanger«, meinte seine Frau fast entschuldigend.

»Und meine Mutter hat es so schon genug mitgenommen«, ergänzte Herr Dahl. »Wolff hat um sich selbst nie Aufhebens gemacht ...«

Freya blickte in ihren mittlerweile kalten Kaffee. Wo waren sie nur hineingeraten. Und alles nur, weil Seyhan auf dem Flohmarkt unbedingt ihre Kollegen hatte aushorchen wollen.

Sevim steuerte das Gespräch schließlich wieder in seichtere Gewässer. Sie ließen sich noch ein paar Fotos zeigen und leerten ihre Kaffeetassen, bevor sie die Dahls verließen.

»Lass' uns zur übernächsten Haltestelle laufen«, schlug Sevim vor, als sie wieder auf der Straße standen, »ich muss den Kopf frei kriegen.« Freya nickte.

»Vielleicht irrt er sich ja?«, meinte Freya, als sie in der Straßenbahn saßen. »Er war bestimmt traurig, als sein Ersatzvater gestorben ist und wollte wissen warum und vielleicht jemanden finden, dem er die Schuld dafür geben kann. Und über die Jahre hat er sich möglicherweise verschiedene Dinge zusammengereimt ...«

»Schon möglich«, gab Sevim zu und blickte aus dem Fenster. Draußen machten die Menschen ihre letzten Besorgungen für das Wochenende, oder bummelten einfach im lauen Sommerabend durch die Straßen, ohne etwas von Mord zu ahnen. Es wäre sicher einfacher zu glauben, Frowin Dahl hätte da vielleicht etwas missverstanden.

»Herr Dahl hat sich eigentlich ganz vernünftig angehört«, sagte sie schließlich. »Und ich glaube eher, es ist ein großer Schwindel, dass der letzte Graf das *Feuer des Nordens* gefunden hat, und dass irgendeiner von den von Barthows nach dem Tod der Gräfin alle Beweise dafür verschwinden lassen wollte und einen Mord begangen hat, als dass ein Fluch den Wissenschaftler und vermutlichen Geliebten der Gräfin dahingerafft hat! Ausgerechnet jetzt ist Bernd wieder nicht da!«, stieß Sevim hervor. Sie musste ziemlich laut geworden sein, einige Fahrgäste blickten schon zu ihr hin.

»Du willst Bernd doch bestimmt nicht um Rat fragen, wenn es um einen potenziellen Mord geht?! Schau' doch nur, was er uns alles eingebrockt hat, als wir es nur mit einem verschwundenen Edelstein zu tun hatten«, rief Freya entsetzt.

»Das muss das Unrecht sein, um das es in dem Brief geht. Wolff Frey hat das *Feuer des Nordens* gefunden und nicht der Graf von Barthow. Aber seine Familie konnte es irgendwann nicht mehr zugeben, weil der Stein so berühmt geworden war und sich alle plötzlich wieder für die Familie interessiert haben.«

»Er hätte den Fund ja zu Lebzeiten für sich beanspruchen können, hat er aber nicht. Also war es ihm vermutlich egal«, gab Freya zu bedenken.

»Das glaube ich nicht. Es war doch vielmehr so, dass der Graf alle in der Hand hatte. Er hat die Expedition nach Grönland finanziert und im Austausch dafür hat man ihm wahrscheinlich die Ehre des Fundes überlassen. Wolff Frey war damals einer der jüngeren Teilnehmer, bestimmt hatte er keine Wahl!« Sevim wand sich rastlos in ihrem Sitz.

»Und warum hat die Gräfin nie etwas unternommen?«, fragte Freya.

»Sie war ja nicht dabei, vielleicht hat sie es anfangs selber nicht gewusst. Und dann hat sie ja von dem Mythos profitiert und stand wegen des Steins immer im Mittelpunkt. Vielleicht hat sie den Grafen auch mit dem Wissen erpresst, wer weiß?«

»Und was soll Bernd da machen?«

»Keine Ahnung«, gab Sevim zu. »Ihm würde ich eher zutrauen einen möglichen Mord aufzuklären als uns. Wenn die Polizei damals keine Beweise gefunden hat, dann gibt es entweder keine oder alle Spuren sind jetzt kalt. Immerhin ist das Ganze jetzt über vierzig Jahre her.«

»Aber vielleicht finden wir noch genug Beweise dafür, dass Wolff Frey der Finder des Steins ist«, schlug Freya vor, nicht weil sie erpicht darauf war, die Sache weiterzuverfolgen, sondern weil ihr das sicherer erschien, als einen Mörder zu finden. Mit so jemandem wollte man einfach nichts zu tun haben.

»Du hast recht. Wir müssen noch einmal ins Archiv für Geologie und uns die Unterlagen von allen anschauen, die auch auf der Expedition nach Grönland dabei waren. Und mit dem Wissen kann man dann die von Barthows konfrontieren und vielleicht genug Staub aufwirbeln, dass auch der Mörder entlarvt wird!«

Freya war skeptisch und hätte sich für ihren Vorschlag ohrfeigen können. Falls man Beweise fand, dann musste man sie der Polizei übergeben. Vielleicht war es doch besser, Bernd wieder mit ins Boot zu holen. Wer einfach so fremde Autos reparierte, obwohl er eine Fahrradwerkstatt hatte, und Schlösser knackte, schreckte vielleicht auch nicht vor einem Mörder zurück.

...

Sevim war auf der richtigen Spur, wenn sie dachte, dass der Mythos, den die von Barthows um das *Feuer des Nordens* errichtet hatten, mit der Wahrheit nicht viel zu tun hatte. Der letzte Graf war nicht unbedingt der furchtlose Abenteurer gewesen, den sein Neffe Carl Alexander in seinen Büchern aus ihm gemacht hatte. Und die letzte Gräfin hätte es durchaus verdient gehabt, dass jemand ihre Biografie schrieb. Im Archiv der von Barthows zeugten zahlreiche Schreiben von ihrem Leben, ganz abseits von Partys und gesellschaftlichen Ereignissen. Jedoch waren die Einzigen, die Zugang dazu hatten, die von Barthows selbst …

Schloss Barthow, August 1945
Liebe Josephine,
endlich kann ich glauben, dass der Krieg wirklich vorbei ist! Es tut mir so leid, dass Du so viele verzweifelte Briefe schreiben musstest, bevor ich Dir endlich antworte. Es geht uns allen gut! Dass ich mich nicht gemeldet habe, liegt vor allem daran, dass wir immer noch alle Hände voll zu tun haben mit den Verwundeten. Jetzt sind es sogar noch mehr, weil alle nach Hause kommen und viele nicht wissen wohin.
Es ist ein Wunder, dass das Schloss völlig unversehrt geblieben ist und wir haben auch noch fast alle Pferde. Ist der Fluch des Feuers gebrochen? Endlich? Der Stein war verschlossen. Wann hätte ihn auch jemand tragen sollen, es sind ja alle fort. Es scheint, als hätten wir alle Vernunft angenommen in diesen schrecklichen Zeiten.
In der Stadt sind große Teile in Schutt und Asche gelegt, aber die Menschen machen sich bereits wieder daran, alles aufzubauen und sie nehmen wir uns zum Vorbild. Louise ist unermüdlich, wenn es darum geht, Platz zu ma-

chen, für die Genesenden eine Beschäftigung zu finden, damit sie wieder auf eigenen Füßen stehen, und Essen für alle heranzuschaffen. Und Louise und ich betätigen uns weiterhin als Pflegerinnen.

Ich kann mir gar nicht mehr vorstellen, wie es einmal war, als wir im Schloss gefeiert und gelacht haben und es unsere größte Sorge war, ob Winterprinz das geforderte Stockmaß erreicht, oder wie wir bei den Braunen die Hufrehe behandeln. Aber ich tue Louise Unrecht, wenn ich behaupte, wir würden nicht lachen. Der Krieg scheint ihrer Stimmung keinen Abbruch getan zu haben. Sie scherzt mit den Soldaten und unterhält sie. Erst fand ich es befremdlich, schließlich ist der Krieg eine ernste Angelegenheit, aber sie schlägt sich sehr wacker und hebt die Moral bei den Männern, sodass sie mit anpacken, sobald sie einigermaßen genesen sind.

Bedienstete haben wir nur noch eine Handvoll. Viele sind entweder nicht aus dem Krieg zurückgekommen, oder Louise hat sie mit ihren Familien nach Amerika geschickt, damit sie nicht abgeholt werden. Wie sie an das Geld für die Visa und die Schiffspassagen gekommen ist, weiß ich nicht, aber ihre Quellen scheinen unerschöpflich.

Carl Constantin und seiner Familie geht es den Umständen entsprechend gut. Sie haben das vergangene Jahr in der Schweiz verbracht und sind schon auf dem Weg nach Hause. Auch von Alexander haben wir kürzlich gehört. Er befindet sich gesund und sicher in Melbourne. Wir hatten eigentlich gehofft, dass er gleich zurückkommen würde, jetzt wo nicht mehr gekämpft wird. Aber er scheint dort Verpflichtungen eingegangen zu sein, die er nicht einfach hinter sich lassen kann. Das verstehe ich, so war er schon immer und er wird sich jetzt nicht mehr ändern. Nur Louise scheint nicht gut auf ihn zu sprechen zu sein, und sie nimmt es ihm übel, dass er uns während des Krieges alleine gelassen hat. Doch er ist, wie er ist. Wenn er nicht in Südamerika und Australien gewesen wäre, hätte er sicher an die Front gemusst, und dann wäre er jetzt vielleicht nicht mehr am Leben.

Mir ist auch ein großer Stein vom Herzen gefallen, als ich gelesen habe, dass es Euch allen gut geht, und ich werde Eure Einladung annehmen, sobald wieder Ruhe und Ordnung eingekehrt ist und man reisen kann.

Für heute muss ich schließen, es ist noch so viel zu tun. Aber bald habe ich

mehr Zeit zum Schreiben und für nun hoffe ich, dass der Brief Euch auch erreicht.
Ich umarme Euch ganz fest!
Liebe Grüße
Eure Magdalena

Kapitel 11

Inga Frank wand sich unruhig auf dem gepolsterten Stuhl im Café des Esplanade Grand Hotels. Es war als Kaffeehaus ganz nach Wiener Vorbild gestaltet und eingerichtet. In einer knappen halben Stunde war sie hier mit Theresa verabredet. Aus Angst zu spät zu kommen, hatte sie es mit der Pünktlichkeit übertrieben, und wenn sie nicht von einem Sommergewitter überrascht worden wäre, hätte sie lieber vorm Eingang auf Theresa gewartet.

Nie im Leben hätte sie von sich aus einen Fuß hier herein gesetzt. Aber der Pförtner in seiner schicken Uniform hatte ihr sofort die Tür aufgehalten und schon war sie in dem Prachtbau gefangen gewesen. Im Inneren hatte sich eine marmorne Treppe erstreckt, die wohl zu den Etagen mit den Hotelzimmern führte, aber wo es zum Café ging, das stand nirgends. Inga hatte sich überwunden, an der Information nachzufragen, und wurde persönlich dorthin begleitet.

Und hier saß sie nun. Ein Kellner mit weißem Hemd und schwarzer Weste hatte sie zu dem Tisch geführt, den Theresa reserviert hatte, und brachte ihr die Karte. Inga schüttelte schnell den Kopf und war ein bisschen sauer auf Sebastian, ihren Mann. Warum war er nie mit ihr hierhergegangen, oder in ein feines Restaurant und in die Boutiquen, in denen Theresa vermutlich einkaufte? Dann hätte sie sich an die feine Umgebung gewöhnen und sich oft genug sagen können, dass hier auch alle nur mit Wasser kochten. Als sie ihm erzählt hatte, dass Theresa sie zum Brunch einladen wollte, da hatte er nur heruntergebetet, wie sie sich wann verhalten sollte, was sie anzuziehen hatte, welche Themen sie anschneiden könnte und worüber sie auf keinen Fall reden sollte. Als ob sich das irgendjemand merken konnte. Es war genau wie vor ein paar Wochen, als sie die von Barthows zum ersten Mal im Schloss besucht hatten. Auch damals kam sie sich vor wie ein ungebetener Gast und sagte aus Nervosität lauter dumme Sachen.

Fünf Minuten vor der verabredeten Zeit betrat Theresa das Café und die Kellner nickten ihr freundlich zu. Scheinbar kam sie öfter hierher. *Kein billiges Vergnügen*, dachte Inga. Sie hatte die Zeit totgeschlagen, indem sie in der Karte blätterte. Für einen Kaffee bezahlte man hier locker das Doppelte wie anderswo und für den Preis von einem Stück Torte konnte man sicher zwei Kuchen backen, Junge, Junge.

Sie presste die Lippen zusammen, damit ihr das nicht herausrutschte, und erhob sich. Theresa begrüßte sie mit einer Umarmung, die Inga etwas steif entgegennahm.

»Bist du schon lange hier? Hast du schon etwas bestellt?«
»Ach, wo«, winkte Inga ab. »Ich dachte, ich warte lieber auf dich.«
»Das ist nett von dir«, erwiderte Theresa.

Sie sah tadellos aus, fand Inga. Vom Knie umspielenden Rock und der perfekt sitzenden Bluse bis hin zu den dezenten Ohrringen und dem unaufdringlichen Lippenstift. Inga kam sich plötzlich vor wie ein Clown. Unauffällig blickte sie an sich herunter, ob vielleicht ihre Bluse spannte. Sie zog sie sonst nur zu festlichen Anlässen an und der letzte war die Abifeier von Amadeus gewesen, und das war schon ein paar Jahre her. Nervös zupfte sie ihr Oberteil zurecht und merkte plötzlich, wie ihre Ohrringe mit jeder Bewegung mitgingen. Es waren ihre Lieblingsohrringe, Modeschmuck aber trotzdem sehr schick. Oder etwa doch nicht? Und ihre Haare? Sie hatte sie heute Morgen mit besonderer Sorgfalt geföhnt und mit so viel Haarwachs und Haarspray in Form gebracht, dass auch garantiert keine Strähne ihren eigenen Weg ging.

Theresa fuhr sich gerade durch ihren eleganten grauen Bob und bestellte beim Kellner ihr Frühstück. Inga nahm einfach das Gleiche, obwohl sie in Gedanken gewesen war und gar nicht mitbekommen hatte, was es war.

Als ihr Essen kam, ärgerte sie sich über sich selbst – Omelette mit Ziegenkäse und Obstsalat mit Stachelbeeren. Wer bestellte so etwas denn freiwillig, vor allem, wenn man sich alles leisten konnte? Und zum Frühstück noch dazu? Wie sollte sie das nur herunterbringen? Ein Gutes hatte ihr Ärger jedoch: Er brachte sie zur Räson und sie nahm sich vor, einfach so zu sein, wie sie eben war. Sollte sich Sebastian doch mit den von Barthows treffen, dann konnte er sich an die ganze Etikette halten.

»Wilhelmina macht sich wirklich gut«, nahm Theresa den Faden wieder auf, bevor der Kellner sie unterbrochen hatte. »Sie ist sehr interessiert, wie der Alltag auf Schloss Barthow abläuft, und stellt intelligente Fragen. Außerdem kann sie gut mit Menschen umgehen. Ich habe sie gefragt, ob sie vielleicht in den Semesterferien aushilfsweise ein paar Führungen leiten möchte.«

»Oh, das gefällt ihr bestimmt. Wenn an ihrer alten Schule Tag der offenen Tür war, hat sie den zukünftigen Fünftklässlern das Schulhaus gezeigt.«

Theresa nickte höflich.

»Es ist so nett von dir, dass du Amadeus und Wilhelmina eine Chance gibst. Sie haben zwar gute Noten und strengen sich an. Aber heutzutage ist es ja so schwer, einen guten Job zu finden, weißt du?«

»Ich bin mir sicher, die beiden werden ihren Weg gehen.«

»Ja, aber wenn einen die Familie unterstützt, hat man es viel leichter!«

»Das stimmt«, musste Theresa zugeben.

»Deine eigenen Kinder sind ja auch ziemlich erfolgreich.«

Theresa nickte lächelnd.

»Glückwunsch! Das ist ja nicht immer selbstverständlich, wenn die Eltern viel Geld haben. Die meisten Kinder denken dann, sie müssen sich nicht anstrengen.«

»Das Problem hatten wir mit Diana und Kilian glücklicherweise nicht.«

»Schade, dass dein Mann nicht mehr erlebt, wie erfolgreich die beiden sind. Oh, ich hoffe, das war jetzt nicht unhöflich.«

»Er war sich der guten Eigenschaften unserer Kinder durchaus bewusst«, entgegnete Theresa diplomatisch.

»Ja, Sebastian findet es auch ganz toll, was die Kinder machen, und dass sie sich so für die Familiengeschichte interessieren. Also, für meine Seite natürlich nicht, meine Familie hat keine Geschichte, haha ...«

Theresa widmete sich ihrem Omelette und hätte sich am liebsten einen Cocktail bestellt. Sie begann zu ahnen, worauf das Ganze hinauslief und Inga fackelte dann auch nicht lange.

»Sebastian hatte es nie so ganz einfach. Seine Eltern hatten immer zu hohe Erwartungen.«

Sie stocherte in ihrem Omelette herum und wartete ab, ob Theresa vielleicht gleich anbiss, aber den Gefallen tat sie ihr natürlich nicht.

»Sebastian hat ja Architektur studiert, weil seine Eltern das so wollten. Aber als er dann fertig war, haben sie gar keine Architekten gesucht. Also hat er erst einmal woanders angefangen, und das fällt einem später natürlich auf die Füße, wenn man keine Erfahrungen hat.«

»Ja, das ist leider so.«

»Jetzt hat er einen guten Job in einem Autohaus und sein Chef hält ziemlich große Stücke auf ihn. Aber ein bisschen ist es schon unter seinem Niveau.« Abwartend pickte sie die Erdbeeren aus ihrem Obstsalat.

Theresa überlegte, wie sie geschickt das Thema wechseln konnte. Aber dann dachte sie daran, wie sie ihr Studium immer wieder unterbrochen hatte, um zu reisen und wie sie sich danach ganz selbstverständlich nicht nach einer Stelle umgesehen hatte, ganz einfach, weil es niemand von ihr erwartete und es auch gar nicht nötig war. Und wenn Tante Louise ihr nicht die Verantwortung für das Schloss übertragen hätte, wer weiß, vielleicht hätte sie dann nie in ihrem Leben einen Beruf gehabt. Alexander genauso. Auch er profitierte in mehrfacher Hinsicht von der Familie. Und er hatte Sebastians Familie regelrecht aus dem Schloss geekelt damals, das musste man so sagen.

»Das ist schade, wenn jemand sein Potenzial nicht richtig entfalten kann«, meinte sie schließlich.

»Nicht wahr?« Inga nickte eifrig. »Ich bin ja so froh, dass du es genauso siehst. Und man braucht auch immer Glück im Leben.«

»Ja, natürlich.« Theresa überlegte, was sie Inga erzählen konnte, ohne ihr allzu große Hoffnungen zu machen.

»Sebastian könnte auch viel zur Familie beitragen«, fuhr Inga fort.

»Selbstverständlich«, antwortete Theresa automatisch, obwohl sie sich nicht vorstellen konnte, was genau das sein sollte. »Es ist nur so, dass es auf Schloss Barthow derzeit keine ausgeschriebenen Stellen gibt, und wenn es welche gibt, werden sie für gewöhnlich von der Stadt besetzt. Wir haben zwar Mitspracherecht, aber ...«

»Nein, so meinte ich es gar nicht. Ich dachte nur, du kommst ja so viel herum und hörst auch viel und da wäre es furchtbar nett, wenn du Sebastian mit den Informationen ein bisschen unter die Arme greifst. Zum Beispiel, wenn es jetzt bei der Stadtplanung eine offene Stelle gäbe und du erfährst davon, dann könntest du es uns ja erzählen. Solche Stellen werden ja auch oft unter der Hand vergeben, stimmt's?«

»Das kann vorkommen.«

»Sebastian würde sich ja auch erkenntlich zeigen.«

»Oh, aber Inga, das ist wirklich unnötig.«

»Nein, nein. Er hat etwas, das für die Ausstellung bestimmt interessant ist. Und vielleicht schreibt dein Bruder ja auch ein Buch darüber.« Sie blickte kokett über den Rand ihrer Kaffeetasse.

»So?«, machte Theresa nur und widmete sich ihrem Obstsalat.

»Ja, er hat wichtige Dokumente.«

Theresa wurde hellhörig, hielt es aber für besser, nicht nachzufragen. Sie war sich ziemlich sicher, dass Inga bereits darauf brannte, alles auszuplaudern.

»Aber sag' niemandem, dass ich es dir erzählt habe.«

»Nun, noch hast du mir ja nichts darüber erzählt und es liegt allein bei dir, dass es so bleibt.«

»Also, es sind Briefe, von denen keiner sonst weiß.«

»Außer der Familie Frank«, stellte Theresa fest.

»Genau!«, rief Inga stolz. »Sebastian hat sie aus Amerika mitgebracht, als er dort war. Das ist jetzt schon ewig her. Es sind Briefe von der alten Gräfin an ihre Verwandten. Da stehen ganz schön aufregende Dinge drin. Nur leider nicht, wo sie den Stein versteckt hat. Aber trotzdem.« Sie hielt inne, gerade so, als müsste sie sich mit Gewalt bremsen. »Also, wie gesagt. Von mir hast du das nicht.«

»Natürlich nicht«, raunte Theresa verschwörerisch. Ihre Gedanken überschlugen sich jedoch. Sie konnte ihr Versprechen soweit halten, dass sie Alexander nichts von den Briefen erzählte. Er war noch nie gut auf die Gräfin zu sprechen gewesen und es würde ihn nicht interessieren, was sie über die Familie geschrieben hatte. Ob auch etwas über sie selbst darinstand? Die Gräfin war Theresa gegenüber immer überaus zuvorkommend gewesen, aber die Ressentiments ihrer Eltern und ihres Bruders hatten Theresa davon abgehalten, ein herzliches Verhältnis zu ihr aufzubauen.

Sie kam zu dem Schluss, dass es das Beste wäre, das Thema irgendwann bei Wilhelmina anzusprechen. Nach der Jubiläumsfeier vielleicht.

Und was die *ganz schön aufregenden Dinge* betraf, war sich Theresa sicher, dass es nichts gab, was die Familie nicht schon wusste, sonst hätte es sich dieser Sebastian bestimmt schon zunutze gemacht. Obwohl sie überzeugt davon war, dass kein Erpresser in ihm steckte, dafür fehlte ihm der Schneid.

»Du hast dein Omelette gar nicht aufgegessen«, lenkte sie das Gespräch schließlich in eine andere Richtung.

Auf Ingas Teller tummelten sich traurig sämtliche Ziegenkäsebrocken, die ihr Omelette ungenießbar gemacht hatten. Theresa bezahlte für beide und Inga versprach, sie beim nächsten Mal einzuladen.

Das nächste Mal würde nicht sehr bald sein, beschloss Theresa. Sie mochte Wilhelmina sehr, aber ihre Eltern ... Er unzufrieden, sie ungeschickt im Umgang, aber sie gehörten nun mal zur Familie.

Zurück auf Schloss Barthow ging sie durch die Ausstellung und fragte sich, ob sie die Franks jeden Tag ertragen könnte. Bei ihrem ersten Besuch hatte sie Inga noch als erfrischend empfunden, aber im Grunde suchte sie auch nur ihren Vorteil.

Sie betrachtete die Vitrine, in der die wenigen Erinnerungsstücke der letzten Gräfin ausgestellt wurden. Welche Geheimnisse hatte sie ihren Verwandten wohl anvertraut? Sie hielt inne, umrundete die anderen Vitrinen und zählte die Ausstellungsstücke. Also wirklich! Sie musste ein ernstes Wort mit Carl Alexander reden. Allein ein flüchtiger Blick reichte, um festzustellen, dass vier Objekte fehlten. Und nicht nur Kaffeetassen und silberne Zuckerlöffel, von denen es noch genügend Platzhalter gab, sondern auch ein Brieföffner mit Perlmuttgriff und eine Stola der Gräfin, die einst die Farbe des roten Berylls gehabt hatte. Ihr angestammter Platz war leer und die ihnen zugeteilten Plaketten lagen nutzlos herum. Mit dem bevorstehenden Jubiläum hatte sie keine Zeit, sich um solche Kindereien zu kümmern!

...

Sie konnte ja nicht wissen, dass ihr Bruder schon seit Wochen kein kindisches Vergnügen mehr dabei empfand, Ausstellungsgegenstände, die einmal im privaten Besitz seiner Vorfahren gewesen waren, ein paar Stunden lang für sich selbst zu vereinnahmen. Es graute ihm im Gegenteil davor, zwischen den Vitrinen durch die Gänge zu laufen, ein von ihm gefordertes Objekt herauszuholen und für immer aus der Reichweite der Familie zu entfernen, indem er es an diese fürchterliche Person übergab.

Obwohl er sich eingestehen musste, dass es ihn irgendwie beruhigte, wenn sich jemand bestechen ließ und im Gegenzug ein Geheimnis bewahrte.

Viel beunruhigender waren Leute, denen die Wahrheit über alles ging, auch wenn sie sehr viel glanzloser war als der Mythos, den sein Onkel dank seiner Einbildungskraft geschaffen hatte und von dem im Laufe der Jahrzehnte so viele profitierten. Wissenschaftler, die das *Feuer des Nordens* in ihrer Geröllsammlung weggeschlossen hätten, als wäre es nichts weiter als gepresster Kohlenstoff und Einschlüsse von Phosphor.

Gestern erst hatte er die Bastarde ins Gebet nehmen müssen, die dachten, sie konnten hier auf Schloss Barthow genießen, was ihre Vorfahren geschaffen hatten und sich dann einfach aus der Affäre ziehen, wenn es brenzlig wurde.

»Wir würden dir ja gern helfen, aber das ist einfach nicht richtig«, hatte der kleine Schwächling gemeint und ihm dabei kaum in die Augen zu blicken gewagt.

»Ich hab' auch ein schlechtes Gewissen wegen Theresa«, hatte seine Schwester hinzugefügt, »sie war immer so nett zu uns und ich will sie nicht weiter anlügen.«

Carl Alexander hatte sich schon sehr beherrschen müssen im Angesicht solcher Feigheit. Er hatte die beiden schließlich ins Visier genommen, wie er es bei Theresa oft beobachtet hatte, wenn ihre Kinder über die Stränge schlugen.

»Man kann sich nicht aussuchen, ein von Barthow zu sein. Man ist es voll und ganz und trägt die Entscheidungen seiner Vorfahren, ob sie glanzvoll waren oder einen selbst ins Elend stürzen könnten. Oder man wendet der Familie den Rücken zu und genießt auch nicht mehr ihre Privilegien. Der Name, das Ansehen, das Leben im Schloss und alle offenen Türen in der Gesellschaft, das hat seinen Preis, und ihr könnt nicht die Annehmlichkeiten genießen ohne ihn zu zahlen.«

Gespannt hatte er beobachtet, wie seine Worte wirkten. Wilhelmina hatte kleinlaut zu Boden geblickt, aber Amadeus hatte sich schnell berappelt und zu Widerworten angehoben.

»Euer Vater«, er hatte eine Pause eingelegt. »Euer Vater ist hier im Schloss aufgewachsen und vielleicht stellt er sich ja vor, wie er seinen Lebensabend hier verbringt? Wollt ihr nun eine Brücke abreißen, die er über die Jahre gebaut hat?«

»Natürlich nicht!«, hatte Wilhelmina rasch erwidert. »Es ist bloß …«

»Nicht zu vergessen«, Carl Alexander war nicht auf sie eingegangen, »dass sich Theresa auf euch verlässt. Was soll sie tun, wenn ihr sie alleine lasst? Und ich rede nicht nur von der unmittelbaren Zukunft. Sie ist auch nicht mehr die Jüngste und die Verwaltung von Schloss Barthow geht an ihre Kräfte. Sie sieht sich schon nach einem Nachfolger um. Oder einer Nachfolgerin. Das Schloss gehört uns schon lange nicht mehr. Das Einzige, was wir tun können, ist, von seinem Inneren aus im Sinne unserer Vorfahren zu schalten und zu walten.«

Die kleine Rede hatte Eindruck gemacht und die Geschwister verließen bedrückt den Raum, nachdem sie ihm versichert hatten, nun eigentlich war es mehr Wilhelmina, die ihnen zugedachte Rolle während des Jubiläums zu spielen.

Carl Alexander ließ sich in seinen Ohrensessel sinken. Sein Onkel hatte so viel auf sich genommen. So viel ... sein Geheimnis hatte der Gräfin Macht über ihn gegeben, die sie schließlich benutzte, um die von Barthows zu ruinieren.

Vierzig Jahre lang hatte es ihn innerlich zerfressen, und er war nur noch ein Schatten seiner selbst, als er es Carl Alexander auf seinem Sterbebett gestand. Dieser wiederum bewahrte, was ihm anvertraut worden war, und es kamen noch mehr Geheimnisse hinzu, um dieses Andenken zu schützen. Fast fünfzig Jahre lebte er nun damit. Und die jüngere Generation würde nicht einmal wenige Wochen durchstehen, nicht einmal einen Bruchteil des Wissens schultern, das Carl Alexander seit Jahrzehnten mit sich herumtrug?

Er musste sich eingestehen, dass Theresas Kinder dabei Wilhelmina und Amadeus in nichts nachstanden. Auch sie würden im Bruchteil einer Sekunde allen Ballast abwerfen, der von der Familie ausging. Wofür quälte er sich eigentlich noch? Für wen?

Er lachte, halb belustigt, halb verbittert über den Gedanken, der sich in ihm breitmachte. Natürlich gab es eine Person, welche die Familie verehrte und ihrer habhaft zu werden versuchte, Stück für Stück. In ihren Händen wäre das Geheimnis wieder sicher. Aber ihr die Macht zu geben, die einst die Gräfin besaß – undenkbar! Oder doch nicht?

Er haderte noch mit sich selbst, als er sich zum Kaffee nach unten begab. Die Aussicht, die nächste Stunde in Gegenwart der Bastarde verbringen zu müssen, überzeugte ihn mehr und mehr, das Ruder aus den Händen zu geben. Vielleicht war es ein Wink des Schicksals?

...

Bernd hatte von sich hören lassen. Er brannte darauf, sie auf ihrem erneuten Besuch im Institut für Geologie zu begleiten. Sie trafen ihn bei Suzette, die ihm Kaffee machte und forderte, er solle ihre Mädels bloß nicht wieder in Schwierigkeiten bringen.

Sevim hatte ihr Schminkzeug mitgebracht, und während sie ihn auf den neuesten Stand brachte, betupfte sie seine Nase sanft mit einem Schwämmchen und puderte sie ab. Der Ton war für Bernd eigentlich zu dunkel, aber die Mitte seines Gesichts erinnerte bereits viel weniger an Kartoffel-Aubergine-Auflauf und er wirkte so unauffällig, wie es nur ging. Es flogen ihm natürlich trotzdem alle Blicke zu, als sie sich an einem Tisch im Archiv des Instituts einrichteten.

»Wäre es nicht toll gewesen, wir hätten für unsere Seminararbeiten einen verschwundenen Schatz suchen müssen oder einen Todesfall aufklären?«, meinte Sevim, als sie sich an die Arbeit machten. »Dann wäre ich viel motivierter gewesen, die ganzen Sachen zu lesen und zwanzig Seiten darüber zu schreiben.«

Freya zuckte mit den Schultern. Beim Arbeiten schreiben musste man sich wenigstens nicht mit anderen unterhalten oder, schlimmer noch, mit Unbekannten in einer Gruppe zusammenarbeiten.

»Ich war nur einen Tag an der Uni«, erwiderte Bernd, »das hat mir gezeigt, dass der Weg der institutionalisierten Bildung nicht der meine ist.«

Sie saßen über gebundenen Berichten und Fotos in Ziehharmonikamappen gebeugt und Sevim erstellte eine Liste. An der Expedition nach Grönland im Jahre 1928 hatten insgesamt dreizehn Leute teilgenommen, einschließlich des Grafen.

»Dreizehn? Und da wundern sie sich, dass sie einen Fluch auf sich laden?«, kommentierte Freya.

»Ich glaube, das hat damals schon keinen Wissenschaftler davon abgehalten, etwas zu erforschen«, entgegnete Sevim.

Die meisten Teilnehmer waren jedenfalls Mitarbeiter des Instituts für Geologie, darunter Wolff Frey mit fünfundzwanzig Jahren der Jüngste. Begleitet wurden sie von zwei Ingenieuren, einer Chemikerin und einer Archäologin.

Sie besorgten sich alle Berichte, die mit einem Verweis zur Expedition gekennzeichnet waren, und teilten sie in drei Stapel auf, einer für jeden. Bernd hielt gerade einmal vier DIN-A4-Seiten lang durch.

»Alles, was hier drinsteht, geht konform mit der öffentlichen Meinung. Das kann's nicht sein!«

Das ist die Essenz von Bernds Charakter, dachte Sevim belustigt.

Bernd tigerte eine Weile durch den Raum, kritisch beäugt von dem mürrischen Mann, der die Berichte und Kopierkarten ausgab. Schließlich ließ er sich zwischen Kopierer und Papierkorb nieder und schloss die Augen.

Sevim und Freya gingen derweil die übrigen Berichte durch und mussten Bernd eins ums andere Mal recht geben. Nichts darin widersprach der offiziellen Version, die auch die von Barthows vertraten.

Bernd sprang auf: »Tod! Das ist es, darum geht es!« Er musste sich ein paar Sekunden besinnen, weil seine Nase von dem abrupten Aufstehen unangenehm pulsierte, und setzte sich dann vor einen der Computer. Zögerlich beäugte er den Bildschirm von allen Seiten.

»Der ist über zehn Jahre alt und es ist bestimmt keine Kamera dran«, versicherte ihm Freya.

»Erklärst du mir bitte noch mal, wie das mit dem Verweis ging?«

Freya führte ihn durch die Suchmaske und zeigte ihm, was man mit der Maus machen konnte, und danach war Bernd recht flott unterwegs. Sie hörten den Kopierer drucken und ein paar Mal ging er zur Rezeption, um sich Berichte herausgeben zu lassen, die er kopierte. Zuletzt luchste er dem grantigen Archivar einen Textmarker und einen Heftklammerer ab. Die folgenden anderthalb Stunden arbeiteten sie schweigend weiter.

Sevim und Freya waren hinterher nicht wirklich schlauer, aber Bernd hatte um sich herum kleine Papierhaufen gebildet und ein Blatt streckte er triumphierend nach oben. »Das ist meine Todesliste«, er grinste, »soll ich sie euch vorlesen?«

»Ich muss erst aufs Klo, die machen hier gleich zu«, erwiderte Freya.

Bernd schleuste sie schließlich ein paar Straßen entfernt in eine Pizzeria, deren Schild über der Tür einfach PIZZERIA verkündete und deren Mitarbeiter er offenbar kannte. Da es nur etwas düster aussah, ansonsten aber recht ordentlich, nahmen sie sich eine laminierte Speisekarte aus der Halterung.

»Wir sollten eine Familienpizza bestellen mit ausgeglichenem Belag«, meinte Bernd, »alles andere erregt hier nur unnötig Aufsehen.«

Freya blickte von der Liste mit Nudelgerichten auf und wartete auf eine Erklärung, die nicht kam.

»Kein Schinken und keine Salami für Sevim, und du«, er musterte Freya, »magst keine Pilze, stimmt's?«

Freya zuckte zusammen und fragte sich, was Bernd noch alles über sie wusste.

»Du hast damals mein Pilzomelette so angewidert angesehen, im Bistro nachdem wir die Walnussbäume untersucht hatten«, erklärte er. »Es könnten allerdings auch die Eier gewesen sein, jetzt wo ich darüber nachdenke ...«

Freya atmete auf und Sevim sprach sich für eine Vier-Käse-Pizza aus.

Bernd überlegte kurz und nickte. Er hatte schon leise Bedenken bekommen, die beiden mit hierhergebracht zu haben, weil er sie ja nicht in Schwierigkeiten bringen sollte. Wobei man nur in Schwierigkeiten kam, wenn man die Spielregeln nicht kannte. In der PIZZERIA war es relativ einfach, mit den Leuten auszukommen, allerdings war er schon länger nicht mehr hier gewesen. Und er hatte den Eindruck, dass Suzette das Konzept *Schwierigkeiten* etwas strenger auffasste als er selbst. Da musste man halt einmal Käse essen, der vermutlich aus Massenhaltung stammte.

Ein schlanker, blonder Hüne mit blütenweißem Hemd und roter Weste trat an den Tisch. »Ciao Bruno«, begrüßte er Bernd, »lange nicht mehr gesehen. Und du hast Freunde mitgebracht?«

»Oh ja«, erwiderte Bernd. »Wir nehmen eine große Flasche Wasser und eine Familienpizza Quattro Formaggi.«

»Speciale?«

Bernd schüttelte den Kopf. »Heute nicht.«

»Wie viele Teile?«

»Mach' zwölf draus.«

»Alles klar.«

»Nennst du dich eigentlich Björn, wenn du zu IKEA gehst?«, fragte Freya spitz, als sich der Kellner zurückzog.

»Ich hab' so viele Synonyme wie Verkleidungen«, meinte Bernd leise, aber stolz. »Aber ich war noch nie im IKEA.«

Das stimmte. Bernd hatte aber mal sämtliche seiner Gliedmaßen ziemlich geschickt in einem Bauzaun festgehakt und verkantet. Dieser umgab eine Freifläche, auf der ein Möbelmarkt gebaut werden sollte, und die anrückenden Polizisten schafften es einfach nicht ihn herauszuziehen. Alle Protestler, die sich angekettet oder festgeschweißt hatten, wurden recht schnell losgeschnitten, nur Bernd blieb im Zaun hocken wie eine Spinne im Netz, und die Beamten kratzten sich am Kopf. Da er sich auch nicht müde machen ließ, brachte man ihn nach mehreren Stunden schließlich samt Bauzaun aufs Revier, wo ihm seine Oma gut zuredete. Das war in den Achtzigern gewesen.

Ein paar Wochen später wurde endgültig ein Baustopp verhängt, nachdem man seltene Unken in der Baugrube entdeckt hatte. Diese fand man eigentlich nur in sumpfigen Gebieten – zufällig war Bernd in der Nähe von einem solchen aufgewachsen –, aber irgendwie hatten sie den Weg zum Baugrund gefunden und sich dort rasch vermehrt. Statt eines Möbelhauses befand sich dort nun ein Feuchtbiotop, bis heute Bernds süßester Sieg über den Kapitalismus.

Bernd war jedenfalls noch nie in einem IKEA und sein Deckname zur damaligen Zeit war Flamingo gewesen wegen seinem älteren Bruder.

»Du isst wohl öfter hier?«, fragte ihn Sevim, als sie auf die Pizza warteten.

»Ab und zu. Nicht mehr so oft in letzter Zeit. Ich bin ja nicht mehr so wild wie früher, wisst ihr.«

Da war Freya aber froh, ihm nicht schon vor zehn Jahren begegnet zu sein.

»Aber seit ihr so viel Spaß und Aufregung in mein Leben gebracht habt«, fuhr er fort, »dachte ich mir, es wäre nicht verkehrt, ein paar eingeschlafene Kontakte wieder aufleben zu lassen.«

Freya hatte sich schon gewundert, warum er ans andere Ende der Stadt fuhr, um Pizza zu essen, wenn der *Pizza Palazzo* fünfzig Meter entfernt von seiner Werkstatt echt gute Pizza machte. Sie musste sich fragen, wer noch hierherkam wegen *Kontakten* und nicht wegen Pizza und was man dann bekam. Trugen die Kellner vielleicht rostige Messer unter ihren blütenweißen Hemden? Wurde man auf dem Weg zur Toilette gebeten, für eine Unterhaltung mit zum Boss zu kommen? Und die Pizza …

»Hmmm«, machte Sevim. Die Pizza kam, nahm den halben Tisch ein und sah echt gut aus. »Ich nehme mal an, niemand hier würde sich wundern, wenn du deine Todesliste rausholst und uns darüber erzählst?«

»Tja, so weit würde ich nicht gehen. Hier sind eigentlich alle ganz umgänglich.« Bernd holte die Liste aus seinem Stoffbeutel und Sevim war überrascht von seiner Handschrift. Die Zahlen und Wörter wirkten wie gemalt, dabei hätte sie Bernd eher eine Sauklaue zugetraut. Außerdem waren alle Fakten exakt untereinander aufgelistet: die Namen von allen Leuten, die jemals mit dem Grafen von Barthow auf Expedition gegangen waren, das Jahr ihres Todes und die wahrscheinliche Todesursache. Alle Teilnehmer der Grönland-Expedition hatte er zudem mit verschiedenfarbigen Textmarkern hervorgehoben. Der Wahnsinn hatte demnach irgendeine Methode. Das fand Freya sehr beruhigend und sie hatte zum ersten Mal den Eindruck, dass Bernd wirklich wusste, was er tat. Sie hatte bisher angenommen, dass er irgendwelchen Impulsen folgte oder einfach tat, worauf er gerade Lust hatte, also das Chaos zur Lebensweise auserkoren hatte und das war ihr suspekt gewesen.

Sevim wusste nicht so recht, was sie mit der Liste anfangen und wie sie dabei helfen sollte, zu beweisen, dass die Familie von Barthow den Beryll zu Unrecht für sich beanspruchte oder was die anderen Teilnehmer mit dem mysteriösen Tod von Wolff Frey zu tun hatten.

Im Laufe der Jahrzehnte hatten jedenfalls achtunddreißig verschiedene Personen, in wechselnder Besetzung, mit dem Grafen an einer Expedition teilgenommen. Sevim überschlug kauend die Todesursachen und kritzelte eine Statistik auf ihre Serviette. Demnach waren zweiundvierzig Prozent scheinbar eines natürlichen Todes gestorben, an Krankheit oder Altersschwäche. Knapp dreißig Prozent waren im Zweiten Weltkrieg gefallen, knapp acht Prozent im gleichen Jahr bei einem Flugzeugabsturz umgekommen, also vermutlich gemeinsam, fünf Prozent waren erfroren oder hatten etwas Giftiges zu sich genommen und jeweils eine Person war gestorben, weil sie eine Blutvergiftung hatte, zu Tode gestürzt war oder sie galt als verschollen.

»Wow, das rechnest du einfach so im Kopf aus?«, fragte Bernd nach einem Blick auf Sevims bekritzelte Serviette.

»Hab's gerundet. Aber was sagt uns das? Das sind doch für die Zeit und die Berufsgruppe relativ naheliegende Todesursachen. Nur bei Wolff Frey wissen wir mit Sicherheit, dass die Todesursache nicht zu den Lebensumständen gepasst hat.«

Bernd beugte sich über die Liste und erwiderte mit gesenkter Stimme: »Menschen bewegen sich gern in Bahnen, die sie schon gut kennen. Du hast zum Beispiel die Zahlen gesehen und die Anteile ausgerechnet, weil du mal Mathelehrerin warst und außerdem gern den Überblick hast.«

Sevim musste zustimmen.

»So machen es auch Leute, wenn sie anfangen, etwas Verbotenes zu tun. Zum Beispiel Theo, der Kellner hier, hat die Schreibtischschubladen seiner älteren Geschwister aufgebrochen, wenn sie ihm etwas weggenommen haben. Und als er dann in gewisse Kreise kam, hat er einfach damit weitergemacht und quasi professionell Schlösser geknackt.«

»Nicht als Schlüsseldienst, nehme ich mal an ...«

Bernd schüttelte sachte den Kopf. »Jetzt ist er Kellner und so eine Art Lehrer und höchstens noch, sagen wir, ehrenamtlich mit dem Dietrich unterwegs«, erklärte er leise.

»Hat er dir alles beigebracht?«, fragte Sevim fasziniert.

»Alles nicht, aber so einiges. Auf den Überblick kommt es uns hier jedenfalls nicht an, sondern die Details sind wichtig.« Bernd legte ein Stück Pizza ab und nahm seine Todesliste zur Hand. »Schaut euch mal die zwei Leute hier an, die orange markiert sind. Das sind die einzigen Teilnehmer der Expedition, auf der der Stein gefunden wurde, die nach dem Tod der Gräfin noch am Leben waren«, erklärte er. »Sie sind aber beide nicht lange nach ihr gestorben. Der eine ist Wolff Frey hier, 1971 erfroren, und der andere, Hannes Kehl, ist noch vor ihm gestorben und hat Selbstmord begangen.

Jetzt stellt euch mal vor, ihr würdet zur Familie von Barthow gehören, die Gräfin ist tot und euer bedeutendster Besitz verschwunden. Ihr wisst, dass der Steinfund ein einziger großer Schwindel ist, oder ihr ahnt es zumindest, und fragt euch natürlich, was die Gräfin damit gemacht hat. Sie war vermutlich aus gutem Grund vorsichtig, Hinweise auf den Stein nur verschlüsselt zu übermitteln beziehungsweise falsche Spuren zu legen, und hat gewusst, dass es Familienmitglieder gibt, denen jedes Mittel recht ist, das Geheimnis zu bewahren.

Nach ihrem Tod sucht ihr den Beryll verzweifelt überall im Schloss und im Park, aber ihr findet ihn nicht. Also sagt ihr euch, wenn ich den Stein nicht finde, dann vielleicht die Personen, die beim Fund dabei waren und die bezeugen könnten, dass es nicht der Graf war. Ihr wollt ihnen auf den Zahn fühlen, denn vielleicht hat sich die Gräfin ja mit ihnen zusammengetan. Weil der Steinfund aber schon vierzig Jahre her ist und außerdem ein Weltkrieg dazwischenlag, sind zum Glück für euch nur noch zwei am Leben. Und der Erste, zu dem ihr geht, Hannes Kehl, sagt euch dann, euer Vorfahre war ein Schwindler und eigentlich war es ganz anders und Wolff Frey hat den Stein gefunden. Was macht ihr dann?« Bernd sah sie aufmerksam an.

»Ihn zumindest nicht umbringen«, erwiderte Freya kauend. Doch insgeheim musste sie zugeben, dass sie Bernds Ausführungen ganz leicht folgen konnte. Ja, dass sich eigentlich alles ganz logisch anhörte.

»Ja, du vielleicht nicht«, nahm Bernd den Faden wieder auf. »Aber stell' dir vor, du hättest in einem Schloss gewohnt und das hätte man dir weggenommen, und die ganzen wertvollen Sachen im Schloss auch, und du bekommst auch nicht mehr so einfach Geld für deine adligen Vergnügungen. Was dir bleibt, ist dein Ansehen und dass ein anderer von Barthow einen berühmten Stein gefunden hat. Und das willst du nicht auch noch verlieren.

Du musst die Zeugen aus dem Weg räumen, aber wie? Ein Mord kostet Überwindung, aber du bist verzweifelt. Und vielleicht spielt dir das Schicksal in die Hände. Du bist eine ganze Weile bei Hannes Kehl und siehst, dass er Medikamente nehmen muss. Jetzt hast du viel Zeit mit dem Grafen verbracht und ihm gelauscht, wenn er von seinen Expeditionen berichtet hat und erinnerst dich an den Vorfall in Südostasien, als ein Teilnehmer starb, weil er aus Versehen Beeren gegessen hatte, die giftig waren. Es gelingt dir, Hannes Kehl, der zu dem Zeitpunkt schon über neunzig ist, eine Überdosis von seinem Medikament einzuflößen, vielleicht gibst du ihm etwas in ein Getränk, während er abgelenkt ist. Und als ihm übel ist, reichst du ihm wieder ein Getränk, in dem du noch mehr Tabletten aufgelöst hast, und er bemerkt es schon nicht mehr. Du musst keine Gewalt anwenden, ein paar Tabletten in ein Getränk zu geben, ist nicht so schlimm, wie zuzuschlagen oder jemandem ein Kissen aufs Gesicht zu drücken. Er stirbt jedenfalls und du weißt jetzt, wie du deine Probleme lösen kannst. Jetzt ist der Letzte an der Reihe. Du erfährst irgendwie davon, dass Wolff Frey in Südamerika ist und wann er zurückkommt. Du bittest ihn ins Schloss, und wenn wir davon ausgehen, dass er ein Verhältnis mit der Gräfin hatte und vielleicht erst jetzt erfährt, dass sie gestorben ist, dann geht er garantiert hin. Du bleibst bei deiner Methode, deinem Opfer etwas einzuflößen, jetzt vielleicht Schlafmittel in Alkohol, aber was machst du mit ihm? Du könntest ihn in den Kaminabzug stopfen oder in eine alte Truhe auf dem Dachboden, in die schon hundert Jahre lang niemand mehr hineingeschaut hat. Oder ihn im Schlosspark vergraben? Alles zu unsicher, wenn dort wieder jemand nach dem Beryll sucht.

Aber es ist Februar und du erinnerst dich an eine andere Geschichte des Grafen, nämlich wie jemand während einer Expedition nach Neufundland erfroren ist. Du bugsierst Wolff Frey zu deinem Auto und musst ihn irgendwo abladen. Du weißt nicht, wo er wohnt, oder willst dich dort zumindest nicht blicken lassen, weil seine Nachbarn vielleicht auf dich aufmerksam werden. Aber dir fällt ein, dass er immer noch mit dem Institut für Geologie zu tun hat. Niemand würde sich darüber wundern, ihn dort zu finden. Außerdem erreicht man das Institut gut mit dem Auto, und nachts ist dort niemand und in den angrenzenden Instituten auch nicht. Jetzt hast du es geschafft. Es gibt keine Augenzeugen mehr und dein Geheimnis ist sicher. Es könnte natürlich sein, dass es Aufzeichnungen gibt, aber dann steht das Wort des Grafen gegen das eines Wissenschaftlers, und keiner von beiden kann sich mehr dazu äußern. Zudem gilt die öffentliche Version bereits seit Jahrzehnten und wenn der Graf ein Schwindler war, warum hat dann nicht schon früher jemand den Mund aufgemacht? Über Tote soll man nicht schlecht reden und so weiter.«

Bernd war nach seinen Ausführungen etwas außer Atem und nahm einen großen Schluck Wasser.

»Das Dumme ist nur, dass man vermutlich nichts davon beweisen kann«, meinte Freya.

»Hast du vielleicht auch einen Verdacht, wer es gewesen sein könnte?«, wollte Sevim von Bernd wissen.

»Na ja, wir haben nur einen sehr vagen Hinweis«, gab Bernd zu. »Frowin Dahl hat doch erzählt, dass Wolffs Anzug weg war, den er für Besuche im Schloss reserviert hatte. Also war er vermutlich da.«

»Wollen wir das wirklich als Beweis sehen? Man kann einen Anzug zu vielen Gelegenheiten tragen«, gab Freya zu bedenken.

»Aber du musst der Typ dafür sein. Und jemand wie Wolff Frey holt ihn nur für bestimmte Gelegenheiten aus dem Schrank, da bin ich mir sicher.«

Da Bernd auch nicht gerade ein Anzugtyp war, konnte er das vermutlich beurteilen.

»Zurück zum Schloss. Für jemanden, der dort wohnt, ist es ideal, um ein Verbrechen zu begehen. Die Familie hatte das Schloss noch ganz für sich und die Ländereien waren weitläufig. Bei sechsunddreißig Zimmern findet man bestimmt eines, wo man sich unbemerkt mit einem unliebsamen Zeugen beschäftigen kann. Es muss also jemand sein, der zum Zeitpunkt der Morde, oder sagen wir Todesfälle, im Schloss gewohnt hat«, überlegte Bernd laut.

»Das können nicht viele Leute gewesen sein.« Sevim steckte den Rest ihres Pizzastücks in den Mund und holte ihr Smartphone aus der Tasche. »Kann ich das hier benutzen?«

Bernd nickte.

Sevim scrollte durch die Aufnahmen, die sie sich im Archiv der Stadtbibliothek gemacht hatte. »Die Einzigen von Barthows, die in den Artikeln aus den Siebzigern vorkommen, sind Carl Constantin, der jüngere Bruder des letzten Grafen und seine Frau Ingrid. Sie sind damals so Mitte sechzig gewesen, würde ich sagen, und die Eltern von Carl Alexander, Theresa und Philipp von Barthow. Letzterer hat damals schon nicht mehr im Schloss gewohnt, sondern in so einer Art Kommune. Ihn können wir ausschließen, denke ich. Er scheint sich nicht viel aus der Familie gemacht zu haben und hätte niemanden ins Schloss bestellt, weil das sofort aufgefallen wäre. Carl Alexander und Theresa leben heute noch dort.«

»Ist das der Carl Alexander, von dem die ganzen Bücher sind?«, wollte Freya wissen.

»Nehm' ich mal an, warum?«

»Weil er Grund genug hatte, alle umzubringen, die seinen Onkel als Schwindler hätten entlarven können, denn worüber hätte er dann schreiben sollen? Er ist eindeutig besessen von der Familie.«

»Hm. Magdalena von Barthow, die Schwester des letzten Grafen, hat übrigens auch dort gewohnt, auch wenn die Presse nichts über sie geschrieben hat. Das sollten wir nicht außer Acht lassen«, meinte Sevim.

Sie war eigentlich satt, aber die Hälfte der Pizza lag immer noch auffordernd da. Schließlich schnitt sie sich ein halbes Stück ab und führte es zum Mund.

»Also dann tippe ich eher auf Magdalena«, meinte Bernd. »Sie war doch diejenige, die angeblich das Grundstück nicht mehr verlassen hat, weil dort ihre Schwester tödlich verunglückt ist, oder nicht? Und sie hat das *Feuer des Nordens* dafür verantwortlich gemacht, das klingt viel mehr nach Besessenheit, und nicht nach der guten Art. Gerade wenn du dich isolierst und aus dem Brüten nicht mehr herauskommst.«

Sevim schüttelte den Kopf. »Der Stein war nach dem Tod der Gräfin endlich fort. Was sollte sie da Leute umbringen, die dabei waren, als er gefunden wurde? Je mehr Leute es gibt, die den Fluch auf sich gezogen haben, desto mehr Leute kann er treffen und desto besser ist es doch für jeden Einzelnen von Barthow, oder?«

»Aber Sevim, das ist doch keine Wahrscheinlichkeitsrechnung. So etwas findet im Kopf der Leute statt und da kann sie sich in alles hineinsteigern ohne auf die Fakten zu achten. Für die Familie wäre es natürlich praktisch, wenn Magdalena die Mörderin wäre, denn sie ist ja schon seit zwanzig Jahren tot«, beharrte Bernd.

»Sie war's nicht«, wiegelte Freya mit Bestimmtheit ab. »Wenn du dich dein ganzes Leben vor etwas versteckst, dann gehst du nicht in die Offensive, wenn es endlich fort ist!«

»Ok, da hast du vermutlich recht«, gab Bernd zu.

»Bleibt noch Theresa von Barthow. Sie hat die Verwaltung des Schlosses für die Stadt übernommen, und nicht ihre Eltern oder ihr älterer Bruder, und sie wird immer von den Zeitungen zitiert, wenn es offizielle Verlautbarungen gibt«, meinte Sevim, nachdem sie einige Einträge auf ihrem Smartphone überflogen hatte. »Die Gräfin scheint ihr mehr zugetraut zu haben als allen anderen, also kann sie sich durchsetzen und mit Schwierigkeiten umgehen. Ich hoffe, sie ist nicht die Mörderin, sie ist mir irgendwie sympathisch«, fügte sie hinzu.

»Egal wer es war, wir können nichts davon beweisen.«

Freya wickelte ein feuchtes Tuch aus, das sie für solche Gelegenheiten immer dabeihatte, und wischte sich die Hände ab.

»Das Glück ist aber auf unserer Seite«, frohlockte Bernd. »Unsere zwei Hauptverdächtigen tun uns den Gefallen, im gleichen Schloss zu wohnen. Dadurch lassen sie sich leichter beobachten.«

»Und das übernimmst du dann?«, fragte Freya flink.

»Klar«, erwiderte Bernd. »Ab nächste Woche habe ich die passenden … Kapazitäten. Aber ihr seid natürlich herzlich eingeladen.«

Sevim strahlte.

Freya würde sich fernhalten und ihre eigenen Pläne verfolgen, und zwar vom Wohnzimmersofa aus.

»Müssen wir eigentlich alles aufessen, oder dürfen wir uns die Reste auch einpacken lassen? Wie ist das hier so?«

Bernd lachte. »Du passt dich immer schneller an neue Situationen an. Das ist wirklich toll, Freya. Und natürlich können wir die Reste mitnehmen. Wenn die Leute hier erst einmal anfangen zu essen, sind sie völlig uninteressant.«

Freya fiel auf einmal auf, dass einige der anderen Gäste schon hier gesessen hatten, als sie hereingekommen waren und sie hatten weder etwas zu essen noch etwas zu trinken vor sich, nicht mal ein leeres Glas.

»Die sind schon raus aus dem Rennen«, meinte Bernd, »wirklich zu dumm.«

Freya hätte gerne gewusst, was er damit meinte. Noch größer als ihre Neugier war aber ihr Wunsch aus der PIZZERIA zu entkommen, also ließ sie das mal so stehen. Vermutlich würde Sevim ihn später danach fragen und es ihr sowieso erzählen.

»Nimmt dieser Theo eigentlich noch Lehrlinge an?«, wollte Sevim auf dem Weg zur Straßenbahn wissen.

Bernd grinste. »Tendenziell schon. Aber damit gehst du Verpflichtungen ein, denen du nicht so schnell entkommst. Und ich würde mir Ärger mit Suzette einhandeln, und das wäre nicht so schön.«

»Hab's mir schon gedacht«, erwiderte Sevim. »An der Uni angenommen zu werden, war vermutlich einfacher. Nicht, dass mir mein Studium jetzt noch viel nützt.«

Bernd stupste sie sanft mit dem Ellenbogen an. »Theo weiß nichts, was ich dir nicht auch zeigen könnte, also wenn du mit mir vorliebnimmst?«

Sevim strahlte. »Wann fangen wir an?«

Kapitel 12

Bernd nahm seine Aufgabe als Mentor für nicht ganz legale Aktivitäten ernst und hatte eine theoretische Einführung für Sevim vorbereitet, bevor sie sich daranmachten, die von Barthows auszuspionieren. Sie bekam die Kleidung für seine verschiedenen Identitäten zu sehen, unterschiedliche Ausweise und Requisiten, welche die Zugehörigkeit zu einer bestimmten Berufsgruppe suggerierten und natürlich alle möglichen Werkzeuge, und zwar diejenigen, die man nicht zum Fahrrad reparieren brauchte. *Die würden Freya total gut gefallen*, dachte sich Sevim, *auch wenn sie den Zweck nicht gutheißt.*

Schließlich überreichte er Sevim eine abgewetzte Latzhose, deren aufgebügeltes Schild sie als Mitarbeiterin von *Heizung & Sanitär Fechtmüller* auswies. Er schlüpfte selbst in eine und überreichte Sevim etwas, das zwar an einen Werkzeugkoffer erinnerte, aber viel zu groß und leicht dafür war. Außerdem hatte das Behältnis überall Löcher. Bernd selbst packte ein paar ausgewählte Werkzeuge, die man laut seiner Erklärung zum Schloss knacken brauchte, in die Brusttasche seiner Hose und schon waren sie auf dem Weg. Sevim wusste nicht wohin. Aber es war elf Uhr vormittags an einem Samstag, und das war wohl kaum die richtige Zeit für einen Einbruch, oder?

Sie fuhren mit der Straßenbahn in Richtung Stadion und stiegen zwei Haltestellen vorher aus. Bernd führte sie an einem Spielplatz vorbei durch mehrere Häuserschluchten und steuerte schließlich auf ein Mehrfamilienhaus mit der Nummer siebenundzwanzig zu. Die Anwohnerparkplätze vor den Gebäuden waren größtenteils leer.

»Kannst du so tun, als würdest du klingeln? Nur um die neugierigen Nachbarn von gegenüber zu beruhigen.«

Sevim tat, wie ihr geheißen. Bernd ließ eines seiner Werkzeuge flink ins Schloss gleiten und als Sevim den Arm zum zweiten Mal zur Klingel ausstreckte, schob er die Tür schon auf. Sie gingen in den ersten Stock, wo sich Bernd erneut am Türschloss zu schaffen machte. Nach ein paar Sekunden standen sie in der Wohnung und Bernd sah sich um.

Es roch milde nach Zigarettenrauch. Überall lagen Kleidungsstücke, Geschirr, ungeöffnete Briefe und alles Mögliche herum. Sevim fiel auf, dass einige Regale halb leer waren und zwischen den Möbeln taten sich manchmal Lücken auf. Hier musste vor Kurzem jemand ausgezogen sein.

»Milli«, hörte Sevim Bernd mit hoher, gedämpfter Stimme rufen. »Milli ...« Nichts passierte.

»In der Küche muss irgendwo eine Dose mit Leckerlis stehen.« Er öffnete den Schrank unter der Spüle, zog eine Dose mit Kätzchen in allen Farben hervor und schüttelte sie sachte. »Du musst sie rufen, Sevim, sie mag Männer nicht.«

Also bewegte sich Sevim eine Weile bedächtig durch die Wohnung und rief nach einer, für den Moment zumindest, imaginären Katze, bis unter dem Sofa schließlich ein kleines gestreiftes Köpfchen auftauchte. »Du musst dich mit ihr unterhalten und Leckerlis hinwerfen«, flüsterte Bernd. »Lock' sie hier hinein.« Die tragbare Kiste, die sie mitgebracht hatten, entpuppte sich als Transportbox. Bernd stellte sie ins Wohnzimmer und zog sich gemessen in die Küche zurück. Der Stubentiger fraß die hingeworfenen Bröckchen gierig und umschnurrte bald Sevims Beine. Sie legte ein paar Leckerlis in die Box, schloss die Tür und brachte den improvisierten Sichtschutz davor an.

Bernd stellte die Dose zurück in den Küchenschrank. »Jetzt brauchen wir nur noch ihre Lieblingsspielzeuge.« Er fischte ein ausgestopftes Vögelchen und eine Häkelmaus von einem Kratzbaum und steckte sie in die Brusttasche seiner Latzhose.

Sie wollten sich gerade aus der Wohnung entfernen, da hielt Bernd inne. »Moment mal. Lass' uns eine falsche Spur legen, dann denkt er, es wäre seine Schuld, dass die Katze nicht mehr da ist.« Er ging zur Balkontür und öffnete sie.

»Wenn er so ist wie die meisten Menschen, dann weiß er nicht mehr, ob er sie wieder zugemacht hat, nachdem er heute Morgen seine erste Zigarette geraucht hat.«

»Woher willst du denn wissen, ob er überhaupt geraucht hat?«

Bernd grinste, sagte aber nichts. Er horchte an der Tür, ob gerade jemand im Hausflur war. Als sich nichts regte, schlüpften sie hinaus.

Mit der miauenden Milli saßen sie in der Straßenbahn zurück.

»Da haben wir wohl gerade eine Katze entführt«, meinte Sevim mit gedämpfter Stimme.

»Es steht nicht einwandfrei fest, wer das Eigentumsrecht an der Katze besitzt. Ihre Sorgeberechtigten haben sich getrennt und sie wurde vom Stärkeren einbehalten beziehungsweise von demjenigen, der lauter schreien konnte«, erklärte Bernd.

Sevim blickte sich vorsichtig um. Milli hörte nicht auf zu miauen und einige andere Fahrgäste versuchten schon die Quelle des Geräuschs auszumachen. »Und wo bringen wir Milli jetzt hin?«, fragte sie schließlich.

»Ähm, ich hatte gehofft, ihr könntet sie vielleicht eine Nacht beherbergen«, erwiderte Bernd. »Bei mir könnte sie auch bleiben, aber sie mag ja keine Männer und in der Werkstatt sind meistens Hunde, und da ihr euch nun schon angefreundet habt ...«

Sevim dachte kurz nach und zuckte schließlich mit den Schultern. »Bei uns im Haus sind eigentlich keine Haustiere erlaubt, der Vermieter hat schon bei den Fischen mit den Zähnen geknirscht, aber die musste er uns erlauben. Andererseits bin ich gerade bei jemandem eingebrochen, also was soll's?«

...

Freya war ganz begeistert von Milli. Das Katzenkidnapping schien eine ziemlich ausgeklügelte Operation gewesen zu sein und von langer Hand vorbereitet. Ihrer Freundin erzählte sie vorsichtshalber nicht im Detail, wie sie zu der Katze gekommen war.

Sevim musste sich allerdings fragen, warum sie Bernd einfach so dabei geholfen hatte, in eine fremde Wohnung einzubrechen. Und sie hatte noch nicht einmal Schuldgefühle. Ihr war nicht ganz wohl dabei gewesen, als sie gemerkt hatte, was er vorhatte, aber dann war sie damit beschäftigt gewesen, die Katze zu finden und in die Box zu locken und dann waren sie auch schon wieder auf dem Rückweg gewesen. *Der Einbruch in den Schlosspark war auch nichts anderes*, versuchte sie sich einzureden. Aber das war eigentlich mehr ein Abenteuer mitten in der Nacht gewesen und sie hatte gewusst, worauf sie sich einließ. Es war ungefähr so, wie über einen Rasen zu laufen, in dem ein Betreten-verboten-Schild steckte, oder verkehrt herum in eine Einbahnstraße zu fahren. In eine verschlossene Wohnung einzudringen hingegen ... Sevim beschloss, nicht weiter darüber nachzudenken. In Zukunft musste Bernd sie vorher einweihen.

»Ich fürchte, du musst uns heute was zu essen machen.« Freya zeigte auf Milli, die in ihrem Schoß eingeschlafen war. Später leistete sie Sevim in der Küche Gesellschaft, die Katze über der Schulter.

»Handelt Bernd jetzt illegal mit Haustieren oder dressiert er sie, damit sie die Drecksarbeit für ihn erledigen?«, fragte sie, während Sevim Paprika schnippelte.

»Nein, er hat sich nur als Babysitter angeboten und zu spät festgestellt, dass er der Kleinen nicht das richtige Umfeld bieten kann.«

»Verantwortung in letzter Minute. So was passiert ihm bestimmt öfter.«

Sevim lachte. »Wie steht's mit deinen Recherchen?«

Freya grummelte nur. Bis Milli kam, hatte sie über ihrem Laptop gekauert und nach Schriften über die von Barthows gesucht, die nicht von Carl Alexander von Barthow stammten. In der Stadtbibliothek war da nichts zu machen, aber die Universitätsbibliothek hielt immerhin dutzende Seminar- und Doktorarbeiten über die Familie bereit. Trotzdem war Freya unzufrieden.

»Alle, die über die von Barthows geschrieben haben, sind entweder schon tot, oder sie zitieren aus denselben Büchern.« Freya zeigte vage in Richtung Wohnzimmer, wo sich vor der Heizung noch immer Bücherstapel auftürmten.

»Kann natürlich sein, dass sie die Familie trotzdem kritisieren, aber dafür müsste man die ganzen Arbeiten lesen. Ein paar gibt es online und ich hab' schon zwei überflogen.« Sie zuckte mit den Schultern. »Aber ich hab' was gefunden, das dich interessieren dürfte.«

Sie stand vorsichtig auf, um Milli nicht zu stören, die leise an ihrer Schulter schnurrte. Schließlich balancierte sie die Katze auf dem einen Arm und ihren Laptop auf dem anderen zurück in die Küche. Sie scrollte durch die Liste mit allen Arbeiten, die auf das Stichwort *von Barthow* hin aufgetaucht waren, und hielt Sevim den Laptop hin. »Hier.«

Sevim hielt beim Zwiebeln schneiden inne. Sie musste mehrmals blinzeln, weil sie glaubte, sich durch den Tränenschleier hindurch verlesen zu haben. »Das gibt's ja nicht, daran habe ich überhaupt nicht gedacht.« Sie wusch sich die Hände.

Zwischen *Thilo von Barthow – Begründer des klösterlichen Lebens im 15. Jahrhundert* und *Die Familie von Barthow als Hoffnungsträger im Siebenjährigen Krieg* prangte ein Name, an den Sevim seit dem Beginn ihres Abenteuers keinen Gedanken mehr verschwendet hatte: Dora Bozehl. Sie hatte allem Anschein nach ihre Abschlussarbeit am historischen Seminar verfasst und sich mit *Das Schicksalsjahr 1919 – Drei deutsche Familien des niederen Adels im Vergleich* in der Literaturliste der Universitätsbibliothek verewigt.

»Die Arbeit gibt's nicht in digitaler Form. Aber wenn ich raten soll, würde ich sagen, die von Barthows kommen am besten dabei weg.«

»Hm. Wahrscheinlich. Jedenfalls hat sie in der Schule nichts auf sie kommen lassen. Ob ich sie anrufen sollte?«

»Warum?«

Das wusste Sevim selber nicht genau. »Der Vollständigkeit halber vielleicht? So akribisch wie sie ist, weiß sie bestimmt etwas, das uns weiterhelfen könnte.«

»Willst du es gleich versuchen? Dann mache ich hier weiter, auch wenn das der kleinen Prinzessin gar nicht gefallen wird ...« Liebevoll kraulte Freya Milli den unteren Rücken.

»Nein, lass nur. Ich muss mir genau überlegen, wie ich an Frau Bozehl herantrete und was ich sage. Wenn ich sie schon zu Hause und am Wochenende behellige, dann in der korrekten Art und Weise.«

...

Sevim hatte sich weiter keine Gedanken über Millis Frauchen gemacht, und war nun überrascht, als sie Charlotte Papp, die auf Schloss Barthow ihre Führung geleitet hatte, gegenüberstanden. Sie wirkte übernächtigt, aber auf ihrem Gesicht lag auch ein erwartungsvoller Ausdruck.

»Hallo, Ben«, begrüßte sie Bernd, aber sie hatte nur Augen für die getarnte Transportbox. Bernd öffnete das Türchen. Die Katze lugte erst vorsichtig heraus, bevor sie schließlich einen Fuß in den Flur setzte.

»Da bist du ja!«, rief Charlotte aus, hob Milli hoch und herzte die Katze von der Nasen- bis zur Schwanzspitze, Tränen in den Augen, »die Mama hat dich so vermisst.«

Die beiden standen eine Weile im Flur, während sie die Katze versorgte. Milli zog sich schließlich in eine Höhle aus Plüsch zurück und Charlotte wandte sich ihnen zu.

»Entschuldigt, wie unhöflich von mir. Aber ich habe mir solche Sorgen gemacht. Vielen, vielen Dank.« Sie umarmte erst Bernd und dann Sevim. »Ich bin Charlotte«, sie streckte Sevim die Hand hin.

»Susi«, meinte Sevim und fragte sich, ob Bernd eigentlich Bernds richtiger Name war. Ob Suzette das wusste? Sie schüttelte den Kopf.

»Vielen Dank, dass du bei Milli geholfen hast, Susi! Ich bin ja so froh. Kommt doch rein.« Charlotte zeigte in Richtung ihres spartanisch eingerichteten Wohnzimmers. »Ich hab' Frühstück gemacht. Leider hat die Katze mehr Sitzgelegenheiten als wir. Ich sortiere mich gerade noch, wisst ihr ...«

»Kein Problem«, meinte Sevim. »Schön hast du's hier.«

»Und wie! Ist ja heutzutage nicht einfach eine Wohnung zu finden, besonders wenn man ein Haustier hat. Ihr trinkt doch Kaffee, oder?«

Charlotte hatte einige Umzugskartons eingedeckt und ihre Gäste machten es sich schon mal auf Kissen und Decken bequem.

»Und wie geht's dir denn, Charlie?«, fragte Bernd.

»Na ja, es ist schon ziemlich ungewohnt. Im Moment genieße ich die Ruhe. Vor allem nach gestern, ich merke irgendwie erst jetzt, wie gestresst ich immer war.«

Sevim erfuhr, dass sich Charlotte mit ihrem Verflossenen getroffen hatte, damit Bernd in Ruhe die Katze entführen konnte. Weil sich Charlotte nach fast fünf Jahren von ihm getrennt hatte, behielt er anscheinend aus Trotz Milli einfach bei sich.

»Er hat Milli von Freunden mitgebracht, nachdem ihre Katze unverhofft Nachwuchs bekommen hatte«, erzählte Charlotte. »Und danach hat er mir immer ein schlechtes Gewissen gemacht, wenn Milli mal auf seinen Sachen saß, oder was vom Tisch geworfen hat.«

Charlotte beschmierte ein Brötchen dick mit Nussnougatcreme. Milli gesellte sich zu ihnen, strich um den improvisierten Tisch und kuschelte sich schließlich in Charlottes Schoß. »Ja, meine Süße, das darfst du jetzt alles machen, sogar beim Frühstück!« Sie griff umständlich nach ihrer Kaffeetasse, um das Tier nicht zu stören. »Wenn Ben mir nicht endgültig die Augen geöffnet hätte«, meinte sie an Sevim gewandt, »dann würde ich mich jetzt noch klein machen, nur damit er keinen Grund hat, sich aufzuregen.«

Sevim konnte nur hoffen, dass ihr Wohlbefinden noch anhielt, wenn es mal keinen »Ben« mehr gab.

»Brauchst du vielleicht noch Hilfe bei der Wohnung?«, fragte sie Charlotte.

»Danke der Nachfrage, ich orientiere mich gerade im Einrichtungsdschungel.« Sie zeigte auf einen kleinen Stapel Möbelhaus-Kataloge und Einrichtungszeitschriften. »Ich werde mir mit dem Einrichten Zeit lassen und ich hab' ja auch nicht das Geld, mir alles sofort zu kaufen. Ich hab' nur mitgenommen, was wir zu zweit in der Straßenbahn fortschaffen konnten«, sie warf Bernd einen dankbaren Blick zu, »und es ist mir auch ganz recht so. In zwei Wochen besucht mich meine Schwester und Ende September wollen meine Mädels von der Uni kommen. Und meine beste Freundin seit der Grundschule hat auch schon einen Flug gebucht und alle wollen mit mir Möbel shoppen gehen.« Sie legte ihr Brötchen auf den Teller und wirkte nachdenklich. »Unglaublich, oder? So was sollte doch normal sein. Aber in den letzten Jahren habe ich immer Ausreden gefunden, warum sie nicht kommen können, weil sich Steffen immer unmöglich benommen hat, wenn Besuch da war. Leute, die ich kenne, wohlgemerkt, bei seinen Freunden war das natürlich was anderes.« Sie rutschte unbehaglich auf ihrer Decke hin und her. »Ist doch ganz schön unbequem hier, was?«

»Soll ich dir dein Sofa aus seiner Wohnung holen?« Bernd zwinkerte.

Jetzt schmunzelte Charlotte ein wenig. »Alleine? Lass' nur. Das wäre wirklich zu auffällig. Milli reicht.« Sie richtete sich ein wenig auf und schien sich zu sammeln.

»Also Ben, du wolltest doch etwas über die von Barthows wissen. Es geht um das Collier, hab' ich recht? Du willst es doch nicht klauen, oder?«

Bernd kicherte. »Keine Sorge. Darum geht es nicht.«

»Gut. Ich weiß nämlich nicht mal, wo sie es aufbewahren.«

»Man hätte meinen sollen, sie stellen es aus. Ist es nicht so etwas wie das Herzstück?«

»Ich verstehe es auch nicht ganz. Eines Tages ist es aufgetaucht, alle waren ganz aus dem Häuschen und jetzt redet niemand darüber. Ich glaube, jemand aus der Familie soll es während der Feier zum neunzigjährigen Jubiläum des Steinfundes tragen. Aber wenn es nicht um das Collier geht, worum dann?«

»Wir denken, dass einer von den von Barthows etwas Schlimmes gemacht hat.«

»Und was soll das sein?«

»Wir fischen da noch im Trüben. Es ist schon ziemlich lange her und wir können es vermutlich nicht beweisen.«

Charlotte dachte kurz nach. »In Ordnung. Du musst mir nur eines versprechen. Wenn ihr etwas herausfindet, wodurch Theresa von Barthow Ärger bekommen könnte, dann sagst du es mir zuerst, in Ordnung?«

Bernd nickte.

»Wenn ich meinen Job und meine Chefin nicht so mögen würde, dann wäre ich bestimmt wieder in meine Heimatstadt gezogen, oder irgendwohin, wo ich schon Leute kenne.«

»Mach' dir mal keine Sorgen, Charlie«, sagte Bernd beruhigend. »Wir wollen nur so viel wie möglich herausbekommen, um uns eine Meinung zu bilden. Vielleicht führt es auch zu nichts, und wir vergessen das Ganze wieder.«

Soweit es Bernd betraf, konnte sich Sevim nur einer Sache hundertprozentig sicher sein, nämlich dass er niemals irgendetwas vergaß.

»Ich weiß, wir hatten abgemacht, Milli gegen Infos, aber du musst es wirklich nicht so umständlich anstellen. Mit Theresa kann man über alles offen reden. Ich kann dir dabei helfen, sie zu treffen. Und ich kann mir nicht vorstellen, dass sie irgendwas falsch gemacht hat.«

»Mich würde trotzdem interessieren, was jemand denkt, der die Familie kennt, aber nicht dazugehört.«

»Na, gut. Wie du meinst.«

Zu Bernds großer Freude führten die von Barthows anscheinend ein relativ überschaubares Leben. Sie verließen das Schloss regelmäßig und suchten meistens die gleichen Orte auf. Theresa und Carl Alexander von Barthow hatten ihr Leben der Familie und ihrer Geschichte gewidmet, jeweils auf ihre eigene Weise. Auf die beiden wollte sich Bernd konzentrieren.

Theresa von Barthow war die Verwalterin von Schloss Barthow und kümmerte sich um Abrechnungen, Reparaturen, die Vermietung der Räumlichkeiten und die Versorgung der Gäste. Sie hielt Kontakt zu allen Geschäftspartnern und war Mitglied mehrerer Komitees sowie des Kulturvereins der Stadt. Sie musste ziemlich zeitig anfangen zu arbeiten, denn so früh Charlotte auch ins Büro kam, Theresa von Barthow war immer schon da. Ihre einzige Pause während des Arbeitstages machte sie am frühen Vormittag, dann traf sie sich mit ihrem Bruder zum Frühstück. Wenn das Schloss für Besucher geöffnet hatte, nahmen sie ihren Nachmittagskaffee zusammen im Schlosscafé ein und nur am Dienstag und Donnerstag fuhren sie gemeinsam zum Abendessen in die Stadt. Warum sollte man auch vor die Tür gehen, wenn man in einem Schloss wohnte?

Mit Carl Alexander von Barthow hatte Charlotte nicht sonderlich viel zu tun, aber sie fand ihn sehr nett. *Das muss nichts heißen*, dachte sich Sevim, *Charlotte findet bestimmt viele Leute nett. Aber vielleicht bin ich da auch voreingenommen. Ich will einfach nicht, dass Theresa die Mörderin ist.*

Theresa von Barthow schien umgänglich und verständnisvoll zu sein und es gefiel ihr besonders, wenn Kinder das Schloss besuchten. Selbst über den unseligen Besuch aus der 37. Gesamtschule konnte sie am Ende lachen. Sie schien Humor zu haben und frischen Wind zu schätzen. Charlotte erzählte, wie sie im Schloss angefangen hatte, und die Führungen von einer Bekannten der von Barthows, die fast zwanzig Jahre dafür zuständig gewesen war, übernommen hatte. Nun sorgte sie dafür, die Erlebnisangebote auszubauen und die Besucherräume zugangsfreundlich zu gestalten. Sie selbst sagte es zwar nicht, aber Theresa schien sich sehr auf sie zu stützen.

Mit Carl Alexander hatte sie jedenfalls weniger zu tun. Er verfasste Bücher zur Familiengeschichte und brachte Bildbände heraus. Außerdem übernahm er die Führungen, wenn zum Beispiel Vertreter der Stadt ins Schloss kamen.

Derzeit beschäftigte die von Barthows aber nur ein Ereignis – das neunzigjährige Jubiläum des Tages, an dem Alexander Graf von Barthow in Grönland den roten Beryll gefunden hatte. *Oder es zumindest behauptete*, fügte Sevim im Stillen hinzu. Schloss Barthow arbeitete dafür zum ersten Mal mit einer anderen Institution zusammen, dem Institut für Geologie, das eine breit gefächerte Ausstellung zum Thema Mineralien organisierte.

Carl Alexander hatte die Organisation für den Festakt auf Schloss Barthow übernommen. Wie in alten Zeiten würden verschiedene Würdenträger der Stadt sowie Vertreter aus der ortsansässigen Geschäftswelt kommen, sogar einige Prominente wurden erwartet, deren Namen sagten Sevim aber nichts.

Es war interessant, einen Einblick in den Alltag der von Barthows zu bekommen, aber alles in allem erfuhren sie nichts, was ihnen weiterhalf, fand Sevim. Auch Bernd schien keinen Geistesblitz zu haben. Aber bei ihm wusste man ja nie.

Kapitel 13

Es war Freitag und Sevim machte sich Sorgen.

Dabei war es im Allgemeinen eine vergnügliche Woche gewesen. Bei ihrem Weckdienst lief alles glatt, niemand hatte abgesagt und es war sogar noch weitere Kundschaft hinzugekommen. Der Fluch des roten Berylls schien gebrochen.

Nachdem sie alle geweckt hatte, traf sie sich wie jeden Tag mit Bernd. Am Tag zuvor hatten sie Theresa und Carl Alexander von Barthow im Schlosscafé observiert. Sie hatten dabei nichts herausbekommen, aber Bernd hatte sich wieder in seine schwarze Kluft geworfen und auch Sevim ein Umstyling verpasst, und zusammen hatten sie die Leute beobachtet. Es war ziemlich amüsant gewesen.

Gleich am Montagnachmittag hatte Sevim versucht, Dora Bozehl anzurufen, aber sie war nicht ans Telefon gegangen. Sie versuchte es noch mehrmals und hinterließ ihr am Mittwoch schließlich eine Nachricht. Bereits da hatte Sevim schon ein komisches Gefühl und als sich ihre ehemalige Kollegin bis Donnerstag nicht meldete, konnte sie nicht länger ignorieren, dass irgendetwas nicht stimmte.

Also schaute sie sich auf der Homepage der 37. Gesamtschule die Stundenpläne an, um Dora Bozehl dort vielleicht abzupassen. Mehr aus Gewohnheit klickte sie sich zur Liste mit dem Stundenausfall durch, und ihr fiel auf, dass diese Woche ziemlich viel Geschichte ausgefallen war, unter anderem in der 10c, die von Frau Bozehl unterrichtet wurde. Sie ging zurück zu den Stundenplänen und beeilte sich, aus der Wohnung zu kommen.

Sevim machte sich auf den Weg zu ihrer ehemaligen Schule, um Frieder Knop abzupassen, der das Gebäude nach seiner letzten Unterrichtsstunde für gewöhnlich fluchtartig verließ. Und tatsächlich, keine zwei Minuten, nachdem die Glocke das Ende der fünften Stunde verkündet hatte, stürmte er schon aus dem Eingangstor. Also entweder hatte er früher Schluss gemacht, oder wieder nicht darauf geachtet, dass alle ihre Stühle hochstellten. *Ich denke schon wie Frau Bozehl*, dachte sich Sevim kopfschüttelnd, *dabei geht es mich gar nichts mehr an*. Sie heftete sich an seine Fersen und holte ihn an der nächsten Ampelkreuzung ein.

»Oh, hallo Sevim, was machst du denn hier?«

Sie hielt eine Tüte mit Milchbrötchen vom Bäcker um die Ecke hoch, welcher Schüler und Lehrer in ihren Freistunden regelmäßig zu sich lockte.

»Die Besten an der Schule«, stimmte Herr Knop zu. »Hast du's gut!«

»Und wie geht's dir so?«, fragte Sevim, griff in ihre Tüte und gab ihm ein Milchbrötchen.

Er nahm einen großen Bissen und sagte mit vollem Mund: »Mmhmm ... viel zu tun. Gibt bald Zeugnisse. Und diese Woche viele Vertretungsstunden. Stell' dir vor, Frau Bozehl ist krank.«

»Nicht dein Ernst!«, tat Sevim überrascht.

»Ich weiß. Seit ich an der Schule bin, gab's das noch nie. Aber sie ist schon die ganze Woche nicht da und laut Schulleitung bleibt sie bis zu den Ferien weg«, nörgelte Herr Knop, wohl wegen der Aussicht auf die vielen Vertretungsstunden, die Frau Bozehl ihm und den anderen Geschichtslehrern durch ihre Abwesenheit bescherte.

»Liegt sie denn im Krankenhaus?«, hakte Sevim nach.

»Nicht, dass ich wüsste.«

Da Frieder Knop für gewöhnlich viele Dinge, die sich an der Schule abspielten, nicht wusste, verließ sich Sevim nicht darauf, sondern fuhr anstatt nach Hause zum Städtischen Krankenhaus. Als sie sich am Einlass erkundigte, auf welchem Zimmer sie Dora Bozehl besuchen konnte, teilte man ihr aber mit, dass es gar keine Patientin mit diesem Namen gab.

Sevim rief das Örtliche Telefonbuch auf ihrem Smartphone auf, doch unter Bozehl wurde kein Eintrag geführt. Auf dem Weg nach Hause versuchte sie noch einmal, ihre ehemalige Kollegin anzurufen, aber vergeblich. Sie überlegte, ob Frau Bozehl vielleicht einmal angedeutet hatte, wo sie wohnte, oder mit welchem Kollegen sie sich am besten verstanden hatte. Ihr fiel jedoch absolut nichts Nützliches ein.

Freya merkte nach ein paar Minuten, dass ihre Freundin über irgendetwas brütete. Also erzählte ihr Sevim, dass Dora Bozehl nirgends aufzutreiben war. Freya erwiderte erst einmal nichts, naschte eine Scheibe Käse aus dem Kühlschrank und fing danach an, das Aquarium zu putzen.

»Hast du nicht einmal davon erzählt«, meinte sie schließlich, »wie sich ein Schüler bei einem Schulausflug verletzt hat und die Eltern haben dem Referendar, der den Ausflug geleitet hat, dann Verletzung der Aufsichtspflicht vorgeworfen oder so was in der Art? Aber diese Frau Bozehl war dann auch dabei und hat ihn in Schutz genommen? Vielleicht kennt er sie ja ein bisschen besser?«

Sevim dachte kurz nach. »Er ist schon lange nicht mehr an der Schule, aber vielleicht haben die beiden noch Kontakt. Könnte ja sein. Ich glaube, wir waren damals Freunde auf Facebook.« Sie kuschelte sich aufs Sofa und befragte ihr Smartphone. »Hier ist er ja. Ich schreib ihm gleich eine Nachricht.«

Sie saßen vor dem Fernseher, als Sevim ihre Antwort erhielt. Die fiel ziemlich kurz aus, im Wesentlichen wusste er nichts und hatte auch seit Jahren keinen Kontakt mehr. Als ihm Sevim eine Nachricht zurückschreiben wollte, merkte sie, dass er ihr die Freundschaft aufgekündigt hatte und sie keinen Einblick mehr in sein Profil hatte. »Undankbarer Arsch!« Nachdem sich Frau Bozehl damals für ihn mit den ganzen Eltern herumgeschlagen hatte, durfte man ja wohl annehmen, dass es ihn interessierte, wie es ihr ging.

Plötzlich tat Frau Bozehl Sevim leid. Sie war immer so distanziert, aber in ihrem Leben gab es doch bestimmt jemanden, dem sie etwas bedeutete, oder?

Sevim ging in sich und versuchte, sich alle Situationen, in denen sie mit Dora Bozehl zu tun gehabt hatte, vor Augen zu rufen. Da hatte es jemanden gegeben. Eine Kollegin, die gerade in Pension gegangen war, als Sevim an der Schule anfing. Wie war gleich ihr Name? Wagner? Walter? Sie konnte sich nicht erinnern, also wählte sie Frieder Knops Nummer.

»Grüß dich, Frieder. Ja, ich bin's schon wieder. Du sag mal, Frau Bozehl hatte doch im Lehrerzimmer regelmäßig jemanden als gutes Beispiel zitiert, als Kollegin der alten Schule, aber nah am Schüler. Weißt du noch, wie die hieß?«

»Wenn du Frau Bozehls Vorgängerin in der Fachkonferenz Geschichte meinst, dann ja? Wieso?«

»Nur so, sie war ja auch Geschichtslehrerin, oder?«

»Ach, du meinst, sie kann uns bei den Vertretungsstunden helfen?«

Das war nicht Sevims Gedanke gewesen, aber da ihr nichts anderes einfiel, griff sie ihn dankbar auf.

»Das ist nett von dir, dass du an mich denkst. Aber ich glaube, Frau Wachen ist jetzt über siebzig.«

»Hm, wie war gleich noch mal ihr Vorname?«

»Erna? Gerda? Nein. Helga, glaube ich. Ja, das war's. Und sie war ja eine von und zu.«

»Ach ja?«

»Ja. Sie hat das von oder zu nur immer weggelassen.«

»Ok. Dann will ich dich mal nicht weiter stören. Du musst bestimmt noch Stunden vorbereiten.«

»Hab' ich in der Schule schon gemacht!«

Ja, klar, dachte sich Sevim, *als ob du dich jemals vorbereitest.* Sie verabschiedete sich hastig und im örtlichen Telefonbuch wurde die Telefonnummer einer Helga zur Wachen angezeigt. War es schon zu spät, um anzurufen?

Sevim wählte ihre Nummer und es ging gleich jemand an den Apparat. Sie improvisierte eine Geschichte um Dora Bozehls Krankheit und ein Genesungsgeschenk, das das Kollegium für sie kaufen wollte, und ob sie etwas für ihre Wohnung brauchte. Mit dem Geschenk für die Wohnung und abenteuerlichen Mutmaßungen von Sevims Seite als Ausgangspunkt, erfuhr sie schließlich die Straße, in der Dora Bozehl wohnte. Laut Google Maps eine beschauliche Nebenstraße, die in einer Sackgasse endete. Es sollte nicht lange dauern, alle Namensschilder abzuklappern. Die Schulsekretärin, zu der Sevim immer einen ziemlich guten Draht gehabt hatte, würde ihr bestimmt die komplette Adresse heraussuchen, aber die würde erst am Montag wieder zu erreichen sein.

Stattdessen fuhr sie schnell zu Bernds Werkstatt, um ihm von Frau Bozehl und ihrem Verschwinden zu berichten. Er war aber nicht da und sie hinterließ ihm eine Nachricht. Auf dem Rückweg nahm sie vom Asia-Imbiss ein spätes Abendessen für sich und Freya mit.

Während Sevim in der vergangenen Woche mit Bernd spioniert hatte, war Freya unter anderem in der Unibibliothek gewesen, hatte Dora Bozehls Abschlussarbeit kopiert und aufmerksam gelesen. Jetzt fasste Freya für ihre Freundin das Wesentliche zusammen.

Die Arbeit handelte von drei Adelsfamilien und wie sie ihre gesellschaftliche Stellung im zwanzigsten Jahrhundert neu zu definieren versuchten. Freya behielt recht – die von Barthows hatten laut Dora Bozehl die Nase vorn. Und sie nahmen in der Arbeit den meisten Raum ein, über die Hälfte, den Rest der Seiten teilten sich die beiden anderen Familien. Auch über den Mythos des roten Berylls wusste die Verfasserin natürlich gut Bescheid.

Sevim legte die Gabel aus der Hand. Ihr war der Appetit gründlich vergangen. Sie wurde einfach das Gefühl nicht los, dass ihre ehemalige Kollegin in Schwierigkeiten steckte. Dass sie nicht in der Schule und auch nicht zu erreichen war, das passte einfach nicht zu ihr. In was war Frau Bozehl da hineingeraten?

...

Mit einem Blumentopf im Arm für den Fall, dass Dora Bozehl doch zu Hause war, begab sich Sevim am Sonntagmorgen mit Bernd in die König-Otto-Straße, wo ihre ehemalige Kollegin wohnte. Sevim nahm an, dass sie in einem der Mehrfamilienhäuser lebte und war erstaunt, als sie neben einem schmiedeeisernen Gartentor Dora Bozehls Namen auf dem Schild entdeckte, vor einem Haus, das laut Bernds Zusammenfassung in den 1930ern von einem stadtbekannten Architekten im klassischen Stil errichtet worden war. Nicht schlecht, dachte sich Sevim. Bestimmt musste sie es geerbt haben, oder die Immobilienpreise waren irgendwann mal im Keller gewesen.

Das Gartentor war offen und sie klingelte an der Eingangstür, dieses Mal wirklich. Bernd brauchte wesentlich länger, um das Schloss zu öffnen, und Sevim konnte nur hoffen, dass die Nachbarn hier nicht allzu neugierig waren. Zumal sich Bernd einen Bart wachsen ließ, der es gerade einmal über das Drei-Tage-Stadium geschafft hatte, wodurch er nicht unbedingt vertrauenswürdiger aussah. Aber er hatte sich halbwegs förmlich gekleidet, gerade so, als wären sie auf dem Weg, einer älteren Verwandten einen Pflichtbesuch abzustatten.

Die Gegend machte einen durch und durch gediegenen Eindruck. Die Bewohner der umliegenden Häuser würden nie jemanden verdächtigen, der gekleidet war und sich gab wie sie selbst, hatte er gemeint. Hier wohnte man, wenn man sich noch nie hatte Sorgen machen müssen, ob man sich etwas leisten konnte oder nicht. Die Häuser wirkten vom Zaun bis zum Schornstein gepflegt und davor parkten SUVs, die ihre Besitzer sicher in die Stadt und wieder zurückbrachten.

Sevim hätte sich Frau Bozehls Wohngegend irgendwie schlichter, fast asketisch vorgestellt, aber hier waren sie nun. Sevim hatte den Eindruck, dass ihr Haus bestimmt noch einige Überraschungen bereithielt.

Bernd bezwang endlich das Eingangsschloss und sie standen bei Dora Bozehl im Flur, wo sie einen Vorgeschmack auf die gediegene, aus Antiquitäten oder Nachproduktionen bestehende Einrichtung bekamen. Sevim machte sich auf das Schlimmste gefasst, nämlich Frau Bozehl irgendwo leblos vorzufinden, aber nichts deutete darauf hin, dass hier ein Verbrechen passiert war. Sie sahen sich im Erdgeschoss um, wo sich die Küche, ein Bad und ein gemütliches Wohnzimmer mit Essecke befanden. Alles war aufgeräumt und in bestem Zustand. Gemeinsam stiegen sie die Treppe hinauf und sahen sich im ersten Stock um. Dort gab es ein zweites Wohnzimmer, Dora Bozehls Arbeitszimmer und am Ende des Flurs ihr Schlafzimmer. Sie blickten nur kurz hinein, und Bernd ging ins Wohnzimmer, während Sevim das Arbeitszimmer in Augenschein nahm.

Im Regal neben dem Schreibtisch fanden sich Lehrbücher, Arbeitshefte und Ordner für die Stundenvorbereitung, eine Schüssel mit alten Orden, Anstecknadeln und historische Postkarten, deren Rückseite mit Sütterlinschrift bedeckt war. Altmodische Rollkarten standen dagegen gelehnt. Das Zimmer von jemandem, der ganz in seiner Arbeit als Geschichtslehrerin aufging. Im hinteren Teil stand ein uriger Ledersessel und daneben ein kleines Regal mit gebundenen Schriften und weiteren Ordnern. Sevim hielt inne. Neben dem Regal stapelten sich, wie bei ihnen zu Hause vor der Heizung, sämtliche Bände und Bücher Carl Alexander von Barthows zur Familiengeschichte. Sevim zog eine gebundene Arbeit aus dem Regal und schlug sie auf. *Heiratspolitik im 16. Jahrhundert – Bodo von Barthow und seine Söhne* stand auf dem Titelblatt. Sevim war sich ziemlich sicher, dass Kopien aller Arbeiten, die sich mit den von Barthows befassten, hier im Regal zu finden waren. Sie zog einen der Ordner hervor und sah darin, fein säuberlich ausgeschnitten und in Fotoecken geklemmt, viele der Zeitungsartikel, die sie mit Freya im Archiv der Stadtbibliothek studiert hatte. Und es waren keine kopierten Seiten, Frau Bozehl musste sich die Originalzeitschriften und Magazine besorgt haben. Oder aber sie hatte die Artikel seit den Sechzigern gesammelt. Nein, das konnte nicht sein. Sevim schätzte sie auf höchstens Mitte fünfzig. Und hier war auch der Artikel vom Tod Wolff Freys. Sie nahm den Ordner mit ins Wohnzimmer, wo Bernd es sich auf einer Chaiselongue gemütlich gemacht hatte.

»Und, was gefunden?«, fragte Sevim.

Er schüttelte den Kopf. »Ich lasse das Haus erst mal auf mich wirken.«

»Hier, schau mal.«

»Sie ist also ein Fan«, konstatierte Bernd, als er durch den Ordner blätterte.

»Sie weiß über alles Bescheid. Sie kennt die von Barthows und alle, die mit ihnen zu tun haben. Sie hat auch den Tod von Wolff Frey, vielleicht unbewusst, mit ihnen in Verbindung gebracht, sonst wäre der Artikel hier nicht drin …«

Sie dachte eine Weile nach und ging noch einmal in Dora Bozehls Arbeitszimmer. Mit einem halb leeren Ordner, welcher der vorerst letzte in Frau Bozehls Dokumentation zu den von Barthows zu sein schien, kam sie wieder zurück.

»Hier! Das ist der Brief aus der Kiste. Sie muss ihn für sich kopiert haben, während ich mich mit den Schülern unterhalten hatte. Sie kann sich denken, dass er von der Gräfin stammt und dass die von Barthows jemandem Unrecht getan haben. Sie hat vielleicht eins und eins zusammengezählt und jemanden aus der Familie damit konfrontiert. Ich glaube, wir sollten zur Polizei gehen.«

Bernd blickte skeptisch drein.

»Du musst nicht mitkommen.«

»Und was willst du denen erzählen?«

Sevim überlegte und musste sich schließlich eingestehen, dass sie nicht viele Fakten hatten, die sie der Polizei übermitteln konnten. Sie schaute sich im Wohnzimmer um und öffnete schließlich ein kleines Kabinett, das hinter der Chaiselongue stand. Es enthielt eine Auswahl an Likören und anderen alkoholischen Getränken sowie gebundene Zeitschriften. Wahllos zog sie einen der Bände heraus und blätterte darin.

»Noch mehr Hinweise?«

»Ich glaube nicht. Das sind alle Ausgaben einer Zeitschrift namens *Adel aktuell* aus dem Jahr 1976. Und ich nehme an, in den anderen Bänden sind die restlichen Jahre versammelt.« Saß Frau Bozehl nach dem Unterricht manchmal hier, trank einen Johannisbeerlikör oder einen Cognac und blätterte dabei durch alte Zeitschriften, die von recht belanglosen Ereignissen in Adelskreisen berichteten? Vielleicht aus geschichtlichem Interesse? Ob es die Zeitschrift heute noch gab? Sevim legte den Band zurück und schloss das Kabinett.

»Interessantes Zimmer«, meinte Bernd schließlich.

Sevim ließ den Blick erneut umherschweifen und musste zugeben, dass solch ein Raum gar nicht zu der nüchternen Lehrerin passte.

»Und erinnert es dich an irgendwas?«

Sie nickte, konnte den Finger aber nicht daraufflegen.

»Der Ballsaal im Schloss.«

Da ging Sevim ein Licht auf. Die Art, wie die Parkettdielen ausgerichtet waren, die Vorhänge, der Stuck an der Decke und den Wänden, wie die Einrichtung harmonierte ...

»Und das da sind größtenteils echte Antiquitäten.«

»Das ist also Frau Bozehls Welt«, sinnierte Sevim. »Ich hab' sie mir irgendwie nie außerhalb der Schule vorgestellt ...« Fast hatte sie ein schlechtes Gewissen, dass sie ihre Kollegin immer als gegeben hingenommen und sich nie Gedanken über sie gemacht hatte. Andererseits hatte Frau Bozehl ja nie etwas über sich preisgegeben, nicht das Geringste, und wie sollte man da mit ihr warm werden?

»Die Pflanze«, meinte Bernd, als sie den Rückzug antraten und Sevim die Türklinke schon in der Hand hatte.

»Mist!« Sie sprintete zurück zur Garderobe, wo sie den Topf abgestellt hatte, und packte ihn in einen Jutebeutel, damit nicht auffiel, dass sie einige Zeit im Haus verbracht hatten, ohne ihn zu überreichen.

Statt den Weg zum Gartentörchen zu nehmen, setzte Bernd über den Rasen zu einem Bäumchen, das ihn gerade so überragte. Er griff hinein und pflückte etwas, das aussah wie eine unreife Kiwi.

»Hast du keine Angst, Fußspuren zu hinterlassen?«, neckte Sevim.

»Nicht auf diesem Rasen, ich hab' noch nie so wenig Unkraut in einem Garten gesehen.«

»Was das wohl ist?« Sie zeigte auf das komische Ding in seiner Hand.

Auf dem Weg zurück zur Straßenbahn pulte Bernd in der Frucht, was braungelbe Flecken auf seinen Händen hinterließ. Schließlich förderte er eine Walnuss zutage, die sich, zu früh vom Baum entfernt, noch in ihrer grünen Schale versteckt hatte.

»Das wundert mich jetzt irgendwie nicht«, meinte Sevim.

In der Straßenbahn zurück überreichte sie Bernd die Topfpflanze. »Vielleicht willst du sie ja Charlotte zum Einzug schenken?«

»Das wäre eine nette Geste. Aber vielleicht ziehe ich mich lieber zurück, alles andere wäre unfair, meinst du nicht?«

»Na ja, ich habe mich noch nie unter falschem Namen mit jemandem angefreundet und kenne in diesem Fall die Etikette nicht. Also bei uns hat die Pflanze jedenfalls keine Überlebenschance.«

»Aber die Idee war hervorragend. Welcher Einbrecher bringt schon eine Topfpflanze mit!«

»Wir könnten sie bestimmt samt Einwickelpapier bei Suzette im Laden lassen und bei Bedarf ausleihen.«

Bernd grinste stolz. »Du wirst es noch weit bringen, Sevim, und dabei bist du meine erste Schülerin!«

...

Bernds Bart hatte Form angenommen und ließ ihn distinguiert erscheinen. Des Weiteren bedeckten seinen Körper eine Hose und eine Weste aus ochsenblutfarbenem Tweed und ein passendes, kaum merklich gestreiftes Hemd. Sogar lederne Schnürschuhe im gleichen Farbton hatte er irgendwie aufgetrieben. Insgesamt ein Abbild des guten, gediegenen Geschmacks, zumindest soweit Sevim das beurteilen konnte. Suzette betrachtete ihn fasziniert.

Sie trafen sich in ihrem Laden, wo sie Sevim modisch an Bernd anpassen sollte. Suzettes Wahl fiel auf ein kaffeebraunes Etuikleid und feine Lederstiefel, deren Absätze Sevim in die Liga der mittelgroßen Menschen katapultierten.

»Nein, lieber keine klassische Perlenkette«, sinnierte Suzette. »Das wirkt mit dem Outfit zu gewollt und nicht souverän.«

Sie reichte Sevim stattdessen eine Kragenkette, die ein aus feinen

Perlen gewebtes Ornament um ihren Hals bildete. Sevim betrachtete sich im Spiegel und war begeistert. Sie hatte ihre Locken mit einem Glätteisen bearbeitet, welches ihr Seyhan vor Jahren überlassen hatte und das üblicherweise ein abgeschiedenes Dasein im Badschrank fristete. Rasch lief sie noch einmal in ihre Wohnung hoch und trug den ziegelroten Lippenstift auf, mit dem sie einst Freya verunstaltet hatte. Ihr selber verlieh er ein kultiviertes Aussehen, wie gemacht für einen Besuch im Schlosscafé, wo sie die Klingen mit den Geschwistern von Barthow kreuzen würden. Zumindest dachte Sevim, dass Bernd das vorhatte.

Theresa und Carl Alexander von Barthow waren noch nicht da, aber sie sah das *Reserviert* Schild auf dem Tisch, den sie das letzte Mal okkupiert hatten und von dem aus man den besten Blick auf den Schlossgarten hatte. Dort wurden gerade die Buchsbäume in Form gebracht und die marmorne Eingangstreppe wirkte nicht mehr verwittert, sondern erstrahlte wieder in reinstem Weiß.

Bernd und Sevim ließen sich am Tisch daneben nieder und bestellten Tee. Sevim hätte alles für einen Latte Macchiato und einen Schokomuffin gegeben, aber Bernd schien der Meinung zu sein, dass dies nicht zu ihrer Rolle passte.

Schließlich betraten die Geschwister von Barthow das Café und die Bedienung hinter der Theke belud ihnen unaufgefordert ein Tablett, Milchkaffee und ein Stück Donauwelle für sie, ein Kännchen Kaffee und ein Stück Apfelkuchen für ihn. Bernd nickte zustimmend, dasselbe, was sie beim letzten Mal gegessen hatten.

Heute wirkten sie jedoch angespannt, fand Sevim. Das konnte daran liegen, dass die Vorbereitungen für den Festakt zum neunzigjährigen Jubiläum des Steinfundes auf Hochtouren liefen. Oder vielleicht daran, dass einer von ihnen, oder beide, irgendwo eine einsame Geschichtslehrerin gefangen hielten, oder schlimmer noch, sie irgendwo verbuddelt hatten. Sevim war versucht, unbefugt den Schlosspark zu betreten, um nachzusehen, ob vor Kurzem an einer Stelle vielleicht die Erde gelockert worden war.

»Also Susi, ich weiß wirklich nicht, was du hast«, sagte Bernd plötzlich unvermittelt. »Das Provinzielle hat doch durchaus seinen Charme. Niemand braucht ein zweites Neuschwanstein!«

»Glaubst du?!«, reagierte Sevim verhalten. Bernd hatte sie wieder einmal nicht eingeweiht.

»Aber ja doch! Und überleg' mal, wie populär der letzte Graf war. Und du darfst das *Feuer des Nordens* nicht vergessen. Jetzt wo es wieder da ist, wird die Familie ein Revival erleben. Das können dir nicht viele Schlösser bieten.«

»Na ja, es ist aber auch nicht gerade der ... der ...«

»Koh-i-Noor?«

»Genau!« *Danke fürs Bescheid sagen*, dachte sie sich, *ich hätte mich ja gern auf das Rollenspiel vorbereitet.*

»Nun ja, es gibt aber auch keinen anderen Stein von diesem Kaliber in ganz Deutschland.«

Sevim entschied sich, in die Offensive zu gehen. Sie lehnte sich über den Tisch und flüsterte laut: »Trotzdem will man in dieser Stadt nicht tot überm Zaun hängen.«

»Aber es geht ja nicht um die Stadt, nur um das Schloss. Und meiner Meinung nach liegt es locker in der Top Five, wenn es nicht sogar an der Top Drei kratzt.«

Sevim beobachtete, wie Carl Alexander von Barthow seine Tasse mit einem letzten Zug leerte und hob ergeben, aber lustlos die Arme. »Wie du meinst.«

»Komm' schon. Fast fünfhundert Jahre Geschichte und so gut in Schuss.«

»Ist ja gut. Vielleicht sehen wir in der Ausstellung noch etwas, das es von anderen Schlössern abhebt?«

Carl Alexander kam an ihren Tisch und verbeugte sich: »Die Geschichte meiner Familie sollte eigentlich für sich sprechen, aber ich bin mir nicht zu schade, Ihnen auf die Sprünge zu helfen.« Er streckte Sevim die Hand entgegen. »Carl Alexander von Barthow.«

Sevim schenkte ihm lediglich ein peinlich berührtes Lächeln. Einerseits, weil sie es für eine geeignete Reaktion hielt, und andererseits weil ihr einfach kein passender Nachname einfiel und sie sich nicht mit *Susi* vorstellen wollte.

»Sehr freundlich von Ihnen«, ergriff Bernd das Wort. »Aber haben Sie nicht unheimlich viel zu tun, um das Jubiläum vorzubereiten?«

»Die Zeit nehme ich mir gerne. Und Sie arbeiten für welches Magazin?«

»Benedikt Korn und das ist meine Kollegin Susanne Zabel. Wir sind die Verfasser eines Reise- und Kulturblogs mit über zehntausend Besuchern täglich, Grand Bindestrich Tour Bindestrich modern.de, falls sie einmal vorbeischauen möchten. Wir berichten über Museen, Theater, Schlösser und so weiter. Und auf Wunsch unserer Leser erstellen wir gerade die ultimative Top Ten für jede Kategorie.«

Sevim hätte es nicht gewundert, wenn es diesen Blog tatsächlich gab.

»Der Tee geht auf die Familie. Bitte hier entlang«, spielte der älteste noch lebende von Barthow den galanten Führer.

In den Ausstellungsräumen begegneten sie Charlotte, die gerade eine Führung gab, in fließendem Französisch. Sevim, die sich nur zwei Jahre lang mehr schlecht als recht mit Französisch herumgeschlagen hatte und schon mit Englisch auf Kriegsfuß stand, war voller Bewunderung. Charlotte schaute die beiden jedenfalls ungläubig an. Sie war scheinbar verunsichert, ob sie grüßen sollte, und entschied sich schließlich dagegen.

»All diese persönlichen Gegenstände und Erinnerungsstücke«, meinte Bernd versonnen, »wie muss es nur um ihre privaten Räumlichkeiten bestellt sein? Völlig leergefegt, stelle ich mir vor.«

»Wir haben sie mit unseren eigenen Anschaffungen und Andenken gefüllt«, entgegnete Carl Alexander.

Falls Bernd gehofft hatte, er würde sie daraufhin in seine Wohnräume führen, dann hatte er sich getäuscht. Stattdessen erklärte ihnen ihr Gastgeber lang und breit den Inhalt der Vitrinen und Bernd griff schließlich unbemerkt in Sevims geliehenes Designertäschchen und fischte ihr Smartphone heraus.

»Oh nein«, rief er aus. »Wie unhöflich. Entschuldigen Sie mich, da muss ich leider drangehen. Einer unserer Werbekunden.« Er erntete ein verständnisvolles Nicken.

Sevim versuchte in Bernds Fußstapfen zu treten und Carl Alexander von Barthow auszuhorchen.

»Sie erklären alles ganz wunderbar«, hörte sie sich sagen und es klang in ihren Ohren furchtbar gestelzt, aber er schien darauf anzuspringen.

»Ich wünschte, meine Geschichtslehrerin hätte alles so lebhaft erklärt«, lockte sie ihn. »Aber sie war immer furchtbar streng und korrekt. Wehe man konnte eine Merkzahl nicht richtig zuordnen.«

Carl Alexander erklärte scheinbar unbeirrt weiter. Sevim überlegte, ob sie aufs Ganze gehen und Frau Bozehls Namen ins Spiel bringen sollte, aber was, wenn sie ihn damit zu etwas Unüberlegtem anstachelte? Vielleicht war noch nicht alles zu spät?

»Sie hat aber immer Ausflüge mit uns gemacht, auf eine Burg oder ins Museum. Aber das Schloss in unserer Stadt war ihr, glaube ich, am liebsten. Sie hätte bestimmt selber gerne in einem Schloss gewohnt …«

»Ja, wer würde das nicht wollen?«, entgegnete er. Klang das vielleicht ein kleines bisschen verbittert? Sevim war sich nicht sicher.

»Das Problem ist nur, dass einen das Leben im Schloss nur veredelt, wenn man bereits Stolz und Ehre in sich trägt«, fügte er kryptisch hinzu.

»Ehre, das bedeutet Ihnen viel?«, stocherte Sevim weiter.

»Der Ruf der Familie muss geschützt werden. Ein althergebrachter Name bedeutet heutzutage nicht mehr viel, egal, was die, die ihn trugen, alles geleistet haben.«

»Und Sie würden alles dafür tun?«

Er blickte sie abschätzend an. »Ich habe noch nie jemanden außerhalb meiner Sphäre getroffen, der das verstehen würde, und es hat sich immer als fruchtlos erwiesen, darüber zu diskutieren. Aber wir leben in

Zeiten, in denen einem die eigene Familie manchmal fremd erscheint, also sollte es mich wirklich nicht wundern. Ich würde unsere Führung jetzt gerne beenden. Es war ein anstrengender Tag. Wo ist eigentlich Ihr Kollege?«

»Bestimmt wartet er draußen«, entgegnete Sevim rasch. »Vielen Dank für die Führung. Hinter Schloss Barthow steckt mehr, als man zunächst denkt.«

Er schien hinter der Anspielung nichts zu vermuten und begleitete sie hinaus. Sie wartete an der Eingangstreppe und machte sich ein wenig Sorgen, dass Bernd vielleicht in Schwierigkeiten geraten war. Aber nach zehn Minuten erschien er unterhalb der Treppe und wies mit dem Kopf in Richtung Ausgang.

»Und?«

»Eines der Gästezimmer ist belegt. Von einer Frau mit konservativem Geschmack, würde ich sagen. Aber es war niemand da.«

»Und was machen wir jetzt?«

»Abwarten.«

Das war mal eine Antwort von Bernd, mit der Sevim wirklich nicht gerechnet hätte.

...

Während Sevim mit Bernd sozusagen Feldforschung betrieb, war Freya auch nicht faul gewesen. Nachdem sie den Entschluss gefasst hatte, mehr über die getrocknete Pflanze aus dem Kästchen herauszufinden, merkte sie jedoch wieder einmal, dass sich etwas vornehmen und es dann auch umsetzen, zwei verschiedene Dinge waren. Zum Beispiel Schlittschuhlaufen lernen oder anderen Leuten gegenüber offener zu werden und Gespräche mit Fremden in der Straßenbahn anzufangen oder selber Sauerkraut herzustellen. Das alles hörte sich vernünftig an und hatte viele Vorteile, bis aufs Schlittschuhlaufen vielleicht, aber dann war der Aufwand höher, als es die ganze Sache wert war.

Das schien auch hier der Fall zu sein. Und wenn Sevim nicht die ganze Zeit mit Bernd unterwegs gewesen wäre wegen einer Sache, die an Freyas Geburtstag ihren Anfang genommen hatte, dann hätte Freya vermutlich gar nicht erst versucht, noch etwas zur Lösung des Falles beizutragen. Bereits als sie die welke Pflanze aus ihrem Kästchen nahm, verflüchtigte sich ihr Enthusiasmus ein wenig. Welchen Vorteil hatte es letztlich zu wissen, was es für ein Gewächs war? Man konnte ja trotzdem nur Vermutungen anstellen, warum es schließlich in der Kiste gelandet war.

Natürlich sah die Pflanze nun leblos und unscheinbar aus, sie musste bereits vor Jahrzehnten gepflückt und dann gepresst und aufbewahrt worden sein.

Aber warum eigentlich?

Auch in vollem Saft und mit farbigen Blüten konnte sie nicht sonderlich viel dargestellt haben. Warum hob also jemand gerade diese Pflanze auf? Gab es keine schönere?

In einem Blumenstrauß bestimmt. Aus einem solchen würde man dann auch eher eine Rose trocknen und aufbewahren, das Pflänzchen aus der Kiste würde jedoch eher als Füllmaterial herhalten.

Und auch wenn sie frisch von der Wiese gepflückt und überreicht worden wäre, würde man ja nicht ein x-beliebiges Unkraut abzupfen. Man würde etwas nehmen, das einer richtigen Blume am nächsten kam, oder? Etwas, das die Geste oder den Rahmen unterstrich, in welchem man es überreichte.

Diese Gedanken hatten Freya ein paar Tage umgetrieben. Sie überlegte, ob sie das Internet nach Bildern von Pflanzen durchkämmen sollte oder vielleicht zu ihren Eltern fahren, um in der Gärtnerei vor Ort jemanden zu finden, der ihr half, die Pflanze zu bestimmen. Beides war mit Zeitaufwand oder Langeweile verbunden und erschien Freya nicht attraktiv, also machte sie erst einmal Makramees. Nachdem sie für das Quipu ihre ganzen Garne und Fäden herausgesucht hatte, war sie nämlich auf den Geschmack gekommen und knüpfte mehrere Blumenampeln für den Balkon. Die Suche nach geeigneten Vorlagen, die Auswahl der Garne und das Knüpfen an sich verdrängten zunächst jeden Gedanken an das getrocknete Pflänzchen. Als sie schließlich drei Stück fertig hatte, nahm sie die Suche immer noch nicht auf, sondern fuhr zum Baumarkt, um passende Balkonblumen auszuwählen. Dort angekommen war sie mit dem Angebot allerdings nicht zufrieden. Was nützte es, wenn es jeweils ein Dutzend Geranien oder Petunien gab, wenn es doch immer dieselbe Pflanze war, die außerdem alle in der Straße auf dem Balkon hatten? Freya war unentschlossen und fuhr mit leeren Händen zurück. Währenddessen kam ihr aber ein entscheidender Gedanke: Die Pflanze selbst musste etwas Besonderes sein, und nicht die Geste, mit der sie überreicht worden war oder das Erlebnis, das man damit verknüpfte. Freya konnte das beurteilen, denn sie hob so ziemlich alles auf, was sich irgendwie pressen oder trocknen ließ sowie alte Eintrittskarten, jedes Geschenk, und wenn sie es noch so hässlich fand, oder einfach Dinge, die sonst niemand haben wollte.

Die Pflanze an sich ist etwas Besonderes. Wie ein Mantra begleitete Freya diese Feststellung in den nächsten Tagen, ob sie in der Galerie Besucher herumführte, auf Gartenseiten verschiedene Balkonpflanzen miteinander verglich, oder Suzette bei der Sommerdekoration für deren Laden half.

Aber selbst wenn sie etwas Besonderes war, sagte einem das ja noch nicht, was man googeln sollte, denn für den Rest der Welt war es nur eine Pflanze wie jede andere. Das machte Freya fast wahnsinnig. Das Einkaufen dauerte jetzt doppelt so lange, denn immer wenn sie im Regal die Abbildung einer Pflanze sah – auf der Margarineschachtel, einer Packung Tee oder auf den Streuern mit verschiedenen Kräutern – dann studierte sie diese genau, nur um immer wieder festzustellen, dass es sich nicht um die Pflanze aus dem Kästchen handelte. In die Drogerie ging sie schon gar nicht, um nicht stundenlang vor den Regalen mit Shampoos, Seifen und Handcremes zu stehen. Die Suche
nach Balkonpflanzen verleidete ihr das Ganze außerdem und auf dem Weg in die Arbeit hielt sie an jedem Blumenkübel an. Das musste ein Ende haben.

Freya beschloss, dass sie nur etwas herausfinden würde, wenn sie nicht zu beweisen versuchte, dass die Pflanze von einer Expedition stammte, sondern wenn sie einfach davon ausging.

Also machte sie sich noch einmal alleine auf ins Institut für Geologie. Es war ja immerhin eine Möglichkeit, dass die Pflanze bei einer der Expeditionen eine wichtige Rolle gespielt hatte und es einen Bericht darüber gab. Vielleicht war es eine Heilpflanze oder sie wuchs nur auf einem bestimmten Boden und wies auf irgendwelche Mineralien hin.

Da sie sich im Institut schon auskannte, hatte sie bald alle Akten zusammen. Vorerst würde sie sich auf Expeditionen konzentrieren, die auch von Biologen oder Botanikern begleitet worden waren, denn in deren Fachgebiet fiel das Pflänzchen ja.

Es war immer noch genügend Papier, das gelesen werden musste, und Freya überflog die Seiten lediglich. So ging das mehrere Nachmittage lang und irgendwann stieß sie auf den Bericht einer Biologin, Waltraud Lauter, die tatsächlich in den Anden auf eine neue Pflanze gestoßen war. Freya googelte den Namen, bekam aber keine Ergebnisse. Bedeutsam konnte sie also nicht sein. Aber Dr. Lauter hatte sie entdeckt und sie nach sich selbst benannt: Viola waltraudis. Leider gab es in dem Bericht keine Fotos oder Abbildungen, doch Freya war ziemlich zuversichtlich.

Es war schon zu spät, um noch in die Stadtbibliothek zu fahren, also schaute sie am nächsten Tag dort vorbei und ging schnurstracks in die Abteilung Biologie. Sie musste nicht lange in einem Lexikon über Veilchengewächse blättern, um auf Viola waltraudis zu stoßen.

Sie machte ein Foto von der Abbildung, war sich aber bereits ziemlich sicher, dass es sich um die Pflanze aus der Kiste handelte.

Die wichtigste Erkenntnis aber war, dass sie neben dem Blauquarz und dem Quipu ein weiteres Andenken an eine Expedition war, an der die Gräfin und Wolff Frey gemeinsam teilgenommen hatten. Freya hatte große Lust, gleich weiterzumachen. Immerhin gab es da noch das Schneckenhaus, von dem sie auch nicht wussten, woher es stammte.

Als Belohnung fuhr sie aber erst einmal zu Blumen Ulmendinger und kaufte sich dort die exotischsten und teuersten Balkonpflanzen und hängte sie zu Hause auf. Dabei wunderte sie sich, was sie jetzt mit ihrem Wissen anfangen sollte.

Diese Frage konnte sie zwar vorerst nicht beantworten, aber immerhin hatte Freya ihren Seelenfrieden wieder und konnte alle Pflanzen und ihre Abbilder problemlos ignorieren.

Kapitel 14

Sevim diskutierte mit Freya zum hundertsten Mal, ob man wegen Frau Bozehl zur Polizei gehen sollte und falls ja, was man dort erzählte und was man besser für sich behielt, als es unten klingelte.

»Das kann ja nur Bernd sein«, mutmaßte Freya, »wer sonst kommt abends kurz vor zehn vorbei, ohne vorher anzurufen.«

Aber Bernd war es nicht.

Sevim war ziemlich verwirrt, als sie hörte, wer sich da durch die Gegensprechanlage anmeldete. Sie zögerte, auf den Türöffner zu drücken.

»Es ist wegen Frau Bozehl«, sagte schließlich eine weitere jugendliche Stimme und Sevim ließ sie beide herein.

»Zieh' dir lieber deine gute Schlabberhose an«, meinte sie zu Freya, »es ist jedenfalls nicht Bernd.«

Auf dem Weg nach oben waren die Drillinge, oder besser gesagt zwei Drittel von ihnen. So hatte Sevim sie insgeheim genannt als sie noch Lehrerin gewesen war und die Drillinge ihre Schüler. Sevim hatte jeden von ihnen mindestens ein Jahr unterrichtet. Eigentlich war es nur ein Zwillingspaar und deren Bruder, zwei Klassen unter ihnen, aber sie sahen sich alle furchtbar ähnlich und Sevim wusste gerade nicht, wen genau sie vor sich hatte.

Sie durchkämmte ihr Gedächtnis nach deren Namen und versuchte es auf gut Glück. »Florian und Fabian?«

»Nein, ich bin Florian und das ist Tobias.« Sie standen unschlüssig vor der Tür und Letzterer trat nervös von einem Bein aufs andere.

»Kommt doch herein.« Sevim versuchte, sich ihr Unbehagen nicht anmerken zu lassen. Sie hatte keinen ihrer Schüler jemals zu sich nach Hause eingeladen und war sich ziemlich sicher, dass abgesehen von zwei oder drei Ausnahmen, nicht einmal ihre ehemaligen Kollegen wussten, wo sie wohnte.

Sie benutzten brav den Fußabtreter und Sevim führte sie ins Wohnzimmer, wo Freya sie misstrauisch beäugte.

»Und warum kommt ihr ausgerechnet zu mir?«

Tobias traute sich anscheinend nicht, Sevim anzusehen, aber sein Bruder ergriff das Wort.

»Der Kleine ist in Schwierigkeiten.«

Klein war dabei relativ, sie waren beide über einen Kopf größer als Sevim und gebaut wie Ringer. Außerdem war das keine Antwort auf Sevims Frage.

»Und woher wissen sie, wo du wohnst?«, fiel Freya ein. Sie fischte, ihrer Meinung nach unauffällig, das Handy von der Sofalehne und hielt es fest umklammert.

»Das hat auch mit Frau Bozehl zu tun«, meldete sich Tobias zu Wort. »Ich hab' Mist gebaut.«

Sevim konnte sich keinen Reim darauf machen. Soweit sie sich erinnerte, war Frau Bozehl die Klassenlehrerin der Zwillinge gewesen, bis sie vor zwei Jahren ihren Abschluss gemacht hatten.

»Ihr wolltet mir von Frau Bozehl erzählen?«, nahm Sevim das Gespräch wieder auf. »Wisst ihr denn, wo sie ist?«

»Im Schloss natürlich!«

»Natürlich? Seid ihr euch sicher? Geht es ihr gut?«

»Ja. Klar doch. Das war doch der Plan von Anfang an!«, meinte der ältere Junge.

»Die von Barthows haben das geplant? Kannten sie denn Frau Bozehl? Was haben sie mit ihr gemacht?«

Die zwei schüttelten gleichzeitig den Kopf, was sie einmal mehr wie Zwillinge aussehen ließ.

»Sie verstehen das nicht! Frau Bozehl will im Schloss wohnen, und jetzt erpresst sie den Alten!«

»Ääähhh ...« Sevim lachte auf bei der Vorstellung, dass ihre ehemalige Kollegin etwas Unerlaubtes tat. »Wir reden hier von Dora Bozehl, Lehrerin für Deutsch und Geschichte, die sich von den Schülern unterschreiben lässt, dass sie nicht versuchen werden, bei Arbeiten zu schummeln? Und die sofort die Eltern anruft, wenn jemand dreimal keine Hausaufgaben vorzeigen kann? Und die jeden den Kaugummi ausspucken lässt? Die Frau Bozehl?«

Tobias ließ die Schultern hängen und blickte zu Boden.

»Sie kaut manchmal selber Kaugummi in der Stunde, sie lässt es nur keinen merken ...«, warf sein älterer Bruder ein. Er blickte zur Tür.

»Ich hol' mal was zu trinken«, meinte Freya und ging in die Küche. Das Handy nahm sie vorsichtshalber mit.

»Danke dir. Also Tobias, am besten holst du ein bisschen weiter aus, um mich ins Bild zu setzen. Was genau ist los mit Frau Bozehl und warum wisst ausgerechnet ihr darüber Bescheid?«

...

Wie tief Dora Bozehls Interesse an den von Barthows ging, das konnten natürlich weder Sevim noch die Jungen ahnen. Sie hatte es sozusagen mit der Muttermilch aufgesogen, denn für Irmgard Bozehl, Doras Mutter, war die Beschäftigung mit der ortsansässigen Adelsfamilie eine willkommene Ablenkung von ihrem eintönigen Leben. Jeden Monat zwackte sie einen Teil ihres Haushaltsgeldes ab, um jedes Magazin zu kaufen, das einen Bericht über die von Barthows enthielt, sowie Carl Alexanders Bücher, welcher dieser in schöner Regelmäßigkeit herausbrachte. Sie schnitt die Artikel sorgfältig aus und klebte sie in ein Album, wobei ihr Dora half, sobald sie mit einer Schere umgehen konnte. Darüber hinaus achtete sie sehr darauf, Dora gute Manieren beizubringen, auch wenn ihr Mann darüber lachte. Dafür lieh sie sich den Knigge und andere Bücher über Etikette in der Bücherei aus und ging mit Dora jede Regel durch. Wer wusste schon, in welchen Kreisen sich Dora in Zukunft vielleicht bewegen würde? Darauf musste Irmgard ihre Tochter vorbereiten, damit diese sich nicht blamierte, sollte eines Tages ihre Chance kommen. Ihre Kleine sollte einmal ein aufregenderes Leben führen als sie selbst, mit einem gut aussehenden Mann, reichlich Geld, Reisen, auf die sie ihre Mutter natürlich mitnehmen würde, und allerlei anderen Unternehmungen, von denen Irmgard nur träumen konnte.

Meistens füllten die Mitglieder der Familie von Barthow ihre Tagträume aus. Sie hoffte natürlich, den von Barthows zufällig zu begegnen und malte sich aus, was sie dann sagen und wie sie Dora vorstellen würde.

Irmgard Bozehl sollte der Adelsfamilie aber nur einmal in ihrem Leben näherkommen. Davon zeugte auch heute noch ein abgedruckter Brief, der einen Ehrenplatz in Doras Ordnern einnahm.

Liebe Redaktion von »Adel aktuell«!
Ich möchte Ihnen auf diesem Wege noch einmal ein riesengroßes Dankeschön zukommen lassen, für das großartige Erlebnis, das Sie mir und meiner Tochter ermöglicht haben. Wir haben zuvor noch nie etwas bei einer Verlosung gewonnen und wir waren somit überglücklich, als wir in der Februar-Ausgabe unsere Namen unter den Gewinnern entdeckt haben!
Natürlich hatten wir ohnehin vor, uns die Dokumentation über Schloss Barthow im Kino anzusehen, da wir beide die Aktivitäten der Familie von Barthow mit großem Interesse verfolgen. Aber es hat alle unsere Erwartungen bei Weitem übertroffen, zur Premiere zu gehen und einige Mitglieder der Familie einmal aus der Nähe zu sehen. Vor allem meine Kleine war »ganz aus dem Häuschen«, wie man so schön sagt.
Die Veranstaltung war sehr eindrucksvoll. Nie im Leben hätten wir uns träumen lassen, einmal mit richtigen Berühmtheiten über einen roten Teppich zu schreiten.
Der Film über Schloss Barthow und die Familie war wie erwartet einfach wundervoll. Er hat einen sehr guten Einblick darüber gegeben, was die Familie geleistet hat, und wie der Adel auch heute noch die guten Sitten und die Vornehmheit verkörpert, die leider immer mehr in Vergessenheit geraten.

Nach der Vorführung hat Ihre Reporterin dann ein ganz tolles Interview mit Herrn von Barthow geführt. Meine Kleine möchte nun auch Reporterin bei »Adel aktuell« werden. Als große Freundin Ihrer Zeitschrift würde mich das natürlich sehr freuen.

Herr von Barthow ist jedenfalls sehr gebildet, wortgewandt und charmant und es war eine Freude ihm zuzuhören. Es ist völlig unverständlich, dass er noch nicht verheiratet ist, um die Familientradition weiterzuführen.

Nach dem Interview wurden Fragen aus dem Publikum entgegengenommen. Leider konnte meine Tochter ihre nicht mehr loswerden, obwohl sie viele Tage darüber gegrübelt hatte. Sie wollte Herrn von Barthow fragen, mit welchem Familienmitglied aus der Vergangenheit er gerne einmal für einen Tag die Rollen getauscht hätte. Das ist eine sehr intelligente Frage, wie ich finde, die sich meine Siebenjährige ganz allein ausgedacht hat. Leider war es auch nicht möglich, sich eine Unterschrift von Herrn von Barthow zu holen. Wir hatten darauf gehofft und die Weihnachtsausgabe von »Adel aktuell« mitgenommen, in der Sie über die Feierlichkeiten auf Schloss Barthow berichtet haben. Das war aber der einzige Wermutstropfen an einem ansonsten sehr erfreulichen Abend. Nochmals vielen, vielen Dank dafür.

(gekürzt)
Es grüßt herzlich
Ihre Irmgard Bozehl

Die Filmpremiere hatte bei Dora einen tiefen Eindruck hinterlassen. Das Ereignis war mit nichts zu vergleichen, was sie bis dahin in ihrem jungen Leben erfahren hatte, und auch später reichte kaum etwas an diesen Abend heran.

...

Theresa wusste nicht, was sie von dieser Frau – Dora – halten sollte. Der Fairness halber musste sie jedoch zugeben, dass sie derzeit auch nicht wusste, was sie von ihrem Bruder halten sollte. Und die beiden zusammen zu sehen, war, gelinde gesagt, recht seltsam.

Doras Anwesenheit hatte einen Schleier des Unwirklichen über das Schloss gelegt und seine Bewohner schienen wie kurzsichtig darin herumzutapsen. Die Art und Weise wie sie über die Familie sprach, ganz so als würde sie schon immer dazugehören und als hätte sie alles aus erster Hand und nicht aus Büchern erfahren, das musste Carl Alexander doch auch irritieren. Oder etwa nicht?

In ihre Überlegungen mischte sich ein Hauch von schlechtem Gewissen. Sollte sie nicht froh sein, dass ihr Bruder endlich jemanden gefunden hatte, der seine letzten Jahre mit ihm verbrachte? Wie er sie wohl kennengelernt hatte? Er verließ das Schloss nur äußerst selten allein und er hatte nie irgendwelche Andeutungen gemacht, bis Dora eines Tages beim Nachmittagskaffee aufgetaucht und scheinbar einfach geblieben war.

Wilhelmina saß von ihnen abgewandt in einem Sessel am Fenster und blätterte in einem Buch, anstatt sich mit Carl und Theresa über die Familiengeschichte auszutauschen. Sie hatte den ganzen Abend keine drei Sätze von sich gegeben, wohl weil sie sich vor Doras ermüdendem Perfektionismus fürchtete, vermutete Theresa. Dieser konnte einem leichtfertige Begeisterung, ein Charakterzug, den Theresa an ihrer jungen Verwandten schätzte, wirklich austreiben.

Theresa selbst fühlte sich in Doras Gegenwart unbehaglich, selbst hier im Salon, in ihrem eigenen Zuhause. Alles, was man sagte, jede Geste, was man anhatte, wie man sich bewegte, schien unter Doras Blick wie mit einer enormen Lupe vergrößert und man war sich seiner selbst unangenehm bewusst. Man setzte sich in ihrer Gegenwart unwillkürlich gerade hin, zog seine Kleidung glatt, kontrollierte die Frisur auf jeder sich spiegelnden Oberfläche und überlegte genau, was man sagen würde. Theresa machte der Abend wirklich keinen Spaß.

Alles war so seltsam. Die Bekannte ihres Bruders, nicht einmal in Gedanken brachte sie es über sich, sie seine Verlobte zu nennen, konnte man nicht fordernd nennen, dazu war sie zu reserviert. Trotzdem – sie hatte etwas Einnehmendes. Und das obwohl ihr Auftreten mehr als korrekt war und man ihr an der Oberfläche wirklich nichts vorwerfen konnte. Theresa fiel es schwer, ihre Gefühle gegenüber dieser Frau in Einklang mit dem zu bringen, was sie tatsächlich sah. War sie vielleicht nur eifersüchtig, dass ihr Bruder jemanden hatte und sie nicht?

Sie wünschte sich, ihr Mann wäre noch am Leben. Er hatte sich nie durch irgendwen oder irgendetwas beeindrucken lassen, und er hatte die Apathie gegenüber gesellschaftlichen Normen zur Lebensform erhoben. Er hätte Dora mit Sicherheit bei jeder sich bietenden Gelegenheit aufs Korn genommen und sie mit seiner Lässigkeit, die nie die Grenze zur Respektlosigkeit überschritten hatte, zur Weißglut getrieben. Diana hatte in der Hinsicht viel von ihm geerbt. Das erste Zusammentreffen der beiden stellte sich Theresa äußerst interessant vor und es war der einzige Trost, den sie in Gegenwart dieser Frau hatte.

Sie blickte zu ihrem Bruder, der in Gedanken versunken in seinem Lieblingssessel saß. Dora neben ihm, die an einem Portwein nippte und alle Einrichtungs- und Ziergegenstände taxierte, als würde sie eine Inventur machen, aus welchem Jahrhundert alles stammte und was es wohl wert wäre. Theresa schüttelte sich bei der Vorstellung, dass in Zukunft alle Abende so sein würden.

...

Dora Bozehl fühlte sich beobachtet und sie wusste auch, von wem. Anmerken ließ sie sich aber nichts, sondern betrachtete die Bücher in den Regalen, alles Erstausgaben, und ab und zu nahm sie aus dem schweren Glas einen winzigen Schluck Portwein. Die Flasche stammte aus Carl Alexanders Geburtsjahr. Es steckte nicht mehr viel Leben in dem alten Knaben, aber aus dem bisschen, das er noch hatte, wusste er etwas zu machen. Im Allgemeinen war alles, was er tat, bestenfalls mittelmäßig, aber er hatte es ja auch nie nötig gehabt, sich wirklich anzustrengen. Ohne sein Schloss und seine Vorfahren wäre er ein Nichts. Er hatte das einzig Vernünftige getan und die Lebensleistungen aller von Barthows, die vor ihm gekommen waren und halbwegs etwas auf die Beine gestellt hatten, nach Herzenslust geplündert. Ohne eigenes Talent freilich, sie hatte Schüler gehabt, die bessere Berichte oder Zusammenfassungen schreiben konnten, aber die meisten Menschen interessierte das nicht, wenn der Inhalt nur leidlich spannend war. Und sein Name, den er auf alles setzte, was sich beschriften ließ, war den meisten Menschen ohnehin genug. Auch Dora musste zugeben, dass sie dagegen nicht immun war. Der Gedanke begann sie zu verärgern und sie rief sich zur Räson. Dafür gab es keinen Grund mehr, jetzt da sie ein Leben führte, wie es sich ihre Mutter immer nur erträumt hatte.

Carl Alexander war nicht gerade ein Märchenprinz, aber da hatte es wirklich nutzlosere Männer in ihrem Leben gegeben, die außerdem kein Schloss zu bieten gehabt hatten.

Mit seiner Schwester ließ sich da schon mehr anfangen. Sie traf alle relevanten Entscheidungen, das war Dora bald klar gewesen, also musste man sie auf seine Seite bringen. Aber ihre baldige Schwägerin war wachsam. Sie schien zu merken, dass mit ihrem Bruder irgendetwas nicht stimmte. Dora nahm sich vor, sich mehr um ihn zu kümmern und ihm bei jeder Mahlzeit zu versichern, wie großartig er war und dass es um die Familie bestens stand. Langweilig, aber notwendig.

Theresa von Barthow war jedenfalls solide und geradeheraus und hatte zweifellos die Nerven, alle Leichen, die der Rest der Familie im Keller angehäuft hatte, für immer vor der Öffentlichkeit zu verbergen. Im Gegensatz zu ihrem Bruder. Der machte sich sofort zu ihrer Marionette, nachdem sie in ihren Briefen das Unrecht angedeutet hatte, von dem sie zufällig in der Schule erfahren hatte. Damals wusste sie selbst noch nicht genau, was sie davon halten sollte, aber Carl war so einfach aus der Fassung zu bringen, dass es fast schon lächerlich war. Jeder ihrer Schüler hatte bessere Nerven als er, selbst die Fünftklässler, welche sich nicht einmal alleine ins Lehrerzimmer trauten.

Bei den Verhandlungen zu ihrer Hochzeit – bei dem Gedanken verließ ein frivoles Glucksen fast ihren Rachen –, da war Dora plötzlich übermütig geworden. Sie hatte Carl Alexander ernst angeblickt und ins

Blaue hinein gefragt, was es mit dem Tod des Wissenschaftlers auf sich habe. Damit hatte sie den Schwachkopf überrumpelt und er hatte sofort zu lamentieren begonnen, was die von Barthows alles Schlimmes gemacht hatten. Beginnend bei Hugo von Barthow, der 1691 seinen Rivalen verleumdet und dadurch auf den Scheiterhaufen gebracht hatte, bis einschließlich seiner eigenen Missetaten. Er schien nur darauf gewartet zu haben, es irgendjemandem zu gestehen und hatte sie dankbar angesehen, als sie ihm versicherte, alles sei schon so lange her und daher vergeben und vor allem vergessen. Richtig lebhaft war er für den Rest des Abends gewesen und hatte sie sogar amüsiert. Die Erleichterung hielt aber nicht lange vor und als sie sich das nächste Mal sahen, da brütete er schon wieder vor sich hin. Sie musste wirklich Vorkehrungen treffen, was man nach der Hochzeit mit diesem abgewrackten Adligen machte. Glücklicherweise hatte Dora genügend Fantasie und auch die Mittel, diese umzusetzen.

Sie ignorierte Carl für den Moment, ließ ihre Gedanken schweifen und stellt sich wieder einmal vor, wie ihr zukünftiges Leben verlaufen würde. Gleich nach der Hochzeit würde sie sich porträtieren lassen, genau so wie die alten Herrscher und Herrscherinnen immer in den Geschichtsbüchern abgebildet waren. Sie würde mehr Prominenz ins Schloss locken und die Räume nicht nur für langweilige Schulungen und Konferenzen vermieten. Man könnte Preise für Kunst und Kultur ausloben und einmal im Jahr mit großer Geste überreichen. Carls Schwester machte eine solide Arbeit, aber sie versuchte nur, alles in Stand und am Laufen zu halten, nicht aber den alten Glanz aufzufrischen und die von Barthows aus der Masse herauszuheben. Sie hatte vermutlich in ihrer Jugend genug davon gehabt und lebte von der Erinnerung daran.

Dora hatte solche Erinnerungen aber nicht, sie hatte nur ihre Träume. Sie lächelte Carl milde an. Der Trottel – wie glücklich er sie machen würde!

...

Carl Alexander saß unentschlossen vor seinem Frühstücksgedeck. Sein Morgenkaffee war nur noch lauwarm. Zur Feier des Tages war der Tisch im Salon mit dem Familiengeschirr eingedeckt worden. Dafür hatte Dora gesorgt. Dora ...

Bei den letzten Vorkehrungen für das Jubiläum hatte sie ihm tatkräftig unter die Arme gegriffen und die niederen Arbeiten, wie das Aufstuhlen, das Putzen der Fenster und Richten der Vorhänge überwacht und den Handwerkern Beine gemacht, die meinten sie könnten die Toilette im Erdgeschoss so schnell nicht reparieren. Alles in allem sehr erfreulich und dabei hatte sie es irgendwie geschafft, dass er sie gar nicht mehr als Bedrohung wahrnahm. Von Zeit zu Zeit musste er sich vor Augen führen, dass sie gar nicht auf seinen Wunsch hin hier war, so sehr hatte sie sich für ihn unentbehrlich gemacht.

Nur manchmal offenbarte ihr Benehmen eine gewisse Verschlagenheit und Härte, meistens wenn sie es mit Wilhelmina zu tun hatte. Aber da Carl selbst sich wünschte, seine junge Verwandte würde dem Beispiel ihres Bruders folgen und dem Schloss endlich den Rücken kehren, machte er Dora daraus keinen Vorwurf. Theresa würde ihm dabei nicht zu Hilfe kommen. Unermüdlich unterwies sie das Mauerblümchen darin, wie man die Familie angemessen repräsentierte, welche Etikette für Veranstaltungen wie diese galt, und wie man sich ganz allgemein in der feineren Gesellschaft bewegte. Und sie war nicht völlig erfolglos. Ein Schwan würde aus Wilhelmina nie werden, fand Carl Alexander, aber immerhin ein ganz ansehnliches Entlein.

Dora hingegen – Carl konnte nicht umhin zuzugeben, dass das Leben im Schloss sie bereits veredelt hatte. Sie war ein wahres Chamäleon. Nach nur wenigen Tagen hatte sie es geschafft, sich nahtlos in den Tagesablauf im Schloss einzufügen. Ihre Redeweise war von der seiner Schwester kaum mehr zu unterscheiden und darüber hinaus schien sie jedem seiner Gedanken zuvorzukommen.

Es war beängstigend, wenn man daran dachte, wie sie sich in die Familie eingeschlichen hatte. Erst mit ihren Briefen und dann in Person. Wie sie ihn hatte merken lassen, was sie alles wusste, und ihm dann diktiert hatte, wie die Zukunft auszusehen habe, wie ihre Hochzeit vonstattengehen würde – ihre Hochzeit, was für eine Farce. Er sah direkt vor sich, wie Philipp, sein jüngerer Bruder, sich ins Fäustchen lachte. Aber man musste ihn ja nicht einladen.

Heute fand er den Gedanken an eine Heirat jedenfalls gar nicht mehr abwegig. Waren früher nicht viele Zweckehen geschlossen worden, vor allem unter den Adligen?

Dora stand felsenfest auf Seiten der Familie und würde alles zu ihrem Schutz unternehmen, wenn auch nur um ihrer selbst willen. Und das war in Zeiten wie diesen, wo die Familienmitglieder sich in alle Winde zerstreuten, oder nicht viel Rückgrat hatten, doch viel wert? Der Gedanke sollte Carl Alexander eigentlich beruhigen, aber er verstärkte nur die Ahnung drohenden Unheils. Gerade so als sollte es gar nicht zur Hochzeit kommen.

Und wie immer, wenn Carl hin- und hergerissen war und nicht wusste, was er denken sollte, dachte und tat er gar nichts. Zumal wenn es um ihn herum genügend Personen gab, die das liebend gerne übernahmen. Dora lächelte ihn zaghaft an und er war fast geneigt, ihre Hand zu ergreifen und sanft zu drücken. Mehr um sich selber zu beruhigen als seine *Verlobte*.

...

MEHR KLUNKER, MEHR GLANZ, MEHR SUBSTANZ? ABER NUR FÜR AUSERWÄHLTE!?

von Holger Brack
Eine der beliebtesten Sehenswürdigkeiten unserer Stadt zu sein – das ist Schloss Barthow nicht mehr genug.
Seit beinahe 50 Jahren gewährt der Prachtbau gezwungenermaßen nur

noch gewöhnlichen Touristen Audienz. Das wird sich nun ändern, wenn auf einer Welle würdevoller Wichtigkeit hoher Besuch ins Haus gespült wird. Alles, was in der Stadt Rang und Namen hat, bürstet sich vermutlich bereits auf, um bei Hofe nicht als gestrig zu gelten. Oder ist es vielleicht genau das, was die von Barthows bei dieser Belustigung erwarten? Da blaues Blut dieser Tage eher rar gesät ist, werden leider keine Prinzessinnen und Fürsten die altehrwürdigen Flure mit ihrem Erscheinen veredeln. Die Familie von Barthow konnte aber immerhin große Teile sowohl der städtischen Kulturaristokratie als auch des Geldadels, in anderen Worten mehr oder weniger bekannte Persönlichkeiten aus Politik, Kultur und Wirtschaft, dazu bewegen, den kommenden Sonntag in ihrem Zuhause zu verbringen.

Und warum gerade jetzt?

An diesem Tag vor genau 90 Jahren entdeckte Alexander Graf von Barthow, ehemaliger Bewohner des Schlosses und letzter Träger des Adelstitels, den berühmt-berüchtigten Beryll – das *Feuer des Nordens* – während einer Expedition nach Grönland. Mit dem Fund des Minerals begründete der Ausnahme-Adlige den Ruhm und den wiedergewonnenen Wohlstand der Familie in der ersten Hälfte des 20. Jahrhunderts. Kein Wunder also, dass die von Barthows dieses Ereignis zu einem persönlichen Feiertag erheben. Fast 50 Jahre war der Stein verschwunden, bis er vor wenigen Wochen, scheinbar von Gottes Gnaden, denn keiner weiß wie und woher, wieder in den Schoß der Familie fiel.

»Damit beginnt eine neue Ära für die Familie«, erklärte Dora Bozehl, Organisatorin der Veranstaltung und Verlobte von Carl Alexander von Barthow, dem Neffen des letzten Grafen und fast vergessenen Buchautoren. Das *Feuer des Nordens* werde den Glanz alter Zeiten zurückbringen. Auf die Frage, was dies für die Stadt bedeutet, meinte Dora Bozehl: »Das *Feuer des Nordens* wird mehr heraufbeschwören als Nostalgie. Schloss Barthow soll wieder interessante Persönlichkeiten anziehen und erneut zum Mittelpunkt des gesellschaftlichen Lebens werden. So wie am kommenden Sonntag. Wir werden dem historischen Ballsaal Leben einhauchen und ihn so vom Ausstellungsraum wieder in einen Ort zurückverwandeln, an dem gefeiert wird!«

Welchen kulturellen Mehrwert können die geladenen Gäste von der in Vergessenheit geratenen Adelsfamilie erwarten?

Stetig gefüllte Gläser und ein Streichquartett sieht der Autor als gegeben an und er hofft inbrünstig auf ein dekadentes Buffet. Und natürlich darauf, dass die von Barthows aus dem Nähkästchen plaudern und etwas mehr verraten, als in den Büchern steht.

Den Höhepunkt der Feierlichkeiten stellt nämlich der rote Beryll dar, der erstmals wieder einer breiteren Öffentlichkeit präsentiert werden soll. Geschickt hatten ihn der letzte Graf und dessen Frau mit einem Mythos umwoben, welcher der Familie viel Aufmerksamkeit und gesellschaftliche Vorteile eingebracht hat. Jetzt haben die von Barthows ihr Prunkstück also wieder und er soll Touristen und illustre Gäste ins Schloss locken.

Das einfache Volk muss sich auf jeden Fall noch ein wenig gedulden, bis es den Stein ebenfalls zu Gesicht bekommt. Nach bester Adelsmanier lässt sich die Familie nicht dazu herab, dem gemeinen Journalisten zu verkünden, was nach der Feier mit dem *Feuer des Nordens* geschieht.

Nachdem der Stein so lange aus dem Bewusstsein der Öffentlichkeit verschwunden war, wartet vielleicht auch niemand darauf. Man wird sehen.

Zufrieden lehnte Bernd sich in die speckigen Polster seines Hinterzimmer-Sofas zurück. Er klappte das Stadtmagazin zu und warf es auf das klapprige Campingtischchen. Er kannte Holger Brack, den Autor des Berichts, noch aus seinen wilden Zeiten. Holger war seither ruhiger geworden, aber sein Schreibstil war bissig wie eh und je. Er würde als Journalist während der Jubiläumsfeier anwesend sein und die von Barthows mit unangenehmen Fragen löchern, da war sich Bernd sicher.

Auch Bernd selber hatte vor, während des Jubiläums anwesend zu sein. Eine Einladung hatte er natürlich nicht bekommen. Aber wer brauchte schon ein Stück Papier mit seinem Namen darauf, um irgendwo dabei zu sein? Bernd jedenfalls nicht.

Kapitel 15

Sevim folgte Bernds Rat und wartete einfach ab, was nicht gerade ihre Stärke war. Allerdings wusste sie auch nicht, was sie sonst hätte tun sollen.

Sie konnte immer noch nicht glauben, was ihr die beiden Jungs über ihre ehemalige Kollegin erzählt hatten. Die strengste Lehrerin der Schule, immer korrekt, dem Erziehungs- und Bildungsauftrag verpflichtet – was sie bisher über Dora Bozehl zu wissen glaubte, galt plötzlich nicht mehr. Sevim hatte keine Ahnung, wer diese Frau überhaupt war.

Anscheinend hatte Florian, der Ältere der beiden – und er war nicht der Einzige – schon öfter *Aufträge* für Frau Bozehl erledigt. Was die Lehrerin unter *dem Erkunden außerschulischer Lernorte* verstand, konnte man nur dann als legal bezeichnen, wenn man beide Augen fest zudrückte. Das Ausspionieren von anderen Schülern und Kollegen war da noch das Harmloseste.

Ihr Verhalten konnte man bestenfalls als verantwortungslos und schlimmstenfalls als kriminell ansehen. Es machte Sevim wütend, dass so jemand über zwei Jahrzehnte an der Schule arbeiten konnte und ihre Machenschaften dabei unbemerkt blieben. Und es waren keine Dinge, die einem als Lehrerin passieren konnten. Dass man die Anzeichen nicht sah, wenn ein Schüler Drogen nahm, oder dass man am Schuljahresende aus Höflichkeit, oder Freude, ein Geschenk nicht ablehnte, obwohl es den finanziellen Rahmen überstieg. Oder dass man nur drei Klassenarbeiten schrieb, obwohl vier vorgeschrieben waren, weil man als Berufseinsteigerin ein schlechtes Zeitmanagement hatte und im kommenden Schuljahr machte man es dann besser.

Dora Bozehl hingegen schien die Noten ausgewählter Schüler und Schülerinnen zu verbessern, wenn deren Eltern dafür bezahlten, und dabei schreckte sie auch nicht davor zurück, ihre Kollegen zu erpressen. Jetzt wurde Sevim so manche Entscheidung bei den Versetzungskonferenzen klar, wo die Stimme bestimmter Kollegen das Zünglein an der Waage gewesen war. Kollegen, die dann auch mal Monate lang ausfielen, weil sie zur Kur mussten. Oder die irgendwann die Schule wechselten, was gar nicht so einfach war, wie Sevim selbst festgestellt hatte.

Außerdem schickte sie für gute Noten schon mal die Schüler selbst los, um für sie *Besorgungen* zu machen. Für die meisten der Antiquitäten in ihrem Haus hatte sie jedenfalls nichts bezahlt, wenn man Florian Glauben schenkte. Daneben hatten ihr die Schüler noch andere Dinge beschafft, deren Besitz beziehungsweise Weitergabe an sich kriminell war, und vor denen sie diese eigentlich hätte schützen sollen.

»Aber das hätte doch jemandem auffallen müssen!«, hatte Sevim mehrmals ausgerufen.

»Sie nimmt sich ja immer nur diejenigen vor, denen man sowieso nicht glauben würde. Und auch immer nur einen oder zwei pro Schuljahr. Was macht das denn bei drei, vier oder fünf Parallelklassen? Meistens auch im Abschlussjahr oder im Jahr davor und dann macht man halt, was Frau Bozehl will, weil man sich denkt, in einem Jahr sehe ich sie sowieso nicht wieder. Und sie hilft ja auch vielen Schülern und ist nett zu denen, deren Eltern sich für die Schule interessieren. Und dann denken natürlich alle, sie wäre eine ganz tolle Lehrerin. Für die, die eh nicht so toll in der Schule sind, interessiert sich doch keiner! Das ist bei unseren Eltern genauso. Seit der siebten Klasse hat sie denen gesagt, wie begabt Fabian ist und dass er bestimmt mal Abitur macht und dass sie bei mir aufpassen sollen, obwohl wir damals fast die gleichen Noten hatten. Und im Unterricht hat sie es mit uns genauso gemacht. Und irgendwann war dann bei Fabian alles toll und wenn er mal eine schlechte Note hatte, war es ein Ausrutscher. Und meine Noten waren nie gut genug und ich hab' immer gleich Hausarrest bekommen und musste zur Nachhilfe und durfte nicht mehr zum Sport«, hatte sich Florian an dem Abend empört.

Sevim hatte sich geschüttelt. Während des Studiums hatte sie in einem Buch über Entwicklungspsychologie gelesen, wie Experimente an Zwillingen vorgenommen wurden. Und was Dora Bozehl da bei Fabian und Florian gemacht hatte – wie nannte man das gleich noch mal? Eine sich selbst erfüllende Prophezeiung. Genau das war es. Man erklärte zum Beispiel Fabian, seinen Eltern und den anderen Lehrern wiederholt, er sei besonders talentiert im Fach Deutsch und allgemein sehr leistungsstark. Alle, die mit ihm zu tun hatten, behandelten ihn entsprechend und er konnte dadurch seine Leistungen tatsächlich verbessern. So etwas ging natürlich auch in die andere Richtung. Man redete allen ein, Florian würde immer Schwierigkeiten haben, das schulische Lernen sei einfach nichts für ihn, und man konnte froh sein, wenn er seine mittelmäßigen Noten einigermaßen beibehielt. Sevim selbst musste zugeben, dass sie sich nie Gedanken über seine Noten gemacht hatte, weil sie zu dem Bild passten, das man von Florian hatte.

Sie fühlte sich mies. Und verstehen konnte sie das Verhalten von Dora Bozehl noch viel weniger. Man konnte die Geschwister gegeneinander ausspielen, ja, aber welchen persönlichen Vorteil zog man daraus? Sevim war nichts eingefallen, außer dass die ganze Sache Frau Bozehl einfach Spaß machte. Ihre ehemalige Kollegin schien die Menschen in der Schule einfach gern herumzuschieben wie die Figuren auf einem Schachbrett.

Sevim konnte immer noch nicht glauben, dass Frau Bozehl ihre Kraft und ihr pädagogisches Geschick, das sie durchaus besaß, nicht dazu benutzte, alle ihre Schützlinge nach bestem Wissen und Gewissen zu fördern. Ganz im Gegenteil. Sie suchte sich unter den Schülern und Kollegen gezielt die Schwächsten aus, war erst freundlich zu ihnen und isolierte sie, um sie dann für ihre Zwecke einzuspannen.

Sevim verstand die Welt nicht mehr. Sie hatte Frau Bozehl nicht unbedingt gemocht, aber doch für ihre Konsequenz und ihr Durchsetzungsvermögen bewundert. Sie hatte nie etwas auf diese Kollegin kommen lassen und oft genug deren strenge Art verteidigt, wenn sich Schüler beschwerten. Auch sie hatte nicht genau hingeschaut und sich einfach auf Dora Bozehls guten Leumund verlassen.

Und diese hatte ihre Schützlinge benutzt, um Sevim im Auge zu behalten. Deshalb wussten Florian und Tobias nämlich, wo sie wohnte. Erst hatten sie sporadisch gegenüber von Suzettes Laden Position bezogen, und als sie dann mit Frieder Knops Klasse auf Schloss Barthow aufgetaucht war, rund um die Uhr. Und dafür hatte nun Florians kleiner Bruder auf seinen Nachtschlaf verzichten müssen und sie hatten Angst, dass auch Fabian unter ihrem Einfluss zu leiden hatte. Was das Fass schließlich zum Überlaufen brachte, waren Dora Bozehls Forderungen, die jegliches Maß verloren hatten. »Sie will dem Alten von Barthow was antun, bestimmt!«, hatte Tobias gemeint. »Wozu braucht sie sonst die ganzen Pillen? Die nimmt sie ja bestimmt nicht alle selbst.«

Da war Sevim hellhörig geworden. Sie versuchte, sich in Frau Bozehl hineinzuversetzen. Von dem *Besuch* in ihrem Haus wusste sie, dass sich die Lehrerin seit Jahrzehnten mit den von Barthows beschäftigte, ja, man konnte sogar so weit gehen zu sagen, dass sich ihr Privatleben um die Familie drehte. Wie sie ihr Wohnzimmer eingerichtet hatte, die ganzen Texte über die Familie und die Ordner mit den Zeitungsausschnitten. Abgesehen davon hatte nichts auf irgendwelche Hobbys oder Leidenschaften hingewiesen oder darauf, dass es in ihrem Leben andere Menschen gab. Jetzt war sie Teil der Familie von Barthow und wohnte im Schloss. Was ging in ihrem Kopf vor? Wenn man einmal das Leben führte, das man sich wünschte, dann wollte man nicht mehr zu dem zurückkehren, was man vorher gemacht hatte. Zumindest konnte sich Sevim nicht vorstellen, jemals wieder an der Schule zu arbeiten, selbst wenn es mit ihrem Weckdienst den Bach hinunterging. Und Dora Bozehl würde ihr Leben im Schloss nicht aufgeben wollen, nicht nach allem, was sie bereits dafür getan hatte.

Seufzend hatte sie gemeint: »Ich frage euch jetzt lieber nicht, was das für Pillen sind und wo ihr sie herhabt.«

»Und was sie sonst noch auf dem Kerbholz haben«, hatte Freya leise gegrummelt.

»Von der Mutter von einem, den wir kennen. Die merkt gar nicht, wenn mal ein paar von ihren Beruhigungsmitteln fehlen und eigentlich sind sie harmlos, wenn man immer nur eine nimmt«, hatte Tobias zugegeben.

Sein Bruder hatte zerknirscht ergänzt: »Tut mir auch leid, dass wir Ihren Kumpel damals vermöbelt haben und dass wir einfach so in Ihrer Wohnung waren. Aber sie hat gemeint, wenn wir ihr nicht beschaffen, was sie will, dann ist der Kleine seinen Abschluss wieder los und sie macht Fabian das Leben zur Hölle, damit er nie sein Abitur schafft.«

Sevim konnte nur immer wieder fassungslos den Kopf schütteln.

»Wer glaubt uns schon? Sie können es ja auch nicht glauben«, hatte Florian gemeint, als sie wieder gegangen waren.

Sevim hatte ihnen versichert, dass Tobias seinen Abschluss auf jeden Fall behalten dürfte und dass sie sich darum kümmern würde. Aber was sollte man unternehmen? Vielleicht den Schulleiter über Dora Bozehl informieren? Einen der Elternsprecher ins Vertrauen ziehen? Oder den Vertrauenslehrer darauf hinweisen? Aber wenn es hart auf hart kam, da machte Sevim sich nichts vor, dann hatte Frau Bozehl an der Schule einen besseren Stand als jemand, der dort gar nicht mehr arbeitete. Von welcher Seite sie auch alles betrachtet hatte, sie war vorerst zu keinem Schluss gekommen. Man musste genau überlegen, wen man ins Boot holte. Außerdem näherte sich der Monat seinem Ende und Sevim musste sich um die Abrechnung kümmern. Was sie dann für den Rest der Woche auf Trab gehalten hatte.

Am Sonntag wusste sie dann nichts mit sich anzufangen und lag lethargisch auf dem Sofa im Wohnzimmer. Von dort aus sah sie Freya dabei zu, wie sie die Alarmanlage im Flur deinstallierte. Ihre Freundin schien mit dem Fall abgeschlossen zu haben und die wiedergewonnene Ruhe willkommen zu heißen. Während Freya den ganzen Kram in den Keller zurückbrachte, raffte sich Sevim immerhin dazu auf, Milchkaffee zu machen. Sie schlürften beide auf dem Sofa vor sich hin, bis die sonntägliche Ruhe von einem konstanten Hupen unterbrochen wurde, das einige Minuten andauerte. Schließlich knallte Freya ihre Kaffeeschüssel auf den Sofatisch und lugte über das Balkongeländer. Aber vor dem Haus standen nur Suzettes Nissan Micra und die Autos aller anderen Anwohner, so wie immer.

Zwei Minuten später klingelte es an ihrer Tür. Es war Suzette: »Wollt ihr nicht mal runtergehen? So oft habe ich in zwölf Jahren zusammen nicht auf die Hupe gedrückt, mein Auto fällt vor Schreck gleich auseinander.«

Bernd saß auf dem Fahrersitz von Suzettes Auto und grinste sie an. »Ich hoffe, ich habe euch nicht beim Mittagsschlaf gestört ...«

»Uns vielleicht nicht«, antwortete Sevim.

»Die meisten Leute würden ja einfach klingeln«, grummelte Freya.

»Los springt rein!«

Freya wollte zu Widerworten anheben, aber Sevim schien die ganze Woche nur darauf gewartet zu haben, dass etwas passierte, und riss die Beifahrertür auf. Sie kletterte auf den Rücksitz und Freya ließ sich zögerlich auf dem Beifahrersitz nieder. Sie hatte die Tür noch nicht ganz zugemacht, da schoss Bernd schon aus der Parklücke.

»Wo geht's eigentlich hin?«

»Zum finalen Showdown natürlich.«

Sevim nickte. Bernd hatte seinen Bart abrasiert und trug eine seiner Tuniken über einer leichten Wollhose. Ganz so wie an dem Tag, als sie mit Freya zum ersten Mal bei ihm war.

»Äh, sollten wir dafür vielleicht etwas anderes anziehen?«, fragte Freya.

»Nein, wozu denn?« Bernd war verwirrt.

»Showdown heißt doch, dass wir jemandem gegenübertreten, oder nicht? Und dafür zieht man sich entsprechend an«, erklärte Freya.

»Ist doch deine gute Schlabberhose mit den drei Streifen«, meinte Sevim beruhigend.

»Die wäre ja nur angemessen, wenn wir gegen jemanden im Hundert-Meter-Lauf antreten, oder? Aber dafür habe ich nicht die geeigneten Schuhe an.« Sie blickte auf ihre ausgelatschten Flip-Flops.

Sevim lachte. »Schau mich mal an.«

Da sie außer faul sein nichts weiter geplant hatte, trug sie ihre ausgebeulten Leggings mit dem Marmeladenfleck auf dem Oberschenkel, wo heute Morgen der Toast gelandet war, und darüber das T-Shirt ihres Abi-Jahrgangs, das jetzt auch schon mehr als eine Dekade auf dem Buckel hatte.

Bernd hielt auf die Bundesstraße zu und verließ sie an der Abzweigung, wo ein Schild auf Schloss Barthow hinwies. Freya erwartete das Schlimmste. Und tatsächlich schnurrten sie bald auf der Landstraße, die zum Schloss führte, dahin.

»Und ausgerechnet heute verkleiden wir uns nicht.« Freya seufzte.

»Nicht nötig. Heute sind wir ganz wir selbst, so wie es sein sollte. Und falls es dich tröstet, wir werden die von Barthows vermutlich nie wiedersehen, egal wie es heute ausgeht.«

»Dann hätten wir uns erst recht ordentlich anziehen sollen. Ist schließlich unser erster Showdown.«

Sevim nickte. Aber wer achtete schon auf zwei schlampig gekleidete Frauen, wenn jemand wie Bernd dabei war?

Der Parkplatz vor dem Schloss war bereits überfüllt, aber statt sich auf der Straße eine freie Lücke zu suchen, stellte er den Nissan Micra einfach vor Carl Alexander von Barthows in die Jahre gekommenem Sportwagen ab. Schnurstracks ging er zu einem Eingang, der scheinbar dem Personal vorbehalten war, und kurze Zeit später öffnete ihnen Charlotte Papp die Tür. Überrascht blickte sie Bernd an. Ohne die schwarzen Haare wirkte er tatsächlich nicht so charismatisch und in den braun-beigen Wollhosen war er kaum wiederzuerkennen.

»Herr von Barthow fängt gleich mit seiner Rede an«, flüsterte sie hastig. »Lasst mich schnell hochgehen und ihr kommt in ein paar Minuten nach. Von der Treppe aus rechts in Richtung ehemaliger Ballsaal.« Und schon war sie weg. Ihrer feinen Bluse und dem marineblauen Glockenrock nach zu urteilen, würde das Modebarometer in den Keller gehen, sobald die drei dort oben auftauchten.

»Was hast du eigentlich vor?«, fragte Freya und sah ganz so aus, als würde sie lieber im Wagen warten wollen.

»Dort oben haben sich alle versammelt, um sich daran zu erinnern, wie Graf von Barthow vor neunzig Jahren angeblich den Stein gefunden hat. Das haben Adlige in der Geschichte immer wieder gemacht. Von anderen genommen, was sie wollten, und das Recht ausgelegt, wie es ihnen passt.«

Das machst du doch auch?!, dachte sich Freya, aber ihr war durchaus bewusst, worauf Bernd hinauswollte.

»Und sie bekommen immer wieder Hilfe von Leuten, auf die sie eigentlich herabsehen. Das ist so, das können wir nicht verhindern. Aber heute müssen wir ihnen das nicht so einfach durchgehen lassen, nur weil wir nichts beweisen können. Wir können solchen Leuten immer Sand ins Getriebe streuen, ihnen den Tag versauen und sie verunsichern und in der Öffentlichkeit den Keim des Zweifels säen. Ihr habt doch eure Handys dabei, oder?«

Sevim musste passen, aber Freya zog ein Smartphone aus ihrer Schlabberhose.

»Ich will euch natürlich nicht die Show stehlen, schließlich habt ihr das meiste herausgefunden. Aber ich denke mal, ich bin geübter im Unruhe stiften, auch wenn ich mich da vielleicht selbst lobe.« Er grinste. »Hängt euch rein, wann immer ihr wollt und mach' so viele Fotos wie möglich, in Ordnung?«

»Ich kann auch gleich ein Video aufnehmen.«

Bernd strahlte. »Umso besser ...«

...

So musste sich Lebensfreude anfühlen! Sie leuchtete in ihren Augen, spiegelte sich in ihrem Gang, umgab sie wie ein verführerisches Parfüm. Dora trug das tiefrote Chiffonkleid, dessen Rock und Ärmel jede ihre Bewegungen unterstrichen. Gekauft hatte sie es bereits vor Jahren für eine Abschlussfeier an der Schule, es dann aber doch nie getragen, weil es viel zu elegant und Aufmerksamkeit erregend für die Persönlichkeit war, die sie für ihren Beruf erschaffen hatte. Nun aber war der Moment gekommen.

Vergessen waren die Zeiten, in denen sie sich nach Glanz und Aufregung gesehnt hatte, in denen sie ihre Hoffnungen auf eine Doktorarbeit begraben musste und sie sich zum letzten Mal eingestand, dass sie wieder nicht den richtigen Mann getroffen hatte. Der Saal funkelte, das Buffet sah köstlich aus, und nur die erlesensten Gäste aus Kunst, Kultur und Wirtschaft hatte man hier versammelt. Aus der Wissenschaft eher weniger, eigentlich niemanden, da wusste Carl Alexander glücklicherweise, was er tat.

Dora fühlte sich verjüngt, ganz so als hätte sie ihr ganzes Leben noch vor sich und so war es ja auch ein bisschen. Bei dem Gedanken, dass so der Rest ihres Lebens aussah, hätte sie singen und tanzen mögen. Das war mehr als die Energie, die sie heraufbeschwor, um ihr übliches Tagwerk zu erledigen. Sie lebte, das war es. Sie lebte. Endlich! Sie lebte nicht für etwas, das vielleicht in der Zukunft auf sie wartete, und sie lebte nicht für andere. Sie lebte ganz im Moment und es war ein unglaubliches Gefühl.

Eine Leichtigkeit hatte sich in ihr breitgemacht, alles war möglich. Es war der schönste Tag ihres Lebens und dabei stand ihre Hochzeit noch bevor. Sie lachte perlend, das hatte sie sich von ihrer zukünftigen Schwägerin abgeschaut. Carl Alexander blickte sie über den Rand seines Glases hinweg an und machte einen zufriedenen Eindruck. Der alte Knabe hielt sich formidabel, natürlich tat er das. Etwas von ihrer Lebensfreude musste einfach auf ihn abfärben.

Jetzt wurde es aber langsam Zeit für seine Rede. Theresa blickte sich schon abschätzend um und war dabei, das Zeichen zu geben. Doch Dora kam ihr zuvor. Mit dem Saphirring aus der Schmucksammlung der letzten Gräfin – eine Fälschung wie alles, aber auf den Gedanken kam es an – schlug sie gegen das Champagnerglas. Das hatte sie schon immer einmal tun wollen. Ehrfurcht gebietend blickte sie die Gäste unmittelbar vor sich an und Stille breitete sich aus wie eine Welle. Theresa betrachtete sie irritiert und Dora freute sich darüber. Das hätte die blöde Schnepfe bestimmt nicht erwartet, dass die Verlobte ihres Bruders ihr so schnell das Wasser abgraben würde. Sie warf ihrer zukünftigen Schwägerin ein Lächeln und Wilhelmina einen strengen Blick zu, die steif und linkisch Theresa nicht von der Seite wich.

Carl Alexander baute sich vor den Gästen auf und Dora nickte ihm zu, als würde er nur auf ein Zeichen von ihr warten. Und wenn man bedachte, dass gleich Doras Worte aus seinem Mund kommen würden, dann war da sogar etwas dran.

Er breitete selbstbewusst die Arme aus. »Willkommen, liebe Gäste, auf Schloss Barthow! Ein Ort des Lernens und Staunens seit nunmehr fast fünfzig Jahren und das Zuhause unserer Familie seit 1770. In zweihundertachtundvierzig Jahren hat dieser Ort Revolutionen getrotzt, königliche Gäste beherbergt und Persönlichkeiten hervorgebracht, die ihre Zeit geprägt und für immer verändert haben. Einer der bedeutendsten Söhne unserer Familie und der Stadt, Alexander Graf von Barthow, hat unser Haus in die Moderne geführt, indem er ...«

»... endlich Klos eingebaut hat«, hörte man jemanden deutlich vernehmbar sagen.

Doras Kopf zuckte aufgeregt hin und her, um den Verursacher dieser bodenlosen Unverschämtheit ausfindig zu machen. Einige Gäste lachten flegelhaft. Dora würde dafür sorgen, dass sie Schloss Barthow nie mehr betraten.

Carl Alexander jedoch war so in seinem Element, dass er entweder wirklich nichts mitbekommen hatte, oder er tat, was er am besten konnte, und das war einfach so zu tun, als wäre nichts gewesen.

»... indem er einen Schatz in den Schoß der Familie legte, dessen Glanz bald alles vorher Dagewesene überstrahlte und die Fantasie aller Menschen beflügelte. Meine Damen und Herren, das *Feuer des Nordens*.«

Theresa präsentierte die Schatulle mit dem Collier und Kameras sowie zahlreiche Handys blitzten. Einige der Anwesenden klatschten verhalten, aber die meisten starrten nur. Sie entnahm es und legte es um Wilhelminas Hals, die aussah, als hätte sie sich am liebsten geduckt und unter dem Tisch versteckt, auf dem das Buffet ausgebreitet war.

»Endlich ist es wieder da, wo es hingehört, am Hals einer von Barthow. Auf dass sein Glanz auf alle übergeht, die es betrachten.«

»Gehört es nicht eigentlich der Stadt und in die Ausstellung?« Wieder diese unerhörte Stimme. Einige der Anwesenden nickten.

»Nun, die eingeladenen Journalisten haben sicher viele Fragen«, wand Theresa diplomatisch ein, »wer von Ihnen möchte beginnen?«

»Ab wann wird das Collier denn in der Ausstellung zu sehen sein?«

»Wir beraten noch über einen passenden Rahmen, aber es wird sicher den Weg in die Dauerausstellung finden.«

»Das war nicht die Frage!«, half der Störenfried Theresa von Barthow auf die Sprünge.

»Die nächste Frage bitte!«, erwiderte diese und konnte nicht ganz verbergen, wie sehr sie der plötzliche Verlauf des Nachmittags irritierte.

»Es halten sich Gerüchte, dass es sich gar nicht um das echte Collier handelt.« Der Journalist gab keine Ruhe. »Halten Sie es deshalb zurück?«

»Ich weiß nicht, woher Sie Ihre Informationen haben«, konterte Theresa. »Wie war gleich noch Ihr Name? Und für welches Medium sind Sie tätig?«

»Holger Brack, Stadtmagazin. Und ich gebe Ihnen jetzt die Gelegenheit, sich zu äußern. Haben Sie das Collier untersuchen lassen?«

Carl Alexander von Barthow schaltete sich ein. »Sie werden mir verzeihen, wenn ich Ihren Gedankengang als reichlich naiv empfinde. Das Collier befand sich fast vierzig Jahre im Besitz der Familie, natürlich wissen wir, dass es sich um das echte Schmuckstück und den echten Stein handelt.«

»Ich würde eine wissenschaftliche Untersuchung nicht als naiv bezeichnen, schließlich war der Stein auch fünfzig Jahre verschwunden. Und die Öffentlichkeit sollte sich nicht allein auf ihr Wort verlassen müssen!«

»Das Wort eines von Barthow immerhin!«, rief Carl Alexander inbrünstig. »Der Nächste, bitte!?«

»Viele Mythen umranken den Stein, angeblich soll er sogar verflucht sein. Haben Sie keine Angst um sich und Ihre Familie?«

Die dumme Gans griff doch tatsächlich an ihren Hals, als würde sie das Collier gleich erwürgen. *Meine Güte, dachte Dora, in dieser Familie von Schwachköpfen besitzt kein Einziger Nerven. Von Mumm keine Spur. Keiner von ihnen würde es außerhalb des Schlosses zu irgendetwas bringen. Es wurde wirklich Zeit, das Zepter vollends in die Hand zu nehmen.*

Ihr Verlobter lächelte gönnerhaft. »Die Familie hat immer wieder turbulente Zeiten durchzustehen gehabt, das bringt unser Leben so mit sich ...«

»Aber auch Leute außerhalb der Familie sind dem Fluch zum Opfer gefallen«, mischte sich Holger Brack ein. »Was ist zum Beispiel mit Hannes Kehl und Wolff Frey passiert? Beide sind unter mysteriösen Umständen ums Leben gekommen und sollen kurz vor ihrem Tod noch mit den von Barthows zu tun gehabt haben!«

Carl Alexander war ganz blass geworden und Dora befürchtete schon, sie würde nicht mehr die Gelegenheit haben, ihn zu heiraten.

Seine Schwester übernahm das Reden. »Ich fürchte, ich kann mit diesen Namen nichts anfangen. Der Nächste, bitte.«

»Wolff Frey hat die Expedition begleitet, auf der man den roten Beryll gefunden hat und ...«

»Nicht *man*. Mein Onkel, Alexander Graf von Barthow, hat ihn gefunden. Das steht fest. Sie können es überall nachlesen!«, eiferte sich Carl Alexander.

»In den Büchern im Museumsshop, klar. Wer die wohl geschrieben hat?«, meldete sich der Unruhestifter und Dora erhaschte jetzt einen Blick auf ihn. Er war völlig unpassend gekleidet und sah aus wie einer dieser Typen, die für mehr Bäume und weniger Autos auf die Straße gingen. Bestimmt dachte er, dass man Besitz verbieten sollte, nur damit auch noch der letzte Penner ein gemütliches Zuhause bekam. Das konnte er ja auch gerne tun, aber warum ausgerechnet hier? Einfach beschämend, wie er allen die Stimmung verdarb. Wie war der Typ denn bloß hier hereingekommen?

»Ich schließe mich meinem Kollegen Herrn Brack an und würde gerne mehr darüber erfahren.«

In die Presseleute war Leben gekommen, als sie bemerkten, dass vielleicht doch mehr aus der Veranstaltung herauszuholen war, als ein müder Kulturbericht.

»Sie sind hierher eingeladen worden, um mit uns die Taten unseres Vorfahren zu feiern und so danken Sie unsere Gastfreundschaft?« Carl Alexander von Barthow unterdrückte seinen Ärger nur mühsam. »Ich werde dafür sorgen, dass Sie nie wieder Schloss Barthow betreten!«

Theresa sog erschrocken die Luft ein. Sie konnte die Schlagzeile schon vor sich sehen. *Schlossbewohner unterbindet Pressefreiheit* oder Ähnliches.

»Was mein Bruder meint«, versuchte sie zu beschwichtigen, »ist ...«

»Ich habe es genau so gemeint, wie ich es sage. Wer die Etikette nicht kennt, der sollte sich nicht in unseren Kreisen bewegen«, plusterte sich Carl Alexander auf.

»Oh, entschuldigen Sie bitte, ich bin nur ein bescheidener Journalist, der Fakten für seinen Bericht sammeln möchte«, entgegnete Holger Brack mit gespielter Demut.

»Kommen Sie mir nicht so, junger Mann, sonst ...«

»Können wir den Stein wenigstens aus der Nähe sehen?«, warf ein anderer Journalist ein.

»Ja, genau. Sein Glanz soll ja schließlich auf uns alle übergehen. Ihre Worte.« Holger Brack blickte die von Barthows auffordernd an.

Wilhelmina griff sich um den Hals und öffnete unter Schwierigkeiten den Verschluss. Sie überreichte Theresa mit zitternden Händen das Collier. »Es tut mir leid. Aber ich kann das nicht mehr.« Und schon bahnte sie sich ihren Weg nach draußen. Ihr Vintagekleid und die leichte Stola flatterten hinter ihr her, wie in einem historischen Film. *Sie sieht ganz bezaubernd aus,* dachte Sevim, *schade dass wir ihr die Feier verderben müssen.*

»Der Fluch fordert sein erstes Opfer«, konstatierte eine Journalistin unbewegt.

Alle drängten sich nun um Theresa, die ihnen das Collier abwehrend entgegenstreckte. »Wenn Sie vielleicht bitte einer nach dem anderen ...«

»Könnten wir nicht ein Foto davon bekommen, wie er leuchtet?«, schlug eine Frauenstimme vor und Dora erschrak, als sie Sevim Caner neben dem lumpigen Kerl entdeckte. Dieser nickte ihr bewundernd zu. Was trieben die beiden denn verdammt noch einmal für ein Spiel? Auch sie war furchtbar liederlich gekleidet, schlimmer noch als damals in der Schule.

»Ich mache das Licht aus«, meinte der lumpige Kerl jetzt, während Frau Caner sich daranmachte, die Kordeln zu lösen und die schweren samtenen Vorhänge zuzuziehen.

»Er leuchtet gar nicht. Sollte er das nicht tun im Dunkeln?«, fragte Herr Brack.

»Sind Sie jetzt vielleicht auch noch Wissenschaftler? Wissen Sie alles über unseren Stein?« Carl Alexander war hochrot im Gesicht.

»Nein, ich hab's nachgelesen. In Ihrem Buch! Das ist Fluoreszenz!«

»Phosphoreszenz.« Das war wieder Frau Caner. »Das bedeutet, dass der Stein leuchtet, auch wenn die Lichtquelle entfernt wird. Was er aber im Moment nicht tut und vermutlich auch im Allgemeinen nicht.«

Ein Raunen breitete sich aus und Dora schnappte Worte auf wie *Fälschung* und *Betrug*. Ihr Herz sank. Wie hatte es nur dazu kommen können? Gerade eben noch waren alle guter Stimmung und sie selbst am Ziel ihrer Wünsche gewesen.

»Was ist das hier eigentlich für ein Zirkus?«, ließ sich ein stämmiger Mann vernehmen, der nicht aussah, als würden ihm die Feinheiten der Kleidervorschrift etwas bedeuten, und der seinen Anzug nur widerwillig trug. Dora erkannte in ihm den Inhaber einer Kette von Autohäusern und warf ihm einen strengen Blick zu, von dem er sich aber nicht beeindrucken ließ. »Da hab' ich wirklich was Besseres zu tun!« Er nickte seiner Frau zu, die ihn sichtlich enttäuscht zum Ausgang begleitete.

Das Licht ging wieder an.

»Ja, geht doch. Geht doch alle«, rief Carl Alexander in den Raum.

Keiner machte Anstalten zu gehen, sondern alle drängten sich um Theresa, die das Collier wie ein Schild vor sich hielt. »Das wird hier ein bisschen zu wild. Ich bringe es besser zurück.«

Sie drängte sich an Carl Alexander vorbei, in Richtung der Vorbereitungsräume, die über einen Flur mit ihren privaten Räumlichkeiten verbunden waren.

Die Journalisten dachten wohl darüber nach, ob sie ihr folgen sollten, und blickten zu Holger Brack, den sie anscheinend als ihren Anführer auserkoren hatten. Er machte jedoch keine Anstalten, ihr nachzulaufen, weshalb sie nun lautstark spekulierten, und einige schossen sogar Fotos von der hinauseilenden Theresa.

»Tja, Kumpel. Die Französische Revolution war wohl nicht viel schlimmer als das hier, was?«

Dora und ihr Verlobter zuckten zusammen. Vor ihnen war unbemerkt der Störenfried aufgetaucht und neben ihm ihre ehemalige Kollegin.

»Frau Caner, Sie hier?«, riss Dora Bozehl die Situation gleich an sich. Nicht auszudenken, wenn Carl jetzt vollends die Fassung verlor. Sie musterte die beiden streng von oben bis unten.

»Darf ich Ihnen etwas zu trinken anbieten? Champagner vielleicht?«

»Trink' nichts, was sie dir anbieten«, meinte Bernd laut. »Du weißt ja, was mit dem Wissenschaftler passiert ist ...«

»Hm.« Sevim tat, als würde sie nachdenken. »Meinst du den, der aus Versehen zu viele Tabletten genommen hat oder den, der betrunken erfroren ist, nachdem er auf Schloss Barthow war?«

»Was reden Sie denn da, Sie haben keine Beweise. Das alles ist schon fast fünfzig Jahre her ...«, stieß Carl Alexander hervor.

Dora rammte ihm den spitzen Ellenbogen in den Brustkorb und Carl Alexander schnappte nach Luft.

»Mein Verlobter«, sie betonte die Worte, »hat Ihnen bereits viel zu viel seiner wertvollen Zeit geschenkt. Sie gehen jetzt unverzüglich.«

»Und soll ich vorher noch die Stühle hochstellen? Also wirklich, Dora. Das hier ist doch nicht die Schule und du hast niemandem zu sagen, was man zu tun oder zu lassen hat!«

Frau Bozehl schnappte empört nach Luft. So hatte bestimmt seit Jahrzehnten keiner mehr mit ihr geredet, wenn überhaupt jemals.

»Und du bist hier völlig allein. Du hast keine Kollegen, die dich bewundern, keinen Schulleiter, der große Stücke auf dich hält, und keine Eltern, die auf deine Kompetenz nichts kommen lassen. Du hast nur einen eingebildeten Adligen, der nicht bis drei zählen kann, vor allem nicht, wenn es um seine eigene Familie geht.«

»Was erlauben Sie sich ...«, plusterte sich besagter Adliger auf.

»Wohl gleich auf hundertachtzig, wenn es gegen deine Familie geht, was?«, unterbrach ihn Bernd. »Und vor fünfzig Jahren warst du bestimmt noch krasser drauf, bist gleich losgezogen und hast sie alle kaltgemacht, was?«

Einige der Journalisten drehten sich zu ihnen um und spitzten die Ohren.

»War ja auch nicht schwer, die waren damals so alt wie Sie heute«, ergänzte Sevim. »Ich wette, Ihre Verlobte hätte auch keine Probleme, Sie aus dem Weg zu räumen. Was Sie wirklich lassen sollten, denn wenn ihm irgendwas passiert, werde ich zwei Ihrer ehemaligen Schüler höchstpersönlich zur Polizei begleiten.«

»Sie können nichts beweisen. Gar nichts! Sonst wären Sie schon längst dort gewesen. Ihr kleiner Zwergenaufstand wird morgen schon niemanden mehr interessieren. Und die von Barthows werden einfach weitermachen, wie seit hunderten von Jahren. Und ich mit ihnen«, zischte Dora Bozehl so leise, dass keiner der Journalisten sie hören konnte.

»Ach, meinst du?«, fragte Bernd unbekümmert.

»Sie duzen mich gefälligst nicht, Sie dreister ...«

»Wie lange schon hat die breite Öffentlichkeit nichts mehr von den von Barthows gehört? Seit Mitte der Siebziger? Und was denkst du, was die ganzen Reporter hier über euch schreiben?«

»Dass der Stein eine Fälschung ist und die von Barthows alle Betrüger?«, mutmaßte Sevim. »Angefangen bei Graf Alexander, der den Stein gar nicht wirklich gefunden hat, und wenn sich nur wieder richtige Wissenschaftler dafür interessieren, kann man der Sache immer noch auf den Grund gehen. So viele Leute können Sie gar nicht umbringen, um das zu vertuschen.«

»Und wir können den echten Stein immer noch finden!«, ergänzte Bernd. »Die Gräfin wollte das Unrecht wiedergutmachen und den Stein dem wahren Finder zukommen lassen und wir wissen jetzt, wer das ist.«

»Der Stein ist hier. Hier im Schloss. Er war es die ganze Zeit. Die Gräfin hat ihn mit seinem wahren Finder vereint, so steht es in ihrem Testament, und der Finder war mein Onkel. Und Sie verschwinden jetzt. Verschwinden Sie, Sie heruntergekommenes Tier!« Carl Alexander von Barthow griff ins Buffet hinter sich und bewarf Bernd mit dem Erstbesten, was ihm in die Hände kam.

»Carl«, rief seine Verlobte. »Beruhige dich, bitte, sie machen alle Fotos ...«

...

Sevim schüttelte Mayonnaise von ihrem T-Shirt. »Wer hätte gedacht, dass der Tag so eine Wendung nimmt?«

Bernd grinste.

»Schon klar.«

»He, Bernd«, rief ihnen jemand über den Parkplatz zu und Sevim erkannte Holger Brack.

Es ist irgendwie beruhigend, dass noch jemand Bernd unter diesem Namen kennt, dachte sich Freya. *Nicht, dass das nach der ganzen Aktion noch eine große Rolle spielte.*

»Danke, Kumpel«, meinte der Journalist. »Ich wäre fast nicht hingegangen, weil ich dachte, es ist wieder so eine Veranstaltung, wo sich alle nur selbst beweihräuchern und die Schnösel hab' ich ja gefressen. Aber jetzt ging sogar richtig die Post ab. Ich werde auf jeden Fall weitergraben. Vielleicht kann man eine ganze Serie daraus machen. Degenerierter Adel, gewissenlose Reiche oder so was in der Art. Du hältst mich auf dem Laufenden?«

Bernd nickte.

»Also, bis dann. Schade um das Buffet.« Holger Brack zwinkerte ihnen zu und rannte zu seinem Auto. Anscheinend konnte er es gar nicht erwarten, seinen Bericht zu schreiben.

»Ich hätte ja nicht gedacht, dass du dich mit der Presse verbündest«, meinte Freya zu Bernd.

»Nicht mit der Presse«, widersprach Bernd und verzog das Gesicht. »Nur mit Holger. Ein Enthüllungsjournalist der alten Schule. Nur leider gibt es in der Stadt nicht so viel zu enthüllen, dass er seine sechs Kinder davon ernähren kann.«

Die drei wollten gerade den Rückweg in Suzettes Auto antreten, als ihnen einer der Gäste den Weg versperrte.

Bernd kurbelte die Scheibe herunter.

»Hallo, wir kennen uns nicht, aber ich war gerade auch da drinnen und habe alles mit angehört. Jens Henkel heiße ich. Ich kenne die von Barthows noch von früher, also nicht persönlich natürlich.« Weitere Gäste strömten aus dem Haupteingang zu ihren Autos.

»Ähm, ich glaube, wir versperren die Ausfahrt. Würde es Ihnen etwas ausmachen, sich in der Stadt mit mir zu treffen? Ich habe dort ein Restaurant, das *Bois de Boulogne* in der Platanenstraße ...«

• • •

Das *Bois de Boulogne* entpuppte sich als das einzige Zwei-Sterne-Restaurant in der Stadt und Freya war doppelt froh, dass Sevim etwas Zeit herausgeschlagen hatte, damit sie sich umziehen konnten. Während Freya sich nicht zwischen drei schwarzen Oberteilen entscheiden konnte, zog sich Sevim noch flink die Augen nach und trug einen der teuren roten Lippenstifte auf, die sie von Seyhan bekommen hatte. Schließlich zeigte sie auf eines der Oberteile und Freya schlüpfte hinein.

Bernd sah keinen Grund, sich umzuziehen und wartete an der Haltestelle auf sie. Der Angestellte am Empfang des *Bois de Boulogne* sah Bernd ungläubig an, aber Jens Henkel erwartete sie schon. Das Restaurant war gut besucht und er führte sie in den hinteren Bereich, wo es ruhiger war.

»Danke, dass Sie gekommen sind. Ich muss sagen, jetzt komme ich mir etwas dumm vor, dass ich Sie so einfach angesprochen habe ...« Er gab einem seiner Kellner ein Zeichen, der sie daraufhin mit Getränken versorgte.

»Sie sagten, Sie kennen die von Barthows von früher«, gab ihm Sevim Starthilfe.

»Nun ja, da fängt es schon an. Ich selbst bin ihnen nie begegnet, bis heute zumindest nicht. Aber mein Großvater hat damals noch für die Familie gearbeitet.« Er nahm einen Schluck Wein und schien in Gedanken versunken. »Mein Großvater, Opa Georg, war für mich immer der Größte. Er war einer, der immer alles reparieren konnte und nie die Geduld mit uns Kindern verlor. Nur zu laut durfte es nie werden, tja ...«

»Hat er denn gerne für die Familie von Barthow gearbeitet?«

»Oh ja, und er war ihnen auch sehr dankbar. Er ist ja mit einigen Verletzungen aus dem Zweiten Weltkrieg heimgekommen, hat mir meine Oma mal erzählt, und die damalige Gräfin hat ihn trotzdem gleich genommen. Mein Opa hielt wohl große Stücke auf sie, denn sie hat vielen Arbeit gegeben, die nach dem Krieg keiner wollte. Das mag man sich gar nicht vorstellen, wie es damals war für meinen Opa und die anderen.«

»Als was hat er denn gearbeitet?«

»Er war ursprünglich Gärtner, aber am Ende eher so eine Art Hausmeister. Die Gräfin hat ja dafür gesorgt, dass alle im Schloss weiterarbeiten konnten, nachdem es an die Stadt gegangen ist. Und das hat mein Opa dann auch gemacht, bis zur Rente.«

Ein Kellner kam und redete leise mit ihm. »Entschuldigen Sie mich. Meine Gäste sind es gewöhnt, dass ich mir immer etwas Zeit für sie nehme. Aber Nadi bringt Ihnen die Speisekarte und ich würde mich freuen, Sie einzuladen. Bitte wählen Sie aus, was Sie möchten. Die Poularde in Kürbiskruste kann ich nur empfehlen.« Er nickte ihnen zu und verschwand mit dem Kellner.

Nachdem Freya *Poularde* gegoogelt hatte, bestellten sie das Gericht und Bernd wählte etwas Vegetarisches aus. Herr Henkel war gerade nirgendwo zu sehen.

»Gut, dass wir uns nicht am Buffet bedient haben«, meinte Sevim.

»Obwohl es schwer war, den Sachen auszuweichen.« Bernd zwinkerte.

Sie ließen sich das Essen schmecken und nachdem sie aufgegessen hatten, kam Jens Henkel wieder an ihren Tisch.

»Ich hoffe, unsere Gerichte haben Ihnen zugesagt?«, meinte er und setzte sich zu ihnen, ganz so, als wären sie seine geschätzten, zahlenden Gäste. Er gab dem Kellner das Zeichen abzuräumen.

»Es ist sehr freundlich von Ihnen, uns einzuladen«, sagte Sevim.

»Aber ich bitte Sie, das ist das Mindeste, wenn ich schon Ihre Zeit beanspruche. Und ich weiß eigentlich nicht einmal genau warum. Es ist nur etwas, das ich lange Zeit nicht vergessen konnte.« Jens Henkel zupfte gedankenverloren das Tischtuch gerade.

»Etwas, das Ihr Großvater gesagt oder getan hat?«, hakte Sevim nach.

Er nickte. »Opa Georg hat nie viel über sich erzählt, was daran lag, dass er im Allgemeinen ziemlich schweigsam war. Und am Ende hat er dann ziemlich abgebaut, vor allem nachdem unsere Oma gestorben war. Alzheimer. Ich habe ihn nicht oft gesehen in der Zeit, weil ich in Österreich gearbeitet habe und lieber in der Weltgeschichte herumgereist bin, als nach Hause zu fahren. Aber ein paar Wochen vor seinem Tod habe ich ein paar Tage bei meiner Familie verbracht, wir haben alle zusammen in einem Haus gewohnt, Großeltern, Eltern und meine jüngeren Geschwister, müssen Sie wissen, und meine Eltern haben sich um ihn gekümmert. Die meiste Zeit wusste er nicht, wer ich war, und wenn er sich erinnert hat, dann meistens an den Krieg. Aber einmal ...«

Sie ließen ihm Zeit, seine Gedanken zu sammeln.

Es war jetzt schon ein paar Jahre her, und er hatte lange Zeit nicht mehr an das Gespräch gedacht. Opa Georg war nur noch ein Schatten seiner selbst gewesen. Statt im Haus Hand anzulegen, saß er die meiste Zeit in seinem Sessel und seine Sachen schlotterten an seinem Körper. Jens sah sich die Nachrichten mit ihm an und vielleicht hatte einer der Berichte seine Erinnerung wachgerufen, er wusste es nicht mehr.

»Er hat ihn umgebracht«, hatte sein Opa mit fester Stimme gesagt.

Jens war ganz verblüfft gewesen. »Wen?«

»Den Wissenschaftler. Er hat ihn umgebracht wegen dem Stein. Er war da.«

»Wo war er?«

»Im Schloss!«

»Du meinst Schloss Barthow? Wo du gearbeitet hast?«

Sein Großvater hatte langsam, aber bestimmt genickt.

»Und dort hat man jemanden umgebracht?«

»Ich weiß nicht, aber er war dort. Und am nächsten Tag war er tot!«

»Und wann war das?«

Opa Georg hatte überlegen müssen. »Als die Gräfin gestorben war«, hatte er schließlich gemeint.

»Und wer hat ihn umgebracht?«

»Ihr Neffe.«

»Der Neffe der Gräfin von Barthow hat jemanden umgebracht?«

Sein Opa hatte genickt. »Ich war bei der Polizei und sie sagten, sie kümmern sich darum. Haben sie ihn verhaftet?«

»Ich weiß nicht. Soll ich nachfragen?«

»Ich sollte ihm etwas geben.«

»Wem solltest du etwas geben?«

»Etwas geben?« Da war er schon nicht mehr klar gewesen und Jens hatte nichts weiter aus ihm herausbekommen.

»Ich habe meine Eltern gefragt, aber ihnen gegenüber hat er es nie erwähnt.«

Freya zog ihr Handy hervor und rief ein Bild von der Kiste auf. »Haben Sie die schon mal gesehen?«

Er schüttelte den Kopf.

»Was ist mit den Sachen Ihres Großvaters passiert?«, wollte Sevim wissen.

»Ich nehme mal an, meine Eltern haben sich darum gekümmert, aber viel hatte er ohnehin nicht mehr.«

»Und Sie haben Ihrem Opa geglaubt?«

»Ja, schon. Er hat sich ja nie etwas ausgedacht. Aber andererseits ... er hat ja viele Leute sterben sehen im Krieg und da hat er vielleicht etwas durcheinandergebracht? Und ich dachte mir, wenn er wirklich bei der Polizei war, dann werden sie dem schon nachgegangen sein. Ich habe dann noch eine ganze Zeit darüber nachgedacht, was er mir erzählt hat, aber dann bin ich nach Österreich zurück und habe angefangen, mein eigenes Restaurant zu planen und es aufzubauen hat mich voll und ganz in Anspruch genommen. Aber dann habe ich die Einladung zu der Veranstaltung heute bekommen und da ist mir wieder eingefallen, was mein Opa damals gesagt hat und ich dachte mir, ich gehe einfach hin und schaue mir die von Barthows mal an. Und dann habe ich mitbekommen, dass Sie mit Herrn von Barthow, der ja, soweit ich weiß, ein Neffe der Gräfin ist, gestritten haben und ich dachte mir ... Ich weiß auch nicht. Ich dachte mir, es wäre vielleicht gut, Ihnen die Geschichte zu erzählen.«

Es war eine Weile still.

»Darf ich fragen, warum man Sie eingeladen hat?«, wollte Bernd wissen. »Ich meine, wenn Sie mit den von Barthows sonst nichts zu tun haben?«

»So wie ich es gesehen habe, haben viele Geschäftsleute eine Einladung bekommen und so viele Sterne-Restaurants gibt es ja nicht in der Stadt.«

»Natürlich. Die von Barthows wollten ihren Stein natürlich mit der Crème de la Crème feiern. Hat wohl nicht so geklappt«, meinte Bernd mit dem kleinsten bisschen Schadenfreude.

»Würden Sie denn heute der Polizei davon erzählen?«, fragte Sevim vorsichtig.

Jens Henkel zuckte mit den Schultern. »Wenn Sie zusätzliche Beweise haben, dann schon. Aber wenn nicht, dann ist die Geschichte eines Alzheimer-Patienten wohl nicht sehr aussagekräftig, was?«

...

Inga Frank zog die Tür, die zu Wilhelminas ehemaligem Schlafzimmer führte, leise zu und verharrte einige Zeit im Flur. Dahinter weinte sich ihre Tochter in den Schlaf, völlig erschöpft und enttäuscht. Es wurde wirklich Zeit, dem Spuk ein Ende zu bereiten. Sie konnte noch nicht einmal wütend auf die von Barthows sein, sie war nur froh, dass ihre Kleine wieder da war und während ihrer Zeit im Schloss gemerkt hatte, dass nicht alles Gold war, was glänzt.

Sie entfernte sich sachte von der Tür und machte sich in der Küche zu schaffen. Es schlief sich einfach besser, wenn alles sauber und aufgeräumt war, vor allem wenn es mit den Gefühlen drunter und drüber ging. Wenn Inga in den vergangenen Wochen eines gelernt hatte, dann das: Es war furchtbar anstrengend, eine Adlige sein zu wollen. Oder vielleicht war es auch nur anstrengend, zu den von Barthows gehören zu wollen, das konnte sie natürlich nicht beurteilen. Dabei waren die meiste Zeit nur zwei von ihnen da, Theresa und Carl Alexander. Letzterer war einfach nur ein eingebildeter Schnösel, auch wenn er rein oberflächlich betrachtet gute Manieren hatte. Seine Schwester hingegen sah immer aus wie aus dem Ei gepellt und bewegte sich in jeder Situation mit Leichtigkeit. Sie kritisierte zwar niemanden, aber Inga hatte schon gemerkt, wie Theresa sie sanft korrigierte und ihr Tipps zu ihrem Auftreten gab. Auch Wilhelmina hatte sich sehr verändert, seit sie bei ihren adligen Verwandten wohnte.

Anfangs hatte sich Inga über die Aufmerksamkeit gefreut und Theresas Worte begierig aufgesogen, allein schon, weil sie Sebastian dabei helfen wollte, wieder Anschluss an die Familie zu finden. Schon bald war sie allerdings zu der Überzeugung gelangt, dass mit ihr und ihrem Leben eigentlich alles in Ordnung war, und dass die Treffen mit Theresa ihr Leben nicht so bereicherten, wie sie es sich vorgestellt hatte. Es war nur wenig anders, als sich mit Bekannten oder Arbeitskollegen zu treffen, nur dass man sich vorher genauer überlegte, was man anzog und worüber man reden sollte. Und das machte sie befangen und nahm allem den Spaß.

Und dann das Schloss. Es war imposant, das schon. Aber eigentlich war es ja ein Museum und die Familie lebte nur in den Nebenräumen. Schön eingerichtet mit Antiquitäten und teuren Möbeln, aber es war nicht wirklich viel besser als eine sehr, sehr großzügig geschnittene Altbauwohnung, in der Leute mit Geschmack wohnten. Die herrschaftlichen Räume, wie der alte Ballsaal, gehörten ihnen ja gar nicht mehr, zumindest nicht mehr als sie den Besuchern gehörten. Und an den ganzen Luxus gewöhnte man sich irgendwann, und dann war es nichts Besonderes mehr.

Etwas anderes wäre es noch, wenn sie mit ihrem Mann und den Kindern allein im Schloss leben könnte. Das wäre phänomenal! Aber nicht mit Carl Alexander und Theresa, und vor allem nicht mit deren Kindern.

Sie warf einen Blick ins Wohnzimmer. Sebastian hatte die Beine hochgelegt und starrte missmutig in den Fernseher. Inga füllte ihm noch ein Glas mit Cola und durchsuchte die Küchenschublade nach Snacks, mit denen sie ihm eine Freude machen konnte. Sie entschied sich für eine Tüte Goldfischchen.

Er nahm die Füße vom Tisch, als sie sich neben ihn setzte, und schaltete den Fernseher aus. »Und, geht's wieder?«

»Natürlich nicht. So eine Enttäuschung verwindet man nicht an einem Abend.« Inga bereute sofort, wie harsch ihre Worte geklungen hatten. Sie stellte die Cola vor ihm auf den Tisch und fügte etwas sanfter hinzu: »Bestimmt ist es gut, wenn sie einige Zeit nicht ins Schloss geht und sich wieder mehr mit ihren alten Freunden und Kommilitonen trifft.«

»Ja, vermutlich.«

Inga öffnete die Tüte mit den Snacks und gab sie ihrem Mann. »Ich hätte auch nichts dagegen, wenn wir den Kontakt zu den von Barthows wieder einschlafen lassen«, meinte sie zaghaft.

»Das muss ja nun wirklich nicht sein, Inga!«

»Was hat es uns und den Kindern denn schon gebracht? Wilhelmina ist völlig fertig und Amadeus überlegt, ob er sein Studium abbrechen soll!«

Sebastian zuckte mit den Schultern und griff in die Tüte. »Nach all den Jahren ist es natürlich nicht einfach, aber wir schlagen uns doch gar nicht schlecht!«, meinte er kauend. »Und du wirst schon sehen mit der Zeit ...«

»Was dann?«, schnitt ihm Inga das Wort ab. »Werden wir uns irgendwann nicht mehr anbiedern müssen? Irgendwann empfangen sie uns mit offenen Armen und fragen uns, ob wir alle zusammen ins Schloss ziehen sollen?«

»Aber das willst du doch auch, oder nicht? Was ist denn auf einmal los mit euch allen? Wegen so einer kleinen Schlappe muss man doch nicht das Handtuch werfen! Man muss einfach über ein paar Dinge hinwegsehen«, eiferte er sich.

Inga öffnete den Mund, um ihrem Mann zu sagen, dass die *kleine Schlappe* doch eine Menge über seine Verwandtschaft aussagte, und nichts Gutes, aber sie überlegte es sich anders.

»Ich meine ja nur, dass wir es uns immer ganz toll vorgestellt haben, im Schloss zu wohnen. Aber jetzt wissen wir, wie es wirklich ist, und man muss es vielleicht nicht jeden Tag haben.«

Er blickte sie ungläubig an.

»Ja, wirklich. Fandest du es die meiste Zeit denn nicht auch furchtbar unangenehm?«

»Darum geht es doch nicht! Natürlich ist es nicht einfach, sich wieder anzunähern. Und wir haben uns nicht angebiedert. Theresa von Barthow hat uns eingeladen und nicht umgekehrt. Und jetzt müssen wir an den Beziehungen arbeiten.«

»Es sollte aber keine Arbeit sein, sich mit der Familie zu treffen«, wand Inga ein. »Sollen wir damit wirklich den Rest unseres Lebens verbringen? Und wozu? Denkst du vielleicht, sie hinterlassen uns etwas, wenn Theresa zwei Kinder hat?«

Sebastian seufzte ungeduldig. Seine Frau war doch sonst nicht so schwer von Begriff! »Wir haben eben nicht das Glück, noch den Namen zu tragen«, erklärte er. »Und es war immer Arbeit für uns dazuzugehören. Mein Vater hat das gewusst und er hat es akzeptiert! Er hat es geschafft, dass wir im Schloss aufwachsen konnten!«

»Und dann haben sie euch rausgeekelt! Das zeigt doch, dass man sich auf sie nicht verlassen kann.« Inga zwang sich zur Ruhe. Es würde nichts bringen, wenn sie jetzt laut wurde. Ihr Mann konnte bei dem Thema einfach nicht klar denken.

»Mein Vater hat es bis zum Schluss nicht verwunden«, stieß Sebastian hervor. »Das war völlig unnötig. Sie hatten nicht das Recht dazu! Darum geht es doch. Es geht nicht um die von Barthows und was sie machen. Es geht um unser Recht! Du willst doch auch, dass die Kinder alle Möglichkeiten haben. Und wir müssen die Ungerechtigkeit der Natur überwinden, dass sie nicht als von Barthows auf die Welt gekommen sind und dass sich ihre Urgroßmutter von der Familie abgewandt hat. Aber wir haben die gleichen Vorfahren nur vier Generationen zurück.« Vier Generationen, das war gar nichts bei einem Jahrhunderte alten Adelsgeschlecht wie den von Barthows. Ein Gefühl der Erhabenheit erfüllte Sebastian jedes Mal, wenn er daran dachte, dass man bis ins sechzehnte Jahrhundert zurück genau sagen konnte, wie seine Vorfahren geheißen hatten, wann sie geboren worden und gestorben waren und was sie geleistet hatten. Welche Familie konnte das schon von sich behaupten? Er hatte jedoch das vage Gefühl, dass seiner Frau das gerade gleichgültig war.

»Aber was soll es den Kindern denn heute noch bringen?«, wand Inga nun ein. »Sie brauchen doch keinen Adelstitel. Wen soll das denn beeindrucken? Sie sind gut an der Uni und Wilhelmina ist ehrgeizig. Sie wird es auch so weit bringen. Und Amadeus hat viele Freunde. Er ist wieder viel ausgeglichener, seit er nicht mehr ins Schloss geht.«

»Das sagst du nur, weil du nicht weißt, wie es ist.« Ingas Mann war aufgesprungen und verteilte dabei die restlichen Goldfischchen auf dem Sofa und dem Teppich. Inga ignorierte die Unordnung und zog ihn am Ellenbogen sanft zurück aufs Sofa.

Schnaufend ließ er sich in die Polster fallen. »Du weißt nicht, wie sie alle aufhorchen, wenn du erzählst, du wohnst auf Schloss Barthow und du spielst Fußball im Schlosspark und die Diener machen dir das Abendessen. Und du kannst Geografie-Referate halten über den Grafen und Dinge erzählen, die sonst in keinem der Bücher stehen. Du weißt nicht, wie schwer es ist ohne all das!«

»Nein, das weiß ich nicht«, gab Inga zu. »Ich weiß nur, dass unser Leben nicht leichter geworden ist, seit ich die von Barthows kenne. Ich fand die Vorstellung immer toll, eine Prinzessin zu sein. Aber ich muss ehrlich zugeben, dass ich nicht dafür gemacht bin. Und es ist irgendwie auch eine Erleichterung das einzusehen. Und du bist auch so mein Prinz!«, beteuerte sie ihrem Mann.

Dieser blickte sie an, als hätte er eine Fremde vor sich. Ingas Reiz war ja von Anfang an gewesen, dass sie seine Fantasien so leicht teilen konnte. Niemals hatte sie ihn komisch angesehen, wenn er von seiner Zeit im Schloss erzählt hatte und dass er irgendwann wieder dort leben würde. Sie hatte alles unternommen, um ihn in seinen Bemühungen zu unterstützen und ihn nie ausgelacht. Und jetzt gab sie auf, nur weil es ihr zu anstrengend wurde? Jetzt wo sie endlich einen Fuß in der Tür hatten?

»Wenn es dich überfordert, mit Theresa Kaffee trinken zu gehen, dann zwinge ich dich nicht dazu! Aber ich hätte wirklich gemeint, du denkst an die Kinder!« Er erhob sich.

»Denkst du denn an die Kinder? Du hast ihnen diese Ideen eingepflanzt und erwartest von ihnen, dass sie alles hinnehmen, nur damit dein Traum wahr wird! Die beiden mussten sich von Theresas Kindern demütigen lassen und für die von Barthows lügen. Das ist nicht normal!«

»Natürlich ist es nicht normal. In einem Schloss zu wohnen ist auch nicht normal. Mit dem Bürgermeister Mittag zu essen und diese ganzen wichtigen Leute zu treffen, ist nicht normal. Vielleicht will ich ja einfach nicht normal sein. Und wenn du das nicht verstehst, dann müssen wir nicht mehr über die von Barthows sprechen!« Er verschwand im Bad, aber immerhin ohne die Tür zuzuschlagen.

Inga sammelte die Goldfischchen vom Sofa auf, steckte sie sich in den Mund und ließ sich in die Polster sinken. Er würde sich beruhigen. Das tat er immer. Und dann gab es für sie Blumen und wer weiß was noch.

...

Währenddessen fand Wilhelmina keinen Schlaf. Wie auch? In der vergangenen Woche war sie kaum zur Ruhe gekommen. Im Vergleich zu allem anderen waren ihre Prüfungen zum Ende des Semesters Entspannung pur. Sie wurde von den von Barthows für das Jubiläum getrimmt, und wenn sie einmal alleine war, plagte sie das schlechte Gewissen. Wie jetzt auch. Und ihre Eltern gerieten sich auch noch in die Haare wegen der ganzen Sache.

Erneut kamen ihr die Tränen. Carl Alexander hatte ihr Vorwürfe gemacht, sie regelrecht angeschrien, und auch von Doras Seite kamen Bemerkungen, die nicht gerade hilfreich waren. Theresa hatte ihr schließlich gesagt, sie solle doch ihren Verlobten besser auf sein Zimmer bringen und sich um ihn kümmern.

Als Wilhelmina hastig ihre Tasche gepackt hatte, hatte sie sich für ihren Bruder entschuldigt und sie zum Abschied umarmt. *Hätte ich bleiben sollen?*, fragte sie sich zum hundertsten Mal. *Aber wozu?* Theresa hatte gemeint, sie würde mit Carl Alexander demnächst zum Ferienhaus der Familie an den Bodensee fahren und Wilhelmina solle die Semesterferien genießen. In ein paar Wochen hätte sich schon alles beruhigt.

Vermutlich hatte sie recht. Aber hatte Elizabeth I. abgewartet, als sich die spanische Armada näherte? Hatte Cleopatra einfach dagesessen wie ein Kaninchen vor der Schlange, als die Römer sie festsetzten? Wilhelmina hatte allerdings nicht vor, sich umzubringen, das wäre ja noch schöner! Und Maria Theresia und Katharina die Große, die hatten sich auch nicht in ihr Schicksal ergeben! Sie alle hatten die Initiative ergriffen. Kein Mensch hatte es durch Abwarten in die Geschichtsbücher geschafft. Die Romanows vielleicht, ja, aber an deren Ende musste man sich ja kein Beispiel nehmen. Irgendetwas musste man doch unternehmen können. Trotz allem war die Zeit im Schloss die aufregendste ihres bisherigen Lebens und Theresa war einfach eine tolle Frau, ganz anders als ihre Mutter und sonst alle Frauen ihres Alters.

Amadeus war bei der ganzen Sache keine Hilfe. Er hatte sich bei einem seiner Kumpels einquartiert und ging einfach allem aus dem Weg. Und ihr Vater? Der lebte in seiner Fantasiewelt und konnte nur jammern, sobald etwas nicht so lief, wie er es sich vorstellte. Wilhelmina fühlte sich allein.

Sie dachte zurück an die glücklichen Stunden im Schloss und plötzlich stand ihr ein Gesicht vor Augen, das man leicht übersehen konnte. Charlotte! Die würde ihr bestimmt helfen. Sie kannte Theresa sehr gut und hatte den Überblick über alles, was das Schloss betraf. Vor allem aber war sie richtig nett und konnte gut zuhören. Bestimmt hatte sie eine Idee, was man jetzt machen konnte. Ohne dass ihre Mutter etwas merkte, holte sie sich etwas zu trinken aus der Küche und wusch sich das Gesicht. Zurück in ihrem Bett machte sie das Nachttischlämpchen an und notierte Fragen, die sie Charlotte am nächsten Tag stellen wollte. Kaum hatte sie das Licht ausgemacht, war sie auch schon eingeschlafen.

...

Sevim ignorierte Bernd und ging gleich am nächsten Tag zur Polizei. Gerade saß sie im Büro von Kommissarin Sigel, mit der Freya und sie im vergangenen Jahr mehrmals zu tun gehabt hatten, und erntete skeptisch Blicke. Sevim breitete alle Anhaltspunkte vor ihr aus. Aber weder Jens Henkels noch Frowin Dahls Geschichte schien sie zu beeindrucken.

»Sie wollen wirklich, dass wir unbescholtene Bürger befragen, die viel für unsere Stadt getan haben, wegen etwas, das schon vor fünfzig Jahren nicht bewiesen werden konnte? Und Sie wollen diese Personen des Mordes beschuldigen?«

»Nicht beschuldigen, nur befragen!«

»Und was erhoffen Sie sich davon?«

»Also, Frowin Dahl war auch ein unbescholtener Bürger, der viel für die Gesellschaft getan hat, und er ist auf ungeklärte Weise umgekommen. Ich dachte, das ist ein Fall für die Polizei.«

»Der Tod von Herrn Dahl ist keinesfalls ungeklärt geblieben. *Erfrieren aufgrund erhöhtem Alkoholkonsums*, so steht es im Ermittlungsbericht.« Sie hob eine schwarze Akte empor, die sie kommen ließ, nachdem Sevim ihr Anliegen vorgetragen und sich nicht hatte abwimmeln lassen. Jetzt beugte sich Kommissarin Sigel zu Sevim über den Schreibtisch. »Kann es sein, dass Sie sich in den Sommerferien ein kleines bisschen langweilen? Sie sollten sich vielleicht eine Beschäftigung suchen, bei der Sie sich erholen können und Kraft sammeln für das kommende Schuljahr.«

Sevim zog es vor, der Kommissarin nicht zu erzählen, dass sie gar nicht mehr an der Schule arbeitete. Vielleicht war es ein Fehler gewesen, sich gerade an sie zu wenden. Kommissarin Sigel hatte letzten Sommer nach dem Gemälde gesucht, das aus der Galerie gestohlen worden war. Sevim und Freya hatten es schließlich aufgestöbert, nachdem die Polizei keine Hinweise auf den Täter gefunden hatte. Jetzt wurde Sevim jedenfalls verdächtigt, nur Aufmerksamkeit erregen zu wollen, wie damals im Fall des verschwundenen Gemäldes.

Hätte ich mir vielleicht denken können, gestand sich Sevim ein, als sie das Gebäude wieder verließ, *dass die Kommissarin nicht besonders gut auf uns zu sprechen ist. Und was jetzt?*

Sie nahm die S-Bahn vom Hauptbahnhof aus, weil es dort den größten Zeitungskiosk in der Stadt gab, und der Umweg war nicht umsonst.

»*Adliger verteidigt Familienehre mit Krabbenspieß*« – Sevim konnte die Überschrift auf der Titelseite lesen, da war sie noch zwanzig Meter vom Laden entfernt.

Sie kaufte drei Tageszeitungen und überflog die Artikel über die gestrige Veranstaltung im Schloss. Einmal setzte ihr Herz kurz aus. Ein Foto auf Seite fünf zeigte einen entfesselten Carl Alexander von Barthow, ein Lachsbaguette, das durchs Bild flog, und am linken unteren Bildrand ein rundes Gesicht mit Brille und dunklen Locken. Sevim schlug schnell die Zeitung wieder zu.

Die Artikel ließen die Familie nicht sehr rühmlich erscheinen und waren voll von Spekulationen. Man konnte bereits erahnen, dass die von Barthows dafür herhalten würden, das Sommerloch über Tage, wenn nicht sogar Wochen zu füllen. *Vielleicht gelingt es den Journalisten ja, neue Hinweise zu finden und die Geheimnisse zu enthüllen?*

...

Carl Alexander hatte die Angestellte, die den von Barthows im Schloss den Haushalt führte, angewiesen, in seinem Zimmer Feuer zu machen. Sie hatte die Stirn gerunzelt, schließlich kletterten die Temperaturen draußen schon über dreißig Grad. Aber sie war unverzüglich seiner Aufforderung gefolgt.

Dora hatte er weggeschickt und Theresa war mit den Vorbereitungen für ihre bevorstehende Reise an den Bodensee beschäftigt. Sie würden ihn also nicht stören.

Mit einiger Anstrengung rückte er nun seinen Sessel vor den Kamin und nahm Platz. In seinem Schoß hielt er einen Stoß mit Dokumenten. Größtenteils handelte es sich um die private Korrespondenz Graf Alexanders.

Nach dessen Tod hatte sich Carl Alexander darum bemüht, sie möglichst vollständig in die Hände zu bekommen. Die Briefe legten Zeugnis ab vom rastlosen Leben seines Onkels, aber auch von seinen Schwächen. Manche ließen den Grafen nicht im besten Licht erscheinen, weshalb Carl Alexander sie vor Theresas Blick verborgen gehalten hatte. Auch die Historiker, die sich im Laufe der Jahrzehnte Einblick ins Archiv der von Barthows erbeten hatten, hatten sie nie zu Gesicht bekommen.

Es tat Carl Alexander in der Seele weh, die Seiten, die sein Onkel einst mit seinen Gedanken gefüllt hatte, dem Feuer zu übergeben. Aber es musste sein. Auf die nachfolgende Generation war kein Verlass, dass sie die Geheimnisse der von Barthows wahrten. Heutzutage war es ja in Mode, die ganze Welt an seinen Schwächen teilhaben zu lassen. Es machte die Mächtigen sympathisch, wenn die einfachen Leute sahen, dass auch sie manchmal mit dem Leben haderten. Sein Onkel war zweifelsohne ein Sympathieträger gewesen. Aber er war noch weit mehr. Graf Alexander war ein Modernisierer, ein Leuchtfeuer und Vorbild. Seine schwachen Momente gingen niemanden etwas an.

Sein Blick fiel auf einen Brief, der obenauf lag. Carl Alexander betrachtete die kraftvolle Handschrift seines Onkels und seine Augen richteten sich auf dessen Worte.

Schloss Barthow, Juni 1923
Louise,
Du wunderst dich sicher, warum ich Dir schreibe, obwohl wir uns jeden Tag sehen und unsere Räume sich in unmittelbarer Nähe befinden.
Es muss etwas ausgesprochen werden, was Du sicher schon ahnst. Ich wünschte mir wirklich, ich könnte mich einfach zu Dir setzen und Dir alles sagen. Es wäre letztlich einfacher, als sich jetzt die Worte genau zu überlegen. Allerdings weiß ich nicht, ob ich mit Deiner Antwort leben kann. Deshalb wäre es das Beste, du gehst einfach, wenn Dir nicht gefällt, was ich Dir jetzt zu schreiben habe. Ich könnte den Ausdruck in Deinem Blick nicht ertragen.
Um es kurz zu machen: Wir von Barthows haben kein Geld. Nach unserer Hochzeit werden wir mit leeren Händen dastehen und unser Glück wird auf Schulden aufgebaut sein. Bereits im vorigen Jahrhundert haben unsere Vorfahren über ihre Verhältnisse gelebt. Nun blättert der Glanz und das Fundament für Wohlstand und Ansehen ist brüchig. Wie Bettler stopfen wir unsere Löcher und leben von der Hand in den Mund.
Meine Eltern haben gelebt, als hätten sie noch die Mittel früherer Zeiten. Wir haben sie nicht mehr und anstatt sich zu bescheiden, haben sie Kredit bei der nachfolgenden Generation aufgenommen. Diesen können sie nun

nicht mehr zurückzahlen und sie haben auch uns nicht beigebracht, wie dies zu schaffen ist. Wir spielen Scharaden, damit die Leute nicht merken, wie es um uns steht, wenn wir öden Gesellschaften vorstehen, oder die Händler vertrösten. Es ist eine einzige Mühsal von adliger Geburt zu sein ohne die erforderlichen Mittel zu haben.
Ich träume oft davon, als einfacher Mann zu leben. Wäre es nicht traumhaft, mit einem Diener zu tauschen, der nur sein einfaches Zimmer besorgen muss, seiner einfachen Arbeit nachgeht und in seinen freien Stunden Karten spielt und sich betrinkt? Wie ich sie um ihre Schlichtheit beneide.
Aber wenn man als ein von Barthow geboren wurde, dann ist man nicht zum Diener gemacht. Nie werde ich wissen, was ein einfaches Leben ist. Durch und durch bin ich mit dem Schloss und der Familie verbunden.
Gehst Du jetzt zu Deiner Mutter und überbringst die schlechte Nachricht und weist sie an zu packen? Ich könnte es Dir nicht verdenken.
Aber ich habe auch einen Funken Hoffnung, dass Du nicht gleich verschwindest, wenn Du diese Zeilen liest. Daran klammere ich mich. Du bist meine einzige Hoffnung auf einen Neuanfang. Dein ganzes Wesen ist kraftvoll und Du bist unbeschwert und rücksichtslos genug, die Befindlichkeiten meiner Eltern und Geschwister zu ignorieren. Von ihnen kannst Du nichts erwarten. Alles was Du Dir an Wohlstand und Lebensfreude erhoffst, muss von Dir selbst kommen. Wenn sie merken, was Du der Familie zu geben hast, dann werden sie Dir zu Füßen liegen. Und ich werde Dein willfähriger Begleiter sein. Mein einziger Wunsch ist es, dass Du über diese Worte nachdenkst. Bist Du morgen fort, dann werde ich Deine Antwort kennen und sie hinnehmen. Mein Wunsch ist, dass es nicht so ist. Dass Du mir morgen beim Mittagsmahl gegenübersitzt, als wäre nichts geschehen.
Wie Du Dich auch entscheidest: Vernichte diesen Brief und erzähle niemandem aus der Familie, was ich Dir geschrieben habe. Sie tragen schwer genug an ihrem Schicksal.
Ergebenst
A.

Die Gräfin hatte den Brief natürlich nicht vernichtet und Carl Alexander hatte ihn nach deren Tod in ihren Unterlagen gefunden.

Das Schreiben stand im Gegensatz zur Tatkraft seines Onkels, die Carl Alexander so oft in seinen Büchern beschrieben hatte, und gestand der Gräfin mehr Einfluss zu, als ihm lieb war.

Schweren Herzens ließ er ihn ins Feuer gleiten und sah zu, wie Flammen die Worte des letzten Grafen verschlangen.

Kapitel 16

Die Suche nach dem echten *Feuer des Nordens* schien der neue Volkssport in den Sommerferien zu sein, angespornt von sämtlichen Zeitungen der Stadt. Sie berichteten unermüdlich über immer neue, bisweilen hanebüchene Versuche, es zu finden. Einige Blätter machten eine ganze Reihe daraus, verschiedene Schatzsucher bei ihren Nachforschungen zu begleiten. Eine Zeitschrift lobte als Preis für den Finder sogar eine Rundtour durch Grönland aus, weil der- oder diejenige den Stein dann ja nicht behalten durfte. Ein Radiosender veranstaltete zweimal am Tag ein Geologie- und Geschichtsquiz und als Gewinn lockten Goldmünzen und Gutscheine für einen Juwelier. Das Stadtkabarett stampfte ein Programm über eine vertrottelte Adelsfamilie namens *von Blöden* aus dem Boden, die so tat, als würden sie noch in der Kaiserzeit leben. Findige Veranstalter verdienten sich eine goldene Nase mit Geocaching, wobei auf die Teilnehmer am Ende eine Schatzkiste wartete. Neue Hinweise gab es zwar nirgendwo, aber für alle schien es ein großer Spaß zu sein.

Die Einzigen, die nichts von der ganzen Aufregung hatten, waren die von Barthows selbst. Das Schloss hatte seine Pforten geschlossen, angeblich wegen Renovierungsarbeiten, aber Sevim nahm an, dass man einfach abwarten wollte, bis sich das Interesse der Journalisten gelegt hatte und Gras über Carl Alexanders Ausrutscher und den falschen Stein gewachsen war. Sevim kam gerade vom Jiu-Jitsu-Training und wollte schnell duschen und etwas essen, aber Suzette fing sie vor ihrem Laden ab und meinte, dass Bernd sie sprechen wolle.

Er hatte nicht gesagt, warum, nur dass sie ihr Fahrrad mitbringen sollte. Also schickte sie Freya schnell eine Nachricht, damit diese nach der Arbeit bei Bernd vorbeischaute, und drehte gleich wieder um. Bestimmt war sie nicht der einzige ungeduschte Besucher in Bernds Werkstatt. Als sie ankam, war sie aber doch erstaunt, wen er da gerade zu Gast hatte. Sevim erkannte die junge Frau, die auf Schloss Barthow das Collier getragen hatte. Begleitet wurde sie von einem jungen Mann, der ihr ähnlich genug sah, um auf eine verwandtschaftliche Beziehung zu schließlich. *Höchstwahrscheinlich ihr Bruder*, dachte sich Sevim. Auch sie hatten ihre Fahrräder mitgebracht. Bernd bewunderte dem Anschein nach gerade das Rad der jungen Frau. »Ein Original von Csepel, als sie noch in Ungarn produziert haben. Mindestens fünfundzwanzig Jahre alt und Rahmen und Lenker sind noch wie neu. Hallo, Sevim, da bist du ja.«

Da er sie bei ihrem richtigen Namen nannte und das Treffen in seiner Werkstatt stattfand, waren die beiden wohl vertrauenswürdig. Seine Besucher hießen Amadeus und Wilhelmina Frank und Sevim fragte sich, ob sie den jungen Mann auf der Veranstaltung im Schloss vielleicht übersehen hatte.

Bernd nickte in Richtung Hinterzimmer. »Ich hab' Waldmeister-Brause da. Ist echt bio.«

Sie folgten Bernd und machten es sich auf dem speckigen Sofa bequem. Etwas befangen nahmen die Geschwister ihre Limonade entgegen.

Sevim leerte ihre Flasche in zwei Zügen. Während Bernd für Nachschub sorgte, blickten sich seine Besucher unschlüssig um.

»Und ihr wollt eure Fahrräder reparieren lassen?«, fragte Sevim in die Stille hinein.

Amadeus blickte unsicher zu Bernd, aber seine Schwester taute langsam auf. »Das schien uns die Eintrittskarte hierfür zu sein, so ganz habe ich Charlotte da nicht verstanden.« Sie zuckte mit den Schultern.

Auf einmal schien jeder eingeweiht. Sevim runzelte die Stirn, angesichts der Umstände, die Freya und sie sich immer machen mussten, um sich mit Bernd zu treffen. Sie ahnte ja nicht, was Charlotte alles tat, um Bernd zu kontaktieren. Charlotte musste an einer Pommes-Bude acht Haltestellen von ihrer Wohnung entfernt Pommes mit Ketchup bestellen und eine Fassbrause, echt bio. Mit dem genau abgezählten Geld steckte sie dem Besitzer eine Nachricht an Bernd zu, nur um am nächsten Tag wieder zu dem Imbissstand zu fahren, das gleiche zu bestellen, dieses Mal aber mit einem Zehn-Euro-Schein zu bezahlen und mit dem Rückgeld Bernds Antwort zu erhalten. Charlotte fand das erst ein bisschen beängstigend, mit der Zeit aber hatte sie die Geheimniskrämerei sogar ein bisschen genossen, denn was hielt ihr Leben gerade sonst bereit? So war sie fast ein wenig enttäuscht, als sie einen Zettel erhielt, auf dem eine Adresse stand, zu der Wilhelmina und Amadeus mit dem Fahrrad fahren sollten. Und auch sie selbst war eingeladen zukünftig dorthin zu kommen. Keine zwanghaften Pommes mehr! Unterschrieben war das Ganze mit Bernd (ehemals Ben). Charlotte war zwar nicht begeistert, angelogen worden zu sein, aber sie war auch nicht gerade überrascht.

»Charlie war so nett, Wilhelmina und Amadeus zu uns zu schicken, denn sie haben da etwas, was sie euch gerne geben würden«, erklärte Bernd gerade.

»Wissen denn die von Barthows davon?«

Wilhelmina schüttelte den Kopf. »Sie sind alle ausgeflogen, nachdem die Jubiläumsfeier in die Hose gegangen ist.«

Bei Sevim meldete sich nun doch das schlechte Gewissen, wenn auch nur schwach. Wilhelmina hatte an dem Tag wirklich elend gewirkt. »Tut mir leid, dass wir euch das Fest versaut haben, es ist nur ...«, hob Sevim zu einer Erklärung an.

»Nein, schon gut«, winkte Wilhelmina ab. »So musste es ja kommen, ich hatte die ganze Zeit schon Angst davor ...«

»Der ganze Schlamassel hat ja schon viel früher angefangen, nicht wahr?«, warf Bernd sachte ein.

Die Geschwister nickten.

»Jetzt sind natürlich alle aufgebracht«, fuhr Wilhelmina fort. »Alle interessieren sich plötzlich für die von Barthows und nicht auf eine angenehme Weise. Die Journalisten wollen ständig Interviews haben und sind auf der Suche nach noch mehr Skandalen. Ständig gibt es neue Behauptungen und sie graben natürlich in der Vergangenheit aller von Barthows herum, die noch leben. Ich weiß gar nicht, was ich noch glauben soll. Es waren auch wieder Leute im Schloss, die den Stein suchen und das Sicherheitspersonal kommt kaum dagegen an. Theresa, also Frau von Barthow, hielt es für das Beste, wenn man den Sturm einfach vorüberziehen lässt.« Sie betrachtete resigniert die Limonadenflasche in ihrer Hand.

Sevim war inzwischen bei ihrer dritten Flasche angelangt und ihr Magen knurrte laut.

»Oh, ich hab' auch noch Rosinenschnecken da, wahlweise Käsestangen. Wartet kurz!«, rief Bernd aus, ging in die Werkstatt und kam mit einer enormen Tupperschüssel, die schon einige Jahre auf dem Buckel hatte, zurück.

Sevim griff als Einzige zu und sagte kauend: »Ich glaube, ich habe gelesen, dass ihr auch im Schloss wohnt?«

Wilhelmina nickte. »Eine Zeit lang haben wir dort gewohnt. Wir sind ja über zehn Ecken mit den von Barthows verwandt. Unser Papa ist im Schloss aufgewachsen, bis die Stadt es bekommen hat und der Platz zu knapp wurde. Zumindest hat er uns das immer so erzählt, aber ich glaube, Platz war da weniger das Problem.«

»Eher die von Barthows selbst, nehme ich an?«

»Carl Alexander wirkt heute nicht mehr so, aber er muss früher ziemlich unbeherrscht und gemein gewesen sein. Seine Verlobte hat ein paar Mal angedeutet, dass er ganz schlimme Dinge gemacht hat. Aber immer nur, wenn sie mit mir alleine war. Ich hab' erst geglaubt, sie will mich bloß vergraulen, aber vielleicht ist da ja wirklich etwas dran. Sie selber ist ja auch nicht gerade sympathisch. Am Ende haben wir uns im Schloss gar nicht mehr wohlgefühlt. Und nach der Veranstaltung haben sie alle auf mir herumgehackt, außer Theresa natürlich.«

»Weil du das Collier nicht mehr tragen wolltest?«, wollte Sevim wissen.

Wilhelmina seufzte. »Ich war mir ja ziemlich sicher, dass es eine Fälschung war, genau wie ihr. Carl Alexander ist eines Tages damit aufgetaucht und wollte, dass wir behaupten, wir hätten es im Schlosspark gefunden. Und zuerst haben wir mitgespielt, weil wir ja froh waren, also hauptsächlich Papa, dass sie uns wieder in der Familie haben wollten. Und jetzt weiß jeder, dass es eine Fälschung ist und der Ruf der von Barthows ist völlig ruiniert.«

»Die rappeln sich schon wieder auf«, tröstete Bernd, »das haben solche Leute immer getan.«

»Ja, vermutlich schon. Aber ich habe vor allem ein schlechtes Gewissen wegen Theresa. Sie wusste von all dem doch nichts und ich hätte ihr einfach schon viel früher von allem erzählen sollen. Aber Carl Alexander hat immer wieder auf mich eingeredet, dass man Opfer bringen muss, wenn man eine von Barthow sein will und ich fand es doch so toll, endlich dazuzugehören. Papa hat uns immer Geschichten von früher erzählt und wir haben alles über die Familie nachgelesen, was es gibt und wollten schon immer das *Feuer des Nordens* wiederfinden, um dann damit ins Schloss zu gehen ... also das war jedenfalls immer unser Traum, stimmt's?« Hilfe suchend blickte Wilhelmina zu Amadeus.

Ihr Bruder nickte. »Dein Traum ist es ja immer noch ...«

»Und deswegen seid ihr jetzt hier?«, fragte Sevim.

Die Geschwister sahen sich an.

»Na ja, ihr scheint euch ja auch ziemlich gut mit der Familie auszukennen, hat Charlotte gemeint, und ... ach, ich weiß auch nicht genau ...« Wilhelmina verstummte wieder.

Bernd verteilte noch eine Runde Limo. Sevim musste langsam aufs Klo.

Schließlich meldete sich Amadeus zu Wort. »Wilhelmina meint, wenn wir das richtige Collier finden, dann können wir die Reputation der Familie wenigstens ein bisschen wiederherstellen. Nicht, dass es unsere Aufgabe wäre, wir kennen die Leute ja eigentlich gar nicht. Aber sie macht sich auch Sorgen um Theresa, weil sie immer dafür ist, alle Fakten auf den Tisch zu legen, und Carl Alexander hat bestimmt eine ganze Menge zu verbergen. Und seine Verlobte ist auch ziemlich mysteriös. Wilhelmina denkt, dass sie es vielleicht auf Theresa abgesehen hat.«

»Und wie kommt ihr darauf?«, fragte Bernd überrascht.

»Sie hat ein paar Mal versucht, Charlotte auszuhorchen und wollte alles Mögliche über Theresa wissen. Wie sie das Geschäftliche organisiert, mit wem sie sich trifft, wen sie außerhalb des Schlosses regelmäßig sieht, ob es ihr gut geht, so was in der Art. Und Charlotte fällt es ja nicht leicht, Grenzen zu setzen, und das hat Dora gnadenlos ausgenutzt.«

Sevim nickte wissend. »Das kann ich mir denken. Ist Dora Bozehl denn mit den von Barthows fortgegangen?«

»Nicht, dass ich wüsste, aber irgendwann kommen sie ja wieder. Und dann wird Dora versuchen, Theresas Platz einzunehmen!«

»Geht das denn so einfach?«, wollte Sevim wissen.

»Na ja, Charlotte hat erzählt, dass nach Theresa immer ein von Barthow die Verwaltung des Schlosses unter sich haben soll. Das hat wohl die letzte Gräfin damals mit der Stadt so vereinbart, als sie ihr das Schloss übertragen hat. Und wenn Dora und Carl Alexander von Barthow erst einmal heiraten, dann ist sie ja eine von Barthow. Sie versucht ja jetzt schon, sich in alle möglichen Dinge einzumischen und Carl Alexander hält zu seiner Verlobten, wenn Theresa einmal Einwände hat. Dora hat auch so eine selbstverständliche Art, die Leute um sie herum dazu zu bringen, dass sie tun, was sie sagt.« Wilhelmina hob hilflos die Arme.

Sevim nickte. So kannte sie Dora Bozehl aus der Schule. Sie stellte sich vor, dass ihre ehemalige Kollegin nach dem unrühmlichen Verlauf der Jubiläumsfeier einen Dämpfer bekommen hatte. Aber davon hatte es auch an der Schule mehr als genug gegeben und Frau Bozehl hatte sich letzten Endes immer durchgesetzt. *Das Traurige ist,* dachte sich Sevim, *dass Frau Bozehl für das Schloss als Touristenattraktion bestimmt viel erreichen könnte mit ihrem Wissen über Geschichte und ihrer überzeugenden Art.* Allerdings hatte sich gezeigt, dass ihr das Gemeinwohl nicht gerade am Herzen lag.

»Tja«, meldete sich Sevim schließlich zu Wort, »ich weiß wirklich nicht, ob sich irgendetwas an Dora Bozehls Verhalten ändert, auch wenn wir den richtigen Stein finden.«

»Aber es wäre eine Sensation! Man würde uns zuhören und ernst nehmen und unser Wort wäre auch etwas wert!«, entgegnete Wilhelmina.

»Und wisst ihr schon, wo ihr weitersuchen wollt?«, erkundigte sich Bernd.

Die beiden schüttelten die Köpfe, aber Wilhelmina zog einen Schnellhefter aus ihrer Tasche.

»Als unsere Großeltern und unser Vater noch im Schloss gewohnt haben, kam manchmal Besuch aus Amerika, hat er erzählt. Das waren irgendwie Cousinen der Gräfin und deren Kinder. Unser Vater hat sich ziemlich gut mit ihnen verstanden. Großvater hatte dann, nachdem die Gräfin gestorben war und seine Familie aus dem Schloss ausziehen musste, Kontakt zu den Leuten gehalten. Und Papa hatte sie später sogar einmal in den USA besuchen dürfen. Von dort aus hat er alles mitgebracht, was mit der Gräfin in Verbindung stand, in der Hoffnung, dass es ihm helfen würde, wieder Kontakt zu den von Barthows aufzunehmen. Hat es aber nicht. Jedenfalls sind hier Briefe der Gräfin drin, die sie an ihre Verwandten in Amerika geschrieben hat, also zumindest die Übersetzung davon, die Originale sind auf Russisch. Die Gräfin hat ihnen die ganze Zeit geschrieben, mehrere Briefe im Jahr, bis kurz vor ihrem Tod. Wir haben sie uns schon hundert Mal durchgelesen, in der Hoffnung, dass sie vielleicht einen Ort oder so etwas in der Art erwähnt, wo man noch suchen könnte, aber bisher vergeblich. Aber Charlotte meinte, ihr habt euch auch mit den von Barthows und dem Stein beschäftigt und vielleicht fällt euch etwas auf ...«

Sevim nahm den Hefter entgegen. Er war gut gefüllt. Die Briefe begannen im Jahr 1918 und endeten im November 1969. Da würden sie heute Abend jede Menge zu lesen haben.

...

Freya hatte Eis gekauft und Pizzabällchen gemacht, als sie erfuhr, womit sie sich den Abend um die Ohren schlagen würden. Es war schon fast Mitternacht, als sie alles gelesen hatten. Die Briefe der Gräfin waren spannender als alle Bücher Carl Alexander von Barthows zusammen.

Nach dem Lesen ihrer Briefe war aus der mehr schattenhaften Figur der letzten Gräfin, die man nur vom Hörensagen kannte, eine wirkliche Person geworden. Man erfuhr ja sonst nicht viel über sie, nicht in Carl Alexanders Büchern und nicht in der Ausstellung auf Schloss Barthow.

Sevim und Freya war bewusst geworden, dass die Gräfin ihr eigenes Leben geführt hatte und viel mehr war als nur das Anhängsel des Grafen.

Für sie bestand kein Zweifel mehr daran, dass die Gräfin die Kiste und den Brief an Wolff Frey auf den Weg gegeben hatte. Und dieser hatte niemals erfahren, dass die letzten Gedanken seiner Geliebten ausschließlich ihm gegolten hatten.

Das stimmte Sevim noch tags darauf nachdenklich und wenn sie an Carl Alexander von Barthow dachte, machte sich Ärger in ihr breit. Wolff Frey hatte ein reiches Leben gehabt und durch seine Neugier und seinen Forscherdrang fiel er letztlich jemandem zum Opfer, der sich selbst nie getraut hatte, seine eigene kleine Welt zu verlassen und der es scheinbar schaffte, jede Schandtat vor sich selbst zu rechtfertigen.

Und was blieb übrig von Alexander Graf von Barthow?

Wenn er das *Feuer des Nordens* gar nicht gefunden hatte und sich niemand anerkennend über ihn äußerte außer sein eigener Nachfahre, der ihn für die Rechtfertigung seiner eigenen Existenz brauchte – was blieb dann von ihm?

Dutzende Bücher und eine Ausstellung in einer der beliebtesten Sehenswürdigkeiten der Stadt. So hatte Besucher um Besucher, seien es Schulklassen, Einwohner der Stadt oder Touristen aus aller Welt gelernt, was für ein großartiger Mensch er gewesen war und keiner würde jemals die Geschichte dahinter ergründen. Keiner würde sich Gedanken machen, auf wessen Kosten der Graf seinen Ruhm erworben hatte. Es war unfair und Sevim konnten nichts daran ändern. Der Gedanke frustrierte sie so sehr, dass sie in ihre Laufsachen schlüpfte und zwei Runden durch den Park lief, um den Kopf wieder frei zu bekommen.

Freya holte derweil die Übersetzungen der Briefe der Gräfin wieder hervor und sortierte sie in kleine Häufchen, markierte in einigen von ihnen Wörter mit Buntstift und verteilte sie dann der zeitlichen Reihenfolge nach auf dem Wohnzimmerboden. Den Rest legte sie beiseite. Mit diesem Projekt war sie immer noch beschäftigt, als Sevim wieder zurück war.

Sevim beobachtete sie still, während sie nach ihrem Lauf auf dem Sofa verschnaufte. Es war immer wieder faszinierend, wie Freyas Geist mit neuen Informationen umging.

»Das ist wie im Französischunterricht«, meinte ihre Freundin und lief in ihr Zimmer.

Sevim schlang die Arme um ihre Knie und schmiegte sich ins Sofa. Ihre Klasse hatte Französisch bei einer Muttersprachlerin gelernt, die es persönlich nahm, wenn man Wörter wiederholt falsch aussprach oder aufschrieb. Und da Sevim es mehr mit Zahlen hatte als mit Buchstaben, oft krank war und im Unterricht auch gerne einmal widersprach, stand sie mit ihrer Lehrerin zwei Jahre lang auf Kriegsfuß. Wie hieß sie gleich noch Madame … Madame … Sevim konnte sich nicht einmal mehr an ihren Namen erinnern, so sehr hatte sie das Ganze verdrängt. Seitdem war jedenfalls nie wieder ein französisches Wort über ihre Lippen gekommen, außer vielleicht Baguette und Omelette und die zählten nicht, weil sie sie schon vorher gekannt hatte.

»Madame Guerin hat doch immer Spiele mit uns gespielt, wenn wir neue Wörter lernen sollten, zum Beispiel *Trouver l'intrus*«, meinte Freya.

»Warum musst du mich daran erinnern?«, erwiderte Sevim. »Das waren furchtbare Zeiten!«

»Ja, ich weiß. Entschuldige. Aber hier ist es irgendwie genau so.« Freya hatte die Kiste aus ihrem Zimmer mitgebracht. Sie holte den Inhalt heraus, tippte eine Weile auf ihrem Smartphone und verteilte die Gegenstände schließlich auf den Briefen. »Eine von den Sachen aus der Kiste passt nicht ins Bild. Hier die Muschel, die könnte aus Neufundland sein. Der Blauquarz aus Nordamerika, die Pflanze hier wächst in den Anden«, sie zeigte Sevim ein Foto auf ihrem Smartphone. »Was passt nicht hinein?«

»Die Walnuss.«

»Genau. Warum ist sie drin?«

»Das war das Ablenkungsmanöver, falls die Kiste ihren Nachfahren in die Hände fällt. Die einzige Sache, die sie eindeutig zuordnen konnten, weil die Bäume direkt vor ihrer Nase wachsen.«

»Aber was ist, wenn die Kiste nicht abgefangen wird, und direkt zum Adressaten kommt? Wolff Frey macht sie auf und sieht die ganzen Andenken und wird ganz traurig. Und dann sieht er die Walnuss. Was denkt er sich?«

»Er fragt sich, warum seine Geliebte sie hineingelegt hat, weil sie nichts mit den Expeditionen zu tun hat.«

»Nicht nur das. Die Bäume wurden ja zu ihrer Hochzeit mit dem Grafen gepflanzt. Sein Rivale, wenn man so will, der auch noch seinen Fund für sich beansprucht hat. Wie auch immer man es sieht, die Nuss hineinzulegen ist völlig unpassend.«

»Hm.«

»Wir müssen uns fragen, was das für Wolff Frey bedeutet hat. Was er vielleicht getan hätte.« Freya räumte alle Sachen zurück in die Kiste, nur die Walnuss blieb auf dem Sofatischchen liegen. »Bei Madame Guerin mussten wir immer das Wort durchstreichen, das nicht in die Reihe passt, weißt du noch?«

Sevims Herz schlug umgehend schneller. Sie ließ ihre Knie los und saß einen Moment lang unschlüssig auf der Sofakante. Dann spurtete sie in die Küche und durchwühlte alle Schubladen. Mit einem Nussknacker, den Freya von ihrer Ur-Oma geerbt hatte, kam sie zurück ins Wohnzimmer.

»Was hast du ... oh.«

Sie hielten beide den Atem an. Sevim nahm die Walnuss und das Knackgeräusch schien ohrenbetäubend zu sein. Sie blickten eine Weile fassungslos auf die vertrockneten Reste der Schale in Sevims Hand. Dazwischen lag ein geschliffener, glänzend roter Beryll. Freya legte ein Sofakissen auf den Tisch und drapierte den Stein darauf, während Sevim daneben ihre Schreibtischlampe aufbaute.

»Jetzt komme ich mir irgendwie dumm vor«, meinte sie. »Das hätte uns wirklich früher einfallen können. Was macht man denn schon mit einer Nuss? Knacken, natürlich.«

»Aber dann hätten wir den Stein vielleicht einfach den von Barthows überlassen, weil wir die ganzen Hintergründe noch nicht kannten«, warf Freya ein.

»Und was machen wir stattdessen damit?«

Freya zuckte mit den Schultern.

»So, zehn Minuten, das dürfte reichen.« Sevim schaltete das Licht im Flur und im Wohnzimmer aus und drückte schließlich mit zittrigen Fingern auf den Schalter an ihrer Schreibtischlampe, sodass sie erlosch.

Das *Feuer des Nordens* leuchtete auf ihrem Sofakissen in den Farben des Sonnenuntergangs und Sevim konnte verstehen, was Leute dazu brachte, sich dafür in Lügen zu verstricken oder Schlimmeres.

...

Ob es dem wahren Finder des Steins etwas bedeutet hätte, dass die Wahrheit nun vielleicht doch noch ans Licht kam – fast fünfzig Jahre nach seinem Tod und neunzig Jahre, nachdem er den Beryll entdeckt hatte?

Während seines Lebens hatte Wolff Frey nie Anspruch auf den Fund erhoben. Das Feuer, das in ihm brannte, hatte nicht von Ruhm oder Besitz gezehrt, sondern von seiner Arbeit, seinen Bemühungen, den Menschen zu helfen und von seiner heimlichen Geliebten.

Ecuador, 1958

Liebste Sibi,

seit ich hier bin, habe ich keine einzige Zeile an Dich zu Papier gebracht, ich weiß. Nicht weil mir entfallen ist, dass es Dich gibt – das wird nie passieren –, sondern einfach weil es nichts Interessantes zu berichten gibt!

Jeden Tag gehe ich mehrmals den kleinen Hügel hinauf zur Messstation, lese die Werte ab und dokumentiere alles kleinlich. Das Einzige, das sich hier von Tag zu Tag verändert, ist mein Radius für die Bodenproben, den ich beträchtlich ausgeweitet habe. Aber Du hast uns auf genug Expeditionen begleitet, dass Du es Dir vermutlich schon gedacht hast, und ich will Dich nicht mit meinen Berichten langweilen, denn ich weiß, wie unleidlich Du dann wirst.

Heute ist aber alles anders. Es ist nichts passiert eigentlich, außer dass ich heute Morgen aufgewacht bin und an Dich denken musste. Das geschieht nicht selten – zahlreiche Briefe und Gespräche zeugen schon davon –, doch heute lässt mich der Gedanke an Dich den ganzen Tag nicht los. Ich konnte mich kaum auf den Weg konzentrieren und auf die Daten, die ich abgelesen habe, obwohl ein gestandener Wissenschaftler diese leichten Aufgaben im Schlaf nehmen sollte!

Du weißt, es stört mich nicht allein zu sein, aber wenn ich einmal Gesellschaft vermisse, dann Deine. Jetzt ist es schon Abend und Du gehst mir immer noch nicht aus dem Kopf. Ganz klar stehst Du mir vor Augen.

Du würdest die völlige Abgeschiedenheit an diesem Ort verabscheuen und es ist mir nicht klar, warum mich auf einmal alles an Dich erinnert. Die Farbe der Beeren in meiner Blechschüssel, nicht ganz Lila aber auch nicht ganz Blau, sie sehen genauso aus wie das Abendkleid, das Du am Silvesterabend 1936 auf Schloss Barthow getragen hast. Du hast wunderschön darin ausgesehen und Ehrfurcht gebietend, ich habe es Dir zugeflüstert, als wir den einen Tanz getanzt haben, den uns der Abend geschenkt hat. Erinnerst Du Dich?

Und wenn die prachtvollen Vögel auf den Kapokbäumen miteinander balgen, wie kann ich nicht darin sehen, wie Du dem Institutsleiter einmal Paroli geboten hast und ihn einen destruktiven Theoretiker nanntest, als er meinte, Expeditionen würden das Institut für Geologie nicht weiterbringen.

Natürlich hast Du es diplomatischer ausgedrückt, wie es Deine Art ist, und er hat es sich schließlich zu Herzen genommen.

Du würdest auch lachen, wenn Du sähest, wie ich mein Abendessen einnehme. Oft esse ich nur gedankenlos einen Happen, während ich arbeite. Das Abendessen nehme ich allerdings im großen Stil ein. Ich richte den Tisch nach der besten Aussicht aus und lege ein Taschentuch darüber. Dann richte ich mir meine Ration und alles, was ich gesammelt habe, schön auf dem Aluminiumgeschirr an und trinke mein Wasser aus dem Becher und nicht aus der Flasche. Alles so wie Du es auf unserer Expedition nach Australien angefangen hast. Allein Dein Rosenwasser fehlt. Plötzlich wünsche ich mir, ich könnte mir das Tuch unter die Nase halten und Deinen Duft einatmen. Anfangs haben Dich die Männer ausgelacht, aber insgeheim hat es ihnen gefallen. Ich weiß gar nicht, wie oft uns Deine Art vor dem Lagerkoller bewahrt hat. Es hat viele von uns zu der Überzeugung geführt, dass nicht nur Wissenschaftler eine Expedition begleiten sollten, sondern immer auch jemand, der frischen Wind und Lebenslust mitbringt, und uns gleichzeitig bei unliebsamen Aufgaben hilft.

Leider kann man niemandem beibringen, genau so wie Du zu sein.

Du fragst dich sicher schon, worauf ich hinauswill. Es ist das: Mir ist auf einmal bewusst geworden, was für ein unfassbar reiches Leben ich habe. Und die Ironie, dass dies ausgerechnet hier in der Einsamkeit geschieht, während ich mir Wurzeln und Beeren suche, um meine Rationen aufzubessern, ist mir durchaus bewusst. In der Einsamkeit werden meine Erinnerungen lebendig und erst jetzt wird mir klar, dass ich im Leben alles habe.

Ich muss Dir unbedingt mitteilen, dass Du der Grund dafür bist, warum ich mich so reich fühle. Ganz schön impulsiv für einen in sich gekehrten Wissenschaftler, nicht wahr? Ich höre Dich diesen Satz sagen, als wärst du jetzt hier. Dabei ist es jetzt schon siebenundzwanzig Jahre her. Unsere Expedition, die wir in Indonesien geplant hatten, stand unter keinem guten Stern. Also hast Du uns im Institut besucht und alle zukünftigen Teilnehmer mit Deiner energischen Art mitgerissen. Und Du hast es geschafft, Professor Hiebel beim Mittagessen bei seiner Ehre zu packen, bis er gar nicht mehr anders konnte, als uns zu versprechen, alles Menschenmögliche zu unternehmen, um die Expedition im Dekanat durchzusetzen. Es war unsere erste gemeinsame Expedition.

Wäre ich alleine geblieben, und so habe ich mir mein Leben immer vorgestellt, dann hätte ich nur ein halbes Leben gehabt und es nicht einmal gemerkt. Die Ernsthaftigkeit meiner Profession, das einfache Leben während der Expeditionen, die Ruhe bei meinen Wanderungen, das Elend des Krieges. Und von Letzterem abgesehen hätte ich damit sicher ein zufriedenes Leben geführt. Aber erst durch Dich habe ich eine Welt kennengelernt, in die ich selbst nie einen Fuß gesetzt und auf die ich herabgeblickt hätte, ohne Dich an meiner Seite.

Eine Welt voller Glanz und Überfluss wäre mir entgangen. Lauter Menschen, die ihre Freude und ihr Elend nicht für sich behalten. Die sich betrinken und bis zur Erschöpfung tanzen, die Dummheiten machen und sich nicht dafür schämen. Der Trubel, den andere Menschen verursachen, deren einziges Ziel es ist, die Schönheit in allen Dingen zu finden und das Leben zu genießen. Und Du und ich in ihrer Mitte. Ich habe von Dir gelernt, nur im Moment zu leben, völlig gedankenlos zu sein und mich danach umso mehr in meine Forschungen zu vertiefen.

Und noch etwas Wertvolles verdanke ich Dir – die Tatsache, dass es einen Jungen gibt, der mich als Ersatzvater ansieht. Seine Mutter zu unterstützen und für sein Studium zu bezahlen, hätte mir nichts ausgemacht. Aber durch Dich war ich mir sicher, auch seinen Gefühlen nicht völlig hilflos gegenüberzustehen.

Wir sind beide Geschöpfe unserer Zeit, wenn auch auf völlig unterschiedliche Weise. Wir nehmen nichts als gegeben hin und haben beide einen Weg gefunden, mit der allgegenwärtigen Unsicherheit zu leben. Wie sich schließlich alles gefügt hat, scheint mir heute unbegreiflich. Es scheint mir nur richtig zu sein, dass wir nicht leben, wie andere Generationen vor uns, die keine Revolution und keine Kriege erleben mussten. Wir haben alles, nur nicht an einem einzigen, bequemen Fleck. Ich habe ein Kind, das keinen Vater mehr hat, und eine Frau, die mit einem anderen verheiratet ist. Und mein Zuhause ist überall auf der Welt.

Außer im Schloss, wirst Du jetzt sagen, aber das stimmt nur halb. In den

Monaten des Krieges, als Du mich dort wieder auf die Beine gebracht hast, und damit meine ich nicht nur meine tatsächlichen Beine, hätte es für mich ewig so weitergehen können. Aber der Frieden ist gekommen und wir mussten wieder dorthin zurückkehren, wo wir gebraucht wurden.
Und die Leute im Schloss haben Dich gebraucht. All diejenigen, die nach dem Krieg dorthin zurückgekehrt sind, und die sonst nirgends hinkonnten. Und Du hast auch nicht ignoriert, dass Dich Dein Mann brauchte, obwohl Du allen Grund dazu gehabt hättest.
Schloss Barthow ist Deine natürliche Umgebung, Ihr beide hättet es nicht besser treffen können. Wenn ich mir Gedanken über einen Rivalen machen müsste, dann wäre es nicht Dein Mann, sondern Dein Schloss. Jetzt lachst Du bestimmt, aber als meine Frau hättest Du kein solches Wirkungsfeld gehabt, und mich bei meiner Arbeit zu unterstützen, hätte Deine Kräfte wohl kaum angestrengt. Aber das Schloss wiederaufzubauen und zu erhalten und durch die Jahrzehnte hindurch alle dazu zu bringen, eingeladen werden zu wollen, das hätte niemand anders geschafft als Du.
Du merkst, wie lange ich schon in der Einsamkeit ausharre, daran was mir alles durch den Kopf geht und dass ich es auch noch niederschreibe. Aber es musste einmal sein und ich hoffe, dass Dich dieser Brief auch erreicht. Ich werde ihn gleich auf den Weg schicken, sobald die Ablösung kommt und ich die nächstgrößere Stadt erreiche.
Nach fast sechs Wochen allein in der Wildnis freue selbst ich mich auf Gesellschaft, auch wenn ich sie mir nicht aussuchen kann. Könnte ich es, dann würdest Du auf mich warten. Nach diesem Tag bilde ich mir fast ein, es wäre so. Meine Erinnerungen werden mir über meine Enttäuschung hinweghelfen müssen, wenn ich mich doch alleine vorfinde. Bald werden neue Erinnerungen hinzukommen. Versprichst Du es mir?
In Liebe
W.

Gräfin Sybille Louise hatte dieser Brief mehr als alles andere bedeutet. Sogar so viel, dass sie ihn nach ihrem Tod mit ins Grab genommen hatte – abgegriffen und an den Kanten fast aufgelöst vom wiederholten Lesen.

Kapitel 17

Theresa von Barthow saß allein in ihrem Büro. Es war ein langer Tag gewesen und draußen ging bereits die Sonne unter, aber da gab es noch E-Mails, die unbedingt beantwortet und Termine, die bestätigt werden mussten. Und wenn sie ehrlich war, wollte sie auch nicht ihrem Bruder gegenübertreten, der so tat, als wäre nichts passiert.

Heute Morgen waren sie im Institut für Geologie gewesen, um sich dort mit Wilhelmina zu treffen und er hatte sich schlichtweg unmöglich benommen. Theresa konnte es ihm eigentlich nicht verdenken.

Was sie dort zu sehen und zu hören bekommen hatten, stürzte beide in ein Wechselbad von Empfindungen, bis man gar nicht mehr wusste, was man denken sollte. Das alles kratzte am Selbstverständnis der von Barthows und stellte einen Großteil ihrer Arbeit infrage. Aber trotzdem, man musste der Realität ins Auge blicken. So wie es damals die Menschen getan hatten, auf deren Kosten die von Barthows des zwanzigsten Jahrhunderts zu Ruhm gelangt waren.

Da konnte man nichts beschönigen. Die Geschichte der Familie musste neu geschrieben werden. Und das würde sie für den Rest ihres Lebens beschäftigen. Theresa selbst hatte oft genug die Augen verschlossen und einfach nicht nachgefragt. Was hinter verschlossenen Türen passierte, war eine Sache, was schließlich in den Geschichtsbüchern stand eine andere. So war es schon immer gewesen, in jedem Jahrhundert hatte es von Barthows gegeben, die ihren Platz in der Geschichte unverdient einnahmen. Das brachte es nun einmal mit sich, wenn einem der Name allein Bedeutung verlieh. Heutzutage würde sich jedoch niemand mehr damit zufriedengeben, man musste Verantwortung übernehmen. Nicht nur für seine eigenen Taten, sondern für alle, deren Namen man teilte.

Theresa blickte auf die Zeitanzeige ihres Rechners. Carl würde schon beim Abendessen auf sie warten. Zeit, die Zukunft der Familie in die Hand zu nehmen.

...

Meine liebe Theresa,
jetzt haben wir so viele Jahre miteinander verbracht und Du kennst mich besser als jeder andere. Du hast gesehen, wie aus einem ungezogenen, verschwenderischen Jungen ein Mann wurde, der sein Leben ganz in den Dienst der Familie gestellt hat. Du weißt, wie wir dem Schicksal getrotzt und das Erbe der von Barthows zusammengehalten haben.
Jetzt ist auch unser wertvollster Besitz zurückgekommen und mit ihm ungeheuerliche Anschuldigungen, die verschleiern wollen, wofür unsere Familie steht! Ich kann es nicht ertragen, dass der Name unseres Onkels durch den Schmutz gezogen werden soll, nicht nach all den Jahren.
Das Feuer des Nordens verlangt ein Opfer, ich fühle es. Und ich bin bereit, es für die Familie zu bringen.
Behalte mich so in Erinnerung.
In Liebe
Carl

Nun gut, er hätte wirklich gedacht, dass sein Abschiedsbrief länger ausfallen würde. Aber was gab es noch zu sagen? Alles Wesentliche stand in den Büchern, die seinen Namen trugen. Er faltete das Stück Papier sorgfältig, steckte es in einen Umschlag und beschriftete ihn mit *Theresa Viktoria von Barthow*.

Etwas drängte ihn jedoch, noch mehr aufzuschreiben. Alles, so wie es sich zugetragen hatte. Die Wahrheit preiszugeben war verlockend. Denn er hatte es getan. Die beiden Wissenschaftler, die an der ersten

Expedition teilgenommen hatten, waren von ihm zum Schweigen gebracht worden und wenn dafür jemand die Verantwortung übernehmen musste, dann war es die letzte Gräfin von Barthow. Sie hatte der Familie alles genommen. Wenigstens den Beryll hätte sie in ihrem Schoß belassen können. Aber nein, es lag nicht in ihrer Art, nachsichtig zu sein, oder den Dingen einfach ihren Lauf zu lassen. Also musste Carl Alexander das Schicksal der Familie in die Hand nehmen.

Er war damals von sich selbst überrascht gewesen, wie viel Energie und Entschlossenheit er an den Tag gelegt hatte.

In jungen Jahren, die er mit seinen zahlreichen *Freunden* bei Rennen und auf halbseidenen Partys vergeudet hatte, wie er sich später eingestand, da hatte er keine eigenen Ideen gehabt, nichts, was ihn von anderen abhob. Er hatte sich gekleidet wie sie, hatte jedem ihrer Vorschläge zugestimmt und Zeit und Geld nach ihrem Gutdünken verschwendet.

Die Sache mit den Wissenschaftlern war sein erstes eigenes *Projekt* gewesen und es hatte ihn erwachsen werden lassen. Sämtliche Unternehmungen, die danach gekommen waren, seine Bücher, die Dokumentationen im Regionalfernsehen und im Kino, die Vorlesung am Institut für Geologie, hatte er mit Leichtigkeit genommen.

Er hatte sich akribisch vorbereitet, die notwendigen Informationen über die verbleibenden Teilnehmer der Expedition beschafft und geduldig auf seine Gelegenheit gewartet. Und letztlich hatte es nicht einmal Überwindung gekostet. Er hatte einen Plan gehabt und war ihm gefolgt. Alles was Carl von den Expeditionen seines Onkels gelernt hatte, wurde ihm jetzt nützlich. Die Hand seines Onkels schien ihn zu leiten.

Die zwei Männer waren letztlich dem Fluch des Feuers zum Opfer gefallen.

Aber so würden es die Menschen heute nicht sehen. Sie würden nicht sehen, was die von Barthows auf sich genommen hatten. Nur für Theresa würde es leichter werden. Es würde keine Verdächtigungen mehr geben, alle würden zufrieden sein. Seine Schwester hatte sich bereits damit abgefunden, die Geschichte der Familie auf ein neues Fundament zu stellen. Sie würde sich nicht mehr mit Zweiflern und ausufernden Spekulationen herumschlagen müssen. Wäre es nicht ein letzter Gefallen, den er ihr tun konnte? Er verwarf den Gedanken so schnell, wie er gekommen war. Letztlich zählte die Geschichte, die man geschaffen hatte.

Auf den Fluren war alles ruhig. Nach dem Abendessen hatte er noch lange mit Theresa zusammengesessen und in Erinnerungen geschwelgt. Sie hatte natürlich mit ihm darüber reden wollen, was im Institut für Geologie zur Sprache gebracht worden war, und über die Zukunft der Familie. Carl Alexander hatte um Vertagung gebeten. Er konnte nicht darüber sprechen und es war auch nicht gerecht. Warum mischten sich plötzlich alle ein? Vor allem die junge Frau, die ihn auch am Tag des Steinjubiläums bedrängt hatte, unsäglich gekleidet und ohne Anstand? Es war die Legende um den Stein, die zählte, und nicht wer ihn zufällig aufgehoben hatte! Warum verstanden die Menschen das nicht? Im Institut war er furchtbar wütend gewesen, aber nun hatte er sich beruhigt, war fast heiter und gelassen. Was er geschaffen hatte, würde mit ihm enden, ganz ohne Reue, und wäre ein für alle Mal eingeschlossen in der Zeit, in seinen Büchern und im Schloss. Er würde sich keinen Fragen mehr stellen und wenn er nicht mehr war, würden die Anschuldigungen am Rest der Familie abprallen.

Carl Alexander spähte aus der Tür über den Flur. Es war bereits weit nach Mitternacht und selbst seine unermüdliche Schwester würde im Schlaf ihre Kräfte sammeln.

Er nahm die Abkürzung über die Büroräume zum ehemaligen Ballsaal. Dort stand er vor dem Porträt des letzten Grafen und seiner Frau. Die Hexe ignorierte er, so wie immer, aber seinem Onkel dankte er im Stillen und zollte ihm Tribut. In den Ausstellungsräumen musterte er die Vitrinen, deren Objekte mit seinem eigenen Lebensweg verbunden waren.

Hier die Taschenuhr seines Onkels, deren glänzende Hülle, Knöpfe und Räder ihn als kleinen Jungen fasziniert hatten. Es gab sogar Fotos davon, wie er damit spielte, während sein Onkel im Hintergrund lachend einen riesigen Haifischzahn auf seinem Handrücken balancierte.

Oder der Fotoapparat, mit dem er Bilder geschossen hatte, als er den Grafen nach Australien hatte begleiten dürfen.

Ein letztes Mal öffnete er die Vitrinen, nahm einige persönliche Gegenstände seines Onkels an sich, seine Manschettenknöpfe, den Flachmann, den er in den kühleren Regionen mit sich geführt hatte, sein Reiserasierzeug. Er trug sie in sein Schlafzimmer und machte sich bereit für die Nacht.

...

Sevim und Freya erfuhren aus der Zeitung, dass Carl Alexander von Barthow gestorben war. Spekulationen zufolge hatte er den Freitod gewählt, was die beiden natürlich bedrückte. Als sie es in ihrer Wohnung nicht mehr aushielten, statteten sie Bernd einen Besuch ab, der sie mit Kaffee und Waffeln versorgte.

»Und kommt bald mal wieder vorbei«, meinte er zum Abschied. Hinter ihm winkte schon einer seiner *Lehrlinge* mit etwas, das aussah wie ein ausgeweideter Handmixer. »Ein paar Bekannte von mir könnten am Wochenende auch ein bisschen Hilfe gebrauchen, bei einer Art Kostümparty ...«

Freya trat bereits den Rückzug an, aber Sevim versicherte ihm, am Samstag vorbeizuschauen.

Seyhan hatte angerufen – Sevim durfte ausnahmsweise ihr Handy in Bernds Werkstatt benutzen – und wollte sich mit ihnen treffen, also machten sie sich auf in die Innenstadt. Sevims Schwester rekelte sich bereits im Sessel eines angesagten Cafés und schlürfte abwechselnd eine überteuerte Limonade und einen doppelten Espresso. Sie hatte die Sache mit dem *Feuer des Nordens* irgendwie spitzgekriegt, Freya wusste nicht wie. Die Berichterstattung in den Medien hatte sich auf Wilhelmina und Theresa konzentriert und auch die Geologen, die den Stein auf Herz und Nieren prüften, waren wiederholt zu Wort gekommen. Wolff Frey wurde die späte Ehre des Fundes zu teil und mehrere Zeitungen und Internetforen veröffentlichten Porträts von ihm und seiner Arbeit. Nur ein Blatt, das Seyhan mit Sicherheit sonst nicht las, hatte ein Foto von Sevim und Bernd abgedruckt, wie sie Carl Alexander von Barthow auf der Jubiläumsfeier die Meinung sagten. Vermutlich war Sevim einfach nicht die Einzige in der Familie mit detektivischen Neigungen.

»Also der Stein war in der Nuss und die Nuss war in der Kiste, die ich dir geschenkt hab.« Sie sah Freya über den Rand ihres neongrünen Getränks an. »Und du hast ihn nicht behalten?«

»Äh ... ich wollte keinen Fluch auf mich laden. Und auf deine Schwester.«

Seyhan winkte ab. »Aber jetzt hast du vielleicht nie wieder die Möglichkeit, einen echten Edelstein zu besitzen.«

»Halbedelstein.«

Seyhan zuckte nur mit den Schultern. »Wenn du ihn dir umhängst, würde man dir vermutlich sowieso nicht zutrauen, dass es ein echter Stein ist, weil du dich nicht in den entsprechenden Kreisen bewegst und du auch sonst nicht unbedingt Luxus ausstrahlst. Da würden alle denken, es wäre nur Modeschmuck.«

»Dafür bringe ich aber auch keine Leute um für meine Erbstücke«, murmelte Freya in ihren Milchschaum.

»Definitiv ein Pluspunkt«, sagte Sevim und schmunzelte.

»Es geht ja nicht nur um den Stein an sich, sondern auch um den Ruhm, der damit verbunden ist ...«, meinte Seyhan.

Sevim lachte auf und ihre Schwester sah sie irritiert an.

»Erzähl' das mal den von Barthows, die würden dich sofort in die Familie aufnehmen.«

»Tja, da ist jetzt ein Platz freigeworden, wie man so liest.« Seyhan leerte ihre Espressotasse. »Der Typ ist ja auch fein raus, wenn er sich einfach umbringt.«

»Ich glaube nicht, dass es einfach war«, erwiderte Sevim.

»Er war ja auch schon alt«, wandte Seyhan ein und damit war die Sache für sie erledigt. Sevim und Freya hatten natürlich mehr daran zu knabbern. Wer hätte so etwas ahnen können?

»Bekommt ihr wenigstens einen Ehrenplatz in der Ausstellung?«

»Gut möglich?«

Wilhelmina hatte ihnen erzählt, dass die Ausstellung auf Schloss Barthow umgestaltet werden sollte. Charlotte versuchte bereits, mit den Leuten oder deren Nachfahren Kontakt aufzunehmen, denen die Gräfin während des Zweiten Weltkrieges geholfen hatte zu emigrieren. Daraus sollte eine Sonderausstellung werden, welche die Gräfin sicher in ein neues Licht rückte.

Theresa von Barthow überließ Charlotte und Wilhelmina vorerst alle Vorbereitungen. Es gab eine Menge zu bewältigen. Die Ausstellung im Schloss war da sicher der kleinere Berg. Zu akzeptieren, was ihr Bruder im Namen der Familie getan hatte, würde mehr Zeit erfordern. Wenn man so etwas überhaupt verwinden konnte. Wilhelmina konnte es jedenfalls kaum erwarten, die Geschichte der Familie neu zu schreiben.

»Ich hätte den verfluchten Stein zu gern mal gesehen und mir umgehängt«, nahm Seyhan den Faden wieder auf.

»Der Beryll bleibt noch eine Weile im Institut für Geologie und dann geht er in die Dauerausstellung des Schlosses über. Wir könnten ja zusammen hingehen«, schlug Sevim vor.

»Und ihn anschauen, wie alle anderen Besucher? Das ist ja nichts Besonderes. Aber unsere Eltern wären bestimmt begeistert.«

Die bestimmt, dachte Sevim. Aber sie wusste auch, auf wen das eher nicht zutraf. Denn ob Dora Bozehl es über sich bringen würde, den roten Beryll gesichert hinter Glas anzusehen, statt an ihrem Hals hängend, war ungewiss. Vermutlich würde sie nie wieder einen Fuß ins Schloss setzen, allein um Theresa von Barthow und Wilhelmina nicht zu begegnen. Stattdessen ging sie wieder in die Schule, wo sie laut Frieder Knop recht kühl empfangen worden war. Der Schulleiter war nicht begeistert davon gewesen, Dora Bozehl während einer stadtbekannten Feier aufgebrezelt an der Seite eines Adligen in sämtlichen Zeitungen zu sehen, wo sie doch angeblich zu krank zum Unterrichten war. Und er war nicht der Einzige, der sich darüber gewundert hatte.

Sevim hatte sich mit einer Elternsprecherin getroffen, die an der 37.

Gesamtschule sehr aktiv war, die Texte für die Homepage schrieb, zweimal wöchentlich die Hausaufgabenbetreuung leitete und Schriftführerin im Förderverein war. Sie ging ganz darin auf, sich für ihre Kinder zu engagieren, wobei Sevim fand, dass sie manchmal übers Ziel hinausschoss, aber alles in allem war sie recht patent. Das Entscheidende war, dass sie alles und jeden kannte und an mehreren Tagen die Woche in der Schule war. Außerdem ging ihre Jüngste erst in die sechste Klasse, sie würde der Gesamtschule also noch ein paar Jahre erhalten bleiben.

Sevim hatte jedenfalls immer gut mit ihr zusammengearbeitet und setzte sie über Dora Bozehl vollständig ins Bild. Als Elternsprecherin streckte sie die Fühler aus und fand bald weitere Eltern und Schüler, die etwas über die Lehrerin zu berichten hatten. Zur Polizei wollte keiner gehen. Aber Frau Bozehls Verfehlungen sprachen sich in der Elternschaft herum wie ein Lauffeuer und es entstand ein Mob von rechtschaffenen Eltern, besorgten Übereltern, Leuten, die sowieso regelmäßig damit drohten, ihren Anwalt einzuschalten, und Eltern, die einfach nur verwirrt waren.

Sie würden jede zurückgegebene Arbeit mit Argusaugen betrachten, jede Korrektur anzweifeln und jedes Wort der Lehrerin auf die Goldwaage legen. Alle würden Augen und Ohren offen halten, da war sich Sevim sicher.

»Und wollen wir noch irgendwo hingehen, wenn wir schon mal hier sind?«, fragte Freya, nachdem Seyhan für alle die Rechnung bezahlt hatte und in Richtung Einkaufsstraße davonstapfte.

»Ein paar Straßen weiter unten gibt es einen Modeschmuckladen«, meinte Sevim.

»Und?«

»Ich habe mir lange nichts Hübsches mehr gekauft. Vielleicht gibt's dort auch Berylle, die von der billigen Sorte.«

»Die sind wenigstens nicht verflucht«, gab Freya zu bedenken.

»Hm, leider«, bedauerte Sevim.

Freya rollte mit den Augen. »Jetzt wo du bei Bernd in die Lehre gehst, sind wir verdammt und verloren!« Sie beschloss, dass es an der

Zeit war, eine Rechtsschutzversicherung abzuschließen. Und eine Hausratsversicherung eigentlich auch. Eine Risiko-Lebensversicherung vielleicht dazu? Und hatte Sevim eigentlich eine Haftpflichtversicherung?

Freya zückte ihr Smartphone und las sich in die Welt der Versicherungen ein, während sie hinter Sevim hertrottete. Berufsunfähigkeitsversicherung gab es auch noch. Versicherung im Fall einer Naturgewalt? Unwahrscheinlich. Aber privaten Krankenschutz abschließen oder eine simple Zahnzusatzversicherung, darüber musste man nachdenken, weil Sevim doch die Prüfung für den gelben Gürtel machen wollte. Oder übernahm das dann der Jiu-Jitsu-Verein? Landwirtschaftliche Betriebshaftpflicht kam natürlich nicht infrage, war aber trotzdem interessant. Vielleicht gab es so etwas auch für Unternehmen im Beratungssektor?

»Vorsicht!«, Sevim zog ihre Freundin am Ellenbogen zurück auf den Fußweg und ein Busfahrer hupte empört.

Freya beschloss, mit dem Recherchieren erst weiterzumachen, wenn sie in der Fußgängerzone angekommen waren. Sicher war sicher – noch hatten sie ja nicht genügend Versicherungen abgeschlossen, die für Schäden aller Art aufkommen würden.

Danksagung

Ich danke besonders Dunja Wagner für ihr Ohr, die vielen kleinen Details, mit denen sie (un)absichtlich die Geschichte gefüttert hat, und für die praktische Hilfe (u. a. »Projekt Gleichstellungskonzept«) beim Schreiben und Korrigieren.

Mein Dank gilt auch den Lektorinnen bei Midnight, Tabea Horst für ihre Begleitung während meiner ersten Schritte, und Pascalina Murrone, die mit ihren klugen und akribischen Anmerkungen aus meinem Manuskript ein richtiges Buch gemacht hat.

Auch Rene Struensee verdient Dank für seine gut gemeinten Ratschläge, wie man Seiten schinden könnte, und für seine außergewöhnlichen Vorschläge, von denen ich gelernt habe, was nicht in diesem Buch vorkommen soll (Stichwort »Ohr-Aliens«).

MIDNIGHT
NEWSLETTER

- ✓ Neuerscheinungen
- ✓ Preisaktionen
- ✓ Gewinnspiele
- ✓ Events

bit.ly/midnight-news